HEYNE
BÜCHER

D1983949

DORIS LESSING

DIE LIEBESGESCHICHTE DER JANE SOMERS

Roman

WILHELM HEYNE VERLAG
MÜNCHEN

DIE GROSSE HEYNE-JAHRESAKTION
Nr. 01/8125

Die Originalausgabe erschien unter dem Titel
IF THE OLD COULD . . .
im Verlag Michael Joseph Ltd., London
Aus dem Englischen übersetzt von Barbara Schönberg

11. Auflage

Wilhelm Heyne Verlag GmbH & Co. KG, München
Printed in Germany 1994
Umschlagfoto: Foto-Design Johanna Fischer, Rechtmehring
Umschlaggestaltung: Atelier Ingrid Schütz, München
Gesamtherstellung: Ebner Ulm

ISBN 3-453-04250-6

Beim Aussteigen aus dem Zug blieb ich mit dem Absatz hängen. Mein anderer Fuß trat ins Leere. Ich fiel. Der Länge nach lag ich auf dem Bahnsteig, inmitten von Menschen, die drängelten und einsteigen wollten. Während ich mühsam wieder auf die Füße kam, stießen sie mich von allen Seiten. Ich wankte, da kam ein Mann rasch auf mich zu, und selbst in diesem Augenblick der Verwirrung fielen mir seine Autorität, seine Gewandtheit, seine schnelle Reaktion auf. Er fing mich auf, als ich erneut umknickte, und dank unserer beiderseitigen Bemühungen lag ich plötzlich in seinen Armen, die eine Hand, mit der ich noch immer die Handtasche krampfhaft festhielt, an seinem Nacken. Ich fing an zu lachen. Wohl ein ziemlich klägliches Kichern, aber doch ein Lachen. Sein Gesicht, so nah an meinem, war attraktiv und intelligent. Nach diesem schnellen, energischen Eingreifen hätte ich nicht ein so – ja, so sensibles Gesicht erwartet, anders kann man es wohl nicht ausdrücken. Er sah mich freundlich, fragend an. Ich erklärte: »Ich schreibe Kitschromane.« Nach einem winzigen Zögern verstand er und lachte mit, und dann stand ich ungestützt neben ihm, strich meine Kleidung glatt und kam langsam wieder zu mir.

Wir besahen einander, wir gefielen einander und verbargen dies nicht. Und dann bemerkte ich über seine Schulter hinweg ein junges Mädchen, das uns intensiv, ja zornig anstarrte – und damit zerging dieser Moment, denn als er meinen veränderten Gesichtsausdruck sah, wandte er sich rasch um, sagte zu mir nur noch: »Alles in Ordnung jetzt?«, ging dann zu ihr, nahm sie beim Arm und führte sie fort. Und wieder machte ich eine Entdeckung, eine schmerzliche diesmal (doch diesen Schmerz muß ich analysieren und verstehen lernen): nämlich wie seine lebhafte, unbekümmerte, ja, man *konnte* es sagen: seine heitere Keckheit verschwand und sogar die Haltung seiner Schultern sich veränderte, sobald er im wahrsten Sinne die Verantwortung für das Mädchen übernahm.

Ich blieb stehen und sah ihnen nach. Würde er sich noch einmal umdrehen? Er nicht. Aber das Mädchen. Ein mißtrauisches, feindseliges Gesicht: seine Geliebte? Junge Mädchen haben oft eine Schwäche für gepflegte graumelierte Herren. In den Fünfzigern schätzte ich ihn. Wie ich ... Ganz langsam stieg ich nach oben und trat ins Freie, ich fühlte mich wackliger, als ich für möglich gehalten hätte, und nicht nur wegen des Sturzes. Ich dachte: Das war ein außergewöhnlicher Mann, einer, der einem in jeder Menschenmenge auffallen würde. Man merkt doch kaum, wie mittelmäßig die meisten Menschen sind. Und dann plötzlich einer, der ist völlig anders. Wie denkt er wohl über mich? Aber das wußte ich ja, da konnte es keinen Zweifel geben.

Auf den Straßen herrschte der April, wilde weiße Wolkenfetzen, die über den strahlendblauen Himmel dahinflogen, eine launische Sonne. Jetzt im April müßte man irgendwo in Nordeuropa sein, hatte ich noch vor zwei Tagen in Madrid gedacht. Ich übernehme mehr und mehr Reisen für die Zeitschrift. Es heißt, ältere Frauen hätten kein Sitzfleisch und würden reisen, soviel sie irgend können. Aber ich beharre darauf, daß ich noch mittleren Alters bin. Ach, ich fühle mich mies. Nur gut, daß ich nicht die Heldin gespielt habe und ins Büro gegangen bin, sondern lieber heimgefahren bin und angerufen habe, heute nicht, bis morgen.

Das alles wäre nicht passiert, wenn nicht gestern meine Nichte Jill ihre Neuigkeit verkündet hätte. Wie viele tausend Male bin ich wohl in der Tottenham Court Road aus der Underground gestiegen? Nein, nicht nachrechnen. Und bin ich dort oder sonstwo jemals hingefallen?

Als ich gestern aus Madrid zurückkam, war meine Wohnung nicht wie üblich so aufgeräumt wie eine Büroablage, sondern überall lagen Kleider herum, und Jill war verstört, konnte nur seufzen und bekümmert dreinblikken. Ich wußte gleich Bescheid. Ich hätte am liebsten Rotz und Wasser geheult, und eben das brachte mich aus dem Gleichgewicht, denn früher hätte ich nie geglaubt, daß Jills Auszug mich so schmerzen könnte.

»Wann und wohin?« erkundigte ich mich.

»Ach, Jane, ich hätte wissen sollen, daß du sofort begreifst.«

»Ich habe nicht gefragt, *warum*.«

Sie sagte: »Ich ziehe zu jemandem.«

»Mann oder Frau?«

»Du kennst ihn. Mark. Der Fotograf.«

»Mark also!«

Schnell, furchtsam: »Magst du ihn nicht?«

»Aber Jill, ich finde seine Bilder gut, viel mehr weiß ich nicht von ihm. Als Neffen in spe habe ich ihn noch nie in Betracht gezogen.«

»Ich habe ja auch nicht behauptet, ich wollte ihn heiraten.«

»Was würde wohl deine Mutter dazu sagen?«

»Mir ist wichtig, was *du* sagst«, antwortete Jill leise. Ich setzte mich mit einem Plumps hin und versuchte meine Gedanken zu ordnen. Sie stand am Fenster und sah mich an. Die Vorhänge waren nicht zugezogen, hinter ihr sah man einen bewegten Himmel voller weißer Wolken und

Licht, das vermutlich vom Mond stammte. In Madrid war Vollmond, warum also hier nicht? Ich dachte daran, wie lieb sie mir geworden war. Da stand sie, schlank, hochaufgerichtet, denn sie achtet zur Zeit sehr auf ihre Haltung, bildhübsch. Ich hätte mir eigentlich denken können, daß sie verliebt ist, sie ist so lebhaft und quirlig. Auf Jill kann man nur stolz sein.

Ich dachte rasch und scharf nach; aber es gab kein Warnsignal. Warum sollte ich etwas dagegen haben? Was war geschehen? Alles hatte seine Richtigkeit. Vor drei Jahren war Jill nach London gekommen, um ihr Glück zu machen. Dabei hatte ihr die verruchte Tante geholfen und ihr in schamloser Vetternwirtschaft einen Job bei *Lilith* verschafft. Dort blühte Jill auf, versuchte und bewährte sich an allem möglichen. Als Mitbewohnerin war sie lieb und angenehm gewesen und hatte ihre schwierige Tante geschickt um den Finger gewickelt. Sie hatte Freunde gefunden, sie hatte eine prophylaktische Dosis von revolutionärem Sozialismus abbekommen, das war jetzt vorbei. Nun hatte sie also einen Freund und wollte mit ihm zusammenleben. Gibt es eine perfektere Erfolgsstory?

»Jill«, sagte ich, »ich werde dich schrecklich vermissen.«

Dann kamen mir die Tränen. Jill auch. Erst Schniefen und verschämtes, verlegenes Lächeln. Dann schmerzliche Tränen. Dann heißes Schluchzen, und wir fielen einander in die Arme.

»Ach, Tante Jane!« rief Jill.

»Ach, Jill!«

»Und zuerst wolltest du mich gar nicht hier haben«, sagte sie anklagend.

»Da kannst du mal sehen, wie dumm ich war.«

Unter Streicheln und kleinen Klapsen machten wir uns voneinander los und hörten auf zu weinen. Jill kochte uns Tee.

Ich merkte; es würde noch mehr kommen.

»Nun?«

»Jane, ist dir klar, daß Kate hier auf der Matte stehen wird, sobald ich weg bin?«

Darüber dachte ich erst einmal nach, während sie mich über den Rand ihrer Teetasse hinweg aus großen grauen, blaugrün umrandeten Augen beobachtete. Mit Kate ist es in den letzten drei Jahren immer schlimmer geworden. Ihre Abschlußprüfungen waren keineswegs glanzvoll, aber sie weigerte sich, sie zu wiederholen, wie ihre Eltern es wollten. Sie hatte mich gebeten, ihr eine Stelle bei *Lilith* zu verschaffen, und ich hatte gesagt, sie müsse doch einsehen, daß ich dort nicht unbegrenzt Nichten unterbringen könne. Erwartungsgemäß hatte daraufhin meine Schwester Georgie angerufen, irgend etwas könne ich doch sicher tun? Ich entgegnete: »Wie du weißt, lasse ich deine Tochter Jill bei mir wohnen. Ich finde, das ist schon eine ganze Menge.« Sie sagte: »Kate findet es äußerst unfair, und ich muß sagen, da hat sie recht.«

Das war letztes Jahr. Seitdem hat Kate nur zu Hause herumgelungert und mit der Entscheidung gerungen, ob sie Spanisch studieren soll oder nicht.

Schließlich sagte ich zu Jill: »Es ist wahr, zu Anfang wollte ich dich nicht hier haben, und dann merkte ich, daß ich jede Minute genoß. Aber mit Kate ist es wohl ganz anders.«

Jill macht nie Ausflüchte und sagt nichts, was sie nicht meint. Weder sagte sie: »Ach, das wird schon gutgehen«; noch: »So schlimm ist sie nun auch nicht«, sondern: »Ja, es ist etwas anderes. Völlig. Ich frage mich, ob du dir wirklich klar darüber bist, wie anders.«

»Wohl kaum. Obwohl ich schon einige von den verzogenen Bälgern kennengelernt habe, die ihren Eltern, wenn sie so in meinem Alter sind, das Leben zur Hölle machen. Aber du, liebe Jill, bist der einzige junge Mensch, mit dem ich je wirklich zusammengelebt habe.«

»Also, ich würde sagen, mit Kate ist es ziemlich schlimm.«

»Weißt du, warum? Warum *wirklich*, meine ich.«

Sie überlegte. Die Teetasse auf der Armlehne, so saß sie im weißen Negligé in dem roten Leinensessel, die (zur Zeit roten) Haare gelöst, mit abwesendem, auf Erinnerungen gerichtetem Blick. Sie hielt Rückschau auf Familienszenen.

»Nein, das weiß ich eigentlich nicht. Würdest du mir zustimmen, daß Menschen *geboren* werden?«

»Ich glaube schon.«

»Ich habe den Eindruck, von uns vieren ist Kate eben als Versager geboren.«

»Ist das ein lebenslängliches Urteil?«

»Sollte mich nicht wundern.«

»Harte Worte.«

»Ach, du denkst wohl: Schwestern! Die kommen ja nie miteinander aus ... und es stimmt, wir haben uns nie vertragen. Wenn ich an etwas Unangenehmes denken will, fällt mir automatisch immer was mit Kate ein. Was ich aber wirklich meine ...«

»Schon gut, ich habe begriffen.«

»Da bin ich nicht so sicher, Jane. Ich weiß nämlich nicht genau, ob du dir darüber klar bist ... daß nur eine starke Persönlichkeit mit dir fertig werden kann.«

Ich war noch nicht ernsthaft genug, gestattete mir einen

etwas theatralischen Seufzer: dies war die Einleitung eines Spiels, das Jill und ich oft spielen; sie behauptet, ich könne keine Schwächen ertragen und sei zäh wie ein alter Stiefel, und ich konterte, das müsse man auch sein, um mit *ihr* fertig zu werden. »Nein, nein«, fuhr sie fort, »hör mir mal zu. Glaub mir, ich bin dir dankbar – nein, nicht nur weil ich bei dir wohnen durfte, selbst wenn das das Beste war, was mir je passiert ist, auch nicht für *Lilith*. Du hältst mich hoffentlich nicht für undankbar, wenn ich dir sage, daß ich *jetzt* weiß, ich hätte mich überall behauptet. Aber das habe ich erst bei *Lilith* gelernt. Dankbar bin ich dafür, wie du bist. Daß du nie jemandem irgend etwas durchgehen läßt. Du hast mir nie erlaubt . . . egal, jedenfalls hätte nicht jede das ausgehalten.« Ein ›humorvolles‹ kleines Lächeln, nur weil die Situation es so erforderte, und riesengroße Meeraugen, die mich besorgt ansahen.

»Also gut«, sagte ich.

»Gut.«

Dann gab sie mir einen Kuß und ging schlafen.

Ich blieb noch eine Weile allein im Zimmer sitzen und überlegte, daß Alleinsein bald wieder mein Normalzustand sein würde. Nicht, daß mir das etwas ausgemacht hätte. Ich hatte keine Angst vor dem Alleinsein, im Gegenteil. Aber etwas würde ich mehr vermissen, als ich mir eingestehen mochte, und das war Jills *Jugend*, Jills Frische.

Jill, die im Grunde mein jüngeres Ich ist.

Im Büro hörte ich, daß Jill ›Nummer zwei‹ genannt wurde. Ich wunderte mich: wieso Nummer zwei, das ist sie doch noch lange nicht. Aber gemeint war: Janna Nummer zwei. Als Jill zu mir kam, war sie unsicher, auf der Hut, große Augen und ausgestreckte Fühler, alles zusammengehalten von der Entschlossenheit, bei Tante Jane zu wohnen und von ihr zu profitieren. Sie neigte zu schlechter

Haltung und Lustlosigkeit. Doch sie war sie selbst, sie war Jill ... Bald wurde sie wie ich, übernahm meine Eigenschaften, meine Gewohnheiten, meinen Gang. Ihre Stimme ist die meine.

Nein, gleich habe ich das nicht bemerkt; erst als ich den Spitznamen hörte. Dann ging es mir auf: natürlich! Plötzlich erkannte ich mich selbst in ihr wie in einem Spiegel wieder und fühlte mich eigentlich geschmeichelt und dachte: Also bin ich oder *war* ich gar nicht so übel! Aber als ich dann noch etwas anderes bemerkte, gerieten meine Gedanken auf andere Wege ... Sie ist ein tüchtiges Mädchen, jede Geste stimmt und ist wohlüberlegt. Aber so beherrscht ... allzu beherrscht? Ihre flinke Anmut, ihr Flair – das jedenfalls ist etwas, was ich meines Wissens nicht habe und auch nie hatte. Wenn sie einen Raum betritt, scheint sie völlig selbstverständlich das Kommando zu übernehmen, das zumindest erwartet sie. Autorität. Ihre Stimme ist wohlmoduliert, meistens launig, oft hat sie eine Spitze, die einen Denkfehler oder etwas Unlogisches bloßstellt. Die Stimme eines Menschen, der den Eindruck erwecken will, für ihn sei die Welt eine Komödie und im großen und ganzen vergnüglich. Aber diese Haltung zu bewahren ist anstrengend; Jill ist sich der Komödie keinesfalls sicher. Tonfall und Tonwechsel, jedes Schwanken dieser Stimme sind von mir.

Doch bei Jill gibt es da noch so einen kleinen harten Zug – sogar eine Art Starrsinn –, der wie Selbstzufriedenheit wirkt. Ist es das wirklich? Ist es nicht eher die Folge der Anstrengung, sich zu beweisen, ein In-sich-Zurückziehen, weil sie solchen Schwierigkeiten gegenüber steht und dies nicht zugeben will, nicht einmal vor sich selbst?

Das alles wirft hochinteressante Fragen auf. Erstens, und das hat mir eine ganze Menge Kopfzerbrechen verursacht: Warum hat sich Jill nicht an ihren Eltern orientiert, diesen musterhaften Staatsbürgern? Wenn es je Vorbilder gab, die vor jedem Auge bestehen können, dann sind das meine Schwester Georgie und ihr Gatte Tom. Wenn die Lehrbücher recht haben, hätte Jill einen von ihnen oder alle beide ›verinnerlichen‹ müssen, lange bevor sie zu mir kam. Aber nein, sie entschied sich dafür, Tante Jane zum Vorbild zu nehmen, über die sie schon als Kind nur gehört hatte, sie sei egoistisch und oberflächlich.

Zweitens, und auch das beschäftigt mich: Wenn jenes unsichere, suchende Mädchen Jill *war* und das, was man jetzt sieht, eine verbesserte Neuauflage ist, in wen ist dann eigentlich ihr Freund Mark verliebt? Ihr Leben lang wird Jill ein Abklatsch ihrer Tante Jane bleiben; und das werden die Leute meinen, wenn sie an sie denken, über sie reden.

Drittens. Wen habe eigentlich ich mir zum Vorbild genommen? Denn mit meinen Eltern habe ich nichts gemein, diesen ehrbaren Leuten, von denen ich sagen muß: Stil, Schwung, Flair, eine eigene Note waren bei ihnen nicht vorhanden. Nein, wahrscheinlich habe ich, als ich ungefähr in Jills Alter war, jemanden aus der damaligen Redaktion, noch vor *Lilith*, bewundert und bin dabei in deren Rolle geschlüpft. Und jetzt präsentiert sich seit mehr als dreißig Jahren Janna James, später Janna Somers, gestiefelt und gespornt, und so kennt man sie eben. Aber das ist doch alles aufgesetzt! Ich habe mich sogar gefragt, ob meine Schwester Georgie, wenn sie sich über meine Oberflächlichkeit und so weiter beklagt, nicht vielleicht meint, ich hätte als Heranwachsende ein Vorbild gewählt, das ihr falsch erschien. Denn sie hat ganz selbstverständlich unsere Mutter ›verinnerlicht‹. Jeden Tonfall, jede Geste, jede Gewohnheit. Schon in frühester Jugend.

Jetzt geht Jill also weg, und sie hat alles völlig richtig gemacht. Zweifellos wird sie auch weiterhin alles richtig machen: keine Mißheirat eingehen, keinen Nervenzusammenbruch erleiden, später keine Nörglerin werden. Um sie ist mir nicht bange.

Sicher wird sie mich besuchen, im Büro treffen wir uns sowieso, wir bleiben Freundinnen. Wie vorher wird es nie mehr sein.

Also, schreib's in den Schornstein, Janna. Schreib's in den Schornstein, Jane.

Damit wäre das erledigt.

Was hat es für einen Sinn, daß man sich aus den soliden bürgerlichen Vergnügungen Madrids in den wilden April sehnt, wenn man ihn dann nicht nutzt? Heute morgen war ich um sieben Uhr schon draußen, frühstückte in dem kleinen Arbeitercafé, wo man inzwischen mit mir Scherzworte austauscht, schlenderte später langsam und genüßlich durch die knospenden Alleen von Hampstead, durch Swiss Cottage und in den Park. Dort spazierte ich ziellos umher, hörte den Vögeln zu und wünschte mir, ich könnte Kirsch- und Apfelblüten voneinander unterscheiden. Den jungen Frühling um mich herum löste plötzlich eine halbe Stunde Sommerhitze ab – eine dicke schwarze Sommerwolke, Donnergrollen und ein warmer Regenguß; dann kam der Frühling wieder, ebenso unschuldig wie unbeständig, denn auf der Stelle wurde sein Blau-Weiß von einförmigem Grau verschlungen, aus dem ein Dutzend große, lockere, feuchte Schneeflocken herniederschwebten, um auf dem unnatürlich grünen Gras zu zergehen. Der Herbst trat nicht auf. Ich verließ den Park und ging die Marylebone Road hinunter, begutachtete ein paar hübsche Sachen im Schaufenster von Monicas Laden, wo ich letzten Sommer mein weißes Leinenkostüm gekauft hatte. Ich suchte immer nach Sachen für Jill, nicht für mich, und bald sagte ich mir, jetzt aber Schluß. Da war es neun. Zu spät kommen wollte ich nicht, also stieg ich bei Baker Street in die Underground und fuhr wie üblich bis Tottenham Court Road, wo ich diesmal nicht mit dem Absatz hängenblieb, aber einen Schmerz um diesen Mann verspürte, den ich nie wiedersehen würde. Langsam, denn ich wollte die Freuden dieses köstlichen Morgens – jetzt wieder ein Frühlingsmorgen mit überquellenden Kästen voller Frühlingsblumen an jeder Straßenecke – bis aufs letzte auskosten, bummelte ich zum Soho Square hinunter. Da sah ich vor mir den Rücken eines Mannes und dann sein Gesicht, denn als er meinen Blick auf sich spürte, drehte er sich mit dieser charakteristischen Schnelligkeit um, und er sah mich und lächelte, als hätte er nichts anderes erwartet, und sagte: »Da sind Sie ja! Ich hatte gehofft, Sie würden hier irgendwo herumlaufen. Haben Sie Zeit für eine Tasse Kaffee?« Und schon saßen wir uns an einem Tischchen eines Straßencafés gegenüber, während an uns vorbei die Menschen zur Arbeit hasteten.

Es war sein erstes Frühstück, für mich das zweite: klebrige Nußtorte und ein ausgezeichneter Kaffee.

Beide waren wir von ungebärdigem, ungezähmtem, wildem Entzücken durchdrungen, wir konnten nicht aufhören, uns anzulachen, und unsere Freimütigkeit war, weil sie so selbstverständlich schien, das Schönste dabei. Er sieht gut aus, wettergebräunt, mit graublauen Augen, nicht Meeraugen wie bei Jill, sondern offen und klug. Sein Haar ist blond, nicht silberblond wie meines (ich bevorzuge nämlich für mich metallische Haarfarben, Gold und Silber). Sehr groß ist er nicht, aber größer als ich. Ein gutaussehender Mann. Wie hat er wohl ausgesehen, als er jünger war? Und mir kam in den Sinn, wie gut wir dem

Aussehen nach zusammenpaßten – und wie gut wir früher zusammengepaßt hätten, als wir jünger waren. Er wußte, woran ich dachte, und seine Gedanken verliefen ähnlich. Egal, was wir sagten und worüber wir sprachen, alles schien sich um uns und unsere wunderbare Begegnung zu drehen. Es schien unmöglich, daß wir nicht über uns sprachen, und doch wußte ich, als wir uns verabschiedeten, nichts von ihm außer seinem Vornamen, Richard, und daß er gerade aus dem Ausland zurückgekommen war.

»Was für eine herrliche Zeit, um heimzukommen«, sagte er. »Nicht etwa daß es ein Zufall gewesen wäre. Ich hatte mir vorgenommen: Noch einen Frühling versäumst du nicht. Und wie recht ich hatte!«

»Wo waren Sie denn?«

»In Amerika.«

»Ich war neulich erst in New York. Ich hatte auch Heimweh.«

»Wenn es New York gewesen wäre – nein, doch nicht. Leben kann man nur in einem Land und nur in einer Stadt auf der ganzen Welt. Und da bin ich jetzt.«

Der Himmel warf uns eine Handvoll Regen ins Gesicht, eine Andeutung von Hagel darin, dann kam die heiße Sonne heraus, und wir liefen Hand in Hand hinunter zum Soho Square. Ich weiß, daß wir ein schönes Paar waren; vielmehr: ich jedenfalls wußte es, ich bin ja geübt darin, ein gleichsam unparteiisches Auge auf meine Erscheinung zu halten. Und er kann kaum übersehen haben, daß sich die Leute nach uns umdrehten, als wir mitten auf dem kleinen Platz beieinanderstanden, unter den Frühlingsbäumen und den fliegenden weißen Wolken.

Wir sahen einander an, hellauf brennend vor Liebe.

Er fragte mit etwas unsicherer Stimme: »Wirst du wieder mit mir frühstücken? Morgen geht es nicht – aber Freitag?« Und dann, auf mein Lächeln hin: »Ich gehe ein unerhörtes Risiko ein, ich weiß ja nicht einmal, wie du heißt, wo du wohnst ... nein, sag es mir nicht, komm nur her, hierher, eine Stunde früher?«

Und so trennten wir uns.

Als ich die Redaktion erreichte, wußte ich, daß jede Drüse meines Körpers magische Säfte versprühte und jeder Blutstropfen reiner, göttlicher Ichor war. Ich mußte in mein Büro flüchten, die Tür hinter mir zumachen und mich durch angestrengte Arbeit zurück auf die Erde bringen.

Ich arbeite jetzt wieder so viel wie eh und je. Immer noch rede ich davon, ich wolle aufhören und von meinen Tantiemen leben, denn das könnte ich und sogar gut; aber nachdem ich meine Arbeitszeit verkürzt hatte und mich allmählich zurückziehen wollte, kam ich schließlich doch wieder zurück. Der Vorstand bat mich darum, und das war auch richtig. Zwei Chefredakteurinnen, Joyce und mich, praktisch gleichzeitig zu verlieren, hätte das Blatt nicht verkraftet.

Aber ein bißchen mulmig wird mir schon, wenn ich es mir genau überlege. Daß *Lilith* ohne mich nicht läuft, ist nur recht und billig, denn immerhin arbeite ich an, bei, in, für *Lilith* seit – wenn ich das niederschreibe, ist es ein Schock: seit Kriegsende. Seit Jahrzehnten. Aber was, wenn *ich* nicht ohne *Lilith* auskomme? Das ist gar nicht mehr komisch. Jill bemerkte einmal nebenbei, nicht etwa provozierend: »Du bist mit *Lilith* verheiratet.« Das hörte ich überhaupt nicht gern. Wer hält *Lilith* in Gang? Phyllis zusammen mit Jill. Diese beiden cleveren jungen Frauen sind *Lilith*, und in keiner Abteilung geschieht irgend etwas ohne ihre Zustimmung. Manchmal fragen sie mich um Rat, aber immer seltener. Ich reise zu den Modenschauen in ganz Europa, ich gehe zu Empfängen, nehme Repräsentationsaufgaben wahr. Wenn ich mich für einen Lunch im Savoy oder eine Reise nach München fertig mache, beobachten sie mich, die beiden, die alles, was sie über Kleidung wissen, von mir gelernt haben, und sagen dann: »Janna, letzte Woche hattest du doch so ein wunderschönes Kleid an!« Oder: »Jane, glaubst du nicht, zu dem Kostüm würde die cremefarbene Bluse besser passen?« Denn ich bringe es jetzt nicht mehr fertig, mich so voll und ganz meiner Erscheinung zu widmen. Mich auch nur gepflegt und meine Kleidung in Ordnung zu halten kommt heute für mich einem Grabenkampf gegen einen unsichtbaren, täglich stärker werdenden Feind gleich.

Offiziell sieht es so aus, daß der arme Charlie Herausgeber ist, Phyllis seine Stellvertreterin, ich Beraterin und Jill meine Assistentin. Ach, der nette, liebenswürdige Charlie, wie sehr wir alle ihn mögen! Phyllis scheint ihn wirklich zu lieben (schließlich ist sie mit ihm verheiratet), und zu Hause wickelt sie ihn genauso charmant um den Finger wie im Büro. Jill bemerkt dazu: »Natürlich liebt sie ihn, sie ist schließlich im siebten Monat.«

Aber es geht soviel Zeit verloren, während Phyllis aufpaßt, daß Charlie dieses oder jenes tut, oder während Charlie sich mit Phyllis oder Jill berät; Mitarbeiter kommen zum Herausgeber und wollen eine rasche Entscheidung, aber sie bekommen sie nicht, weil alles erst mit Jill oder Phyllis diskutiert werden muß. *Lilith* hat an Biß, an Schwung verloren. Nicht weiter schlimm. Die Zeitschrift steht noch ganz gut da, die Verkaufszahlen lassen zwar nach, aber das geht anderen ebenso. Und sie ist immer noch ein Begriff bei besser situierten, meist berufstätigen Frauen. Manchmal allerdings fragen wir uns, ob sie vielleicht ebenso häufig von Frauen gekauft wird, die ans

Haus gefesselt sind, aber gerne berufstätig wären. Schließlich kauft man ja auch Kochbücher und Modejournale nicht zum Gebrauch, sondern zum Vergnügen: als Tore zu einer Traumwelt ...

Liliths Formel ist gleichgeblieben: drei Viertel Handfestes und Vernünftiges, Information, medizinische Ratschläge, Probleme des Konsumenten in der Konsumgesellschaft; ein Viertel verrückte Mode und ausgefallene Kochrezepte, Sachen, die normalerweise nie jemand anzieht oder ißt.

Ich bin gern in der Redaktion und auch gern auf Reisen und Arbeitsessen, aber irgendwie wird alles immer anstrengender. Anstrengend ist es, ständig auf der Bühne stehen zu müssen, beobachtet zu werden. Zu Hause mußte ich den Augen Jills standhalten: verantwortungsbewußt, niemals ein Ansteckungsherd der gräßlichen Krankheit Schlamperei, sei es in den Manieren oder worin auch immer. (Ich verabscheue Schlamperei und Schwester Georgie, deren gesamte Lebensweise als Kampf dagegen definiert werden könnte, natürlich auch.) Mein Zufluchtsort, der einzige Ort, wo ich ohne kritische Beobachter ganz ich selbst sein kann, ist – mein Bett. Nicht einmal mein Zimmer, denn da mußte Jill ein und aus gehen können, um sich ihrer uneingeschränkten Rechte (auch an mir) zu vergewissern. Nein, nicht zu oft, sie wurde nicht lästig; trotzdem fühlte ich mich von der Last der Verantwortung nicht frei, wenn ich die Schlafzimmertür hinter mir zumachte, sondern erst wenn ich das Licht ausknipse. Dann liege ich im Dunkeln und beobachte das Wechselspiel des Himmels über Dächern und Bäumen.

Heute ist Jill ausgezogen. Mitten im Wohnzimmer stand sie mit Sack und Pack, wartete auf das Taxi und sah mich an, ganz verstört über die grausamen Alternativen, vor die uns das Leben stellt. Ihr Freund ist sehr nett. Ich bin mit ihm einverstanden.

Genau zur verabredeten Zeit kam ich in das kleine Café. Er war nicht da. Ich setzte mich an einen Ecktisch und versuchte mir einzureden, daß ich mich über mich selbst amüsierte, aber mein Herz krampfte sich zusammen. Niemand da bis auf Gino, den schönen Italiener hinter der Espressomaschine, der mit seinem fabelhaften schwarzweißen Pullover und dem glänzenden schwarzen Haar aussieht wie Harlekin. Das Café ist gemütlich, holzgetäfelt, lauter Kletterpflanzen. Nur wir zwei. Ich zwang mich, nicht dauernd zur Tür zu sehen, konnte es dann doch nicht lassen. Ich fragte mich, wann ich je in meinem Leben irgendeines Menschen wegen in einer solchen Verfassung gewesen war! Nie. Mein armer Freddie? Nein, schon aus Prinzip nicht! Während ich an Freddie dachte, was ich normalerweise strikt vermeide, wurde mir klar, daß ich die ganze letzte Nacht von ihm geträumt hatte; als sei ich in Freddie verliebt und nicht in Richard.

Und so versuchte ich ihn zu exorzieren: Ich habe von meinem Mann geträumt, den ich während unserer Ehe schlecht behandelt habe, was mir allerdings erst nach seinem Tode bewußt wurde, seinem qualvollen Krebstod. Warum also träume ich jetzt, daß ich ihn liebte, wenn ich ihn doch damals ganz gewiß nicht geliebt habe? Nichts als sentimentaler Unsinn!

Und dann merkte ich, daß ich in bezug auf Richard das Wort ›verliebt‹ verwendet hatte, und das löste einen Sturm widerstreitender Gefühle aus. Zuerst einmal Stolz, fürchte ich: Ich, Janna Somers, soll verliebt sein, und noch dazu so plötzlich und unüberlegt, in jemanden, von dem ich noch nicht einmal den Namen weiß. Ich, Janna, die immer Herrin ihrer Entschlüsse ist ... Aber all das ging einfach unter in einer Woge unerhörter Freude, einer Energie, die mir selbst das Stillsitzen schwermachte und den Blick des jungen Italieners anzog, ohne daß er wußte warum. Eine elegante ältere Dame? Eine Dame mittleren Alters? – jedenfalls schick, wie aus dem Ei gepellt, das sah er, und mit Anerkennung: jemand, der so einen Pullover trug, mußte meine Kleidung zu würdigen wissen. Als Richard schließlich hereinkam oder vielmehr hereinstürzte, in Panik, denn er hatte erwartet, mich an dem Tischchen draußen auf der Straße zu finden, da hellte sich sein Gesicht in einem wunderbaren Lächeln auf, und er kam schnell zu mir in die Ecke und setzte sich, ohne darauf zu achten, was er tat, nur mich ansehend, so wie ich nur ihn ansah: Ist es wirklich möglich, daß dieser wundervolle Mann existiert, habe ich mir das nicht bloß eingebildet?

»Es regnet draußen«, sagte ich.

»Tatsächlich?«

Und wir lachten los, konnten gar nicht wieder aufhören, die Erleichterung nach der Anspannung.

»Gino«, befahl dieser Mann, Richard, »Kaffee her, Kuchen, Sahne – alles, was da ist!« Und lachte.

»Kommt sofort«, antwortete Gino, er lächelte und ging virtuos auf unsere Festtagslaune ein, und in Null Komma nichts war unser Tischchen mit Leckereien beladen. Die wir jedoch nicht anrührten.

Wer immer dieser Mann, Richard, sein mochte, er wirkte wie ein angegrauter Löwe und in diesem heimeligen Raum fehl am Platz, zu groß. Übergroß, so empfand ich es, sogar bedrohlich. Und doch wünschte ich mir nichts weiter, als reglos dazusitzen und ihn anzuschauen. Nicht nur wegen seines guten Aussehens; nein, er schien mir so vertraut, dieser Fremde schien mir verwandt. Fleisch von meinem Fleisch? Halt, das wird gefährlich! Hier beim Schreiben in meiner – erstmals seit drei Jahren – leeren Wohnung denke ich: Ob ich wohl mit ihm ins Bett gehen möchte – und erschrecke. Da ist irgendwo ein *Nein*, aber warum? Ich strecke meine Hände aus und betrachte sie, so hübsch und wohlgepflegt, mit rosigen glatten Nägeln und ringgeschmückt. Und doch die Hände einer Matrone.

Wir sprachen nicht viel, wir saßen uns gegenüber und neigten uns zueinander. Wir konnten nicht aufhören zu lächeln, Energieströme liefen zwischen uns hin und her.

Schließlich sagte er: »Wollen wir nicht einfach einen langen Spaziergang machen? Im Regen?«

»Ich liebe Regenspaziergänge«, sagte ich, und er: »Wußte ich's doch! Also los!«

Dann, als er sich halb umwandte, um Gino, der uns keine Sekunde aus den Augen gelassen hatte, ein Zeichen zu geben, sah ich hinter ihm, durch die Tür, ein Mädchen auf der Straße stehen, offenbar unsicher, unentschlossen – dasselbe ernsthafte dunkle Mädchen, das bei ihm gewesen war, als wir uns kennenlernten. Und aus einem Instinkt heraus drehte er sich um, sah sie ebenfalls, sprang mit einem Ausruf auf und war im Nu auf der Straße. Ich sah, wie er sie an beiden Armen packte und sich zu ihr herunterbeugte, sein Ärger verborgen hinter sanfter Zurechtweisung. Und dann zog er sie aus dem Blickfeld. Ich hatte das Gefühl, als sei ein Stöpsel herausgezogen worden: Bestürzung hing jetzt in der Luft, und Gino sah mich nicht an, er polierte Gläser, eines nach dem anderen hob er ans Licht und blinzelte hinein wie in ein Kaleidoskop.

Ich blieb etwa eine Viertelstunde allein. Ich wußte, er mußte sie ein ganzes Stück von dort wegführen, wo ich war. Vor meinem geistigen Auge stand, wie er sich Zurückhaltung auferlegte, sobald er sie sah; die sonderbare Haltung seiner Schultern, Sorge und Verantwortung.

Als er zurückkam, sah ich einen anderen Menschen vor mir. Dieser nüchterne, verantwortungsbeladene Mann setzte sich mir gegenüber hin, schaute mich an und suchte nach Worten.

Ich sagte: »Das war deine Tochter, nicht wahr?«

»Ja, das war Kathleen.« Damit faßte er mich an beiden Händen, lehnte sich vor und sah mir in die Augen. »Können wir nicht einfach beschließen, über all das nicht zu sprechen?« fragte er. Jetzt war er ganz Geduld, Zurückhaltung; Ironie, aber keine Kritik. Ich wußte, jetzt sah ich diesen Mann, wie er im Alltagsleben war, und ich fragte mich, ob ich wohl auch so an Glanz und Ausstrahlung verlor, sobald meine Pflichten ihr Recht forderten und meine Grenzen sichtbar wurden.

»In dieser Phase ist es üblich«, sagte er mit einem Lächeln, hinter dem Sarkasmus stand, »daß man sich alles übereinander erzählt. Aber können wir das nicht einfach bleiben lassen?«

Ich wandte ein: »Aber etwas ziemlich Wichtiges weiß ich doch schon von dir.«

»Ja, ich weiß, ich weiß. Versuchen wir's trotzdem.«

»Na schön.«

Wir verließen das Café, und mir fiel auf, wie er einen raschen Blick die Straße hinauf und dann hinunter zum Soho Square warf. Leichter glitzernder Regen. Sanftverhangener Himmel.

»Ich muß sowieso ins Büro«, sagte ich.

»Morgen?« fragte er. »Egal welches Wetter?«

Nach der Arbeit ging ich sofort zu Bett. Und ich bin aufgewacht und hatte von Freddie geträumt. *Warum?* Ein

Traum von Verlust und Leere. Freddie stand am anderen Ufer eines tiefen, bedrohlichen Flusses voller schwarzer Strudel, und er stand da und sah mich an. Ich komme nicht dahinter, was sein Blick bedeutet. Wenn ich nicht aufpasse, fange ich noch an zu heulen – und wenn ich damit erst anfange, was wird das dann für eine Flut? Ob ich mich noch einmal ins Bett wage?

Nein, das habe ich nicht getan. Ich habe mich ans Fenster gesetzt und in den Himmel geschaut, wo auf tiefem Schwarz kleine weiße Inselchen schwammen; ich habe mich nach dem Morgenlicht gesehnt. Und nun ist es da.

Es ist wieder Abend; und was für ein Tag das war.

Gerade als ich aufbrechen wollte, um in das Café zu gehen, klingelte es an der Tür. Bevor ich öffnete, blieb ich einen Moment mitten im Wohnzimmer stehen, jetzt wieder mein eigen und so aufgeräumt, als wäre Jill nie hier gewesen. Ich sah mich nach irgend etwas von ihr um – einem Buch, einem Schal –, aber nichts war da. Mir standen Tränen in den Augen, als ich den Knopf der Gegensprechanlage drückte und Kates Stimme hörte. Sofort kam der Ärger hoch! Ich sagte: »Kate, es ist acht Uhr früh, und ich hatte keine Ahnung, daß du kommen wolltest.« Schniefen, Schnüffeln. »Ach, Tante Jane, ich habe die ganze Nacht draußen auf einer Bank gesessen, und mir ist so *kalt.*«

Ich drückte auf den Summer. Ich wartete, über mich selbst verblüfft, ja erschreckt. In einem Sturm von Emotionen. Die ich nicht an Kate auslassen durfte. Was ich da hereinließ, war ein schnüffelndes Häufchen Elend, ein kindlicher Clown. Die Haare schlampig auf Punk gemacht, ausgebeulte rosa Latzhosen, schmutzig natürlich, und ein orangefarbenes T-Shirt. Sie zitterte heftig und starrte mich aus hoffnungslosen porzellanblauen Augen an. Mit schmierigen Fingern zupfte sie sich an den Lippen.

»Es hat ja wohl keinen Zweck, zu fragen, warum du vorher nicht angerufen hast?«

»O Jane, ich hatte solche Angst, du könntest nein sagen.« Dabei stotterte sie vor Kälte.

Neben der Tür hatte sie ein (schmutziges) Bündel fallengelassen.

»Jetzt, wo du deinen Auftritt gehabt hast, könntest du doch einen Pullover überziehen.«

Sie schüttelte den Kopf. Hilflos.

»Du hast keinen Pullover? Du hast überhaupt nichts zum Anziehen mit, weil du erwartest, daß ich dir neue Kleider kaufe?«

Sie nickte, kaute an den Nägeln herum, ihr Gesicht war feucht. Ich holte ihr einen meiner Pullover, und als sie sich hineinzappelte, verflüchtigte sich ihre Apathie: Ich merkte, wie sie davon geträumt hatte, warm zu werden.

»Wann bist du in Paddington angekommen?«

»Gestern abend um elf.«

»Dann warst du vielleicht mit aufregenden Großstadtabenteuern beschäftigt?«

»Ich habe dort auf einer Bank gesessen, bis die Bullen mich weggejagt haben. Gräßlich waren die. Und dann bin ich gelaufen und gelaufen, bis ich hier war . . .«

»Meine Schwester Georgie weiß nicht, daß du hier bist? Sie hat dir kein Geld für die Reise gegeben?«

»Mein ganzes Geld ist weg. Jemand hat es mir geklaut.«

»Als erstes mußt du jetzt deine Mutter anrufen und ihr sagen, wo du bist.«

Sie ließ sich in einen Sessel fallen. Sie dort zu sehen, wo Jill so oft gesessen hatte, die beiden miteinander zu vergleichen, dämpfte meinen Ärger. Außerdem brachte es mir zum Bewußtsein, was für einem Problem ich hier gegenüberstand. Jill ist kompetent in allem, was sie anfaßt; Kate kann nicht einmal eine Kaffeetasse absetzen, ohne sie fallen zu lassen.

Ich sagte: »Ich habe genau eine Viertelstunde Zeit.« Dann rief ich bei meiner Schwester Georgie an. Diese Stimme, wie von glücklichen Kühen.

»Wie du sicherlich weißt«, erklärte ich, »befindet sich deine Tochter Kate hier. Sie ist mitten in der Nacht in London angekommen, hat sich gleich ausrauben lassen, ist allein durch die Gegend geirrt ohne auch nur eine Strickjacke zum Anziehen. Und dann stand sie einfach vor der Tür.«

»Wahrscheinlich hat sie sich nicht getraut, vorher anzurufen«, sagte Georgie. »Sie hat Angst vor dir.«

»Was will sie dann bei mir?« Damit legte ich auf.

Weil ich so ein starkes Verlangen spürte, gegen dieses Mädchen tätlich zu werden, und zwar ernsthaft und nicht vor Ärger, sondern aus blanker, wütender Ratlosigkeit, zählte ich erst einmal bis zehn, bevor ich mich wieder nach ihr umdrehte. Sie sah mich nicht an, sondern starrte trübselig aus dem Fenster.

Ihr Haar stand in gelben, rosa und grünen Strähnen vom Kopf ab, und sie knabberte an ihren schmierigen kleinen Fingern.

»Was sagt denn meine Schwester Georgie zu deiner Punkaufmachung?« wollte ich wissen, aber weder antwortete sie noch drehte sie sich um.

»Warum machst du dir nicht eine Tasse Tee, wärmst dich auf, frühstückst etwas?«

Ihre riesigen blauen Puppenaugen waren auf einmal ganz da, ganz Hoffnung.

»Nun sag mal, kannst du dir wirklich nicht einmal selber eine Tasse Tee machen?«

»Ich . . . ich habe mich nicht getraut, etwas davon zu sagen.«

»Gut, jetzt habe ja ich es gesagt.«

Sie rührte sich nicht vom Fleck. Ich sah, daß sie am ganzen Körper zitterte.

Also ging ich in die Küche, schaltete den Kessel an, machte Butterbrote und brachte sie ihr mit dem Tee auf einem Tablett herein.

Ich hätte gern gesagt: »Niemals, nicht ein einziges Mal, während deine Schwester hier war, habe ich sie bedienen müssen.« Aber irgend etwas hinderte mich daran. Ich fürchte, dieses Etwas war Mitleid. Ich habe nicht vor, Mitleid für diese Kate zu empfinden! Ich glaube nicht daran, daß Mitleid hilft! Das beste, was man für jemanden tun kann, ist, ihm zur Unabhängigkeit zu verhelfen. Aber *Kate* – der Anblick dieses armen kleinen Wurms, wie es Butterbrote verschlang, Tee hinuntergoß . . . wie es zitterte . . .

Wie konnte sie nur so herumlaufen – so gleichgültig? Punk ist ein *Stil.* Wenn er richtig inszeniert wird, bewundere ich ihn. An der Ecke wohnt ein Mädchen – eine Augenweide, wir wechseln verschmitzte Blicke, und sie paradiert für mich sogar ein bißchen auf der Straße auf und ab und spielt Mannequin, oft nicht nur für mich, sondern für ihre Kumpel, ebenfalls Punker, nur nicht so elegant. Manchmal sieht sie aus wie eine Katze, schwarze Öhrchen aus ihrem blonden Haar zurechtgeschnitten, schwarze Arme (Handschuhe vom Flohmarkt?), um die Schultern eine Ahnung von Dschungeltiger. Oder wie ein Räuber, schwingendes schwarzes Cape und schwarze aufgeschminkte Maske, aus der geschminkte Augen in purem Vergnügen strahlen. Sie braucht bestimmt Stunden dazu: ebensolange wie ich, als mir noch so viel daran lag. Ihr Stil ist gebändigte und formalisierte Auflehnung; die arme Kate hat sich ein paar Flaschen Haarfarbe ins Bad mitgenommen, hat sich – schnüffelnd wahrscheinlich – auf Zehenspitzen vor den Spiegel gestellt, an ihren Haaren herumgeschnipselt und dabei Farbe auf die einzelnen Strähnen gekleckst, sich dann in der Tür präsentiert und darauf gewartet, daß ihre Eltern ausrufen würden: »O Kate, was hast du bloß mit dir angestellt?«

»Ich muß jetzt gehen«, sagte ich.

»Wann kommst du wieder?«

»Weiß ich noch nicht.«

Da sah sie mich ganz anders an. Ich will nicht behaupten, all das Vorhergehende sei Schauspielerei gewesen, dafür war sie zu verfroren und verschüchtert; aber sie hatte wochen-, monatelang ihre gerechten Forderungen einstudiert; sie hatte gewußt, was sie mir sagen wollte, und war entschlossen, es loszuwerden.

Der Blick, mit dem sie mich jetzt ansah, drückte alles andere aus als Schrecken darüber, allein bleiben zu müssen; es war ein nachdenklich-abschätzender Blick.

Ich vermerkte mit Interesse, wie ich mich darüber freute, daß sie überhaupt zu rationalen Überlegungen fähig war; gleichzeitig registrierte ich bei mir aufkommende Panik. Ich will meine Beziehung zu Richard (was es auch für eine ist) nicht von diesem Mädchen zerstören lassen.

»Wie alt bist du, Kate?«

»Weißt du das nicht?« schniefte sie.

»Nein. Achtzehn?«

»Neunzehn.«

»Kate, ich kann dich doch nicht wie ein Baby behandeln! Ich muß jetzt weg. Wir reden, wenn ich Zeit habe. Hier ist Geld. Wir brauchen Brot. Ich verlange kein gesundes Vollkornbrot, auf dem deine Mutter zweifellos besteht; du kannst normales Weißbrot holen. Butter: am besten normannische. Etwas Leberpastete, und Eier solltest du auch mitbringen. Wenn du für dich selbst irgend etwas möchtest ...« Dieses letzte mußte ich mich zwingen auszusprechen.

Bevor ich ging, musterte ich sie noch einmal von der Tür aus, und ich wußte, daß ich alles zu sehr überstürzt hatte.

Ihre Hände umfaßten zitternd die Tasse.

»Kate«, sagte ich, »ich werde dir nichts hinterherräumen, ich werde nicht dein Kindermädchen spielen.«

Sie nickte, die Augen niedergeschlagen.

Sobald ich aus dem Haus war, vergaß ich Kate.

Alles war in Bewegung. Von Westen nach Osten jagten sich dicke weiße Wolken auf einem hellen gesunden Blau wie Kates Augen. Als ich am Kirschbaum an der Ecke vorbeiging, wirbelte der Wind einen rosa Blütenschwarm hoch und warf ihn mit Schwung aufs Pflaster. Das Haar wehte mir ums Gesicht.

Ich war spät dran, *spät*; und als ich im Laufschritt in die kleine Straße einbog und den Soho Square im grellen Frühlingsgrün vor mir liegen sah, eilte Richard mir schon entgegen, nahm mich beim Arm und sagte: »Laß uns gehen.« Ich schaute mich unwillkürlich nach seiner Tochter Kathleen um, aber er sagte: »Nein, die Luft ist rein.« Trotzdem schaute auch er sich um, als wir in ein Taxi stiegen. Er nahm meine Hände und hielt sie an sein Gesicht, und wir sahen nur noch das Lächeln des anderen.

Er sagte: »Wenn Leute sich verlieben, erzählen sie sich an diesem Punkt üblicherweise ihre Lebensgeschichte. Laß uns aber unsere Vergangenheit für uns behalten.«

»Darum hast du mich doch schon einmal gebeten«, sagte (oder fragte) ich.

Und er sagte (oder stellte fest): »Es bedeutet den Beginn der Verantwortung.«

»Ich habe schon gesehen, daß du davon zuviel hast.«

»Dann hast du mehr gesehen, als mir lieb ist.«

Wir gingen in den St. James's Park. Er paßte zu unserer Stimmung. Die grauen Teiche, in denen sich der frivole Frühlingshimmel spiegelte, waren getupft mit knallbunten Enten, die eigentlich, wenn man nur auf die Idee kommt, wie Punker aussehen (richtig zurechtgemacht!). Wir standen Hand in Hand zwischen den Krokussen und Narzissen und bestaunten den Erfindungsreichtum der Natur, indessen rings um uns der Frühling explodierte.

Wie frisch und leuchtend alles war: jede Blume, jeder Vogel staunenswert, eine Liebesgabe. Und wir erkannten, daß unsere Sinne geschärft waren und daß so ein Tag vielleicht niemals wiederkommen würde, so etwas Seltenes war er; und so selten und schwer erkämpft unser Zusammentreffen. Wir gingen stundenlang spazieren und fühlten das Leben in der Hand des anderen kribbeln, und wenn wir einander ansahen, lächelten wir und konnten nicht aufhören damit.

Doch irgendwo in mir tauchte immer wieder ein Gedanke auf, um gleich unterdrückt zu werden: Dies habe ich noch nie erlebt. Noch nie!

An einer Stelle trennten wir uns, er ging an einer Seite des kleinen Teichs entlang und ich an der anderen; und diese Trennung wurde wie eine Zeremonie vollzogen, gleich einem Symbol oder einer Vorahnung, und weil mich das so berührte, beobachtete ich ihn vielleicht zu bewußt, dort drüben, nur ein paar Schritte entfernt, aber durch Wasser von mir geschieden. Da war wieder mein Traum,

Freddie auf der anderen Seite des unpassierbaren Wassers, sein langer, ernster Blick. Einen Moment lang war der Rausch des Tages verflogen, und ich sah einen Mann ohne Glorienschein, einen Mann mittleren Alters, leicht gebeugt von einer unsichtbaren Bürde, mit angegrauten, unordentlichen Locken, mit geduldigem, leicht spöttischem Gesicht. Darin sah ich alles, sah das Leben, wie es niederzieht, schleift, lastet, beschwert, abwetzt; und ich versuchte ihn mir dort, wo er stand, als jungen Mann vorzustellen; denn manchmal weiß ich nicht, wen ich eigentlich sehe, meinen unverhofften Gefährten, dem die Zeit ebenso mitgespielt hat wie mir, oder den jungen Mann, der mir von Mal zu Mal deutlicher wird: einen Charmeur mit beschwingtem Schritt, ernstem Lächeln und blauen Augen hinter sandfarbenen Wimpern.

Und auch er wandte den Blick nicht von mir.

Ich wollte rufen, sagen: »Nein, nein – bitte nicht.« Denn wenn er in mir das Mädchen sah, das ich einmal war, so war es noch schlimmer; war es doch schon schlimm genug, daß Freddie mit der Erinnerung an mich zurückkehrte, an das kalte Mädchen, das Gefühle, Sex – hatte ich jemals das Wort Liebe gebraucht? – portionsweise austeilte und nie, nicht ein einziges Mal, ihn als möglichen Zugang zu etwas Wunderbarem und Staunenswertem betrachtet hatte.

Das war ein böser, kalter Augenblick, als wir da standen, geschieden durch die schlammigen Wasser des Teichs, auf dem die bunten Enten schaukelten und tauchten, gelbe Füße in der Luft rudernd, während sie hinab, hinab strebten, um am Boden nach Algen zu suchen.

Ich fühlte mich so leer und tot, und er auch; und wir wandten uns um, nicht ohne Mühe, wir rissen uns heraus und trafen uns am Ende des Teiches wieder; wir nahmen uns zaghaft bei der Hand, so als hätte das, was unsere

Hände von Anfang an zusammengeführt hatte, für immer verloren sein können.

»Da siehst du«, sagte er, »da siehst du, was auf uns lauert, wenn wir nicht vorsichtig sind.«

Ich darauf – und in meinen eigenen Ohren klang es wie eine wenig überzeugende Trotzbehauptung: »Aber vielleicht können wir nicht alles aussperren.«

»Das mag ich von dir nicht hören. Gesunden Menschenverstand, meine ich.«

Ich darauf, trocken: »Ich bin berühmt für meinen gesunden Menschenverstand.«

Und er: »Davon bin ich überzeugt, aber das ist nicht, was ...« Und darauf zog er mich rasch an sich, und wir standen in loser Umarmung beisammen. Wie seltsam es ist, Körper an Körper mit dem Geliebten zu stehen, wenn die Körper nicht mehr jung sind. Die Kleidung, die wir trugen und die uns voneinander trennte, schien eine Verlautbarung oder Mahnung aus unserem wirklichen Leben – nicht, wie früher einmal, kaum vom heißen Fleisch zu unterscheiden. Und als ich da so mit Richard stand, kam mir eine Szene aus einem Urlaub mit Freddie ins Gedächtnis, aus irgendeinem fremden Land, Spanien vielleicht; ich zog Rock und Höschen aus und stand nackt da, während er sich auf der anderen Seite des Bettes auszog. Daran mußte ich denken und fragte mich: Wieso haben wir uns nicht gegenseitig ausgezogen? – und ich erinnerte mich, daß es so am schnellsten ging.

Wäre ich mit Richard zusammen, und wir wären *jung* – ich würde darauf warten, daß er Knöpfe aufknöpft, schmeichelnde Stoffe von der Haut streift, *Besitz ergreift.* Aber Freddie habe ich nie von mir Besitz ergreifen lassen, das lag mir fern.

Richards rauhe Wange kratzte gegen meine, und er

fragte: »Hast du vielleicht ein Foto von dir als jungem Mädchen? Ja, ich weiß schon, das ist taktlos, ich sollte es mir vorstellen können. Bevor du verheiratet warst oder sonstwie festgelegt. Warst du verheiratet? Nein, ich will es gar nicht wissen.«

»Ich war verheiratet. Jetzt bin ich allein seit – Moment mal – ja, es müssen fünf Jahre sein, nein sechs. *Kann* das denn sein – tatsächlich.« Und ganz bestürzt löste ich mich aus seiner Umarmung.

»Komm, wir wollen etwas essen, etwas trinken, wir haben es nötig.«

Wir verließen den Park und fanden ein kleines Restaurant abseits der St. James's Street. Unsere Sinne waren wieder aufs äußerste geschärft, und jeder Bissen schien uns Welten an Geschmackserlebnissen zu eröffnen. Wir aßen – was, spielte keine Rolle. Ein Stück Butterbrot wäre uns wie ein Festmahl vorgekommen. Dabei tranken wir eine ganze Menge Wein, wir legten die Hände um das Glas, als sollten sie das erwärmen, was wir ansahen: immer nur einander, wir konnten die Blicke nicht voneinander lösen.

Und dann gingen wir durch einen Nachmittag voller glitzernder Regenschauer, als wollten wir niemals stehenbleiben, bis ich genau vor mir ein Pärchen bemerkte, ein Mädchen und einen Jungen. Er stand mit dem Rücken an einen Baumstamm gelehnt und hielt sie in den Armen, und ihr schwarzes südländisches Haar ergoß sich über ihren Rücken und über seine Arme, und sie küßten sich.

Plötzlich liefen mir die Tränen über die Wangen; normalerweise ertappe ich mich etwa einmal im Jahr überrascht und ärgerlich beim Weinen; und wie oft habe ich in den letzten paar Tagen geweint?

»Du liebe Güte«, hörte ich mich sagen, als ich dieses weltvergessene junge Pärchen anstarrte. »Wie dumm ich doch gewesen bin, wie gottserbärmlich dumm.« Als ich wieder zu mir kam, spürte ich, wie *er* mich, diesen Moment, verstand, und ich konnte seinen Blick nicht erwidern. Denn es war Freddie, an den ich dachte. Wenn ich die beiden überhaupt noch auseinanderhalten konnte, Freddie und Richard; Richard legte mir seinen Arm um die Schulter, und wir gingen an dem Liebespaar vorbei und auf ein Schaufenster zu, in dem wir uns spiegelten. Irgendeine Eigenheit der Lichtbrechung im Glas machte es mir leicht, mich selbst als das hübsche frische Mädchen mit schwungvollem hellem Haar und lachenden Augen zu sehen; ihn sah ich neben mir als jungen Mann.

Was er sah oder sehen wollte, weiß ich nicht.

Wir wanderten weiter durch den Nachmittag, zweimal machten wir Kaffeepause, und dann war es früher Abend.

Ich spürte, wie er sich zurückzog, und war nicht weiter überrascht, als er sagte: »Um sechs muß ich dich verlassen.«

Und dann noch: »Sag mal – könnte ich ein andermal vielleicht mit zu dir kommen? Zu mir kannst du nicht.«

Ich sagte: »Heute morgen stand meine Nichte Kate vor der Tür, die zweitälteste Tochter meiner Schwester Georgina. Die hat noch eine Tochter und zwei Söhne. Kate hat vor, bei mir zu wohnen.«

»Du hast keine Kinder«, stellte er fest.

»Nein.« Dann zwang ich mich zu sagen: »Nicht etwa daß ich – daß *wir* keine gewollt hätten, aber . . .«

»Ich will das nicht wissen . . .« Dann: »Vermutlich läßt es sich nicht vermeiden, daß wir uns in die Lebensgeschichte des anderen stürzen wie in ein schmutziges Schwimmbecken, aber laß uns das wenigstens so lange hinausschieben wie möglich.«

Ich sagte: »Meine Lebensgeschichte ist eigentlich im

großen und ganzen in Ordnung, häufig nachgechlort, immer frisches Wasser.«

»Genau das habe ich befürchtet«, sagte er, und hinter dem trockenen Ton lag ein Schmerz, über den nun wieder ich am liebsten nichts Näheres wissen wollte.

Bevor wir uns jedoch trennten, gingen wir die Bayswater Road entlang, und da sahen wir auf einmal ein Haus, an dem gearbeitet wurde, bis zum vierten Stockwerk ging ein Gerüst, und oben auf dem Gerüst, im vierten Stock, stand eine knallrote kleine Bude, sicher für die Teepause der Bauarbeiter, und in der Tür hockte ein Bauarbeiter vor einem Eimer, der wohl glühende Kohlen enthielt, denn er hielt eine Gabel mit einer aufgespießten Wurst über die Glut und saß mit gespreizten Beinen da und wartete darauf, daß sein Essen gar würde. Und irgend etwas daran war so komisch, daß wir lachten, uns vor Lachen aneinander klammerten, so absurd war die kleine rote Bude hoch da oben und die Wurst auf der Gabel.

Der Übermut ergriff uns aufs neue, die Last fiel von seinen Schultern, und er stand frei da und lachte, ebenso wie ich. Dann trennten wir uns; wir verabredeten uns, aber nicht auf morgen. Irgendwann muß ich schließlich auch einmal arbeiten, selbst wenn ich eine verdiente Staatsmännin mit Privilegien bin.

Ins Büro ging ich ohnehin noch, um nach der Post zu sehen. Phyllis war schon fort, aber Jill war da.

»Ich weiß alles«, sagte sie. Ich nahm an, sie meinte Richard, so durchdrungen war ich von dieser neuen Lebenskraft, aber nein, es ging natürlich um Kate.

Jill merkte, wie ich nur langsam begriff, daß sie von Kate sprach. Sie fragte: »Ist sie den ganzen Tag allein gewesen?«

»Vermutlich schon.«

»Also so was!«

»Willst du damit sagen, man könne sie nicht allein lassen?«

»Na, viel Übung im Alleinsein hat sie nicht. Wir alle, die Familie, waren immer da.«

Kate und ihre Probleme erschienen mir jedoch sehr weit weg, und ich dachte nicht an sie, während ich meine Post durchsah und meinen Terminkalender für morgen überprüfte.

Jill saß an ihrem überquellenden Schreibtisch und arbeitete noch ein paar Minuten weiter, dann sagte sie: »Du solltest eine Entscheidung treffen, was mit ihr geschehen soll. Darauf wartet sie. Daß du sie auf ihre weiteren Absichten festnagelst, falls du das überhaupt vorhast.« Und als ich nicht gleich antwortete, rief Jill aus: »Jane, tut sie dir etwa leid? Gib es zu!«

Ich sagte: »Kann schon sein – wenn es darauf überhaupt ankommt.«

»Und ob es darauf ankommt, wenn du dir damit mehr einbrockst, als du auslöffeln kannst.«

Ich antwortete ausweichend, denn ich dachte an Richard, ob er schon zu Hause war, wie sein Zuhause aussehen mochte, was seine Probleme mit Kathleen waren. »Es wird sich doch sicher alles klären lassen, wenn man vernünftig mit ihr redet.«

Schweigen. Als ich aufsah, lächelte Jill in sich hinein, aber so, daß ich es bemerken sollte. »Weißt du, Tante Jane, ich glaube fast, du hast in vieler Beziehung ein sehr behütetes Leben geführt.«

»Meinst du damit, ich sei Kate nicht gewachsen?«

»Laß gut sein, aber ich habe dich gewarnt.«

Als ich ging, saß sie immer noch über der Arbeit. Und die macht ihr Freude. Ich merkte, wie sie das genoß: etwas zu können – und gut zu können.

Diese Freude. Wenn ich mein Leben überblicke, bis zurück zu dem Zeitpunkt, als ich anfing zu arbeiten – ich war noch keine zwanzig –, so war das intensivste Erlebnis von Freude, an das ich mich erinnern kann, die Bestätigung, daß ich gut bin. Das eine Thema all die Jahre lang: ich, die Arbeit, wie ich sie erledige, wie *gut* ich sie erledige. Das war mein Lebensthema. Und der arme Freddie? Gerade der Hintergrund.

Auf dem Heimweg dachte ich an Freddie, obwohl ich das möglichst vermeide. Wenn er der Hintergrund in meinem Leben war, galt das auch umgekehrt? Höchstwahrscheinlich. Als er im Sterben lag und sein Leben überdachte – ich nehme an, das macht man so –, sagte er da zu sich: Meine Freude war meine Arbeit!? Sicherlich konnte er nicht sagen: Freude war für mich Janna, sie bedeutete mir, was ich an Freude, Glück, Erfüllung erlebt habe.

Als ich in mein Wohnzimmer kam, fand ich Kate schlafend auf dem Sofa vor, genau dort, wo ich sie verlassen hatte. Das Frühstückstablett, das ich ihr gebracht hatte, stand noch neben ihr, bis auf den letzten Krümel leergegessen. Der Anblick brachte mir Jills Worte erst richtig zu Bewußtsein. Um mein Gleichgewicht wiederzufinden, beschäftigte ich mich mit den Kleinigkeiten, die beim Heimkommen so zu erledigen sind, Vorhänge zuziehen, Licht einschalten, etwas zu trinken holen. Mitten in meinem unaufdringlich eleganten Zimmer mit den geschmackvollen Lampen, effektvoll hier und da angebracht, der Vase, den pastellgestreiften Kissen auf hellgelben Sesseln – in der Mitte von alledem, wie auf einer Bühne, wenn der Vorhang sich hebt, lag das Unglückswurm, ihre verschmutzten klobigen Schuhe machten Spuren auf dem grauen Leinen des Sofas, ihr Bündel lag noch immer neben der Tür, wo sie es fallengelassen hatte.

»Kate, wach auf.«

Sie erwachte, sie reckte sich und gähnte, aber bis heute weiß ich nicht, ob sie nicht schon die ganze Zeit wach gewesen war und mir beim Herumwirtschaften zugehört hatte.

»Jetzt«, begann ich, »wollen wir miteinander reden. Zuerst einmal wirst du mir erzählen, was du für Pläne hast.«

Diese hilflosen, blinzelnden, babyblauen Augen! Der halboffene, feuchte, rosa Mund! Die kurzen Kinderfinger, wie sie an ihrer Kleidung herumzupfen.

»Kate, bei *Lilith* wirst du nicht arbeiten.«

Daraufhin warf sie sich herum, stöhnte verzweifelt auf und gab endlich eine weitäugige dramatische »Verraten!«-Miene zum besten. Ich wußte nicht, weiß immer noch nicht, wieviel davon einstudiert war; denn daß sie nicht bei *Lilith* arbeiten würde, mußte sie ja wissen, ich hatte es ihr schon vorher gesagt. Nicht ihre Schauspielkunst überzeugte mich, sondern ihre schlaffe, geschlagene Haltung.

Ich überlegte: Wenn sie nun ebenso fix und ansehnlich und tüchtig wie Jill wäre, würde ich sie dann bei *Lilith* unterbringen, Vetternwirtschaft hin oder her? Nein, bestimmt nicht; aber ich könnte die vielen Leute, die ich bei anderen Zeitschriften kenne, bitten, sie unterzubringen.

Die Ansprache, die mir vorschwebte, das merkte ich schon, konnte ich unmöglich halten:

»Kate! Deine Prüfungen hast du verhauen. Du hast nicht die Absicht, sie zu wiederholen. Soweit ich sehe, bist du zu gar nichts imstande – nicht einmal, ein paar Sachen einzukaufen, wenn man dich darum bittet. Fangen wir einmal mit deinem Aussehen an. Du wirst dich entscheiden, was für einen Stil du tragen willst, und ich werde mit dir einkaufen gehen. Aber ganz gleich was, einfach wird es nicht sein. Das Leben ist nicht einfach! Es ist nicht einfach, ein Punk zu sein. Wenn du das wirklich willst, mußt du morgens früher aufstehen oder soundso viele Stunden pro Woche dafür einplanen. Denke gut über das alles nach. Entscheide dich, was du lernen willst, damit . . .«

Bei Jill hätte ich mit so einer Predigt etwas ausgerichtet, selbst wenn sie mich mit meinem pathetischen Schulmeistergehabe aufgezogen hätte, aber Kate gegenüber verschwand sie im Schattenreich des Ungesagten, und statt dessen fragte ich: »Glaubst du nicht, ein Bad würde dir guttun? Hast du Hunger?«

Ich ließ dem Kind ein Bad ein, lieh ihr mein bestes Nachthemd, in dem sie aussah wie eine Neunjährige, die erwachsen spielt, kochte ihr ein Ei und machte Toast. Und das, wie ich zugeben muß, so unangenehm es mir auch ist, aus einem Anfall von Zärtlichkeit für das arme kleine Ding. Was nützen schon zärtliche Gefühle? Ich kann ja doch nichts für sie tun. Ich bezog das Bett, in dem Jill geschlafen hatte, und steckte sie hinein.

Dann rief ich Jill an. Ihr Freund Mark hob ab. Seine Stimme erinnerte mich daran, daß Jill der Vergangenheit angehörte, setzte Grenzen. Aber ich mußte Jill sagen:

»Hier ist deine böse, mondäne, aber behütete Tante. Nein – sei mal ruhig. Ich habe eine ganz präzise Frage. Gut? Also. Ich muß feststellen, daß mir gegenüber deiner Schwester Kate jede vernünftige Äußerung, jeder praktische Vorschlag auf der Zunge erstirbt. Weil sie offensichtlich in einer Art Krise oder Zusammenbruch oder so etwas steckt. Stimmt das?«

»Jane, sie war schon immer so.«

»Infantil, na schön. Aber hör weiter. Mit ist klargeworden, daß es für mich auch buchstäblich unmöglich wäre, Schwester Georgie, deiner Mutter, so etwas über Kate zu sagen.«

»Mm«, machte Jill, sie verstand auf Anhieb. »Nein, das könntest du wohl wirklich kaum.«

»Kannst du mir vielleicht erklären, warum nicht?«

»Die Situation zu Hause ist nicht leicht.«

»Ja, selbstverständlich machen deine heranwachsenden Brüder allen anderen das Leben zur Hölle, weil man es ja von ihnen erwartet – meinst du das?«

»Nein, das ist nicht schlimmer als in jeder anderen Familie auch ... Nein, es liegt an Kate, an ihr selber. Sieh mal, meinen Eltern glückt sonst alles. Das ist ihre Spezialität. Was sie anrühren, blüht in ihren Händen auf. Aber bei Kate blüht nichts.«

»Weiß deine Mutter, daß dieses Kind so mißraten ist?«

»Ich glaube, Daddy weiß es, aber ich glaube nicht, daß meine Mutter es zugeben könnte. Weil es ja keinen Grund dafür gibt, verstehst du.«

»Ja, ich verstehe. Gut, Jill. Danke dir.«

»Nichts zu danken. Aber an deiner Stelle würde ich sie heimschicken, Jane. Sie wird dich total vereinnahmen.«

»Nicht, wenn ich das nicht zulasse.«

Eine Woche später. Jetzt haben wir Mai. Sonnenschein auf Bäumen voll rosa und weißer Blüten, auf Tulpen, auf weiten grünen Wiesen, über die ich mit Richard gewandert bin. Ich habe mir eine Woche freigenommen: wie immer habe ich noch eine ganze Menge Urlaub gut. Statt: »Ich muß aber heute arbeiten«, konnte ich ihm sagen: »Gut, wo treffen wir uns?« Wir haben uns im Regent's Park und im Green Park getroffen, im Hyde Park und in Hampstead Heath. Sofort, wenn wir uns sehen, flammt der Übermut auf, der zu *uns* gehört: Wir eilen aufeinander zu, wir wollen sehen, ob *es* noch da ist, ob wir, wenn wir uns einander nähern, die Energie und die Freude empfinden, die uns durch die langen, gemeinsamen Tage trägt, diese langen, tatenreichen Tage. Nie bin ich so viel gelaufen! Richard lacht mich aus, weil ich mit meinen eleganten Schuhen über Stock und Stein laufe. »Warum besorgst du dir nicht ein Paar Wanderschuhe?« »Das *sind* meine Wanderschuhe«, sage ich, während ich auf einem Bein stehe und ihm einen schicken Schuh unter die Nase halte, der aussieht, als wäre er zu nichts weiter gut als zum Vornehmtun in einem Salon. Aber ich halte Schritt mit ihm, durch dick und dünn. »Du bist albern«, sagt er, dabei lacht er und verschlingt mich mit den Augen, ich weiß nämlich genau, daß ihm meine schönen Kleider gefallen, selbst wenn sie nicht mehr das sind wie einst, als mir noch mehr daran lag; er ist aufmerksam, er sagt: »Das ist eine wunderschöne Bluse«, und seine Hand auf meinem Arm ist sich des Stoffes genauso bewußt wie der warmen Haut darunter.

Ich habe in alten Fotografien gestöbert. Was ich entdeckt habe! Von mir gibt es kaum Aufnahmen. Ebensowenig von Freddie. Gruppenaufnahmen, Bilder von *Lilith* und Fotos von mir, wie ich in meinen besten Sachen bei einer Modeveranstaltung in Paris oder sonstwo bin. Aber Fotos von *mir*? So ein Gedanke: Mehr als dreißig Jahre arbeite ich nun in der Modebranche. Jahre meines Lebens habe ich mit der Sorge um meine Erscheinung zugebracht, bis ich schließlich instinktiv wußte, ob ein Knopf etwa an ein oder zwei Fäden weniger hing als die anderen. Ich weiß, was für einen Eindruck ich beim Betreten eines Raumes mache, wie ich auf Kollegen wirke, ich kann anhand einer Stimmnuance, eines Blickes deuten, was sie von meiner Kleidung halten. Mein armer Mann pflegte Witze darüber zu machen, daß er an zweiter Stelle nach meinen

Kleidern kam. Und trotzdem bin ich selten fotografiert worden; mehr noch: als ich schließlich doch auf ein Foto von mir mit drei- oder vierundzwanzig Jahren stieß, war ich verblüfft. Ein wirklich ganz außerordentlich hübsches Mädchen. So eine Frische und Vitalität. Dieses reizende Wesen steht neben einem blühenden Strauch, ich weiß aber nicht mehr, wo das war, und lächelt keck in die Linse. Sie hat ein süßes geblümtes Kleidchen an (an das Kleid erinnere ich mich!). Und doch sage ich niemals, wie ich es von anderen Frauen meines Alters und von alten Frauen kenne: »Wie hübsch ich doch einmal war«, und ich stelle auch keine Bilder meines jüngeren (des wirklichen) Ichs auf Borde oder Tische.

Ein oder zwei böse Minuten durchlebte ich schon, als ich das kleine Foto fand. Denn ich hatte mich nie dieser Arbeit gestellt, Bilanz zu ziehen, festzuhalten: So war ich damals, und so bin ich heute. Ich hatte einfach angenommen, ich hätte mich nicht groß verändert.

Ich stellte mich vor den Spiegel, das kleine Foto in der Hand, und schaute von einem Bild zum anderen. Hätte man jenes Mädchen aufgefordert, in die Zukunft zu blikken, um dort diese Frau zu sehen, was hätte es wohl gesagt? Ich kenne die Antwort nicht. Ich weiß nur noch, daß es damals voller Zuversicht und Fröhlichkeit war. Im Spiegel sah ich die recht gutaussehende Frau, nicht übel gebaut, eher stramm als zierlich, ihr Gesicht durch die großen grauen Augen aus dem Durchschnitt hervorgehoben, die interessanten Silbersträhnen im Haar, die die Aufmerksamkeit der Leute erregen: Ist das Grau oder gefärbt? Ich meine, es ist schon ein ganz schönes Kompliment, daß man zweimal hinsehen muß. Wenn man Zug um Zug miteinander vergleicht, Körperteil für Körperteil, Schulter, Knie, Hals, meine glatte weiße Stirn, dann könnte man fragen: Was hat sich eigentlich verändert? Nicht viel – aber alles ist anders; und damit muß ich fertig werden. Das Mädchen auf dem Foto, ganz Blütentau und steigender Saft, ein Ansturm auf die Sinne, ich kann kaum glauben, daß ich mir dessen nicht bewußt war. Und hier steht nun die fertige Frau, ohne innere Leuchtkraft, ohne Anmut. Alles ist erreicht, alles ist ausgegeben.

Noch etwas sah ich, als ich da vor dem Spiegel stand und von dem Foto auf *mich* blickte – nämlich wie ich in Kates Augen erscheinen muß. Diese unerreichbare Höhe, die Frau auf dem Gipfel ihrer leistungsreichen, erfolgreichen Jahre. Was für eine Herausforderung, was für eine Belastung doch die Älteren für die Jungen darstellen. Das hatte ich nie so gesehen oder auch nur erahnt. In diesem Moment wollte ich eigentlich nicht an Kate denken; und doch tat ich es. Auch an Kathleen, Richards Tochter.

Als wir Samstag Hand in Hand über die Wiese wanderten und lachten – anscheinend lachen wir die ganze Zeit –, da blieb er plötzlich wie angewurzelt stehen und hielt mich fest. Da vorne, da ging sie vor uns her. Ich konnte sie genau sehen. Eine Schlafwandlerin, das ist der erste Eindruck. Ihr schleppender Gang, ihre Entschlußlosigkeit, wie sie stehenbleibt, zögert, weitergeht, sich in eine Richtung wendet und dann doch in die andere geht. Sie besteht nur aus Stehenbleiben und Wiederanfangen: ein ziemlich kräftiges dunkles Mädchen in Jeans- und Pullover-Uniform.

Am meisten aber fiel mir ihre Wachsamkeit, ihr Mißtrauen auf.

»Verfolgt sie dich die ganze Zeit?«

»Wann immer sie kann.« In seiner Stimme lag wieder die Hilflosigkeit und auf seinen Schultern die Last. Selbst seine Haltung schien gebeugter.

»Wovor hat sie denn solche Angst?« Die Frage rutschte mir heraus, trotz seines warnenden Blicks: *Ich möchte nicht, daß dies zu Ende geht*, mit dem ich von ganzem Herzen einverstanden war; trotzdem fragte ich.

»Sie hat Angst, ich könnte verschwinden.«

»Dann bist du schon einmal verschwunden?«

»*Ich* nicht. Ich habe mir die größte Mühe gegeben, genau das nicht zu tun.«

»Ich verstehe. Glaube ich jedenfalls.«

Er sagte: »Jane, Jane, bitte nicht. Laß uns das hinausschieben, bitte.« Damit nahm er mich bei der Hand, und wir rannten los über das struppige Gras. Um, das wußte ich, dieses starke, wilde Gefühl unseres Zusammenseins zurückzuholen, und während wir rannten, zog er mich auf: »Lächerlich, deine Schuhe ... völlig absurd, Jane«, und wir bogen im Laufschritt in den Weg ein, wo das nette Café mit dem wunderbaren Kuchen ist, und da fanden wir einen Ecktisch und blieben den ganzen Nachmittag dort sitzen, weil es zum Spazierengehen zu heftig regnete.

Hätte ich jemals geglaubt, daß ich in vollster Zufriedenheit drei, vier Stunden lang mit einem Mann einfach zusammensitzen könnte, manchmal sogar ohne zu reden? Wir beobachteten die Leute an den Nachbartischen, wie sie kamen und gingen, und hin und wieder wechselten wir ein Lächeln oder einen Blick, der zusammenfaßte, was wir über sie dachten. Wir beobachteten und belauschten kleine Dramen. Oder wir unterhielten uns – worüber sprechen wir, wenn doch so vieles nicht gesagt oder auch nur angedeutet werden darf? Wir denken uns Geschichten aus über das, was wir sehen; wir erzählen uns gegenseitig von Leuten, die wir kennen. Geteilte Einsamkeit ist das. So viel von meiner Zeit verbringe ich allein: Ich gehe spazieren, ins Kino, in Galerien und Museen, ich sitze im Café und rede mit Fremden, und immer allein. Und jetzt ist jemand bei mir, und bei ihm fühle ich mich genauso entspannt und wohl wie allein mit mir selbst.

Obwohl ich es eigentlich wußte, fragte ich ihn: »Du verbringst viel Zeit allein?«

»Ach, das macht mir nichts aus«, antwortete er schnell. Und dann: »Nein, ganz stimmt das nicht . . .« Und dann der Blick: Ich habe mehr gesagt, als ich wollte, nutz es nicht aus.

Diese Woche habe ich auch einige Zeit auf Kate verwendet.

Zunächst habe ich ihr ein paar neue Sachen gekauft. Wie hilflos und passiv das arme Ding ist, dauernd erwartet sie von mir Vorschläge, Rat, sogar Entscheidungen. Jill brauchte bei so einem Einkaufsbummel nichts als mein Scheckheft.

Kate wollte nicht ›unbedingt‹ ein Punk sein, ihr war es ›eigentlich egal‹, was sie anhatte. Ich gab mir Mühe, ich suchte ihr ein paar nette Stücke mit eigener Note aus, aber sobald sie etwas anzieht, verliert es seine Wirkung. Ihr Haar ist jetzt nicht mehr rosa und grün, sondern mittelbraun, ein ausgefranster Schopf. Ich zeigte ihr, wie man mit Make-up umgeht, und meinte, mit solchen Augen könne sie eigentlich kaum etwas falsch machen. Aber sie brachte es fertig.

Ich verlangte von ihr, sie müsse irgend etwas studieren. Ich schrieb Schulen, Universitäten, Fachhochschulen um Informationsmaterial an.

Ich telefonierte mit Schwester Georgie und fragte: »Sag mal, wie ist das mit deiner Tochter, hattest du irgendwelche Berufspläne für sie?«

»Ich weiß nicht recht, könntest du nicht mal mit ihr darüber reden?« Das waren im Vergleich zu sonst solche zahmen Töne, daß ich völlig entwaffnet war. Wo war meine spitzzüngige, mißbilligende Schwester? Hatte ich etwa doch Pluspunkte bei ihr, weil ich ihrer Jill zu ihrem gegenwärtigen Status verholfen hatte: Job, Wohnung in London, Freund? Wenigstens einen halben Punkt? Werde ich in ihren Augen irgendwann einmal meine Missetaten abgegolten haben? Ich habe das Gefühl, dieses Gewinn-Verlust-Konto wird wohl nie ausgeglichen sein . . .

Kate ruft ihre Mutter ziemlich oft an. Wenn ich da bin. Sonst nicht so oft, vermutlich. Ihre Stimme klingt klein und gefügig; ihr Gesicht paßt dazu, das Lächeln eines braven, gehorsamen Kindes, und beim Zuhören nickt sie Zustimmung und Einverständnis.

Ich glaube nicht, daß Georgie je Kate angerufen hat. Jedenfalls nicht, wenn ich da war.

Heute nachmittag, am letzten Nachmittag meiner Woche im Paradies, verabschiedeten wir uns an einer Bushaltestelle vor dem Victoria and Albert Museum. Jedoch als ich in der Schlange stand und ihn unter den Bäumen zum Park davongehen sah, überfiel mich eine solche Panik, daß ich anfing zu zittern. Ich lief hinter ihm her, ich rief: Richard, Richard, und meine Stimme klang schwach und tonlos. Er drehte sich um, er lächelte, war aber verwirrt, als er meinen Zustand bemerkte. Ich keuchte: »Ist dir eigentlich klar, wenn einer von uns mal nicht zum Rendezvous kommen kann . . . daß wir uns dann womöglich nie wiedersehen? Ich weiß deinen Namen nicht, und das halte ich nicht aus!« – so hörte ich mich flehen.

Er legte die Arme um mich, und wir lehnten Seite an Seite an einer vollbelaubten Platane. Spätnachmittag, viel goldenes Licht, über uns zwitscherte ein Vogel.

»Mein Name ist Richard Curtis. Und deiner ist Jane Somers.«

»Das habe ich dir doch nie erzählt.«

»Nein, aber deine Zeitschrift hast du erwähnt, und ich habe dort angerufen und mich nach deinem Namen erkundigt. Ich hätte dich nicht einfach verschwinden lassen.«

»Ich habe mich albern benommen«, sagte ich und löste mich aus seiner Umarmung. »Es ist eben so . . .« Ich weiß nicht warum, aber die Zukunft warf lange Schatten, ich mußte ständig denken: Bald wird dies zu Ende sein.

Aber warum sollte es? Ich ging zurück zur Bushaltestelle, drehte mich um und winkte: Darauf hatte er gewartet.

Ich kann es nicht ertragen, daß dies zu Ende gehen soll. Also werde ich gar nicht daran denken.

Ich weiß nicht, ob ich je so angestrengt gearbeitet habe wie in den letzten vierzehn Tagen. Drei unterschiedliche, getrennte Leben. Erstens die Redaktion. Phyllis ist fort, weil ihr Baby bald kommt, also tun Jill und ich ihre Arbeit. Wir sitzen einander gegenüber in demselben Raum, wo Joyce und ich gesessen haben. Manchmal kommt eine der langjährigen Kolleginnen herein und sagt: »Ganz wie in alten Zeiten.« Wir halten alles in Gang und sorgen dafür, daß Charlie viel auf Geschäftsessen sein kann. Das liegt ihm, vorausgesetzt, er ist gut gebrieft. Er kommt spät und geht früh, ohne Entschuldigung. An Phyllis' Baby nimmt das ganze Büro Anteil. Wenn Charlie hereinkommt, lächelnd und liebenswürdig, sagt er etwa: »Der Arzt meint, es könnte früher kommen, als wir dachten.« Oder: »Die arme Phyllis hat heute sehr schlecht geschlafen.« Seine Sekretärin bringt ihm fürsorglich und mit einem kleinen Verschwörerlächeln den Tee. Darüber wechseln Jill und ich Blicke, wie es früher Joyce und ich taten. Unser Arbeitstempo, unsere Effizienz und unsere Harmonie werden von nichts beeinträchtigt außer von Kate, die mehrmals täglich anruft. »Jane, ich kann den Zucker nicht finden.« »Kann ich mir deinen Seidenunterrock ausleihen, den mit den Spitzen?« Ich unterdrücke meinen Widerwillen (denn in allem, was sie anzieht, bleibt ein ungesunder Schweißgeruch hängen, auch wenn sie, worauf ich bestehe, täglich badet) und antworte: »Ja, natürlich.« Woraufhin Jill ihre hübschen Brauen hochzieht und mich, über meine Dummheit seufzend, ansieht.

Ich sage: »Sie probiert sowieso jeden Faden an, den ich besitze, während ich weg bin. Ich glaube, das ist das einzige, was sie überhaupt tut.«

Jill stützt das Kinn in die Hand, ein, zwei, drei, vier rosa Nägel heben sich effektvoll von perlblasser Wange ab, korallenrote Lippen, die als Schmollmund besser zur Geltung kämen, bilden eine entschlossene Linie entsprechend ihrer Stimmung, und sie mustert mich mit unverhohlener Neugier. »Was ist bloß in dich gefahren, Jane?« – und das möchte sie wirklich wissen.

Ich will es ihr aber nicht sagen und biete ihr deshalb ein Symptom anstelle der Ursache: »Man kann sie doch nicht so einfach ihrem Schicksal überlassen.«

»Wer will sie denn ihrem Schicksal überlassen? Es geht doch nur darum, daß sie ihren Platz finden muß.« Das sagt sie mit einer gewissen Endgültigkeit, wie eine Hausfrau, die befriedigt feststellt: So, nun habe ich alles geschafft: alles in Ordnung. »Siehst du das nicht ein?« fährt sie fort.

»Dem, was von ihr erwartet wurde, ist sie einfach nicht gewachsen.« Da mein Blick ihr zu verstehen gibt, daß ich bereit, ja begierig bin, mehr zu hören, sagt sie noch: »Sie kann doch heiraten, nicht wahr? Jemanden, der wie sie ist. Oder ins Kloster gehen oder sonstwas.«

»Ich habe selten gehört, daß jemand so endgültig abgeschrieben wurde.«

»Also Jane . . .«

Zweimal klingelte das Telefon: nicht Kate, sondern Richard, und Jill hat mich nicht mit offener Neugier beobachtet, sondern beschäftigt getan und sogar demonstrativ den Raum verlassen.

Wenn Richard anruft, kann ich nicht dagegen an, daß meine Stimme – wahrscheinlich mein ganzer Körper – sich verändert. Ich höre meine Stimme in Höhen von Vertrautheit entschweben, und alles außerhalb dieser magischen Einheit, Ich und Richard, versinkt im Dunkel.

Nach solchen Anrufen brauche ich eine Weile, um wieder in die Normalität zurückzufinden.

Nach dem letzten Anruf ließ Jill eine gute Stunde verstreichen, dann fragte sie: »Jane, denkst du manchmal daran, wieder zu heiraten?«

Ein bißchen schuldbewußt sah sie drein, sie hatte das eigentlich nicht fragen wollen, und einen Moment lang haßte ich sie beinahe, meine liebe Jill. Das Wort *heiraten* war wie ein Peitschenhieb, ein absichtlich zugefügter Schmerz. Nach einer Weile sagte ich: »Ich habe nicht die geringste Absicht, wieder zu heiraten.« Und saß einfach da und konnte kaum atmen; denn mit Richard verheiratet zu sein – so eine Seligkeit könnte ich überhaupt nicht fassen. Und dabei war das alles Unsinn, denn alles, was mit Heirat zu tun hat, schon der bloße Gedanke daran, bleibt aus unserem Zusammensein ausgeklammert. Ich litt Qualen, und mit so etwas hatte ich nicht gerechnet. Ich ging hinaus. Als ich wiederkam, hockte Jill ganz zerknirscht da, ihre großen Meeraugen schwammen in Tränen.

»Es tut mir *so* leid«, sagte sie.

Ich setzte mich, holte aus meiner Tasche Make-up und begann meine verschmierten Augen in Ordnung zu bringen, erst dann sagte ich: »Wie du ja schon gemerkt haben wirst – ich habe völlig den Boden unter den Füßen verloren.« Ich vervollständigte mein Augen-Make-up, packte alles wieder ein, stellte die Tasche ordentlich hin, und dann sagte ich: »In deiner frivolen Tante Janna ist eine Bombe losgegangen, und sie begreift nicht, was mit ihr geschieht. *Nein*, Jill, ich möchte nicht, daß du es mir erklärst.«

An den Abenden, an denen ich nicht mit Richard zusammen bin, kostet es mich jedesmal gewaltige Selbstüberwindung, meine Wohnung zu betreten. Nicht, weil ich nicht wüßte, was mich erwartet, sondern weil ich es nur zu gut weiß. Kate lümmelt sich in einer Ecke des grauen Sofas, das sie zu ihrem Revier gemacht hat. Eine schmuddelige Insel in meinem schönen Zimmer, übersät mit Kleidungsstücken, herumrollenden Tassen und anderem Geschirr inmitten von Kosmetikutensilien, Zeitschriften. Kate liest nicht, sie sieht sich Bilder an wie ein Kind. Meistens hängt sie an einem Walkman, und ihr Gesicht, umrahmt von den herunterhängenden Kabeln, verändert sich mit dem (für mich) unhörbaren Getöse, und ihre Augen haben den typischen leeren Blick dieser bedauernswerten Zombies. Manchmal zuckt auch ihr Körper im Rhythmus.

Ich rede auf sie ein: »Kate, davon wird man taub, willst du das?«

Sie, in dem eifrigen, aufmerksamen Schulkindschwatzton, den sie sich mir gegenüber angewöhnt hat: »Aber nein, Tante Jane, auf keinen Fall.«

»Warum hörst du dann nicht damit auf? Wenn ich nicht da bin, kannst du doch ganz normal Radio hören.«

Aber sie stöpselt sich zu gern in ihre Geheimwelt ein, sicher vor äußeren Einflüssen. Ein bißchen schwerhörig ist sie sowieso schon. Wenn sie den Kopfhörer ablegt, muß ich erst einmal minutenlang schreien.

Kate ist eine völlig neue Erfahrung für mich: ein Mensch, der buchstäblich nicht hört, was man sagt – abgesehen von ihrer zeitweisen tatsächlichen Schwerhörigkeit. Ich habe sicher noch nie jemanden kennengelernt, der mit einer Gewohnheit nicht sofort brechen würde, wenn er erführe, davon würde er taub werden.

Ich gehe in die Küche und sehe nach, ob sie eingekauft hat, was ich ihr aufgetragen habe. Nicht daß ich das nicht selber könnte, aber ich will ihr etwas zu tun geben. Sie geht auch los und bringt einiges von dem Gewünschten mit, aber nie genau das, was ich verlangt habe, und ich bin regelrecht neugierig, wenn ich in die Küche komme: Was wird es diesmal sein? Eine bestimmte Kaffeesorte, weil die Dose ein hübsches goldschwarzes Muster hat; ein Kopf Rotkohl, weil ihr die Farbe gefiel; ein paar Tangerinen, die sie nicht ißt, aber sie waren so appetitlich in der Sonne aufgebaut; fünf Riesenpackungen Kartoffelchips und ein paar klebrige Rosinenbrötchen.

Ich bereite das Abendessen aus meinen Vorräten und aus dem, was sie eingekauft hat, ich will das Kind ja nicht entmutigen. Aber den roten Matsch auf ihrem Teller neben den dünnen braunen Frankfurter Würstchen bringt sie wahrscheinlich gar nicht in Verbindung mit dem magentaroten seidigen Wunder, das sie aus der Wundertüte London mitgebracht hat.

Wie mühsam muß ich mich während der langen Abende mit Kate beherrschen, mich im Zaum halten! Jedes Wort, das sich in meinem Geist formt, prüfe ich, ich klopfe Wörter und Redewendungen darauf ab, ob sie ihr auch nicht ›weh tun‹ können; mehr noch, ich muß Wörter wählen und sie so zusammenfügen, daß sie zu ihr durchdringen. Ich frage sie, was sie den ganzen Tag gemacht hat, als ob es überhaupt nicht zählte, daß sie bis zwölf schläft, meine Kleider anprobiert, in ein oder zwei Läden herumbummelt und sich dann in die Sofaecke hockt, um im Takt ihrer wilden Musik zu zucken. Ich versuche herauszufinden, ob denn nichts auf der Welt sie wirklich interessiert, aber da ist nichts, abgesehen von Jill, deren Leben eine fanatische Neugier in ihr erregt. Sie möchte bei Jill sein, sie möchte *sie* sein. Sie fragt mich nach Jills Wohnung, aber die habe ich selbst nur flüchtig gesehen und kann ihr nicht sagen, was sie wissen möchte: ob dort Platz für sie ist. Falls sie weiß, daß Jill damals vor drei Jahren mindestens so sehr vor ihr, Kate, geflüchtet ist wie vor allem anderen, so gibt sie es nicht zu. Sie fragt, was für Kleider ich Jill gekauft habe, und ich bemerke, wie sie ihre eigenen resigniert betrachtet – jetzt schon ein Haufen trauriger Lumpen. Sie fragt nach Jills Bekanntem – so nennt Jill ihren Liebsten nämlich, wenn sie ihn vorstellt: »Das ist mein Bekannter«, und ich stehe daneben und möchte sagen: Jill, Jill, *tu das nicht* – ich möchte sie warnen, doch ich weiß nicht wovor; ich weiß es wirklich nicht, wenn ich sie anschaue wie das Foto meines jüngeren Ichs und kaum glauben kann, daß sie nicht weiß, was für Schätze sie da – meiner Meinung nach – wegsperrt: Hände weg.

Dann rede ich mit Kate darüber, was sie studieren soll. Wenn sie den Willen hätte, könnte sie jetzt schon alle möglichen Vorlesungen und Kurse besuchen, auch wenn es aufs Ende des Semesters zugeht – für mich eine neue Betrachtungsweise des Kalenders. Aber im Herbst will sie auf die Fachhochschule gehen und Spanisch lernen. Etwas Einfacheres kann ich mir nicht vorstellen. Wenn ich davon spreche (und sie plappert es mir nach), so ist das der Einstieg zu einem Märchenleben wie Jills, wo alles möglich sein wird: Freunde, Erfolge, Unabhängigkeit.

In der Zwischenzeit hat sie vor, weiter hier herumzutrödeln. Von der Lebendigkeit, die die ganze Welt um sie herum mit Schwung und Tanz erfüllt, weiß sie offenbar nichts. Da gibt es keine Verbindung. Kurzschluß. Ein Abend mit Kate, und ich bin ausgepumpt. Ich gehe sogar eine Stunde früher als sonst zu Bett, um elf schon, damit ich ein bißchen Ruhe finden kann. Es entsetzt mich, daß dieses Mädchen hier ist. Ich sehe aber auch nicht, wie ich sie so ohne weiteres fortschicken kann, wie Jill verlangt. »Sag ihr doch einfach, sie muß nach Hause!« Das käme mir vor, als würde ich sie verurteilen. Aber wenn sie nicht hier wäre, dann könnten Richard und ich ... was? Hier zusammen essen? Daß wir miteinander schlafen werden, erscheint von Zeit zu Zeit unerläßlich, und dann verschwindet der Gedanke wieder im Hintergrund. Wie ist es nur möglich, daß zwei Menschen, um die herum sich bei jedem Zusammentreffen die ganze Umgebung aufheizt, nicht miteinander schlafen, ja noch nicht einmal viel daran denken?

Ob es das kleine Foto des jungen Mädchens und seine Bedeutung ist, was mich zurückhält? *Uns* zurückhält?

Ich habe mich vor den Spiegel gestellt, nackt. O ja, ich habe mir etwas vorgemacht. Kaum verändert, dachte ich immer, ohne groß hinzusehen, und paßte meinem alternden Körper meine raffinierten Kleider an, Oberflächen und Stoffe wie lebendige Haut ... Wenn ich einmal – wovor ich zurückschrecke – an die Liebe mit Richard denke, dann erfüllt mich ein Schmerz, eine Leere, als wollte ich ein Gespenst zum Fest einladen.

Von Freddie träume ich jede Nacht.

Davon, daß *wir* miteinander schlafen. Komisch, ich habe nie vorher von Sex mit Freddie geträumt. Wir hatten ja ein erfülltes Liebesleben, wie man so sagt; wovon hätte man also noch träumen sollen? Das fragte ich mich, wenn mir andere Leute erzählten, sie hätten sexuelle Träume. Auch nach seinem Tod träumte ich nicht von Sex, oder jedenfalls nahm ich von diesem Teil meines Traumdaseins keine Notiz: Ich erinnere mich an Orgasmen im Schlaf, aber die waren rein funktionell. Auch Masturbation war für mich immer eher etwas Praktisches als etwas Sinnliches: das muß sein, ich brauche es zum Entspannen, ich bringe es hinter mich – so war meine Einstellung. Weil ich wußte, wie es sein kann. Aber jetzt, sobald ich eingeschlafen bin, erlebe ich wilde, leidenschaftliche Liebesszenen mit Freddie, voller Reue und Sehnsucht. Verrückt. Wir sind verrückt, das kann man nicht leugnen.

Wenn ich einen Abend mit Richard verbringe, fragt Kate: »Gehst du zu Freunden?« »Warst du bei Freunden?« Ich antworte immer mit fester Stimme: »Ja.«

»Sind sie nett?« fragt sie kläglich. Damit meint sie: Würden sie mich mögen? Einmal fragte sie sogar böse: »Warum kann ich nicht mitkommen? Sind sie berühmt?«

»Hör mal zu, Kate, ich habe meine Freunde, und du wirst deine eigenen finden.«

Wie ich das aussprach, empfand ich es selbst, durch sie, als Zurückweisung, als grausam; so wie damals die Mitteilung, sie würde nicht bei *Lilith* arbeiten. Eine Tür nach der anderen schließt sich vor ihr, und die glanzvolle Welt des wahren Erfolges weicht immer weiter zurück, je näher sie herankommt.

Das Häufchen Elend kauerte sich in die Ecke meines großen Sofas und sah mich aus den anklagenden Augen eines mißhandelten Kindes an.

Wenn ich sie abends ins Bett stecke – täte ich das nämlich nicht, dann würde sie dort schlafen, wo sie gesessen hat, inmitten von Krümeln, Schokoladeresten und Kartoffelchips –, erscheinen mir die Geister von Teddybären und Puppen. Sollte ich ihr so etwas kaufen? Wäre das wieder grausam?

Und schließlich: mein Leben mit Richard. Das ist buchstäblich ein anderes Leben, und ich stürze mich hinein mit beflügeltem Fuß. Manchmal komme ich zum Rendezvous und habe die Hände voller Blumen, einfach um meiner Freude Ausdruck zu geben. Richard lacht, wenn er sie sieht, er lacht mir in die Augen, daß sie geblendet sind wie von hellem Sonnenlicht. Er nimmt sich eine Blume nach der anderen und steckt sie in mein Haar, meinen Gürtel, in ein Knopfloch. Ich stehe blumengeschmückt da, und die Leute gucken, zuerst tadelnd, aber dann werden sie in den Strudel unseres Glücksgefühls gezogen. Wo immer wir gehen, reißen wir andere mit. Gestern standen wir an einem der Brunnen auf dem Trafalgar Square und warfen Freesien und späte Narzissen hinein wie glückbringende Münzen, eine nach der anderen. Wir kauften sie von einem Straßenhändler, der rief: »Die letzten Narzissen des Jahres!«, und wir kauften einen Strauß nach dem anderen. Wenn der eine aufhörte zu kaufen, machte der andere weiter, bis wir die Arme voll hatten. Die Blumen schwammen im Becken, halb unter Wasser, grüngelb gegen hellblau, und ein paar kleine Mädchen zogen Schuhe und Strümpfe aus und paddelten hinterher, sie quietschten und schlitterten und warfen die Blumen zurück an den Rand. »Warum werfen Sie die denn weg, Mister?« kreischten sie und planschten, um alle einzusammeln; und so schenkten wir den kleinen Mädchen frische Blumensträuße von unserem Blumenberg und verteilten auf unserem Weg durch die St. Martin's Lane Narzissen an verblüffte Leute, die uns groß ansahen und dann lachten. Wahrscheinlich dachten sie, wir seien Schauspieler vom Theater und veranstalteten ein Happening.

Wir gehen häufig in Pubs. Es fing damit an, daß wir einmal vor dem Theater noch etwas trinken wollten und Richard sagte, er habe ganz vergessen, wie wunderbar Pubs sind. Er sagte, im Ausland habe er sie mehr als alles andere vermißt. Er sagte, nirgendwo anders gebe es etwas Vergleichbares.

In bin nie viel in Pubs gegangen, und jetzt frage ich mich, warum eigentlich nicht? Nun, zum einen braucht man dafür einen Begleiter.

Und wie amüsant sie sind, die Londoner Pubs. Jeder öffentliche Platz gleicht ja einem Theater, ganz besonders jedoch die Pubs, weil die meisten Leute dort Stammgäste sind. Wir setzen uns erst einmal irgendwohin, bis unser Lieblingsplatz in der Ecke frei wird, denn dort sind wir nicht im Weg, und niemand braucht Notiz von uns zu nehmen.

Wir trinken Scotch, er mit Eis und ich ohne, die beiden Gläser stehen dicht nebeneinander, und das Licht malt ölige goldene Muster in der Flüssigkeit, die sich auf der Tischplatte widerspiegeln. Wie gemütlich und freundlich es doch in diesen Pubs zugeht; wie die Menschen kommen und gehen, scheinbar zufällig, aber doch jeder genau nach seinem Rhythmus, der Pub-Besuch nur ein kleiner Teil des Tagesablaufs, den wir nicht kennen. Wie verschieden wir doch sind, nie zweimal dasselbe Gesicht, diese erstaunliche Vielfalt in einem: die Tür geht auf, ein neues Gesicht kommt herein, seine Einzigartigkeit hätte man nie und nimmer vorhersagen können.

Und dann unser Gespräch. Zwar ist dies nur eines von vielen, wiederholt sich aber am häufigsten.

Richard sagt: »Warum merken die Leute hier nicht, was sie eigentlich haben, warum müssen sie alles so in den Dreck ziehen?« Abgewandelt: »Warum seht *ihr* bloß nicht . . .« Ein andermal: »Ich, wir . . .«; »Könnten wir nur . . .« dieses oder jenes sehen, jenes oder dieses tun. Immer nur das Schlechte, sagt er, im Fernsehen, in der Zeitung, nie ein gutes Wort – über sie, über euch, über uns.

Ich sage: »Aber es steht doch wirklich schlecht.« Ich zähle Arbeitslosigkeit und Unternehmenspleiten auf; ich klage über all die gräßliche Schlamperei und Ineffizienz, bei der man das Gefühl hat, alles rinne einem durch die Finger, man könne nichts wirklich zu fassen bekommen . . .

Und er sagt, das sei überall so, denn alles sei zu groß und unhandlich geworden, das habe nichts mit England zu tun – mit uns, mit euch, mit ihnen.

Ich erzähle ihm von *Lilith*, von der Sisyphusarbeit, alles in Gang zu halten gegen den Widerstand, der mir wie eine freundliche Gleichgültigkeit erscheint, wie ein stillschweigendes Einverständnis, daß es auf nichts wirklich ankommt.

Er sagt, wir – ihr – sie wüßten gar nicht, was wir da haben. Und was wir haben, das sind – die Menschen. Er sagt, da hätten wir gesunden Verstand und Vernunft und Gleichgewicht und Gerechtigkeit, und wir wüßten es nicht zu schätzen.

Ich erwidere: »Ich weiß es zu schätzen.« Und ich erzähle ihm, wie ich in dieser Stadt herumgehe und mich an den Menschen weide, ja von ihnen lebe, so jedenfalls empfinde ich es: die kleinen Szenen, die sich selbst Bühne genug sind, die Komödien, die allgegenwärtige Freude am Paradoxen, die man heraushört aus dem, was ein Kunde im Gemüseladen sagt oder zwei Mädchen im Bus.

Er sagt: »Trotzdem, ihr alle seid verwöhnt. Ihr lebt hier in dieser kleinen Oase, umgeben von Chaos und Terror und Menschen, die nicht auszusprechen wagen, was sie denken.«

Ich: »Dann wird es ja wohl Zeit, daß du ganz nach Hause kommst und hier bleibst.«

Er: »Ich könnte nicht mitansehen, wie alles verkommt. Sonst, wenn ich zu lange weg war und dann wiederkam, ist mir schon manchmal aufgefallen, daß es hier so etwas gibt, etwas ganz Besonderes, aber diesmal ist das einzig Neue, daß ihr alles ständig runtermacht und vor die Hunde gehen laßt.«

Er zieht eine Zeitung heraus und legt sie zwischen uns auf den Tisch, und dick und doppelt unterstrichen hat er: Arbeitslosigkeit, den Stand des Pfunds, Streiks, Irland, die Abwasserprobleme, die Krise im Bahnwesen . . . Wenn ich mich dann im Pub umschaue nach *ihnen, euch, uns*, mich frage, ob jener Mann arbeitslos ist oder das junge Pärchen da drüben je Arbeit hatte, ob all die zur Schau gestellte Lustigkeit, Gelassenheit, Zuversicht nichts als eine Maske sind, dann fragt er: »Wie ist es möglich, daß ihr nicht seht, was ihr tut?«

Heute sagte er: »Vielleicht habt ihr ja nichts Besseres verdient. Was man nicht zu schätzen weiß, das verliert man.« Zorn: leidenschaftliches, ja geradezu heftiges Ressentiment. In Richard lauert unterdrückte Heftigkeit.

Aber er redete von uns, von ihm und mir, genauso wie

von *ihnen* oder *euch* – er wich dem Persönlichen aus, das uns nicht gestattet ist. Und ich vermied, ihn anzublicken, damit er glaubte, ich hielte mich an die Regeln. *Seine* Regeln; nach seinen Regeln richte ich mich. Aber ist das wirklich wahr? Warum zögere ich dann, das kleine Foto von mir aus der Handtasche zu nehmen, wo es in einem allmählich verschmutzenden Briefumschlag liegt? Ach, ich habe ja ebensoviel Angst wie er! Vor den großen Bedrohungen – sicher; doch die gehen über mein Begriffsvermögen hinaus wie über das aller anderen auch; sehr viel Angst habe ich um Richard und mich. So verwundbar sind wir, so leicht kann das, was wir besitzen, zersprengt werden. Ein Wort könnte ausreichen; oft macht ein Wort oder ein Blick unsere Freude aneinander zunichte, macht uns verlegen, so daß wir beide nach Worten oder einer Geste suchen, um es zu überspielen, und über irgend etwas anderes sprechen, uns Nonsensdialoge ausdenken, wie wir es oft aus reinem Vergnügen am Wort, am Wortspiel tun; oder wir stehen auf von unseren Plätzen im Pub oder einer Bank und gehen schnell weg, weg von der Stelle, wo die Gefahr aufgetaucht ist.

In letzter Zeit war es sehr heiß. Fort ist das Frühlingsrosa und -weiß der Bäume, statt dessen sind sie sattgrün. Sommer. Gestern hatte ich mein gelbes Leinenkleid an und saß mit Richard im goldenen Sonnenschein auf der Straße, und er sagte in dem Ton, wie er immer Komplimente macht, warm und doch mit einem gewissen Bedauern, das Tribut an etwas Unausweichliches ist, den Wurm im Apfel: »Schöne Janna!«

Ich hatte ihm erzählt, daß ich für praktisch jeden, nur nicht für die Verwandtschaft, Janna bin, und er hatte mir sofort recht gegeben: »Janna, natürlich mußt du Janna heißen, Jane ist viel zu feierlich«, und das Wort sprach er schwer und schleppend aus, J-a-a-a-ne, so daß wir beide lachen mußten. Aber ganz unbeschwert lachte ich nicht, denn in diesem *Jane* klang für mich die Last und die Einengung durch die Familie mit.

Genau in diesem Moment, so wahr mir Gott helfe, hatte ich die Eingebung, das Foto aus meiner Handtasche zu ziehen und ihm zu reichen. Er nahm es verständnislos entgegen, er wußte nicht, was es war, und als er dann genauer hinschaute, straffte er sich, richtete sich auf. Er legte das Foto zwischen den weißen Porzellanascher und die hohen Gläser mit Orangensaft, und lange starrte er jenes Mädchen im geblümten Kleid an. Er atmete heftig. Das Blut war ihm zu Kopf gestiegen. Wie ich bedauerte, ihm das Bild gegeben zu haben! Wie ich litt, als ich mit pochendem Herzen dort saß und wußte, daß etwas Schreckliches geschehen war: Ich, ich hatte es getan! Ich wandte die Augen ab, aber schnelle besorgte Blicke stahlen sich doch hinüber, und da saß er immer noch und schaute mich an, dreißig Jahre verloren und vorüber. Müde wirkte er jetzt, sogar ausgebrannt. Und blaß. Unser fabelhafter Tag, lauter Sonnenschein und heißer blauer Himmel und entspannte lachende Menschen in Sommerkleidern – wo war er geblieben? Und wo waren wir? Nicht mehr Teil davon. Mir schossen alle möglichen Gedanken durch den Kopf, die ich sofort zurückwies. Etwa: Das ist unfair. Etwa: Er *wollte* doch ein Mädchenbild von mir haben. Etwa: Macht er es mir zum Vorwurf, daß ich mit fünfzig nicht mehr aussehe wie mit zwanzig? Etwa: *Du quälst mich!*

Er selber litt, und er litt schwer.

Er sah mich nicht an; das wollte er nicht. Ihn umgab etwas Wildes, Bitteres, und ich fühlte, daß das nichts mit mir zu tun hatte. Um so schlimmer; ich atmete kaum, denn Atmen tat weh, und ich wollte nur weg von hier, so schnell wie möglich, beinahe egal wohin.

Schließlich, wohlüberlegt, genau auf mich oder auf die Situation abgestimmt, sagte er: »Donnerwetter!«

Die Ecken des rot-weiß-blauen Papiertischtuchs wurden von einem Windhauch angehoben, und das Foto wäre beinahe davongeflogen. Aber er klappte schnell die Hand darüber wie über einen Schmetterling oder etwas, das man einfangen will, und dann schaute er noch einmal darauf, einen Ausdruck von Schmerz im Gesicht, und steckte es in die Brusttasche.

»Gehen wir«, sagte er, streute hastig Kleingeld für die Getränke auf den Tisch, viel zuviel, und marschierte los, ich hinterdrein. Wir gingen die Old Brompton Road entlang, waren dann in der Cromwell Road und merkten gar nicht, wie die Häuser immer niedriger und verwohnter wurden, bis wir uns schließlich in dem Straßenlabyrinth zwischen Shepherd's Bush und Hammersmith befanden, dem übervölkerten London, wo die Menschen wohnen, nicht arbeiten, und wo sie spazierengehen und Kinderwagen schieben und alles mögliche einkaufen, von Rice Crispies bis Yamwurzeln, von fliegenden Fischen bis Marsriegeln, und wo sie auf der Straße stehen und tratschen: Und dann sagte sie das, und dann tat er jenes ... Und immer noch hatten wir einander nicht angesehen. Die Sonne brannte vom Himmel, das Pflaster brannte heiß unter unseren Füßen, und wir atmeten heftig, weil wir so rasch ausgeschritten waren. Wir blieben schließlich unter einer Platane stehen, die direkt aus dem heißen Pflaster zu wachsen schien und an deren Fuß zwei Pepsi-Cola-Dosen, eine Anzahl Eisstiele, ein schmutziger Zeitungsfetzen und ein blauer Kinderball mit einem aufgemalten gelben Kichergesicht lagen. Wir blickten in einen winzigen Vorgarten, wo ein Mädchen in orangefarbenem Bikini mit einer schwarzen Schlange auf sieben leuchtendrosa Tulpen zielte, die in einem Quadratfuß schwarzer Erde wuchsen. Die Tulpen umgab ein Regen aus glitzerndem Wasser; um die Schultern des Mädchens tanzte, glänzend in der Sonne, dunkles Haar, und auf einer Hüfte hielt sie ein beinahe nacktes Baby, braungebrannt von der Hitze dieser einen Woche. Sie sah uns, schwenkte den Schlauch ausgelassen, so daß wir etwas vom Wasserstrahl abbekamen, rief: »Hallo!« und »Schönen Tag noch« in einem starken Midwest-Akzent, legte den tropfenden Schlauch zusammengerollt auf den Boden und stieg lässig mit ihren ungeheuer weißen Schenkeln die Stufen hinauf ins Haus; die Tür stand offen, um Luft hereinzulassen.

Und nun seufzte er und legte mir den Arm um die Schultern, sah mich aber immer noch nicht an, und so standen wir und betrachteten die rosa Tulpen, die in der Sonne glitzerten.

Es ist immer noch heiß. Wir alle wissen, daß dieser Sommer, der bereits eine Woche andauert, sich jederzeit verabschieden kann bis zum nächsten Jahr, und es ist, als atme England Sonnenschein, so als wäre jeder Atemzug der letzte vor dem Hereinbruch der Schneestürme. In den Londoner Parks wimmelt es von nackten Körpern, die sich auf dem Rasen räkeln; in den Straßen der City flanieren Mädchen in Kleidern, die für Hawaii oder die Riviera gedacht sind, mit bloßen, gefährlich geröteten Schultern, mit weißen Beinen, die von sanfter Röte überzogen sind, mit weit fliegenden Haaren, um jeden kostbaren Sonnenstrahl zu erhaschen. Wir alle suchen eifersüchtig jeden goldenen Augenblick einzufangen – Richard und ich genau wie alle anderen auf diesem gefährdeten Eiland verbringen jede

Sekunde im Freien. Das heißt jede freie Sekunde; er hat seine Verpflichtungen, die er mir noch nicht anvertraut hat; ich habe in der Redaktion jetzt so viel Arbeit wegen Phyllis' Schwangerschaft. Aber trotzdem entwische ich immer wieder, und wir sitzen am Soho Square und essen süß-saure China-Spezialitäten oder Pizza mit dem Duft von Olivenöl und richtigen Tomaten, und dann sagt einer von uns: »Jetzt muß ich aber los . . .« Im ganzen Leben kann ich mich nicht an ein so trostloses Gefühl im Herzen erinnern, wie wenn Richard sagt: »Liebste, ich muß dich jetzt verlassen«, wie wenn ich »Auf Wiedersehen« sagen und ihn allein auf der Bank zurücklassen muß.

Unser Sommer ist nicht mehr. Regenschauer, alles naß und grün und urwaldhaft. Heute fragte Richard: »Was war das noch mal, weshalb ich nicht zu dir kommen kann, ich habe es vergessen.« Er sagte es hart und rauh. Und unwillig. Wegen unseres nomadenhaften Wanderlebens in Straßen und Parks, in Cafés, Restaurants, Theatern und Pubs: unser wirkliches Leben.

»Ich könnte meine Nichte bitten, das Wochenende woanders zu verbringen«, antwortete ich nach einigem Nachdenken. Daraufhin lachte er. Wie ich. Es klang so kläglich und lächerlich. Aber seine Augen ruhten kritisch auf mir. Galt die Kritik mir? Ich bin nicht sicher.

Heute diese Szene. Nach einem Abendessen mit Richard war ich spät nach Hause gekommen, hatte aber für Kate etwas aus dem China-Restaurant mitgebracht; sie ißt nie eine richtige Mahlzeit, wenn ich sie ihr nicht vorsetze. Wie üblich hockte sie in der Sofaecke, hing am Walkman und zappelte mit Armen und Beinen. Auch als ich das Essen auf einen Teller tat und ihr brachte, legte sie die Kopfhörer nicht ab. Sie roch säuerlich, und ihr Gesicht war so schmuddelig wie bei manchen alten Leuten, denen die tägliche Körperpflege zuviel wird.

Sie wollte einfach mit den Kopfhörern über den Ohren anfangen zu essen, aber ich winkte ihr sozusagen vom jenseitigen Ufer zu, und hastig, wenn auch widerwillig, nahm sie die Kopfhörer ab. Dann fiel sie über das Essen her.

»Kate«, sagte ich, »ich möchte, daß du dieses Wochenende nicht in meiner Wohnung bist.«

Es war, als hätte ich ihr eine schallende Ohrfeige verpaßt. Mitten im Essen klappte ihr Unterkiefer herunter, und ihr schossen Tränen in die Augen. Echte Tränen. Sie stammelte vor Entsetzen.

»Aber . . . Aber . . .«

»Kate«, versuchte ich zu erklären, »du mußt doch verstehen . . .«

Aber sie war unfähig, so etwas zu verstehen; es war, als hätte ich einer Dreijährigen gesagt: Dieses Wochenende hast du kein Zuhause. Verständnislosigkeit. Dann rasende Auflehnung.

»Warum? Warum?« heulte sie. »Was habe ich denn getan?«

»Nichts hast du getan, Kate! Das kann doch nicht so unerhört sein, daß ich meine eigene Wohnung mal ein Wochenende für mich haben will!«

»Wer kommt zu dir?« wollte sie wissen. Jetzt war sie trotzig, war rot vor Zorn. Ich war verblüfft. Ich saß ihr einfach gegenüber und versuchte sie zu begreifen. Sie konnte doch nicht annehmen . . . hatte sich doch nicht etwa vorgestellt . . . glaubte doch nicht . . .

»Ich wäre überhaupt nicht im Weg«, hielt sie mir jetzt entrüstet vor; das war alles so idiotisch, daß ich ein Machtwort sprechen mußte.

»Hör zu, Kate. Nur dieses Wochenende. Samstag und Sonntag. Du kannst doch wohl für zwei Tage nach Hause fahren?«

Sie starrte mich an. Ich starrte sie an. Das war alles so blödsinnig, so unmöglich, nicht auszuhalten!

»Wie kann ich denn nach Hause?« jammerte sie, und das klang etwas dick aufgetragen, daß ich einen Moment sogar befriedigt war: Wann immer Kate eine einstudierte Szene aufführt, oder wenn sie wirklich verärgert ist, freue ich mich. Egal was, Hauptsache, es zeigt Energie, Antriebskraft, Selbstbewußtsein.

»Ich sehe nicht ein, warum das nicht gehen soll«, erwiderte ich. Dann auf einmal veränderte sich ihre Miene: Eine angenehme, sanfte Erregung glitt darüber.

»Ich gehe einfach zu Jill«, verkündete sie. Keine Spur mehr von Kränkung und Schmerz, sie war ganz Erwartung und schwatzte fröhlich über Jills Wohnung und Jills Freund und wie sie früher zu Hause dieses und jenes mit Jill angestellt hatte.

Heute im Büro fragte ich Jill: »Würde es dir etwas ausmachen, dieses Wochenende Kate zu dir zu nehmen, nur für die zwei Tage?«

Und da merkte ich, daß sie genau davor die ganze Zeit Angst gehabt hatte, denn sie war wie vom Donner gerührt – erschlagen. Mit zitternden Fingern suchte sie nach einer Zigarette. Wo war meine beherrschte, tüchtige Jill? Hier saß mir ein verletztes, bedrohtes junges Wesen gegenüber und starrte mich aus ängstlich flehenden Augen an.

»Irgendwie ist das hier doch nicht ganz angemessen – das ist lächerlich«, sagte ich. »Was verlange ich denn schon? Daß du deiner Schwester zwei Tage lang Unterkunft gibst – eine Übernachtung! Nach Hause will sie nicht.«

»Jane! Wenn du nicht einsiehst –«

»Irgendwann wird sie ohnehin in deine Wohnung kommen. Du kannst sie nicht auf Dauer aussperren.«

»Wenn sie erst einmal drin ist, geht sie nie mehr weg.«

»Tu doch nicht so hilflos, Jill! Immerhin ist Mark auch noch da.«

»Wenn Kate kommt, wird er jedenfalls nicht da sein.«

»Kennt er sie?«

»Nein, und wenn es nach mir geht, soll er sie auch nicht kennenlernen.«

»Das ist einfach albern.«

Langes Schweigen. Sie hockte mit hochgezogenen Schultern da, paffte Rauchwolken, drückte ihre Zigarette im Aschenbecher aus, hob sie wieder auf, betrachtete sie geistesabwesend, warf sie hin, zündete sich eine neue an, rauchte, bis sie in einer Wolke blauen Qualms saß.

»Du willst hoffentlich nicht behaupten, du hättest Angst, Mark wegen Kate zu verlieren?«

Sie überlegte. »Nein. Vielleicht. Aber warum sollte er sie ertragen?«

»Ach, die liebe Verwandtschaft«, seufzte ich.

»Faß dich an die eigene Nase. Du und deine Schwester. Jane und Georgina! Ihr haßt einander seit eh und je.«

»Blödsinn«, behauptete ich fest. War aber doch verunsichert: Haßte ich Schwester Georgie? »Vielleicht haßt sie ja mich«, sagte ich.

»Ihr wart offensichtlich euer ganzes Leben lang wie Hund und Katz. Ihr habt euch in allem widersprochen, wart Gegensätze.«

»Also Jill, tut mir leid, wenn ich die Familienmythologie durchlöchern muß, aber selbst wenn ich Schwester Georgies fixe Idee gewesen sein sollte, so war sie jedenfalls keine für mich. Sie hat vielleicht ihr Leben lang über ihre furchtbare Schwester hergezogen, aber ich versichere dir, ich habe jahrelang kaum an sie gedacht.«

»Glückliche Jahre«, sagte Jill.

»Sie spielte in meinem Leben einfach keine so wichtige Rolle.«

»Warum schickst du Kate denn nicht einfach nach Hause?« forderte Jill wütend.

»Dich habe ich auch nicht nach Hause geschickt.«

Darüber dachte sie ein Weilchen nach, sah verlegen drein, deutete ein Kopfschütteln an, als wollte sie sich entschuldigen. Aber sie war zu verrannt in ihre Angst.

»Das habe ich mein ganzes Leben lang befürchtet, daß mir aus irgendeinem Grund Kate aufgehalst würde. *Deine Schwester*, sagst du – aber ich habe sie mir nicht ausgesucht.«

»Jill«, sagte ich, »zwei Tage lang. Mehr nicht. Sonntag abend komme ich und hole sie wieder ab.«

»Alles wegen einem Mann. Ein Wochenende im Liebesnest. Warum geht ihr nicht in ein Stundenhotel?«

Ich weiß nicht, wie ich niederschreiben soll, was ich da empfand. Daß ich mich angegriffen fühlte ... Als ob sie mich geschlagen, eine Ladung Dreck über mir ausgekippt hätte ... als ob Unrat aus ihrem Mund gesprudelt wäre. Mir war schlecht und schwindlig.

»Janna, Jane, oje, das habe ich doch nicht so gemeint, das tut mir so leid – ach, was habe ich da nur gesagt? Was soll ich nur tun?« Sie war aufgesprungen und lief im Büro hin und her, drückte die Fäuste gegen die Wangen, fixierte mich, fuchtelte mit den Händen in der Luft herum, als wollte sie jemand Unsichtbaren schlagen. Ihre Tränen strömten, sie war krank vor Reue und Schmerz. So wie ich.

»O Jane«, rief sie, »natürlich nehme ich sie. Natürlich. Es tut mir so leid.«

Und jetzt ist das Wochenende, das schon vor seinem Beginn einen solchen Gefühlssturm ausgelöst hat, vorbei. Kate ist gebadet, gefüttert und im Bett.

Ich sitze in meinem Schlafzimmer, das mir vorher immer so gemütlich und zu mir passend vorgekommen war, meine natürliche Umgebung, ja mein Zuhause; ich mag es nicht mehr. Ich schaue aus dem großen Fenster auf die Bühne des Londoner Himmels, purpurn, violett, der opalne Schein der reflektierten Lichter, ein Himmel, der nie dunkel ist, denn unter ihm liegt London, und sein Widerschein überblendet Wolken und Schwärze. Vor mir liegt das Tagebuch, ich schreibe, und es ist, als wäre ich nicht wirklich vorhanden, als wäre ich leer, als hätte man mir etwas weggenommen. Aber wie unvernünftig von mir, so zu empfinden ...

Ich werde das Schreiben auf morgen verschieben.

Vielleicht nehme ich noch ein Bad. Obwohl ich sehr ungern nach Kate bade, denn ihr Schmutz scheint in den Emailleporen zu haften, ihr schaler Geruch scheint sich mit den Badesalzen und dem Duft warmer trockener Handtücher zu vermischen. Ich werde ins Bett gehen und dort an meinen Liebsten Richard denken, mit dem ich, so wie es aussieht, niemals ein Bett teilen werde. Tausend Schwerter liegen zwischen uns.

Samstag morgen zerrte ich Kate aus dem Bett. Wortwörtlich: ihre Knie waren bis zum Kopf hochgezogen, ihre Muskeln im Widerstand gegen mich verkrampft. Da kam mir das alles schon so furchtbar vor, daß ich sie am liebsten liegengelassen und Richard abgesagt hätte. Aber selbst wenn die Durchführung peinlich und nicht nur gegenüber Kate und Jill, sondern auch mir gegenüber selbst rücksichtslos sein würde, so wäre ein Rückzieher doch zu absurd gewesen. Ich zwang Kate zum Aufstehen, machte alles für sie, außer sie buchstäblich anzuziehen, drückte ihr eine Tasse heiße Schokolade und einen Croissant in die Hand, gab ihr dann Geld und einen Stadtplan, auf dem ich ihr zeigte, wie sie zu Jill kam. Mürrisch, widerwillig, rachebrütend, so ging sie. Ich sah sie auf der Straße, wie sie zu meinem Fenster hinaufstarrte. Mir tat das Herz weh. Was heißt das schon? In der Welt des Herzens, dieses widerspenstigen, eigensinnigen Organs, kenne ich mich nun bestens aus. Auf Kate reagiert mein Herz mit dumpfem Kummer, mit Hoffnungslosigkeit. Jill: ein warmes Glühen, wahrscheinlich eine Form von Egoismus, weil ich ihr geholfen habe, voranzukommen. Richard? Da geht es nicht mehr um ein Organ in meiner Brust; ich denke an ihn, und auf meinem Gesicht erscheint ein Lächeln, meine Füße zucken, als wollten sie tanzen.

Allmählich erkenne ich den dumpfen Schmerz, den Kate, dieses Häufchen Elend, in mir hervorruft, als Symptom des Versagens: des meinigen.

Ich rief Jill an, um Bescheid zu sagen, daß Kate unterwegs sei. Mark war am Apparat. Seine Stimme klang freundlich, aber zerstreut. Sie verlegten gerade den Teppichboden im Bad, sagte er.

Dann machte ich mich ans Aufräumen. Mrs. Brown kommt wie immer zweimal die Woche, aber es besteht ein unausgesprochenes Einvernehmen, daß sie Kate nicht hinterherräumt. Ich tat mein möglichstes, dann kaufte ich ein. Für ein Festmahl. Wie lange ist es her, daß ich von diesem meinem – nicht unbeträchtlichen – Talent Gebrauch gemacht habe? Wenn ich an die kleinen Dinnerparties denke, die Freddie und ich gaben – nein, vielleicht sollte ich nicht daran denken. Was wir beide am meisten genossen haben, war nämlich die Vorbereitung, unsere perfekte Leistung, und die Gäste gaben anscheinend nur das Publikum für unsere Selbstdarstellung ab. Will ich wirklich so darüber denken? Nein, ganz gewiß nicht; und doch kommt es mir jeden Tag mehr so vor, als würde das, was Freddie und ich gemeinsam hatten, herabgewürdigt, zunichtegemacht. Daß es nicht so war, wie es hätte sein sollen – das weiß ich ja. Aber derart wenig? Diese Träume: Nacht für Nacht ist er die Landschaft, in die ich gehe, und doch sind immer Barrieren zwischen ihm umd mir aufgerichtet. Oder *ich* bin die Barriere, so als sei mein Selbst, mein Wesen etwas Abstoßendes für ihn, für das, was ich sehen, aber nicht berühren kann. Nebel fließt zwischen uns, oder er geht fort, wenn ich auf ihn zukomme, oder ich stehe dicht bei ihm und spähe hoffnungs- und sehnsuchtsvoll in sein liebes Gesicht, aber er lächelt nicht, und ich kann mich keinen Schritt vorwärts bewegen, und selbst wenn ich meine Hände nach ihm ausstrecken möchte, sind sie zu schwer, um sie emporzuheben. Wenn wir uns lieben, liegt darin nur Gram und Schmerz: Er geht fort oder ich.

Als alle Zimmer aufgeräumt waren, nahm ich ein Bad, keins ›meiner‹ Bäder, die stundenlang dauern können und jetzt so selten geworden sind, nur ein Zweckbad. Ich stand in meinen Janet-Reger-Dessous vor dem Spiegel und ließ die Seide des Unterrocks an mir heruntergleiten, elfenbein mit kaffeebrauner Spitze, und ich fühlte mich beschmutzt und vulgär und wünschte, ich könnte mich darauf freuen, ein Wochenende lang nur mit Richard durch London zu streifen.

Wir trafen uns im indischen Restaurant unten an der Straße. Zum erstenmal. Als ich hereinkam, grüßten sie mich dort und wechselten ein paar Worte mit mir. Richard ist noch nie in meinem Revier gewesen, und ich bemerkte, wie er beobachtete, was für ihn neu war: mich in meiner gewohnten Umgebung. Mr. Lal fragte nach Jill, die hier oft mit mir gegessen hat, und dann nach Kate – in einem anderen Ton, der sich jedes Urteils enthielt.

Samstag mittag: das Lokal war angenehm belebt. Man kann hier gut und preiswert essen. Richard war unfroh. Ich auch. Unsere Körperfunktionen waren gegen uns, nicht einmal das Essen schmeckte. Richard saß mir gegenüber mit dem Rücken zum Raum, aber er drehte sich ständig um, um zu sehen, wer hereinkam, oder um zwei junge Männer am Nebentisch zu beobachten, die gerade von einer Reise im Landrover durch Afrika zurückgekehrt waren. Viele Abenteuer, unter anderem waren sie irgendwo von irgendeiner Armee als Spione festgenommen worden. Braungebrannt, topfit, kraftstrotzend, planten sie schon den nächsten Trip: wahrscheinlich durch Indien. Darüber sprachen sie mit dem Kellner: der war interessiert. Unter der Maske seiner Höflichkeit auch amüsiert, glaube ich. Neidisch? Ärgerlich? Diese beiden jungen Prinzen, die sich so einfach jeden Kontinent aussuchen können: Wie wär's mit der australischen Wüste? – Nein? Du hast was gegen die Aussies? Dann vielleicht Südamerika? – Zu viele Kriege und Revolutionen? Warum dann nicht Indien?

Richard hatte den Arm um die Stuhllehne geschlungen und lauschte; er hatte nicht aufgegessen. Seine ganze Haltung verriet, daß er sich hier, in meinem Restaurant, nicht wohl fühlte und nur darauf wartete, gehen zu können. Dabei waren wir doch zusammen in hundert Restaurants gewesen, und nie ist uns die Zeit lang geworden.

Im Kino spielte man *Kinder des Olymp*, und ich sagte: »Das habe ich mir mindestens sechsmal angesehen.« »Wie jeder«, sagte er, und wir blieben stehen und überlegten: Wollen wir das? Insgeheim dachten wir: Wenn dieses Wochenende liefe, wie es sollte, dann wäre *Kinder des Olymp* eine fabelhafte Ergänzung, eine Zugabe der Götter ... doch es regnete, mehr ein kalter Winterregen als ein Sommerregen, und nicht hineinzugehen wäre nur dumm gewesen.

Wir ließen viel Platz zwischen uns, und diesmal trauerte ich nicht um künftige Trennungen im Film, sondern bedauerte das Heute, hier in diesem kleinen, in meinem Kino, in dem ich oft gesessen habe, fast immer allein, und heimlichen Vergnügungen frönte, wie ganz allein Pralinen essen, obwohl man weiß, daß man es eigentlich nicht tun sollte. Nicht an diesem Nachmittag. Ich konnte Richard nicht wie sonst spüren als elektrisierende Ausstrahlung meiner selbst, denn etwas lastete über uns. Und als am Schluß die Liebenden in den Menschenstrom gerieten und er seine verlorene Geliebte zu erreichen suchte und die Menge um ihn drängte und schob, daß er nicht vorwärts kam, sie schließlich nicht einmal mehr sehen konnte, und sie für immer fortfuhr – da dachte ich: *Na und? Das ist doch immer so.*

Dann war es acht Uhr, ein feuchter, unfreundlicher, windiger Abend. Wir gingen in das Pub in meiner Nachbarschaft, aber ein besonders nettes Pub ist es nicht, jedenfalls war es an diesem Abend nicht gemütlich, und Richard spielte mit seinem Glas und hatte wie im Restaurant den Arm über die Rückenlehne gelegt und saß halb abgewendet, als wäre er schon fort.

Trotzdem blieben wir einige Zeit, weil eigentlich keiner von uns hierher wollte. Am Ende gingen wir doch. Es war eine schöne, wenn auch windige Nacht geworden. Die Bäume wurden von scharfen Böen geschüttelt und gezaust, die geradewegs von einem Gletscher zu kommen schienen. Der Wind blies aus Nordwest, und ich stellte mir einen schwarzen Ozean vor, der einem Meer von Eisbergen glich, über das unser Wind blies, denn jenseits, hoch oben im Norden, ist jetzt ja Sommer oder fast, und die Tundra bringt bunte kurzlebige Blumen hervor und Schwärme von Moskitos, und Tümpel und Bäche führen eiskaltes Wasser unter einem heißen blauen Himmel. Sehr bald haben wir Juni.

Langsam gingen wir hierher, stiegen die Treppe hinauf bis zum dritten Stock, und als ich die Tür öffnete, trat er einen Schritt vor und blieb stehen, als sei er nur dazu hergekommen – sich einmal kurz und gründlich umzusehen und dann wieder zu gehen. Ich sah das Zimmer mit seinen Augen: groß, niedrig, beigefarbene Wände, weiter Parkettfußboden mit schönen Teppichen – Freddie verstand viel von Teppichen aus Persien und Indien, aus Bokhara und dem fernen Cathay – und mitten darin schwebend mein hellgraues Sofa, ein paar zitronengelbe und ein roter Sessel; mir war dieses Zimmer zutiefst zuwider, angefangen von den Pflanzen aus den Urwäldern Südamerikas, die die ganze Stirnwand säumen, bis zu der riesigen Kristallkugel, die in einem Fenster hängt und, wenn man sie berührt, wirbelnde kleine Regenbogenlichter verstreut.

Ohne ein Wort, die Schultern steif und ergeben, ging mein schöner Kavalier zum Sofa, blieb stehen, besah sich die schmuddelige Kuhle, die Kates natürlicher Lebensraum war, und setzte sich daneben.

Ich ging in die Küche und wollte am liebsten sterben; ich richtete ein Tablett mit Drinks, brachte sie hinein und stellte sie auf den langen Glastisch zwischen uns. Denn neben ihn konnte ich mich nicht setzen.

Und immer noch hatte er kein Wort gesagt und mich nicht angesehen.

Ich malte mir aus, wie er das kleine Foto herausholen, es mit ernster Miene auf die Glasfläche des Tisches legen und dann fragend aufblicken würde. Aber er sagte kein Wort, schüttelte nur mutlos den Kopf, lehnte sich mit übergeschlagenen Beinen und gesenktem Kopf zurück und sah an mir vorbei auf den Teppich.

Ich sagte: »Es war ein entsetzlicher Fehler.«

Er zuckte die Achseln. »Ja. Aber warum?«

»Das ist die Frage.«

Wir tranken einen Schluck Scotch, und dann noch einen, und das Eis in seinem Glas zerlief in dünnen Schlieren.

»Ich habe etwas zu essen vorbereitet«, sagte ich schließlich.

Er, barsch: »Gut zu wissen, daß du kochen kannst.«

Und da endlich konnten wir lachen. Er klopfte auf den Sofaplatz neben sich, merkte, daß dort ja Kate ihre unauslöschlichen Spuren hinterlassen hatte, und deutete auf die andere Seite. Ich setzte mich neben ihn, und wir hielten uns bei den Händen.

»Was für eine vollkommene Dame du doch bist«, faßte er sein Urteil über mich zusammen. »Ich hätte wohl nichts anderes erwarten sollen. Deine Kleider – niemals auch nur ein loser Faden.«

»Das gehört zu meinem Beruf.«

»Sicher.«

Unsere Hände, fest verschlungen, waren wie Verbündete gegen alle ringsherum, auch gegen uns selbst, die wir spürten, wie fern wir uns waren.

»Haben wir uns alles nur eingebildet, Janna?« fragte er ernst und besorgt. »Haben wir uns etwas vorgemacht?«

»Im Moment sieht es fast so aus«, sagte ich, und unsere Hände protestierten, nein, Unsinn.

»Glaubst du es denn?« fragte er.

»Nein, eigentlich nicht.«

»Wir sind noch nie vorher allein gewesen«, sagte er.

»Wirklich?«

Schweigen.

»Soll ich nicht das Essen machen?«

»Du hast selbstverständlich etwas vorbereitet, das bei einem Minimum an Arbeit ein Maximum an Genuß bereitet.«

Ich mußte lachen, obwohl mir klar war, daß er hier etwas zutiefst beklagte. Eine Klage gegen mich?

»Ich freue mich jedenfalls darauf. Ich mag gutes Essen. Wie du gemerkt haben wirst.«

Während ich in der Küche beschäftigt war, fragte ich mich, was er inzwischen tat, mochte aber nicht nachsehen. Aber ich hörte ihn, und als alle meine Töpfe vor sich hinbrodelten, ging ich hinaus, und da lehnte er in aller Ruhe an der Schlafzimmertür. Ich trat zu ihm, und wieder sah ich mit seinen Augen: ein nicht sehr großes quadratisches Zimmer, überall sanft schimmerndes Elfenbein mit einem sonnengelben Casa-Pupo-Teppich und zartgelben Vorhängen. Ein ziemlich großes Bett mit Ziergeländern aus Messing und einem weißen portugiesischen Überwurf. Darüber verteilt ein paar leuchtende Kissen. Mein Schlafzimmer, ganz in Weiß und Gelb. Sonst wenig Möbel: eine Kommode, ein Bücherschrank. Und natürlich der Schreibtisch, auf dem dieses Tagebuch liegt und Nachschlagewerke an der Wand stehen. Ein paar Exemplare meiner Romane.

»Aber wo in all dem hier bist *du*?« fragte er schließlich heftig und ging zum Schreibtisch. Meine *Modistinnen von*

Marylebone nahm er zuerst auf, dann *Engel der Milde*, und blätterte darin herum.

»Das erste, was du zu mir sagtest, war – weißt du es noch?«

»Ich schreibe Kitschromane. Sicher. Früher jedenfalls.«

»Schreibst du jetzt keine mehr?«

»Ich wollte einen ernsthaften Roman schreiben. Aber das habe ich nicht fertiggebracht.«

»Worüber denn?«

»Über die Stationshelferinnen in einem großen Londoner Krankenhaus. Du weißt schon – oder vielleicht nicht, woher auch? Sie kommen von überallher, aus Jamaika vielleicht oder als Flüchtlinge aus Vietnam, oder aus Portugal. Alles, was sie verdienen, schicken sie nach Hause. Und wie sie schuften – die sind wirklich arm. Sie ziehen Kinder groß, ernähren Ehemänner und ... nun ja, ich habe versucht, über sie zu schreiben, und es nicht fertiggebracht. Die Realität ist offenbar zu viel für mich.«

»Also schreibst du romantische Liebesromane.«

»So sieht es aus.«

»Wirst du noch mehr davon schreiben?«

»Vielleicht.«

»Vielleicht einen Roman über uns?«

Und da fühlte ich mich wie damals mit Jill, und ich wußte nicht, was ich sagen sollte. Aber er wurde nicht auf der Stelle von Reue ergriffen so wie sie. Er stand neben meinem Schreibtisch, direkt hinter meinem Platz, wo ich jetzt sitze und schreibe, stützte die Hand auf und schaute sich immer wieder im Raum um, als könnte er es nicht fassen. Er hob die *Modistinnen von Marylebone* auf und las darin. Dann legte er das Buch ohne ein Wort nieder. Schließlich trat er ans Fenster, drehte mir den Rücken zu und starrte in den Himmel: Das Licht sammelte sich in den weißen Wolken, die der kalte Nordwestwind zerfetzte und über den violettseidenen Himmel jagte. Ich stellte mich neben ihn und hörte, wie er sagte: »In deiner Wohnung finde ich dich nicht wieder, aber dort am Himmel.«

Ich empfand Dankbarkeit und schob meinen Arm unter seinen, und wir standen Seite an Seite mit dem Rücken zum Zimmer – und zum Bett – und beobachteten, wie das Licht an der Unterseite der Wolken aufflammte und verglomm. Dann roch ich etwas und rannte in die Küche, um gerade noch rechtzeitig einen Topf vom Feuer zu nehmen.

Wir aßen in der Küche, er sagte, dafür sei er dankbar, und ließ es scherzhaft klingen. Ich fragte ihn: »Wie sieht es bei dir zu Hause aus?«

»Sehr hübsch. Amerikanischer Mittelstand eben, Vorstadtstil. Und ehe du danach fragst, unsere Wohnung hier in London ist zur Zeit vermietet.«

»Du wohnst nicht dort?«

Ein langes Schweigen.

»Janna, schau dir doch an, wie schief alles läuft, wenn wir das tun! Muß das denn sein?«

»Nein, eigentlich nicht.«

»Und du bist *selbstverständlich* eine perfekte Köchin.«

Als wir ins Wohnzimmer zurückkehrten, waren wir nervös, setzten uns nicht hin, taten es dann doch, standen wieder auf und gingen herum, er begutachtete meine – beinahe hätte ich gesagt *unsere*, denn Freddie hatte sie gekauft – Picasso-Lithographie und meine Sammlung von Blumendrucken. Sie sind hübsch; aber hübsch ist auch mein Wohnzimmer, die ganze Wohnung. Ich bot ihm etwas zu trinken an. Wir nahmen einen Scotch, und dann war es elf Uhr, und wir wußten, daß alles vorbei war.

Wir waren bestürzt, schockiert, erschüttert, aber es war nicht möglich, daß wir einfach ins Schlafzimmer gingen, uns auszogen und miteinander schliefen. Ich dachte verzweifelt: Ginge es vielleicht, wenn alle Lichter ausgeschaltet wären? Ein Gedanke, der mir so fremd war, daß er mich zutiefst erstaunte.

Und als ich das dachte, sagte er: »Wenn alle Lichter aus wären, Janna . . . aber wen würden wir dann wohl im Arm halten, frage ich mich?« Und er sah mich aus feindlicher Distanz an und lachte sogar; ein sehr maskulines Lachen, wie ich fand, voller Ironie – und Endgültigkeit. Trotzdem wurde mir dabei leichter ums Herz, denn es war etwas Gesundes daran, das vorher gefehlt hatte.

Dann sagte: »Ich gehe jetzt. Ich hätte überhaupt nicht kommen sollen.«

»Ja, du mußt fort.« Ich konnte es nicht erwarten, daß er ging.

»Deine Telefonnummer habe ich inzwischen, wir sind also einen Schritt weiter . . .« Er vollendete den Satz nicht. Ich begleitete ihn zur Tür. Noch ein kurzes, verwirrtes, ungeduldiges Kopfschütteln, ein Lächeln, das sagte: Es liegt nicht an dir, es liegt an uns beiden. Laut sagte er noch: »Soll ich dich hier anrufen oder im Büro? Nein, besser im Büro –« Und damit ging er.

Ich stand am Fenster, schaute ihm nach und glaubte Kate zu sehen, die auf der Straße herumlungerte und heraufstarrte. Aber außerhalb des Lichtkegels der Laterne war es dunkel, und ich nahm an, ich hätte es mir nur eingebildet.

Mir fiel ein Stein vom Herzen, als er ging. Ich konnte buchstäblich freier atmen und mich wieder rühren, und ich hatte Lust, etwas zu tun. Und so räumte ich auf, spülte ab, schaltete das Radio ein und tanzte ein bißchen für mich allein, was ich oft tue, wenn ich mit Richard zusammengewesen bin. Aber gestern tat ich es einfach aus Erleichterung. Mir war freilich auch zum Weinen zumute. Weniger um die ›Liebesnacht‹, die für uns so unersprießlich geworden ist wie ein abzuhakender Punkt auf der Tagesordnung, nur durch sorgfältige Planung erreichbar – lag es vielleicht daran? –, sondern weil wir durch unsere Unsicherheit einen ganzen Tag verschenkt haben, den wir frei von allen Bindungen hätten genießen können.

Unnötig zu erwähnen, daß ich von Freddie träumte, meiner verlorenen Liebe. Der nie meine Liebe war. Jedenfalls glaube ich es. Merkwürdig, was für ein schlechtes Gedächtnis ich für die Dinge habe, auf die es ankommt. Ich erinnere mich genau, was ich anhatte und was er, und wo wir waren: getraut wurden wir im Standesamt von Kensington, und Freddies und meine Eltern richteten einen Empfang im Savoy aus. Allein hätten meine Eltern das nicht aufbringen können. Joyce war meine Ehrendame. Freddies Brautführer haben wir, soweit ich mich erinnere, nach der Hochzeit nie wiedergesehen. Wir waren alle fröhlich. Ich habe zweifellos sehr hübsch ausgesehen: schließlich war ich hübsch. Aber was empfand ich? Ich habe nicht die leiseste Ahnung. Die Flitterwochen, mit dem Wagen unterwegs in der Dordogne, sind verschwommen. Ich erinnere mich nur an wunderschöne Landschaften, an köstliches Essen. Ich bin sicher, wir verbrachten wunderbare Liebesnächte, wie immer. Was fühlte ich? Was er empfand, daran verschwendete ich keinen Gedanken, da bin ich sicher. Habe ich mich vor Freddies Tod überhaupt jemals dafür interessiert, was er empfand? Und doch machte ich überall Furore! Ich erinnere mich, wie ich nach den Flitterwochen ganz lässig ins Büro zurückkam und mich stolz fühlte wie nach einer vollbrachten Leistung. Das habe ich erledigt, und ich habe es gut erledigt, alles ist in bester Ordnung!

Heute morgen bin ich sehr früh aufgewacht, vor Kummer, nehme ich an, und ich lag im Bett und musterte mein hübsches Zimmer, dieses schlichte, hübsche Zimmer. Was stimmt daran nicht? Alles stimmt! Ich mag es. Ich fühle mich hier zu Hause. Aber Richard sagt, er könne mich darin nicht wiederfinden, er muß aus dem Fenster sehen, die Elemente und die Natur betrachten! Ein Witz! Das sagt doch wohl alles über ihn; über mich aber nichts.

Es war ein schöner Morgen. Ich ging zum Supermarkt und kaufte für die nächsten Tage ein, wobei ich Kates Bedürfnisse berücksichtigte.

Ich räumte gerade alles ein, da klingelte das Telefon. Nein, es war nicht Richard, sondern eine Nachbarin von Annie Reeve, die mir sagen wollte, daß Annies Haushaltshilfe krank sei und die Frau über ihr verreist, und ob ich nicht mal nach ihr sehen wolle.

Nicht daß ich Annie nicht mehr besucht hätte. Zwei-, dreimal die Woche schaue ich vorbei, bei jedem Wetter, ich bringe ihr Blumen oder Kuchen mit und sitze eine Stunde bei ihr. Aber das mache ich so nebenbei wie – beinahe hätte ich gesagt: wie Zähneputzen. Seit Richard da ist, habe ich auch drei- oder viermal gesagt, ich würde kommen, und es dann nicht getan. Heute nachmittag kaufte ich an der Ecke Zwergtulpen und Schleierkraut, denn Annie mag, was klein und niedlich ist. Statt dann die Straße hinauf bis zu ›meiner‹ Straße zu gehen, bog ich um eine Ecke und dann noch um eine, und schon war ich in Annies Straße, und als ich durch ihre Tür trat, betrat ich die Welt, von deren Existenz ich früher kaum gewußt hatte, die Welt der Armen, Alten, Kranken; und derer, die sich ihrer annehmen, Sozialarbeiter, Haushaltshilfen, Kirchensamariter; eine Welt ganz anders als die meine, die bevölkert ist von Menschen, die sich erfolgreich im Leben behaupten, die nicht damit rechnen (denn so etwas passiert nur den anderen), auszurutschen, hinzufallen und sich dann hilflos irgendwo in einem Wohnschlafzimmer wiederzufinden, am Leben erhalten durch Besuche, durch gebrachtes Essen, durch moralische Unterstützung; eine Welt, an welche die wenigsten von uns denken mögen, bevor wir müssen. Würde ich beschließen, Annie im Stich zu lassen, und nicht mehr um die beiden Ecken biegen, um in ihre Straße zu kommen, dann hieße das, ich würde an jenen unbekannten Orten vorbeigehen, wo Millionen Menschen leben und kämpfen, und ich hätte deren Existenz bald vergessen.

Und ich habe tatsächlich in den letzten Wochen, als ich wegen Richard überhaupt nicht mehr zu Annie kam, gedacht: Die Irin über ihr ist ja auch noch da, und: Was soll's, die Haushaltshilfe wird schon ... Ich habe mich sogar bei dem Gedanken ertappt, daß ich eigentlich überhaupt nicht mehr zu ihr zu gehen brauchte, niemand würde mir einen Vorwurf machen, wahrscheinlich nicht einmal Annie selbst, in deren Leben so viele Leute mit charmantem Lächeln aufgetaucht sind, um gleich wieder zu verschwinden, wie Haushaltshilfen, Frauen von der Nachbarschaftshilfe und Sozialarbeiter eben kommen und gehen, und Annie würde wahrscheinlich nur böse vor sich hingrummeln: Sie hat was Besseres gefunden. *Mir* könnt ihr doch nichts erzählen.

»Wo bleibt Janet?« klagte sie zum Beispiel über eine Haushaltshilfe, die monatelang jeden Tag zu ihr gekommen ist und dann auf einmal nicht mehr. »Meinen Sie Janet Collins? Sie ist zur Geriatrischen in Paddington versetzt worden, hat sie Ihnen das nicht erzählt?«

Ich habe sogar fertiggebracht zu vergessen, daß gerade diejenigen, die schrullige Alte regelmäßig und oft besuchen, erst recht angeschrien und beschimpft werden: Komme ich praktisch täglich zu Annie, behandelt sie mich wie eine Feindin. Komme ich aber nach einer Woche mal wieder vorbei, werde ich lächelnd, sogar höflich begrüßt, denn sie hat befürchtet, ich käme nie wieder. Den Grad der Intimität zwischen Annie und mir kann ich tatsächlich daran messen, wie sehr sie schmollt, mir Vorwürfe macht, wütet.

Als ich heute zu ihr kam – ich öffne mit dem Schlüssel, der neben meinem Wohnungsschlüssel am Ring hängt, und mache dabei soviel Lärm wie möglich, damit sie keinen Schreck bekommt –, war ich auf Vorwürfe und Bitterkeit gefaßt. Sie lehnte sich in ihrem Sessel vor, denn sie kann nicht mehr so gut sehen, und musterte mich aus zusammengekniffenen Augen. »Wer ist jetzt wieder da?« wollte sie wissen; und dann erkannte sie meinen Bitte-um-Entschuldigung-Strauß, mein demütiges Lächeln und sagte mit erleichtertem Seufzen: »Ach, Sie sind es.« Und die Mißlaune, die über mich hereingebrochen wäre, wenn ich in den letzten zwei, drei Tagen hier gewesen wäre, blieb mir erspart. »Was für eine seltene Ehre«, bemerkte sie graziös und verwandelte sich in eine süße alte Oma. Nicht die wirkliche Annie, von der man selten, wenn überhaupt je, einen Blick erhascht, sondern eine Annie, die strikte Zensur über alle möglichen Erinnerungen, Erfahrungen, Verhaltensweisen ausübt, um sich all den respektablen Richtern ihrer selbst nur als sanfte, freundliche, liebe alte Dame darzustellen, der man nichts vorwerfen kann.

Ich machte Tee für uns beide. Ich stellte Kuchen hin. Ich steckte die Blumen in ein Marmeladeglas. Dann setzte ich mich auf den kleinen Schemel neben dem zugemauerten Kamin und wappnete mich gegen ihre harte, säuerliche

Stimme, mit der sie sagen würde: »Sie haben wohl viel zu tun gehabt, was?«

Aber in ihrem Gesicht las ich, welche Angst sie gehabt hatte, daß ich überhaupt nicht mehr wiederkommen würde. »Wie lange ist es her, seit Sie zuletzt hier waren?« fragte sie ganz zaghaft, sie weiß es wirklich nicht mehr.

»Zwei Wochen«, sagte ich. »Nein, zwei Wochen und einen Tag.« In der Hoffnung, ihre fortschreitende geistige Verwirrung aufzuhalten, gebe ich ihr immer ganz genaue Informationen.

»Und ich sitze da . . .«, doch dann bremste sie sich. Und die Anstrengung, die sie dies kostete, konnte ich an ihren unruhigen Bewegungen und ihrem gequälten Blick ablesen, mit dem sie mir auswich. »Es ist mir sehr lange vorgekommen«, sagte sie bloß, aber kalt klang ihre Stimme doch.

Es ist verrückt, aber ich bin jetzt für Annie der Mensch, den sie am längsten kennt. Seit fünf Jahren oder mehr bin ich mit ihr befreundet. Seit fünf Jahren sitzt sie in einem einzigen Zimmer in ihrem Sessel und bewegt sich weniger und weniger, während ich in London herumsauste, jeden Tag ins Büro und zurück fuhr, auf tausend Geschäftsessen für *Lilith* war, zu Modenschauen nach Kyoto gefahren bin, nach Madrid, Barcelona, Amsterdam, in fast alle europäischen Großstädte; mit Jill Abstecher nach Somerset und Dorset machte und allein nach Island reiste, weil das Land, ganz abgesehen von seiner Mode, mich interessierte. Hunderte von vergnüglichen Stunden habe ich allein in und um London verbracht, meinem großen Basar, meinem Sack voller Glückslose, meinem Privattheater. Seit kurzem bin ich aufs unpassendste und albernste verliebt – ich wüßte nicht, wie man das sonst bezeichnen sollte – und laufe durch London, indes mein Blut prickelt wie

Champagner. Und die ganze Zeit sitzt die alte Annie in diesem Sessel.

Heute merkte ich, daß sie Sorgen hatte, daß sie etwas herausfinden wollte, unter Umwegen auf ein Thema zusteuerte.

Es ist ihr Gedächtnis, das immer schlechter wird. Nur ungern gesteht sie ein, wie ihr die Vergangenheit verschwimmt und durcheinandergerät. Das heißt, ihre jüngste Vergangenheit. Ihr Gedächtnis funktioniert genau andersherum wie meines. Was sie mit zehn, achtzehn, dreißig, vierzig Jahren war, das ist alles da. Was sie empfand, wünschte, bekam oder nicht bekam; ihre Kleider, ihre Mahlzeiten, ihre Freunde, ihr verstorbener Mann: alles da, bis ins kleinste Detail. Aber ob die Haushaltshilfe gestern bei ihr war oder nicht, das weiß sie nicht mehr. Über die Haushaltshilfe ließ sie sich des langen und breiten aus, während ich meinen Tee trank und mir überlegte, daß mein Gedächtnis zunächst einer breiten, belebten Straße gleicht, aber dann, gar nicht so weit zurück, enger wird und schmaler, und dann lückenhaft, wenn es weiter zurückreichen soll als bis in mein zwanzigstes Lebensjahr. Noch weiter zurück besteht es fast nur aus Lücken und läßt mich für Monate – oder sogar Jahre – völlig im Stich bis auf einige grell beleuchtete Kindheitsszenen, die meistens mit meiner Schwester Georgie in Zusammenhang stehen.

Die Haushaltshilfe ... es geht immer noch um die Haushaltshilfe, Maureen. Annie ist eine Nörglerin, das ist nun mal so, und wenn sie zu nörgeln anfängt, muß man abschalten. Also höre ich nur mit einem Ohr hin, aber Maureen habe ich schon früher, bei der alten Eliza, kennengelernt und weiß, daß sie unehrlich ist. Annie sagt, Maureen sei schon seit drei Tagen nicht mehr bei ihr gewesen: stimmt das oder stimmt es nicht? Unmöglich, es herauszufinden. Maureen bleibe nur eine Viertelstunde anstatt der anderthalb Stunden, für die sie bezahlt wird. Stimmt das? Höchstwahrscheinlich. Maureen habe versprochen, dieses oder jenes einzuholen, es aber nicht getan, und nun habe Annie nichts zu essen.

Ich kann Annie nicht im Stich lassen, auch wenn ich es noch so gerne täte.

Habe ich Annie liebgewonnen? Ich mag sie. Ist das alles, nach über fünf Jahren? Ich würde furchtbar gern die wirkliche Annie kennenlernen, die sich, wie ich glaube, irgendwo verbirgt, aber das wird mir nie gelingen.

Ich machte frischen Tee und setzte mich wieder hin und hörte mir Platte Nummer drei an, wie ich es nenne, nämlich wie sie in ihrem schwarzen Spitzenkleid mit der roten Rose zum Polizeiball ging und aller Augen auf sich zog (das stimmt wahrscheinlich, sie war bildhübsch, als sie jung war, eine Fotografie bezeugt es) und keinen Tanz ausließ. Das Kleid hatte sie auf Raten in einem Geschäft in der Wardour Street gekauft. Sie weiß, daß ich die Geschichte schon oft gehört habe, aber sie hat so ein Redebedürfnis, daß sie sich etwas vormachen muß: Sie unterbricht sich und fragt: Habe ich Ihnen das noch nicht erzählt? Und wenn ich verneine, lächelt sie ein kleines säuerliches Lächeln, das keine Dankbarkeit verraten will, sondern auf ihr Recht pocht. Heute trug sie einen ganz netten Viyella-Rock, den ich ihr besorgt hatte, dunkelrot und mit Elastikbund wegen ihres ständig zunehmenden Leibesumfangs, und darüber einen schmutzigen baumwollenen Hausmantel, denn sie findet nichts zum Anziehen, ›wegen der Haushaltshilfe‹.

Ich schaute mich um und stellte fest, daß tatsächlich alle ihre Kleider verschmutzt sind und daß praktisch nichts zu essen da war. Ich ging das Notwendigste einkaufen. Immer sagt sie dann: »Nicht doch, machen Sie sich keine Mühe, es ist wirklich nicht nötig . . . vergessen Sie die Zigaretten nicht.«

Als ich alles erledigt hatte, den Nachtstuhl geleert, ein paar Unterhosen ausgewaschen, Pudding gekocht, hatte sie alles gesagt, saß nur noch still da und sah mir zu.

Als ich ging, bat sie: »Vergessen Sie die arme Annie nicht.«

Schon auf der Treppe hörte ich das Telefon klingeln und fragte mich, ob ich Richard verpaßt hätte. Kaum war ich drin, schellte Kate an der Tür. Den Schlüssel hat sie offenbar verloren. Sie ging schnurstracks zum Sofa und ließ sich hineinplumpsen und nahm so ihr Eigentum wieder in Besitz.

»Wie geht es Jill und Mark?« fragte ich.

»Weiß ich nicht.« Das klang selbstzufrieden und trotzig, und ich sagte: »Schön, dort bist du also nicht gewesen. Warst du zu Hause?«

»Nein.«

Ich beschloß, nichts mehr zu fragen, sondern abzuwarten, bis sie von selbst erzählte, und sie beschloß, es mir an Sturheit gleichzutun: Sie schloß sich an ihren Walkman an und ließ sich von der Musik berieseln.

Das Telefon klingelte. Es war Jill. Sie sagte, sie habe mich den ganzen Tag anzurufen versucht. Kate sei gestern abend gekommen, Mark habe sie hereingelassen und aufgefordert, es sich gemütlich zu machen. »Ganz freundlich«, meinte Jill. Aber dann habe er weiter den Teppich verlegt, und als er wieder ins Wohnzimmer kam, sei Kate fortgewesen.

Jill war außer sich vor Wut. Die Wut vieler Jahre kochte in ihr, klang aus ihrer schrillen, atemlosen Stimme.

»Hol sie mir ans Telefon«, kommandierte sie.

»Für dich«, sagte ich zu Kate. Kate ging an den Apparat und hielt den Hörer ans Ohr, ohne den Kopfhörer abzunehmen. Durch Gott weiß was für ein Getöse klang Jills Gardinenpredigt, und Kate hörte zu und sagte nur einmal ganz leise, um die Herrlichkeiten, denen sie lauschte, nicht zu versäumen: »Ich war in einem besetzten Haus, weiter nichts.« Ziemlich bald legte sie auf und kehrte an ihren Platz zurück.

Ich machte ihr was zu essen, ich bestand darauf, daß sie die Kopfhörer abnahm.

Ich fragte: »Warst du das auf der Straße gestern abend?«

Sie nickte, die Augen niedergeschlagen.

»Ich habe ihn gehen sehen«, sagte sie. Eine Frage lag nicht darin, glaube ich. Nur ein weiteres Phänomen der Erwachsenenwelt, die sie – ich bin überzeugt, daß sie davon überzeugt ist – nie verstehen wird.

»Was ist das für ein besetztes Haus?«

»Ein Haus eben.«

»Es gibt solche und solche Hausbesetzer. Ich habe eine ganze Artikelserie darüber geschrieben. Vielleicht kenne ich deine sogar.«

»Ich kenne nur das eine Haus«, trumpfte sie mit einem häßlichen kleinen Grinsen auf. Als wollte ich ihr ihre Hausbesetzer streitig machen.

Wie immer mußte ich mir ins Bewußtsein rufen, daß das Kind verrückt oder doch nicht weit davon entfernt ist.

»Es sind anständige Leute«, rief sie aus, und es klang wie von meiner Schwester oder meinem Schwager, die Menschen als anständig oder nicht anständig einordnen – im ersteren Fall können sie sich Georginas und Toms herzlichen Wohlwollens erfreuen. »Du glaubst mir das natürlich nicht«, sagte Kate, dabei schaufelte sie in sich hinein, was von gestern abend übriggeblieben war, und putzte die Reste mit Weißbrot auf.

»Du meinst, im Gegensatz zu mir, deiner Schwester, deinen Eltern sind sie gut zu dir?«

»Sie beurteilen die Menschen nach dem, was sie *sind*«, verkündete sie gläubig und fixierte mich mit einem vernichtenden Blick, den sie übers Wochenende gelernt hatte.

»Freut mich zu hören, aber wer sind denn eigentlich *sie*, die ein so unfehlbares und schnelles Urteil haben?«

»Er hat mich wiedererkannt. Von damals, als ich hier ankam, du weißt schon, von Paddington, als ich zu dir wollte. Ich fuhr nach Paddington und wollte nach Hause, aber da sah er mich und sagte hallo. Ich sagte auch hallo. Er fragte, was ich hier mache.«

»Und du hast gesagt: Meine Tante hat mich rausgeworfen, meine Schwester hat mich vor die Tür gesetzt, und jetzt muß ich heim zu meinen gräßlichen grausamen Eltern.«

Genau das muß sie gesagt haben, bestätigte ein schrilles, furchtsames, aber triumphierendes Kichern.

»Also bin ich mit ihm in dieses Haus gegangen. Die sind unheimlich nett da.«

»Gut. Und jetzt, wo du wieder zu Hause bei deiner bösen Tante bist und alles aufgegessen hast« – denn sie hatte natürlich überhaupt nicht gemerkt, daß sie sich alles Fleisch und Gemüse auf den Teller gehäuft hatte, so daß für mich buchstäblich nichts übrigblieb –, »wie wäre es mit einem Bad?«

Daraufhin erhob sie sich, eine Königin aus der Tragödie, und lachte ein Bühnenlachen. »Genau das habe ich gesagt. Ich habe zu ihnen gesagt, als erstes heißt es: Nimm ein Bad. Genauso sind sie, habe ich gesagt.«

»Es ist ganz einfach, Kate. Du stinkst, und jemanden, der stinkt, will ich nicht um mich haben.«

Das traf sie. Ich hatte nicht erwartet, überhaupt zu ihr durchzudringen: Wenn sie nicht einmal merkte, daß sie einen für zwei gedeckten Tisch alleine leer aß, warum sollte sie dann hinhören, wenn ich etwas vom Baden sagte? Ich gab auf. Ich holte ihr ein großes flauschiges Badetuch, streute Badesalz ins Wasser, und sie stieg dankbar hinein. Ihre Kleider hob ich vom Badezimmerfußboden auf und stopfte sie in den Wäschesack. Den Pyjama legte ich auf die Heizung. Ich machte ihr noch eine Tasse Schokolade vor dem Schlafengehen. Sie schlief auf der Stelle ein wie ein kleines Kind. Dann rief ich Jill an.

»Was ist geschehen?« fragten wir beide gleichzeitig.

»Das werden wir wohl nie erfahren«, sagte ich. »Ich weiß nur, daß sie gestern nacht um elf hier vor dem Haus gestanden hat.«

»Dann war sie vielleicht gar nicht in diesem besetzten Haus?«

»Du meinst damit, ein besetztes Haus wäre ein unerreichbar schöner Traum?«

»Dir macht der Gedanke offenbar zu schaffen.«

»Ja, schon. Womöglich ist sie die ganze Nacht herumgeirrt.«

»Sie hätte ja hierbleiben können. Mark hatte das Sofa für sie zurechtgemacht.«

»Aber sie hatte sich offenbar ein überwältigendes Willkommen ausgemalt, lauter Umarmungen und Küsse von Schwester Jill.«

»Weiß ich nicht. Will ich auch nicht wissen. Hoffentlich hattest wenigstens du ein schönes Wochenende.«

»Na ja, so könnte man es auch nennen«, sagte ich.

Und dann sagte Jill, und es war nicht grausam gemeint,

sondern so, wie ihre Eltern etwas feststellen würden, eine Diagnose, ein Urteil: »Weißt du, Jane, realistisch zu sein, gehört nicht zu deinen starken Seiten.«

»Meinst du? Bist du sicher?« Ich hörte einen besorgten Klang in meiner Stimme, gerade als hätte sie gesagt: Sie müssen sich darüber im klaren sein, daß die Prognose nicht gerade günstig ist.

»Ach Jane, liebe Jane«, hauchte Jill und zerfloß wieder völlig in Zerknirschung, obwohl das diesmal nicht nötig gewesen wäre.

Also sitze ich jetzt hier, es ist Mitternacht, und mein Herz ist voller Leid. Eins weiß ich, mit Richard wird es nie wieder dasselbe sein, nicht nach diesem Wochenende, nicht nach diesem kleinen Foto.

Ich habe Jill beobachtet. Wäre Phyllis nicht wegen ihres Babys zu Hause, dann säße ich mit Charlie in der Chefredaktion und nicht Jill gegenüber und würde – so empfinde ich es jedenfalls – nicht ständig meine Vergangenheit vor Augen haben.

Sie arbeitet schnell, gut, konzentriert, ihr Schreibtisch ist mit hunderterlei Dingen übersät, das Telefon klingelt, Leute aus anderen Abteilungen, die Fragen haben, gehen ein und aus. Zu ihr kommen sie, nicht zu mir. Sie arbeitet hier schon seit drei, beinahe vier Jahren, sie kennt sich genausogut aus wie ich oder Phyllis. Sie räumt mir Autorität ein, erbittet Ratschläge und befolgt sie; selbst wenn sie sich darüber nicht im klaren ist, ich weiß, daß sie auch ohne mich, ohne Charlie alles im Griff hätte.

Um sie herum türmen sich Aufgaben, Entscheidungen, Verantwortung, ihr Schreibtisch sieht aus wie eine zinnengekrönte Schanze, hinter der sie arbeitet, immer wachsam, immer auf dem Sprung, wie ein Brigant, ein Guerillakämpfer, der ständig auf einen Hinterhalt gefaßt ist. Ihre Erscheinung hat überhaupt nichts mit den vielfältigen Details ihres Bürolebens zu tun. Sie hat noch nicht ihren Stil gefunden – genau wie ich vor so langen Jahren –, sie sieht jeden Tag anders aus, manchmal sogar wie ein braves Büromädchen: Kleidung der Tätigkeit untergeordnet.

Heute gab es so etwas wie eine Krise wegen eines verlorengegangenen Artikels. Leute liefen ein und aus, das Telefon klingelte, ringsum Ratlosigkeit, Klagen, Frustration. Ganz über den Dingen saß indessen stolz auf ihrem Drehstuhl eine schöne junge Banditin, gespreizte Beine in schwarzen Robin-Hood-Stiefeln, in die Stiefel gesteckt gestreifte weite Hosen aus Baumwolle, schwarzes Baumwolljackett am Hals geknöpft und von einem breiten schwarzen Lackgürtel zusammengehalten, das dunkle Haar in lauter kleine Löckchen gedreht und mit einem gelben Stirnband gebändigt. Sie sah bildhübsch aus. Mark nimmt jeden Vorwand wahr, um hereinzukommen und nach ihr zu sehen, sich dieses, sein Mädchen anzuschauen, eine nußbraune Maid, gerüstet für ein Piratenleben, im Büro seine Vorgesetzte, solange Phyllis nicht da ist. Er schleppt Stapel von Fotografien an und stellt sich direkt neben sie, während sie sich darüberbeugt. Er ist ein großer, liebenswürdiger, lässiger Mann, der Mädchen gegenüber gern die Rolle des älteren Bruders spielt. Eine Hand lag auf der Rückenlehne ihres Stuhls, und während sie seine Arbeiten begutachtete, so daß er vergessen war, strich er zärtlich mit dem Zeigefinger ihren Rücken hinunter, dort, wo man unter der schwarzen Hülle das Rückgrat vermuten konnte. Sie straffte sich ein wenig, runzelte die Stirn, dann blickte sie mit einem Lächeln auf, aber es lag Protest darin. Sie hatte sich dazu entschlossen zu lächeln. Weil sie einen kleinen Streit hatten, ich weiß davon: Er hatte sich beklagt, im Büro würde sie ihn ›von oben herab behandeln‹. »Aber wir haben uns doch im Büro kennengelernt«, entgegnete sie, verletzt und atemlos, und mit einem raschen Lächeln erinnerte sie ihn an die lange Zeit seiner Werbung, an der jedermann Anteil genommen hatte, genau wie jetzt an Charlies und Phyllis' Baby. Er findet, da er nun mit ihr zusammenlebt, sollte sie mit ihm nicht so wortkarg umspringen. Ihr gefällt das nicht, es gibt ihr aber zu denken; sie fragt sich, wenn er sich damals in ihr ›wortkarges‹ Wesen verliebt hatte, warum er sie jetzt auf einmal anders haben will. Doch wenn sie den zärtlichen Finger spürt, erinnert sie sich an die Auseinandersetzung, beschließt zu lächeln und lächelt, aber es liegt eine Schärfe darin, und er weicht an die Wand zurück und steckt sich eine Zigarette an, während sie ihm ein Lächeln schenkt, das weniger Bedauern ausdrückt, als eine Zuweisung bedeutet, auf die er Anspruch hat.

Und ich sehe vor mir zwei Menschen wie zwei Figuren aus verschiedenen Theaterstücken: die elegante junge Banditin, auf ihre Entscheidungen konzentriert, Fotografien hintereinanderschiebend, nachdem sie jeder ein genau abgemessenes Ausmaß an Aufmerksamkeit gewidmet hat; der große, liebenswürdige junge Mann, der an der Wand lehnt. Dann strömt plötzlich Junisonne herein, läßt Jills Farben verblassen und illuminiert die Rauchwolke, in der er steht; blaue Nebelschwaden umwölken ihn und nisten sich in sein wirres dunkles Haar und das lose fallende dunkle Hemd ein, das aussieht wie ein Russenkittel.

Mir wird bewußt, daß ich eigentlich auf den Moment warte, wenn er gehen will und sie sich erweichen läßt, diesen ›Bekannten‹ mit einem Blick anzuerkennen oder auch mit einer Berührung, wenn er die Bilder an sich nimmt. Aber sie sagt nur: »Diese beiden, meine ich ...« Und erst als er draußen ist, wirft sie einen, einen einzigen Blick des Bedauerns über die Schulter, der besagt: »Wenn du noch hier wärst, gäbe ich dir –« was? einen Kuß?

Während sich diese beiden noch auf die Liebe – ich nehme an, dieses Wort gebrauchen sie – zutasteten, konnte man sie überraschen, wie sie sich gerade aus einer Umarmung lösten, konnte man Lachen hinter einer Tür hören, aber jetzt ist das alles in ihr anderes Leben verbannt. Ich kann Jills Gedanken lesen, und er natürlich auch: Alles zu seiner Zeit!

Von Richard habe ich nichts gehört. Schon fast eine Woche lang. Sicher, ich habe hart gearbeitet. Die Abende habe ich mit Kate verbracht und mich bemüht – worum eigentlich? Was erwarte ich? Mir wird klar, ich erwarte, daß ich einen fördernden Einfluß auf sie ausüben werde! Eines Tages wird dieses Bild des Jammers sich aufrichten, die Kopfhörer weglegen, Krümel und Staub abschütteln, die schmuddeligen Lumpen, die sie anhat, werden Form und Entschiedenheit annehmen, und sie wird wirklich darauf hören, was ich sage. »Natürlich, Jane«, wird sie mir zur Antwort geben. »Morgen werde ich mich einschreiben, ich mache die Abschlußprüfung, ich werde mich zusammenreißen, und wenn ich qualifiziert genug bin, wirst du eine Stellung für mich finden, und dann ...«

Gestern abend, als ich ins Bett gehen wollte, war sie auf dem Sofa eingeschlafen, die Tasse Schokolade, die ich ihr gemacht hatte, war umgestoßen, alles war bespritzt, Tisch, Teppich, ihre Knie. Ich mußte sie praktisch ins Bett tragen, und heute morgen lag sie in einem so totenähnlichen Schlaf, daß ich sie in Ruhe ließ, zum Fötus eingerollt, in einem kleinen dunklen Zimmer, der Welt und mir den Rücken zugekehrt.

Heute rief Richard an. Gleich als erstes sagte er: »Janna, du darfst nicht denken, es läge an unserem – Sündenfall, wenn ich nicht angerufen habe.« Das war so treffend, daß ich ihm dankbar dafür war. Es stellte unsere Verbindung wieder her, die Verbindung mit dem, was *uns* ausmacht, daß ich sofort sagte, ich hätte es auch nicht angenommen – natürlich hatte ich es angenommen.

»Ich habe Probleme, Janna. Doch, wirklich. Aber ich habe sie in den Griff bekommen ... Bist du nächste Woche noch da? Anfang der Woche, wahrscheinlich Montag?«

Das klang so besorgt, daß mich auch dies dankbar machte, und ich sagte lachend: »Wo sollte ich denn sonst sein?«

»Ich weiß nicht. Du kommst ja schließlich ganz schön herum, nicht wahr?«

»Ich werde hier sein«, versprach ich.

Es ist heiß, heiß, heiß; der Juni flammt und glüht. Von meinem Schlafzimmerfenster blicke ich in Seen reinen Blaus, über die vielleicht einmal eine einzige weiße Wolke segelt; vom Bürofenster blicke ich über die kleine grüne Hecke, die Jill und Phyllis pflegen, auf die heißen Straßen voll heiterer Sonnenanbeter, dann hinauf in das blendende Blau. Ich sehne mich nach Richard. Bei ihm will ich sein, sonst nichts. Wie können wir unseren seligen Sommer so vergeuden?

Weil ich jetzt nicht ständig für ein, zwei Stunden fortlaufe oder früher gehe, fragte Jill heute: »Was ist denn aus deinem stattlichen Freund geworden?« Und auf meinen Blick hin: »Ich habe euch auf einer Bank am Soho Square gesehen. Wie die Turteltauben.« Und als ich immer noch nichts sagte – ich wußte, daß ich auf den Dolchstoß wartete –: »Gut sieht er aus, das muß man zugeben. Und du auch, aber du siehst ja immer gut aus.« Sie lehnte sich auf ihrem Drehstuhl zurück und musterte mich über den Abgrund von dreißig Jahren hinweg genauso neugierig, wie ich sie immer beobachte.

Heute fragte mich Jill: »Magst du Mark eigentlich?«

Auf diese merkwürdige Frage antwortete ich nur mit einem vielsagenden Lächeln und arbeitete weiter.

»Nun sag schon!«

»Was genau willst du eigentlich wissen?«

»Wieso, was ist daran so komisch?«

»Also gut, ich mag ihn, sogar sehr gern.«

Sie stieß einen gespielten entnervten Seufzer aus. *»Jane!«*

»Du möchtest doch nicht etwa einen Rat?«

»Und wenn doch? Findest du, daß wir gut zusammenpassen und so?«

Nach einiger Zeit, denn die Worte, die mir einfielen, kamen mir alle falsch vor, sagte ich: »Er ist ein sehr warmherziger, liebevoller Mensch . . .«

Ehe ich noch zu Ende war, brauste sie auf: »Und ich bin das nicht, findest du? Also, ich kann dir sagen, ich fühle mich manchmal, als würde ich ersticken. Kennst du das? Manchmal bin ich so gereizt, daß ich in die Luft gehen könnte – einfach weglaufen.« Ich sagte nichts, denn in meiner Erinnerung regte sich etwas, und ich versuchte, diesen Fisch ans Land des Bewußtseins zu ziehen, aber sie drängte heftig: »Hast du das schon mal erlebt oder nicht?«

»Ich weiß nicht mehr . . .«

»Nie allein zu sein, das ist es. Ich habe ihn gefragt: Sag mir ganz ehrlich, macht es dir gar nichts aus, nie allein zu sein? Und er: Nicht daß ich wüßte.« Sie machte ihn ganz vorzüglich nach, seine einlenkende, freundliche Art, und ihr ganzer Körper zeigte, wie sie sich ungeduldig seiner Umarmung entzogen hatte.

»Vielleicht bist du noch zu jung?«

»Was soll das heißen?«

Und dann fing ich plötzlich an zu weinen. Irgendwo, tief in meinem Inneren, brachen sich Wogen von Schmerz und Verlust Bahn.

»Jane«, tadelte Jill schockiert.

»Ich weiß nur eins«, stieß ich zwischen Schluchzen und Schniefen hervor, »ich blicke zurück und sehe, daß ich ein Riesendummkopf gewesen bin . . .«

Sie war erschreckt, verängstigt: nicht darüber, was ich gesagt hatte, sondern weil ich weinte. Kleinlaut wandte sie sich wieder der Arbeit zu.

Montag. Richard hat nicht angerufen.

Das Wetter ist unverändert schön. Heute beobachtete ich die folgende Szene.

Jill trug ein leichtes weißes Kleid mit weiten Hals- und Ärmelausschnitten, von der tiefen Taille ab mit weißer Stickerei verziert. Mit gespreizten Beinen saß sie auf ihrem Hocker. Sie ist sommerbraun und bildhübsch, ihr Haar, immer noch dunkel und lockig, hatte sie heute mit einem weißen Band zurückgebunden. Sie besteht nur aus schlanken braunen Armen und Beinen, lauter Winkel und Kurven. Und diese Erscheinung saß konzentriert über ihrer Arbeit und betupfte sich ab und zu mit einem Papiertaschentuch die feuchte Stirn. Da kam Mark mit zwei Mädchen von der Agentur herein, herbstlich angezogen, die Illustration für einen Artikel, den Jill gerade schrieb: »Sie werden die Farben des Oktoberwaldes tragen . . .« Über ihren Schreibtisch verstreut Fotografien von Herbstwäldern, aus Vermont genau gesagt, goldenes Gras, rote Beeren, gelbe Bäume und so weiter. Die Mädchen, tapfer, wie es von ihnen erwartet wird, schwitzten in Tweed und Jersey und witzelten über Jill und mich, weil wir Baumwolle trugen. Mark wollte wissen, ob Charlie kommen würde, denn in seinem großen Zimmer sei das Licht jetzt genau richtig. Charlie ist bei Phyllis, die bereits in die Klinik gefahren ist und auf ihr Baby wartet. Und Mark wollte, daß seine Jill mit ihm und den Mädchen in das große Büro ging, weil, so argumentierte er, seine Assistentin Urlaub habe und die andere krank sei, und – kurz und gut, er wollte Jill dabei haben.

Jill sagte: »Aber Mark, ich habe doch meine eigene Arbeit.«

Natürlich hatte sie vollkommen recht. Aber in ihrer Stimme schwang auch Tadel mit, etwa: Wie komme ich dazu, deine Assistentin zu spielen?

Die beiden Mädchen hatten schon früher mit uns gearbeitet und kannten Mark. Die eine, Edna, sagte: »Es wird schon gehen, Mark.« Sie ist eine auffallende, dramatische Schönheit, olivhäutig und dunkeläugig, deren scharlachroter Pullover unsere Pastelltöne schlaff und fahl erscheinen ließ, ein Mädchen, das die Blicke auf sich zieht wie eine Schauspielerin. Mark legte den Arm um sie und starrte, mehr verwirrt als verletzt, seine Liebste, Jill, an. Es steckte keine Absicht dahinter. Mark ist in seinem ganzen Wesen zu offen zum Taktieren; er hatte ja auch, obwohl Jill damit gerechnet hatte, nicht gesagt: Ich habe mich die ganze letzte Woche nach *dir* gerichtet.

Edna, die immer auf jede Situation voll eingeht, spielte in Marks Arm die eitle geschmeichelte Schönheit, und wir, Sally, das andere Mädchen, und ich, lachten. Diese Gruppe, Mark, Edna, Sally, schien sich selbst zu genügen, der gutmütige, ruhige Mann und die beiden Mädchen, die er fotografieren sollte und die seinen ausgesprochenen und unausgesprochenen Wünschen gehorchen würden; sie lachten, waren entspannt, hatten Spaß – und da stand Jill auf einmal auf, rief: »Also gut«, und damit brach die Gruppe auseinander, und die vier, Mark und die drei Mädchen, eins sommerlich, zwei für noch ferne Monate angezogen, gingen hinüber ins Herausgeberbüro, wo sie den ganzen Tag arbeiteten, und nur Jill kam manchmal heraus, um kalte Getränke, Tee und Bier, zu besorgen. Und ich arbeitete wie ein Pferd: Ich mache ohnehin die Arbeit von Charlie und zum Teil auch die von Phyllis; heute hatte ich dann noch die von Jill am Hals. Und so holte ich mir June vom Schreibpool zur Hilfe.

Sie ist ein sehr nettes Mädchen: heiter und immer bereit, alles zu tun, was man von ihr verlangt und was gemacht werden muß. Sie braucht eine exakte Aufgabe und dazu Erklärungen, dann erledigt sie sie und bringt sie mir mit der Miene eines beflissenen Dienstboten. Sie ist seit sieben Jahren bei uns und hat offenbar nie mehr erreichen wollen, als sie hat: einen netten kleinen Job, der ihr nicht allzuviel abverlangt. Bei den anderen ist sie äußerst beliebt als Clown oder Betriebsnudel, und mich unterhält sie mit Episoden aus dem Schreibbüro; am Ende jeder ihrer kleinen Geschichten wartet sie hoffnungsvoll, ihre kecken, lustigen blauen Augen auf mich gerichtet, auf mein Lachen. Sie weiß alles über ihren unmittelbaren Wirkungskreis, hat aber weder die Fähigkeit noch den Wunsch, *Lilith* als Ganzes zu begreifen. Nach einem Tag mit June wird mir wieder klar, was für eine Perle Jill ist, die in nur einem Monat alles Wichtige bei *Lilith* erfaßt hatte und der man nie etwas zu erklären brauchte. Aber June ist nicht dumm! Es ist mir schleierhaft, wie es sich mit Fähigkeiten und Talenten verhält, die angeboren sind. Noch schleierhafter ist mir, warum ich jetzt soviel Zeit mit der armen Kate verbringe. Wie ist es möglich, daß diese beiden Mädchen aus derselben Familie stammen, denselben Einflüssen ausgesetzt waren! Kate vegetiert dahin in einem Nebel der Verwirrung. Irgendwo in der Gegend des Solarplexus klafft bei ihr ein großes Loch, ganz Bedürfnis und Verlangen, und ich fürchte allmählich, nichts wird es jemals füllen können.

Heute rief Richard an und fragte, ob ich ihn um zwölf am Soho Square treffen könne. Freudiger Taumel, hämmernder Puls, mein ganzer Körper zum Sprung bereit, aber ich sagte: »Ich kann nicht, wir sind im Moment so wenig Leute . . .« Jill aber lehnte sich vor und zischelte: »Los, Jane, sei nicht albern.« Ich legte die Hand über die Muschel: »Aber Jill, wie könnte ich denn?« und hörte den flehenden Ton in meiner Stimme, sie müsse sagen, das gehe schon in Ordnung. »Natürlich mußt du gehen«, befahl sie. Und ich sagte zu Richard: »Gut, ich komme . . .«

Als ich in den Soho Square einbog, stand er mit dem Rücken zu mir über einen Begonientopf gebeugt, und als ich näherkam, blickte er zuerst mißtrauisch auf, dann strahlte er mich an, richtete sich auf, ergriff meine Arme, lächelte auf mich herab, und sofort war der Zauber wieder da, der köstliche Übermut, als er sagte: »Janna, wir müssen schnell hier weg . . .« Und Hand in Hand liefen wir fort und verließen den Soho Square, während er mir, ganz Theaterschurke, zuzischelte: »Ich habe Grund zu der Annahme, daß man uns folgt.«

Wir liefen an ›unserem‹ kleinen Café vorbei, wo wir uns so oft getroffen hatten, und in der Oxford Street stürzten wir uns auf das nächste Taxi. »Fahren Sie einfach los«, befahl Richard dem Chauffeur. Wir fielen einander in die Arme, und ich spürte seine warme rauhe Wange und die Wärme seines Arms durch sein Leinenjackett hindurch auf meinem Rücken.

»Janna«, sagte er, »ich habe dich die ganze Zeit vermißt.«

»Ich dich auch.«

So saßen wir dicht beieinander. Und sonderbar, diese Nähe war warm, intim und auch sinnlich. Aber es hatte nichts mit Sexualität zu tun. Denn das konnten wir nicht zulassen. Und während ich dies niederschreibe, frage ich mich, ob eine Frau (oder auch ein Mann) einer anderen Zeit, als man Sex nicht für das Wichtigste hielt, überhaupt im Tagebuch notiert hätte: »Aber es hatte nichts mit Sexualität zu tun.« Wieso ist für uns Sex so etwas wie eine Pflicht geworden?

Bald darauf schlug Richard vor: »Was hältst du von einer Bootsfahrt nach Richmond?« Ich fand es wunderbar, aber innerlich mußte ich mich natürlich sträuben und sperren, denn dann würde ich überhaupt nicht mehr ins Büro zurückkommen. Am Ende aber dachte ich: Was soll's, Jill schafft das schon.

An der Anlegestelle hatten wir Glück. Man hätte denken können, an einem solchen Tag wolle ganz London nach Richmond hinausfahren, aber es war nur halb London. Es gab lange Schlangen, aber wir bekamen Plätze auf einem wartenden Schiff, vorne nahe der Reling. Der Fluß schien von Freizeitverkehr zu wimmeln, von kleinen Booten, anderen Ausflugsbooten, sogar die Wasserschutzpolizei schien ausgelassen umherzuflitzen, und die Hitze beschwerte die grünen Bäume am Ufer mit sommerlicher Fülle, und die Gebäude feierten. Der Himmel trug das makellose Blau, das man in England so selten sieht, mit nichts als ein paar vereinzelten Wolken zum Kontrast. Laue Winde und Möwen und Kinder, die auf dem Unterdeck lärmten und Kartoffelchips futterten, vervollständigten die Szene, und wir hielten uns bei den Händen und waren glücklich.

Mein Kopf lag an Richards Schulter, und genau über meinem Ohr summte er: »London, London, London, ich liebe dich, wie ich dich liebe, London, geliebte Stadt.«

Was ist übers Glücklichsein schon groß zu sagen?

In Richmond suchten wir uns ein Pub und aßen Unmengen Pastete und Kartoffelsalat, und er bemerkte: »Etwas muß man dir lassen, du machst nie Theater mit Diäthalten.«

»Ich werde ja auch nicht dick«, setzte ich an und mußte dann ergänzen: »Oder wahrscheinlich doch, schließlich bin ich dicker als . . .«, ich wollte sagen, als zur Zeit jenes Fotos, doch ihn daran zu erinnern, schien mir gefährlich. Er aber zog es aus der Brusttasche, wo er es schon am Morgen hingesteckt haben mußte, und da lag jenes Mädchen auf dem dunkelgrün gestrichenen Wirtshaustisch, und darüber und über uns huschten Sonnenflecken, gefiltert durch die Krone eines voll erblühten Kastanienbaums. Ich wußte, warum er das Bild so plötzlich herausgezogen und dorthin gelegt hatte: Er wollte es sozusagen entschärfen, harmlos machen, aber ich schaute auf das schöne schlanke Mädchen, lauter Winkel und Kurven, genau wie heute Jill, und gab zu: »Kompakt bin ich geworden.« Und er steckte das Foto in die Tasche zurück und legte in einer beschützenden Geste seine braune Hand über die Tasche und lächelte. Doch im gleichen Moment erlosch sein Lächeln; sein Gesicht, sein Körper verkrampften sich. Ich drehte mich um und sah seine Tochter Kathleen, die langsam, ohne in unsere Richtung zu blicken, am Lokal vorbeischlenderte. Wir schauten ihr nach, wie sie eine dichtbestandene Kastanienallee hinunterging.

»Warum?« Ich mußte es einfach fragen.

»Ich war über eine Woche nicht in London. Ich habe ihr zwar die Wahrheit erzählt, wo ich war und was ich gemacht habe, aber sie verdächtigt mich, bei dir gewesen zu sein.«

»Ich wünschte, es wäre so.«

Wiederum konnte ich meine Neugier nicht zügeln, das merkte er und erklärte schließlich zögernd: »Meine Mutter ist sehr alt, fast neunzig. Sie lebt allein, und bisher ist sie zurechtgekommen. Aber jetzt geht es nicht mehr. Ich habe ein Heim für sie ausfindig gemacht. Ganz anständig für ein Heim. Man respektiert dort die Menschenwürde, und sie hat ein eigenes Zimmer. Sie geht äußerst ungern dorthin, aber sie weiß, daß es sein muß.« Langes Schweigen. Dann, wie eine Erklärung: »Wenn sie bei uns wohnen würde, hätte sie es auch nicht besser, wir arbeiten beide, und niemand könnte sich richtig um sie kümmern.«

Das war mehr Information, als ich je von ihm bekommen oder erbeten hatte; und in mir regte sich ein Widerstand: Nein, nein, erzähl mir das nicht, *ich will es nicht wissen.* Er bemerkte es, und er reichte mir seine Hand und half mir hoch, stand gleichzeitig auf, und wir verließen den Garten der Wirtschaft, traten auf die Straße, und da sahen wir Kathleen, die rechts von uns am Ende der Straße kehrtmachte, um zurückzukommen. Wir liefen eilig in die entgegengesetzte Richtung, durch die schattigen Sommergärten Richmonds, voller Menschen in Bikinis, Sommerkleidern, Shorts; voller Hunde, Katzen und Kinder; und überall Bäume und Blumen des Hochsommers, dieses flüchtigen, trügerischen englischen Sommers, der, wenn er uns mit seiner Gegenwart beehrt, neckt: Was macht ihr euch nur solche Sorgen, so *ist* der Sommer, und bin ich denn nicht hier? –, um sich dann mit einem Lächeln zu verabschieden. Und womöglich auf Jahre hinaus nicht wiederzukehren. Kein Wunder, daß wir ständig übers Wetter reden, daran denken, davon besessen sind. Was für ein Spektakel, was für ein Fest, ein Stück Theater, das nichts kostet, das ist das Wetter hier im schönen England, wo kaum eine Stunde der anderen gleicht. Aber heute war es durchgehend Sommer, Stunde um Stunde, und Hand in heißer Hand gingen wir hinauf in den Park und schlenderten über das dichte Gras, wo heute die Rehe, die einst zur Nahrung für Volk und König dienten, wie Haremsdamen in abgeschlossenen Gehegen gehätschelt und ihrer Seltenheit wegen geliebt werden. Wir gingen und gingen, ich wie üblich in meinen völlig unpassenden Schuhen (Kurt Geiger), in denen ich mich jedoch sicher fühlte, und meine kräftigen Füße schritten tüchtig über die dicken Grasbüschel, während Richard meine Hand hielt, wahrhaftig wie ein falber Löwe in all dem hellgoldenen Licht, und wir wanderten durch den ganzen Park und im Kreis, und wir sprachen nicht, glaube ich, wir lächelten uns nur an und spürten das Leben in unseren verschlungenen Händen.

Gegen sieben kamen wir in einem großen Bogen wieder zurück zu Häusern und Gärten, wo immer noch die Menschen faulenzten, spielten, unseren Sommer genossen, gruppenweise unter den Alleebäumen verweilten. Wir fanden ein Lokal mit einem Gärtchen nach hinten hinaus. Denn inzwischen hatten wir Hunger bekommen, und wir aßen Steak und Salat und Apfelkuchen mit Sahne und tranken eine ganze Menge Rotwein. Es schien, als könnten wir überhaupt nicht aufhören, einander anzublicken und anzulächeln. Meine Augen waren wie Hände, wenn ich seine Wange ansah, spürte ich den Hauch von Feuchtigkeit auf der kühlen Haut und die Berührung seiner sandfarbenen Wimpern; und unter dem blauen Hemd, denn er hatte das Jackett ausgezogen, seine Kraft und seine Vitalität. Und seinen Blick spürte ich wie eine Berührung auf meinem Gesicht und meinen Armen. Meine Arme hatte ich entblößt, obwohl ich zuerst unsicher war, ob dies richtig wäre, aber jetzt war ich froh darüber, denn seine Augen ruhten mit Wohlgefallen auf ihnen.

Der Garten war überfüllt und so der rechte Rahmen für unsere Zweisamkeit. Umgeben war er von einer hohen Rosenhecke aus verschiedenen Sorten, weiß und rosa und rot, und der Duft war betäubend. Als die Dämmerung anbrach, wurden die Rosen zu verschwommenen Lichtflekken gegen das Dunkel, und dann gingen die Laternen an, und wir spazierten wieder hinunter zum Fluß und warteten auf ein Boot. Wir saßen auf einer Bank ganz vorne und fuhren zwischen den Lichtern beider Ufer stromabwärts. Es war so warm, daß wir mit bloßen Armen dasitzen konnten, und seine Hand lag an meiner Schulter direkt auf der Haut.

Als wir in Westminster ausstiegen, bemerkten wir vor uns in der Menge Kathleen. Sie mußte auf demselben Boot gewesen sein, ohne daß wir es gemerkt hatten, vielleicht hatte sie sogar in unserer Nähe gesessen. Womöglich war sie uns von fern den ganzen Tag durch den Richmond Park gefolgt. Sie drehte sich nicht nach uns um. Wir gingen weder schneller, um sie einzuholen, noch langsamer, um sie abzuhängen.

Inzwischen habe ich sie schon so manches Mal gesehen, aber ein klares Bild von ihr scheine ich noch immer nicht zu haben: Normalerweise wirkt sie doch sicher nicht mächtig oder gar bedrohlich? Richard mußte spüren, was ich dachte, denn er sagte leise: »Es wird dir unwahrscheinlich vorkommen, aber Kathleen ist in Wirklichkeit ein sehr vernünftiger, sehr netter Mensch.«

Was sollte das heißen? Wenn man jemanden als ›vernünftig‹ und ›nett‹ bezeichnet, will man damit in der Regel beschwichtigen. Doch dieses Mädchen beschattet uns, soweit ich weiß, immer, wenn sie auch nur den Verdacht hat, wir könnten zusammensein, und oft auch dann, wenn es nicht stimmt. Was will sie nur?

Auf dem Weg zur Charing Cross Station dachte ich: Vielleicht sollten wir ihr einfach nachlaufen und sagen: Hallo, Kathleen, wir müssen uns kennenlernen! – damit dies ein Ende nimmt. Was damit jedoch kein Ende nähme, wären unsere Begegnungen. Und darauf hat sie es vermutlich abgesehen, diese vernünftige, nette Spionin.

Wir sahen sie in der Underground verschwinden, dann gingen wir den Strand entlang und hinein nach Soho, wo wir auf einmal von Sex-Shops und Sex-Shows umflimmert waren, und in unserer heutigen Stimmung tat uns das so weh, daß wir fast im Laufschritt flüchteten. »Du schwärmst immer von England, England«, hörte ich meine entrüstete, heftige Stimme, »aber heutzutage ist auch das England.«

»Schon gut, schon gut«, sagte er, »aber laß uns nicht . . .«

Wie oft und über wie viele Dinge sagen wir mit oder ohne Worte: *Schon gut, aber laß uns nicht* . . .

Beim Abschied fragte er: »Morgen kann ich dich wohl nicht schon wieder aus deinem Büro fortlocken?«

Unmöglich, das wußte ich, aber eine endgültige Absage brachte ich nicht über die Lippen, und so sagte ich: »Ruf mich an – früh. Ich werde sehen, was sich machen läßt.«

Wir legten unsere heißen Wangen aneinander, lächelten und nahmen Abschied.

Und jetzt sitze und schreibe ich in meinem Schlafzimmer, das ich so sehr mag und von dem er behauptet, ich sei darin nicht zu spüren. Habe ich überhaupt etwas von diesem Tag festgehalten, der uns gemeinsam gehörte und der so vollkommen war, selbst wenn er überschattet war von der Gewitterwolke Kathleen?

Kate war nicht da, als ich heimkam. Ich war so erleichtert: sie ist solch eine Bürde, selbst wenn sie gar nichts tut, nur schweigend auf meinem Sofa hockt, versunken in ihre laute Welt. Sie lastet schwer auf ihrer Umgebung, auf mir. Dann stellte sich natürlich Besorgnis ein. Dann die vorsichtige, keimende Hoffnung: Vielleicht bedeutet das, daß sie selbständiger wird, erwachsener. Sie kam verstohlen und zufrieden mit sich nach Hause. Ich würde nicht fragen, wo sie gewesen war. Sie würde mir nichts erzählen, obwohl sie mir ab und zu kleine triumphierende Blicke zuwarf.

Ich hielt mir die ganze Zeit vor: Sie ist neunzehn, sie ist erwachsen. Aber das ist Selbstbetrug, sie ist es eben nicht.

Sie machte sich selbst ein Brot und Kaffee und stieg ohne Aufforderung in die Badewanne. Vielleicht wird es ja besser – was immer mit ihr nicht stimmt.

Aber heute nacht ist es mir egal. Ich habe mein weißes Baumwollnachthemd an und schaue in den Himmel, der hell ist, obwohl keine Wolken da sind und nichts Londons Glitzerschein zurückwerfen kann. Ist London jemals dunkel? Ist unser Himmel je lichtlos? Ich glaube nicht.

Jeden Mittwoch ist Redaktionskonferenz, aber außer Jill und mir war keiner da. Phyllis liegt in den Wehen, eine programmierte Geburt. Darüber hat Jill sich den ganzen Tag aufgeregt: Meine Schwester ist offenbar gegen programmierte Geburten und hat viermal siegreich darum gefochten, ihre Kinder bekommen zu dürfen, wann sie wollte. Die Ärzte hatten Charlie erklärt, Phyllis sei zu ›alt‹, und auf die Natur könne man sich nicht verlassen. Charlie fügte sich. »Typisch für ihn«, rief Jill, ganz unangemessen empört: wie oft klingen bei Jill doch solche heftigen Echos alter Familienstreitigkeiten durch.

Ganz offensichtlich muß die Redaktion erweitert werden, und das schnell. Ich versuche ständig, meine Arbeitszeit zu reduzieren, und dann holen die Sachzwänge und mein eigenes Interesse mich zurück. Phyllis fällt drei Monate aus, damit sie das Mutterglück genießen kann. Jill ist zwar ein Geschenk des Himmels, aber noch so jung, und außerdem weiß ich, daß man hinter meinem Rücken von Vetternwirtschaft redet. Heute, während ich wie wild arbeitete, ließ ich in Gedanken jeden Mitarbeiter von *Lilith* Revue passieren, der dieses gewisse Etwas hat, diesen Funken, und dazu noch Ehrgeiz. Seltsam, wie wenige Leute ehrgeizig sind und wie viele zufrieden mit ihrem Los.

Daraus ergaben sich schließlich zwei interessante Gesichtspunkte. Den einen machte mir Jill durch ihre Frage bewußt, warum ich offenbar als Kandidaten für eine rasche Beförderung immer nur Frauen ins Auge faßte. Das war tatsächlich ein Schock für mich. Es stimmt schon, in meiner Vorstellung wird *Lilith* von Frauen gemacht, Charlie hin oder her. Ich überlegte also, wer von all den Männern wohl in Frage käme. In der Herstellung gibt es einen sehr intelligenten, fixen, ehrgeizigen jungen Mann, Henry. Trotzdem hatte ich Bedenken, die sich schließlich in dem Gedanken kristallisierten: Es gibt so wenig Stellen für tüchtige Frauen, warum soll man also auch nur eine an einen Mann verschwenden? Jill beobachtete mich, natürlich ohne ihre Arbeit zu unterbrechen, während ich mit dieser Frage rang.

»Na?« fragte sie schließlich, und als ich sagte: »Ich werde

ihm den Vorschlag machen, alles andere wäre nicht fair«, da lachte sie triumphierend. »Genauso hätte Mutter das gesagt.«

Richard rief gegen zehn an, und ich mußte ihm sagen, daß ich unmöglich aus dem Haus konnte, nicht einmal zum Mittagessen. Vor den Fenstern strahlte die Sonne.

Mitten in einem hektischen Nachmittag mit ständig klingelnden Telefonen kam ein Anruf von Joyce. Aus New York, dachte ich zuerst, aber nein, sie ist in London. Ihre Stimme klang unverändert, gelassen und tief. Wir pflegten sie scherzhaft eine Zigeunerstimme zu nennen, schicksalsverkündend. Jetzt klingt ein wenig Amerika durch, und der Tonfall wirkt sorgsam kontrolliert, wie man es eben macht, wenn man im Ausland ist und die eigene Stimme und ihren Gebrauch ständig an dem messen muß, was man um sich herum hört. Ich wußte sofort, daß Joyce aus Prinzip *keinen* amerikanischen Akzent annehmen wollte und auf ihre Sprache genau achtete.

»Wie geht's?« fragte diese Stimme, die früher einmal zu meinem Leben gehört hatte und die mich jetzt mit Erinnerungen ködern wollte, die ich mir grundsätzlich fernhalte, »und was macht die alte Schlampe *Lilith*?«

Früher hätte Joyce nie so etwas Derbes gesagt, aber ich begriff schon, daß dies ihr neuer Stil war. Vielleicht sogar ein Bollwerk gegen unerwünschte Erinnerungen: sie empfand wie ich, während wir da in verschiedenen Teilen Londons saßen, sie zufällig in Hammersmith in einem Zimmer, sagte sie, von wo aus sie den Fluß mit den Schwänen sehen könne.

»Diese alte Schlampe«, sagte ich, »freut sich wahnsinnig, deine Stimme zu hören. Joyce, ich habe eine blendende Idee. Komm doch einfach zurück und arbeite wieder hier! Wir brauchen dich.«

Schweigen. Ich begann zu hoffen, daß sie vielleicht nur auf die Aufforderung gewartet hätte.

»Du änderst dich auch nie, Janna«, sagte sie. »Und mein Mann? Meine lieben Kleinen?«

»Die müssen doch inzwischen endgültig erwachsen sein!«

»Manchmal glaube ich es, dann wieder nicht.«

Ich dachte an Kate und schwieg.

»Werden wir uns denn sehen?« fragte ich.

»Vielleicht morgen abend?«

Richard hatte gesagt, er sei morgen abend möglicherweise frei, und ich wollte schon nein sagen, dann dachte ich, Joyce war viele Jahre lang meine Freundin, der Mensch, der mir am nächsten stand, und jetzt ... Ich sagte: »Gut. Aber zu mir nach Hause kann ich dich nicht einladen, es gibt Gründe ...«

»Dann werden wir uns einen gemütlichen Abend in einem Restaurant machen. Ich kenne mich nicht mehr so aus, was schlägst du vor?«

Ich wollte zuerst meinen Inder nennen, dann dachte ich: Nein, zu nahe an daheim, womit ich – wiederum – Kate meinte, und sagte: »Bei Bertorelli.«

Gerade als ich gehen wollte, rief Richard an, er sei morgen abend frei – wie bitterlich ich da bereute, den Abend Joyce versprochen zu haben.

»Ich kann nicht«, sagte ich.

»Ah ...«

»Ich treffe mich mit einer Frau, die früher meine beste Freundin war. Wir haben viele Jahre zusammen gearbeitet.«

»Alte Freundschaften sollte man nie für neue Lieben opfern.«

»Gibt es denn überhaupt keine Möglichkeit«, fragte ich

und brach damit unsere – ungeschriebenen – Regeln, »daß wir uns heute abend treffen?«

»Ich wünschte, es gäbe eine.«

Wellen des Bedauerns fluteten zwischen uns hin und her, und ich bin sicher, sie luden den Äther mit allen Regenbogenfarben auf.

»Ich rufe dich am Freitag wieder an.«

Heute rief Charlie an und erzählte, Phyllis schlafe jetzt, und es sei eine schwere Geburt gewesen; sie hätten eine Tochter. Er sei zu Hause und wolle sich auch erst einmal ausschlafen. Und ich sagte: »Nein, Charlie, das kannst du nicht. Du mußt kommen. Wir drehen hier durch.«

»Hat keinen Zweck, Janna«, sagte er fröhlich und unbekümmert, so wie er sich immer gibt, in jeder Situation. »Ich bin völlig erledigt.«

Ich: »Charlie, das geht nicht.« Denn ich hatte Angst, er würde überhaupt nicht ins Büro kommen, solange Phyllis in der Klinik lag.

»Mal sehen, ob ich heute nachmittag vorbeischauen kann«, sagte er. Er kam tatsächlich und nahm die Glückwünsche des ganzen Büros auf eine lässige und hoheitsvolle Art entgegen, die jeder als Pose durchschaute: denn er barst vor Stolz, anders kann man es nicht beschreiben. An diesem Nachmittag erkannten wir, daß hier ein geborener Vater vor uns stand: Er vermißt die drei Kinder aus seiner ersten Ehe, trifft sich oft mit ihnen, und Phyllis geht mit den Kindern ihrer Rivalin behutsam und taktvoll um; dieses vierte Baby ist für Charlie offensichtlich ein weiteres Produkt eines laufenden Fließbands.

»Ich war immer bei der Geburt dabei«, erzählt er, lächelt unablässig und bedient sich an allen fremden Schreibtischen um ihn herum mit Zigaretten, Schokolade oder Süßigkeiten. »Das ist das Aufregendste der Welt, es gibt nichts Vergleichbares – wißt ihr, der Moment, wenn das Baby herausflutscht und plötzlich *da* ist, bereit, dann weine ich regelmäßig, dann heule ich wie ein Schloßhund. Ich kann nichts dafür!«

Und nachdem er von seiner Höhe herab Wohlwollen und Segen ausgestreut hatte, verließ er uns wieder und kehrte zurück in die Klinik, um nachzusehen, ob Phyllis wach war.

Jill war nachdenklich. Natürlich. Kinder hat sie sicherlich nicht eingeplant. Warum auch, in ihrem Alter? Ein Alter, von dem die Ärzte, diese Halbgötter, behaupten, es sei das beste zum Kinderkriegen. Mark jedoch hörte dem strahlenden Charlie aufmerksam zu, lauschte dem Sirenengesang. Und Jill war sich dessen bewußt.

»Ob Phyllis wohl klar ist, wie Charlies Pläne für ihre Zukunft aussehen?«

»Das ist kein Problem, sie können es sich nicht leisten«, sagte ich.

»Würdest du darauf wetten?« Und dann zu Mark, der, mitgerissen von Charlies Überschwang, hereingekommen war, um sie zu sehen: »Freust du dich auch schon auf die Geburt unserer Kinder?« Das klang furchtsam, beinahe weinerlich, und Mark spürte ihre Panik und machte Witze und brachte sie zum Lachen, bis sie darüber hinweg war. Er ist wirklich ein außergewöhnlich netter junger Mann.

Drei Abende mit Kate. Sie ist eine Last für mich, eine schwere Last. Tagsüber muß ich immer wieder an sie denken: Ob sie schon aufgestanden ist, jetzt gegen Mittag? Ob sie etwas gegessen hat? Ob sie vielleicht tatsächlich einkauft, worum ich sie gebeten habe? Womöglich liest sie sogar etwas, wenn ich nicht da bin; oder ist zumindest nicht ganz so apathisch, wie wenn ich da bin.

Heute war ich so in Gedanken an Kate versunken, daß ich trotz des Termindrucks die Arbeit unterbrach, und als ich aufblickte, sah mich Jill mit dem verschmitzten kleinen Lächeln an, das ich noch von Phyllis kenne. Diesen Zug hat sich Jill von Phyllis abgeguckt wie so vieles, das sie von mir hat. (Wo und *wer* aber ist Jill?)

»Weißt du eigentlich, was du für ein sorgenvolles Gesicht machst?«

Ich antwortete nicht, ich dachte nach: Wenn alles an mir Maske ist, zusammengesetzt aus vergessenen Einflüssen, dann ließe sich erklären, wieso Richard sich in meinem Schlafzimmer umsehen und behaupten kann: In diesem Raum bist du nicht.

»Warum schickst du sie nicht einfach nach Hause?« fuhr Jill fort, und ich hörte den betont festen Ton heraus, mit dem man sich für eine Auseinandersetzung wappnet, die man unnachgiebig durchstehen möchte. »Du bildest dir tatsächlich ein, du könntest sie ändern, stimmt's?«

»Das stimmt, Jill. Ich habe mich bei genau diesem nutzlosen, unwürdigen Gedanken ertappt.«

»Ja, ich weiß. Es wird kommen der Tag, wenn Kate auf einmal kein lästiges, hoffnungsloses, nichtsnutziges *Würstchen* mehr ist« – unmöglich, auch nur andeutungsweise die hilflose Wut wiederzugeben, die aus diesen Worten sprach –, »sondern hellwach, frischgewaschen und gerade dasitzt, die Tochter ihrer Mutter und die Nichte ihrer Tante Jane.«

Wie unerbittlich Jill immer wieder darauf zurückkam; was es für sie bedeutete, daß ich sie verstehen sollte.

»Hast du denn überhaupt keine freundlichen Gefühle für Kate?«

»O nein!« brach sie aus, sprang sogar vom Schreibtisch auf, lief hin und her, zog Schubladen auf und knallte sie wieder zu. Ihre Erregung trieb sie im Büro umher, versetzte sie in abrupte, unkoordinierte zuckende Bewegungen. »Das habe ich mir mein Leben lang anhören müssen! ›Hast du deine Schwester nicht lieb?‹ *Nein!* Verstehst du das nicht?« Sie schrie mich an – oder ihre Mutter. »Ich habe sie nicht lieb. Warum sollte ich?«

»Von Lieben habe ich nicht gesprochen«, sagte ich, während ich dieses wilde Wesen ratlos beobachtete – heute ausgerechnet wie ein braves, perfektes Büromädchen gekleidet, niedlicher dunkelblauer Faltenrock mit passender Bluse –, das herumtobte und Schubladen zuschmetterte. »Obwohl ich ziemlich viel darüber nachdenke.«

»Kann ich mir vorstellen«, sagte sie rüde, schwieg aber auf meinen Blick hin.

»Über Kate, meine ich.«

»Die Mühe kannst du dir sparen. Als eins von vier Geschwistern bin ich Expertin in Sachen Liebe. Mit allen Nuancen und Abstufungen. ›Liebst du deine Schwester nicht?‹ ›Nein, ich liebe meine Schwester nicht.‹ ›Böses, herzloses Mädchen.‹ So etwas sagten sie natürlich nur im *Scherz.* Hast du ein Glück, Tante Jane, daß du die Scherze nicht kennst, die in großen Familien so im Schwange sind.«

»Die armen Aktenschränke«, warf ich ein, als wieder eine Schublade dumpf in die Führung knallte, so daß der Schrank gegen die Wand krachte.

»*Aber.* Nachdem ich zu dieser ausgiebigen und, wie ich immer noch behaupte, verfrühten Seelenerforschung gezwungen worden war, wußte ich schon mit sechs Jahren, daß ich Kate nicht liebte, wohl aber Jasper. Jasper habe ich immer sehr gemocht. Mehr als die anderen? Wenn Jasper in so einem *scheußlichen* Zustand wäre wie jetzt Kate, dann ... ja, dann würde ich alles, aber auch alles tun ... Als Mark und ich uns zusammentaten ...« Ich mußte über den Euphemismus lächeln, sie bemerkte es und wurde ungeduldig, »also, ich sagte zu ihm, du solltest wissen, daß es da noch Jasper gibt, den ich sehr mag und den ich so oft sehen möchte, wie es geht.«

Jetzt setzte sie sich wieder an ihren Schreibtisch, warf die dunklen Locken zurück und zündete sich eine Zigarette an. Ruhe nach dem Sturm.

»Für mich ist es nicht so einfach«, sagte ich.

»Doch, ganz einfach. Du fragst dich ständig: Was soll nur aus ihr werden? Warum verträgst du die Wahrheit nicht, Jane? Willst du Kate den Rest deines Lebens bemuttern?«

Nach einigem Nachdenken gab ich vorsichtig zurück: »In drei oder schon fast vier Jahren hast du dich vor meinen Augen völlig verändert. Als du bei mir einzogst, warst du – lange nicht, was du jetzt bist!« Ich konnte schließlich nicht sagen: Ich habe beobachtet, wie du dich zu Tante Jane Nummer zwei entwickelt hast.

»Ja, natürlich habe ich mich verändert. Ich habe so viel gelernt, das meiste von dir.«

Da wurde mir endgültig klar, daß Jill nichts von ihrer Verwandlung wußte. Vielleicht wird sie es nie wissen.

»Wenn ich Kate fortschicke – nach Hause geht sie bestimmt nicht.«

»Nein, mich würde sie nerven, Tag und Nacht, bei mir würde sie wohnen wollen. Und das *will* ich nicht«, schrie sie. »Du hast ja keine Ahnung, was das bedeutet. Mein Leben lang war sie da und war nichts als ein großes klaffendes *Loch*, das alles einsaugte, auch *mich*. Im ganzen Leben habe ich nie etwas besessen, das Kate mir nicht wegnehmen wollte. Zuerst Spielsachen. Dann meine Kleider. Auf einmal waren es Kates Kleider. ›Arme Kate‹, sagte Mutter, und futsch war mein neues Kleid ...«

»Wahrscheinlich fand sie, auf ein Kleid komme es nicht an, da du soviel anderes voraus hattest.«

»Irgendwann einmal erreiche ich vielleicht solche Gipfel der Heiligkeit, aber damals, mit fünf oder zehn oder wann auch immer, war ein Kleid wichtig. Schuhe, Schallplatten. Nie konnte ich etwas haben – sofort war es ihrs. Ihr Zimmer war vollgestopft mit meinen Sachen. Dann fing es an – mit Freunden. Ich suchte mir mit voller Absicht Freunde außerhalb unserer Kreise. Fantastisch war das. Ganz abgesehen davon, herauszufinden, daß es noch andere Leute auf der Welt gibt als die britische Mittelklasse; dabei war schon das eine wichtige Entdeckung, denn nach meinen lieben Eltern wäre ich nie auf diese Idee gekommen. Aber dann auf einmal – dreimal darfst du raten, meine kleine Kate war da. Sie hat eine besondere Art oder hatte sie jedenfalls, als sie noch im richtigen Alter für ihren Babycharme war. Ich war immer total verblüfft, daß die Leute nicht durchschauten, was sie wollte – sich mir an die Fersen heften. ›Deine Schwester Kate‹, hieß es, ›Kate kommt mit uns ins Kino.‹ ›Ich dachte, es wäre doch schön für dich, wenn Kate auch mitkäme.‹ Und hast du nicht gesehen, drehte sich alles um Kate und nicht mehr um mich. Das passierte immer wieder. Nie konnte ich einen Freund oder eine Freundin für mich allein haben. Kein einziges Mal. Einmal bat ich Mutter, die ganzen Sommerferien über, zwei Monate lang, zu einer Schulfreundin fahren zu dürfen. Sie wohnte in Galway, und ich mochte sie sehr gern. Dreimal darfst du raten – ich war noch keine Woche dort, da tauchte Kate auf. Sie war per Anhalter gefahren.

Ließ sich häuslich nieder, schmeichelte sich bei den Eltern ein, machte sich unheimlich nützlich im Haushalt . . .«

»Du meinst, sie kann sich tatsächlich im Haushalt nützlich machen?«

»Aber Jane, natürlich kann sie, wenn sie will.«

»Das ist doch sehr beruhigend. Es gibt einen Unterschied zwischen Nichtkönnen und Nichtwollen.«

»Nach zwei Wochen verließ ich schließlich Irland und kam nach Hause, ich dachte, nun gut, ich überlasse ihr meine reizenden Freunde und werde ein paar friedliche Wochen zu Hause genießen, aber sie kam mir hinterher.«

»Jetzt verstehe ich langsam, wie es dir an die Nieren gehen muß, daß sie jetzt bei mir ist.«

»Genau.«

»Aber sie war nicht bei mir, nicht ein einziges Mal, während du dort warst. Immerhin drei Jahre.«

»Weil ich mich endlich auf die Hinterbeine gestellt habe. Ich sagte Mutter, ich würde Kate umbringen, wenn sie mir hinterherkäme. Und Kate sagte ich, wenn ich sie in deiner Wohnung fände, während ich dort war, würde ich –«

»Würdest du was?« Es interessierte mich tatsächlich, was das für eine endgültige Drohung gewesen sein konnte; aber Jill schüttelte nur den Kopf, atemlos, sprachlos, ausgelaugt. Sie war weiß und verkniffen um die Nase, sie wirkte wie ein armes kleines Ding, verletzlich: einen Moment lang, bis sie sich wieder gefangen hatte, Kate nicht unähnlich.

»Ich glaube, wenn ich Kate heute wegschicken würde, landete sie innerhalb einer Woche auf der Polizeiwache.«

»Ja, das glaube ich auch. Sie würde es darauf anlegen.«

»Und dir wäre es egal?«

Sie schüttelte nur gereizt den Kopf und machte eine Gebärde, die bedeutete: *Genug* davon.

Heute traf ich mich mit Richard auf ein schnelles Sandwich. Unser Sommer ist dahin, schwere schwarze Wolken und kalter Regen. Wir gingen zu McDonald's, köstlich, und hielten Händchen. Draußen goß es.

»Janna«, fragte Richard, »was hältst du davon, wenn wir beide auf eine Woche wegfahren? Ich würde natürlich gern sagen, für immer. Aber mehr als eine Woche ist nicht drin.«

»Wann?« fragte ich; und ich konnte ihn halb verstehen, als er lachte.

»Im Moment sieht es sehr schlecht aus«, sagte ich und erzählte ihm zum erstenmal von Phyllis, von Charlie, von Jill. Von *Lilith.* Die ganze Mittagspause lang. Ich ging richtig im Erzählen auf, es ist ja interessant, besonders jetzt. *Und schließlich ist es mein Leben* ... Er saß zurückgelehnt und mit verschränkten Armen da, während ich, wahrscheinlich ganz erregt, von Phyllis' Baby, von Charlie als Vater und all dem erzählte; und auf seinem Gesicht lag etwas Endgültiges. Zärtlichkeit, ja. Liebe, ja, ich glaube schon. Ein warmer, zärtlicher Blick, aber gleichzeitig distanziert. Ich behaupte nicht, von dem, was wir füreinander empfinden, wäre etwas abhanden gekommen. Aber etwas war abgeschätzt und dann beurteilt worden. Ich hörte mich selbst gleichsam entschuldigend stammeln: »Immerhin ist das mein Leben.«

Und er streckte eine starke, flinke Hand aus, legte sie über die meine – lauter Ringe und hübsch lackierte Nägel – und ließ sie dort liegen, während er fragte: »Kannst du trotzdem eine Woche für mich erübrigen?«

»Muß es sofort sein? Geht es nicht auch in einem Monat?«

Diese Worte versetzten uns beiden einen schmerzhaften Schock, denn seine Antwort würde uns genau auf das bringen, was wir beide meistens geflissentlich vermieden. Denn ich fragte damit auch: Gehst du wieder fort? So sorgsam habe ich mich gegen diese Gedanken abgeschirmt; und auch jetzt will ich sie nicht denken, ich will nicht dies erleben und dabei die ganze Zeit denken: Aber es wird enden, er wird wieder fortgehen.

»Janna, es geht nicht. Es muß innerhalb der nächsten vierzehn Tage sein oder gar nicht. Nein, nein, das meine ich nicht«, ich wußte, ich mußte blaß geworden sein. Mein ganzer Körper wurde kalt, als sei mitten im heißen Sonnenschein ein Schatten auf mich gefallen. Meine Hand unter der seinen zitterte, und er drückte die seine fest darauf. »Ich meine nicht, daß ich bald wieder fort muß, Janna. Es kommt nur darauf an, wann ich mich eine Woche freimachen kann . . .«

»Ich werde sehen. Ja, ich muß mal sehen, was sich machen läßt.« Aber dabei dachte ich, das ist unmöglich. Selbst ohne Kate wäre es unmöglich. Ich kann jetzt nicht eine Woche Urlaub nehmen. Es wäre nicht fair gegenüber *Lilith.*

Heute aß ich mit Joyce, meiner alten Kollegin, meinem Kumpel, meiner Kameradin, meiner *Freundin.*

Beim Tischbestellen machte ich eine ganze Menge Wirbel, weil ich einen Tisch in einem ruhigen Winkel wollte, und den bekamen wir dann auch. Wir saßen einander gegenüber, wie so oft früher bei Arbeitsgesprächen, begutachteten einander ganz offen und gaben das lächelnd voreinander zu.

Meine wildromantische Joyce, die Edelzigeunerin, ist nicht mehr. Ich hätte sie tatsächlich nicht wiedererkannt. Das ganze Dickicht schwarzen Haars ist weg, jetzt hat sie eine nette kleine Kurzhaarfrisur. Bronzefarben. Ihre herrlichen verrückten Kleider – nichts mehr da. Sie trug ein ›kleines‹ schwarzes Nachmittagskleid und sogar eine Straßbrosche auf der Schulter. Dreißiger Jahre. Äußerst gepflegt ist sie. Wie aus dem Ei gepellt. Knochig und blaß ist sie. Ihre Schuhe: früher saß sie, ganz egal wo, schon mal mit einem bloßen Fuß da oder balancierte den Schuh auf den Zehen, und ihre Beine verhakten sich um ein Stuhlbein oder umeinander; heute trug sie meißelförmige kleine schwarze Pumps, artig Seite an Seite gestellt.

»Du hast dich jedenfalls nicht verändert«, sagte Joyce, und betrachtete ihr Essen kritisch, ob auch nichts dabei war, wovon sie ein Gramm zunehmen könnte. »Du hältst dich gut, wie man so sagt. Glückwunsch. Ich halte mich nicht gut.«

Ich schwieg. Sie sagte: »Wenn das Takt ist, dann hast du dich doch verändert.«

»Hager siehst du aus. Aber gut.«

»Du siehst wohlgenährt aus. Aber hübsch.«

»Du meine Güte.«

»Diese zarten hellen Haarsträhnen rund um das einnehmende Gesicht. Doch, ich bleibe bei hübsch.«

»Ich weiß gar nicht, warum du das für eine Beleidigung hältst. Außerdem bin ich verliebt. Das ist ein unfehlbares Tonikum.«

»Wirklich verliebt?«

»Wirklich würde dauerhaft miteinschließen.«

Darauf ging sie nicht weiter ein. Sie nippte an einem Cocktail. Betrachtete mich prüfend. Kleine schwarze Augen. Jetzt ohne Make-up, nicht mehr optisch riesengroß gemacht. Die Augen einer alten Frau? Ja: und mir tat das Herz um sie weh. Ich weiß nicht recht warum; nicht wegen unserer verlorengegangenen Nähe, könnte ich schwören. Ich dachte: So viele Jahre haben wir zusammengearbeitet, sie stand mir näher als irgend jemand sonst, sogar Freddie. Und jetzt... soll das alles vernünftig klingen.

Als sie nach New York gezogen war, rief sie mich manchmal an: verrückte, beschwipste Gespräche mitten in der Nacht. Ich merkte, daß sie viel trinkt. Es nötig hat. Zwei Cocktails und eine ganze Menge Wein und danach Brandy. Gegessen hatte sie wenig; früher aß sie so gern. Wir hatten viele leckere Freßtreffen. Wir hatten so viel Schönes gemeinsam: Aber das gehört jetzt alles der Vergangenheit, der Gespensterwelt an. Ich erkenne Joyce nicht wieder.

Sie erzählte von ihrer Arbeit. Sie unterhält eine Beratungspraxis für Studenten mit Problemen. Lebensprobleme und Arbeitsprobleme, erklärte sie mir; und ich malte mir aus, wie sie ein ratloses junges Wesen fragte: Kommen Sie zu mir mit einem Lebensproblem oder einem Arbeitsproblem?

Ihre Qualifikationen für diese Tätigkeit? Daß sie mit ihren eigenen beiden Kindern nie etwas anderes als Probleme gehabt hat.

Sie sind jetzt an der Uni, Joyce bekommt sie selten zu Gesicht. Beide fahren voll auf die neuen Technologien ab. Joyce sagt, sie versteht kaum etwas von dem, was sie sagen.

Ihr Mann ist in Amerika in seinem Element und möchte am liebsten nie mehr weg: Er hält Vorlesungen über Dickens, Trollope und Hardy. Ich stelle mir vor, wie diese drei Männer nebeneinander an einem Tisch sitzen und wohlwollend die Mühe ihre Proselyten belächeln, über jedem ehrwürdigen, backenbartgezierten Haupt eine Schriftrolle mit den Worten ›Gut gemacht!‹.

Sein Verhältnis mit ihrer besten Freundin (immer

noch ihre beste Freundin) ist vorbei; jetzt hat er eins mit einem Mädchen, das letztes Jahr noch seine Studentin war; klugerweise ›warteten‹ sie, bis sie es nicht mehr war.

Sie hat ein Verhältnis mit einem Studenten. Nicht aus der Fakultät ihres Mannes. Sie sagt, sie sei jetzt in dem Alter für so ein Verhältnis, alle ihre Freundinnen hätten gerade eins, hätten eins gehabt oder planten eins. Sie empfindet es als Jungbrunnen. Geistig, meinte sie – auf meinen unwillkürlichen Blick hin, der ihren verdorrten Körper sieht. Nicht etwa daß sie immer ihrer Meinung wäre – der Jungen –, aber darauf käme es nicht an.

Inzwischen waren wir bei der Nachspeise angelangt, die ich unbedingt wollte, während sie zusah und ihre hagere, sommersprossige Hand schützend um das Brandyglas legte.

Jeden Augenblick konnte die Rechnung kommen.

»Joyce, freust du dich, wieder in England zu sein?«

»Ich bin hier, um meinen Vater in einem Heim unterzubringen.«

»Aha. Das ist offenbar das, was man in unserem Alter so tut.«

»Sofern sie nicht vorher gestorben sind.«

»Vermißt du denn nie –« Ich wollte ›uns‹ sagen, aber sagte statt dessen: »England?«

Es entstand ein ziemlich langes Schweigen. Sie hielt das Brandyglas umklammert und sah mich nicht an. Ich merkte, daß ich es mit einem ängstlichen Menschen zu tun hatte. Joyce hat ihre Ausgeglichenheit damit bezahlt, daß sie sich in den Käfig ihrer Angst sperrte.

Ich wartete darauf, daß sie Interesse an mir zeigen würde. *Wie geht es dir, Janna, wirklich, meine ich?*

Und ich fragte mich: War sie je an mir interessiert? *Wirklich* interessiert? War ich für sie je mehr als ein Hintergrund für ihre blendende Tüchtigkeit, ihre Jongleurskunst mit Beruf, Familie, Erfolg auf allen Gebieten?

»Es kommt einem schon irgendwie drollig vor«, fällte sie schließlich ihr Urteil. »So ein putziges kleines Land, wo man sich um so weltbewegende Probleme den Kopf zerbricht wie Fernsehen zur Frühstückszeit oder nicht.«

»Arbeitslosigkeit, Rezession, Jugendrevolte . . .«

»Das haben wir auch alles . . .«

Wir, hatte sie gesagt.

»Dann meinst du nicht, du könntest nach Hause kommen?«

»Mein Mann«, sie wählte das Wort mit Bedacht, »schwatzt manchmal etwas von *Zuhause,* aber für den Urlaub wählt er dann Kanada oder Mexiko.«

»Schön, aber *du?*«

Wieder Schweigen. »Es ist so, Janna. Es war ein Fehler, daß ich mit nach drüben gegangen bin. Jetzt weiß ich es. Du hattest recht. Sicher gibt dir das Befriedigung. Recht zu behalten ist so wichtig für dich.«

Zunächst empfand ich Qualen um ihretwillen. Ich suchte und suchte schmerzlich immer wieder nach einer Spur jener wilden, erfolgreichen Energie, die einst typisch für Joyce war, und mir wurde klar, wieviel mir an Joyce eben diese Energie bedeutet hatte, dieser sorglose Überschwang, der alles um sie herum angesteckt hatte. Wie zurückhaltend und beherrscht sie geworden ist . . . Und dann spürte ich Schmerz um meinetwillen. Sicher, wir hatten immer offen miteinander geredet, nie ein Blatt vor den Mund genommen; einem Außenstehenden müßte unsere Kritik aneinander in den Ohren geklungen haben wie – ja, wie die derben Wahrheiten, die dem Familienleben Würze geben. Das hier war jedoch etwas anderes, das war Gehässigkeit aus Schwäche.

Nach einer Weile sagte ich: »Da ist auch noch *Lilith*. Es wäre schön, dich wieder dabei zu haben.«

»Verstehst du denn nicht, wenn man einmal etwas falsch gemacht hat, muß man die Konsequenzen ziehen – so ist das eben!«

»Nein, das verstehe ich nicht. Du könntest dir einen Ruck geben, dich von da drüben losreißen und heimkommen.«

Ein böses, sogar bösartiges Lachen. »Einen Ruck geben«, wiederholte sie. »Genau das könnte ich nicht. Ich bin ausgebrannt.« Und als ich nach Worten suchte: »Du sei bloß still, Janna. Du verstehst ja doch nichts. Sieh dich doch an, dick und zufrieden, wie eine Katze, die Sahne geschleckt hat.«

Sie wühlte in ihrer Handtasche, ein Päckchen Papiertaschentücher kam zum Vorschein, sie tupfte und wischte und richtete ihr Gesicht schnell und gekonnt wieder her.

Dann schob sie alles wieder außer Sicht in das Chaos ihrer Handtasche und setzte sich aufrecht hin, streng, maßgeschneidert und beherrscht. »Und du wohnst also immer noch einsam und glücklich in deiner fabelhaften Wohnung, und ich habe schon gehört, immer wenn du *Lilith* auf ewig den Rücken kehrst, bist du innerhalb eines Monats wieder da.«

Ich gab dem Ober ein Zeichen und bezahlte die Rechnung. Sie bot nicht an, sich zu beteiligen, sie sah und hörte nichts als ihren Kummer.

Wir verließen die kleine Nische, um die ich gebeten hatte, den Tisch hinter einer Blumenbank, um die herum Kellner und beladene Servierwagen aus dem überfüllten Hauptraum dahinter auftauchten, und wir traten auf die Straße hinaus.

»Ein großer Erfolg war das ja gerade nicht, was?« äußerte sie mit einem Lächeln, das freundlich wirken sollte.

»Nein.«

»Ich rufe dich an, wenn ich vor der Abreise noch dazu komme. Aber viel Zeit habe ich nicht, ich muß meinen Vater unterbringen und ihm beim Umzug helfen. Wenn ich mal so alt werde, springe ich aus dem Fenster. Ach, ich vergaß, du hast ja progressive Vorstellungen zu dem Thema, nicht wahr? Na prima.«

Damit war sie fort, lief die Straße hinunter, während ich stehenblieb und es einfach nicht glauben konnte. Unmöglich, daß wir uns so trennten, wie Feindinnen, oder jedenfalls wie zwei, die sich zu hassen scheinen.

Ich sah, wie sie immer langsamer ging. Beinahe wäre ich ihr nachgelaufen, um ihr zu sagen – aber was schon? Ich konnte mich nicht rühren. Sie blieb stehen. Eine kleine, einsame Gestalt im Licht der Straßenlaternen. Hier draußen waren nur wir beide, aber die Restaurants drehten der Charlotte Street ihre beleuchteten, üppigen und diskreten Fassaden zu.

Ich sah, wie Joyce sich umdrehte, zögerte und dann langsam wieder zurückkam. Ich hatte mich nicht von der Stelle gerührt. Vor mir blieb sie stehen. Wir sahen einander an. Ihr Gesicht war klein und verkniffen – vor Ärger? Nein, vor Kummer.

In jener *anderen* Stimme, die man so selten gebraucht oder hört, sagte sie wie zu sich selbst, ja über sich selbst erstaunt: »Wie klug von Janna, keine Kinder zu bekommen.«

Das hatte ich nicht erwartet, und es tat weh. Ich rief aus: »Das kannst du doch nicht meinen, Joyce!«

»Warum nicht? Doch, ich bleibe dabei. Vernünftig war es von dir, Janna, daß du keine Kinder bekommen hast.«

Und sie lächelte. Endlich ein richtiges Lächeln, freudlos zwar, aber freundschaftlich, dann sagte sie: »Ich schreibe dir«, und damit wandte sie sich wieder um und ging, diesmal rasch, ohne Zögern, selbstbeherrscht davon.

Das war es also.

Aufruhr und Chaos im Büro! Es liegt an Charlie. Wäre er nur nicht so ein Blender – aber das war er immer, und das stört nur jetzt, weil eine Krise ansteht. Wo Charlie sein sollte, ist gar nichts. Phyllis ist zu Hause, und Charlie taucht einfach nicht im Büro auf. Jill und ich machen alles. Wir schaffen es, indem wir Hilfskräfte aus allen anderen Abteilungen zusammenborgen, aber es ist der reine Wahnsinn.

Heute rief ich Charlie an und sagte: »Ich weiß, Charlie, du bist der Herausgeber, aber ich schwöre dir, ich sorge dafür, daß du gefeuert wirst, wenn du nicht kommst und *arbeitest.*«

»Ach, jeder weiß doch, wer bei *Lilith* der Boß ist«, gab er friedlich zurück. Im Hintergrund hörte ich Babygeschrei. »Hörst du Caroline?« fragte er. »Was für eine Lunge!«

»Charlie, so *geht* es nicht.«

Schweigen. Dann: »Gut, Jane. Ich nehme meinen Urlaub.«

»Du kannst uns nicht einfach im Stich lassen.«

»Werdet ihr ohne mich fertig oder nicht?«

»Darauf kommt es nicht an.«

»Für mich doch. Soweit es mich angeht, ist das der springende Punkt.«

»Jedesmal, wenn eine deiner Frauen ein Baby bekommt?«

»Aber, aber, aber«, sagte Charlie. Onkelhaft.

»Wenn ich jetzt sagen würde: Mir ist das Bedeutsamste in meinem ganzen Leben zugestoßen. Ich muß frei sein, um mich mit diesem Mann zu treffen – und *Lilith* kann sehen, wo es bleibt.«

»Sagst du das, Janna? Na bravo.« Und er hängt ein.

Jill hat sich all das lächelnd angehört. »Ich glaube nicht, daß man von mir erwarten würde, in meinem zarten Alter könnte ich *Lilith* ganz allein leiten.«

»Habe ich das von dir verlangt? Nicht daß ich es dir nicht zutrauen würde.«

»Doch, du hast nämlich vergessen, daß nächste Woche die Mode-Konferenz in Amsterdam ist.«

»O *nein!* Das hatte ich tatsächlich vergessen. Aber ich kann nicht hin.«

»Ist es jemals vorgekommen, daß *Lilith* dort nicht vertreten war?«

»Nein.«

Wir wußten beide nicht recht weiter. Aber wir lachten, fühlten uns irgendwie erheitert.

»Aber ja«, rief ich, »du kannst hin!«

»Nein, kann ich nicht. Charlie könnte. Phyllis könnte. Aber ich nicht. Ich habe nicht genug Erfahrung.«

»Stimmt.«

»Aber alles ist so unmöglich«, klagte ich. Damit meinte ich, daß ich nach Amsterdam fahren sollte, anstatt bei Richard zu sein.

»Wir müssen mit Phyllis sprechen«, sagte Jill. »Sie wird Charlie zurück an die Arbeit treiben.«

Also sprach Jill mit Phyllis, und Phyllis sprach mit Charlie, und ich fahre nach Amsterdam. Für vier Tage.

Zur Mittagszeit kam ich aus warmplätscherndem Sommerregen hinein in die *Elster*, und da saß Richard an einem

Tisch mit dem Rücken zur Wand. Er hörte einem jungen Mann zu, der sich vorbeugte und ernst auf ihn einsprach. Etwas war da an Richard, wie er zuhörte und Anteil nahm, seine Aufmerksamkeit, wie er den jungen Mann taxierte und alles bemerkte, so daß ich dachte: Richard muß Arzt sein.

Ich hatte das Gefühl, dieses Beratungsgespräch sollte ich ebensowenig stören, wie ich es im Sprechzimmer getan hätte, so setzte ich mich an einen Nachbartisch, um zu warten. Richard lächelte mir zu, verzog ein wenig das Gesicht. Der junge Mann bemerkte es nicht: Er war zu beschäftigt mit seinem eigenen Leid. Er sah irgendwie mutlos aus, brach große Stücke von einem Pub-Sandwich ab, stopfte sie in den Mund und kaute beim Sprechen. Er hat Hunger, dachte ich und überlegte: Arbeitslos? Rauschgiftsüchtig? Vielleicht will er Richard nur um ein oder zwei Pfund anschnorren.

Mit überschwenglichen Dankesworten verabschiedete er sich, und ich setzte mich zu Richard.

»Arbeitslos«, erklärte er. »Kann seine Stromrechnung nicht zahlen. Seine Frau hat gerade ein Baby bekommen. Das zweite. Sie war krank. Er hat Bronchitis und einen Ausschlag, der mir aussieht wie das Anfangsstadium von Wundrose. Das Baby hustet.«

»Du bist Arzt«, stellte ich fest.

»Stimmt. Und die Wirklichkeit bricht überall durch, so sehr ich mich auch bemühe, sie auszuschließen. Meiner Mutter gefällt es nicht in ihrem Heim, und ich muß ihr etwas anderes suchen.«

Die *Elster* ist ein altmodisches Lokal mit dunkelbraun getäfelten Wänden, in denen sich die Lichter widerspiegeln, und einem dunkelroten Teppich. Wie ein Mutterschoß aus Schokolade, voller Wärme und Trost. Es war voll dort. Es ist immer voll. An heißen Tagen ist es eine kühle Grotte. Jetzt haben wir etwa Mitte Juni, aber Kühle war das letzte, wonach es heute irgendwen verlangte.

Ich hatte meine weiße Strickjacke an. Morgens beim Anziehen war mir Joyce eingefallen, ›wohlgenährt und hübsch‹. Größe 42.

Richard sagte: »Du siehst aus wie ein Sahnebaiser, immer schon meine Lieblingsleckerei«, und ich strich Joyce kurzentschlossen aus meinen Gedanken.

»Als Arzt solltest du so etwas eigentlich nicht empfehlen.«

»Mit Maßen genießen kann niemals verdrießen. Das muß von Salomo persönlich stammen. Dieser Spruch hängt, hübsch gestickt, so eine Art viktorianischer Wandbehang, im Sprechzimmer hinter mir an der Wand. Wenn ich Diätpläne ausgebe, steht das immer obenan: Mit *Maßen* genießen kann niemals verdrießen.« Sein Ton war kurzangebunden, beinahe barsch; wie manchmal, wenn er sich sehr ernst fühlt und es vielleicht gar nicht sein will. »Eine Maxime, die du und ich vielleicht allzu strikt befolgen, Janna?«

Ich wußte ja, was ich ihm sagen mußte, und darum verdrängte ich es erst mal, denn ich wollte diese Mittagsstunde in der *Elster* genießen, während der wir nebeneinander an einem Tischchen saßen, umgeben von Leuten, die lebhafte, lärmende Menge. Lauter gute Laune. Viel Gelächter. Irgendwo dazwischen, für uns nicht erkennbar, befand sich höchstwahrscheinlich auch eins der drei Millionen Opfer der Depression.

»Jetzt dauert es nicht mehr lange, und wir wissen alles voneinander.«

Ich antwortete: »Die Wirklichkeit bricht eben überall durch.«

»Ich habe mir eine Taschenbuchausgabe deiner *Modistinnen von Marylebone* gekauft und sie letzte Nacht gelesen. Woher weißt du so viel darüber?«

»Ich kannte eine alte Frau. Sie hieß Maudie Fowler. Sie starb mit über neunzig. Den Bauch voller Wut.«

»Das kenne ich.«

»Ungefähr um dieselbe Zeit kannte ich noch eine andere. Uralt. Und wütend. Ist deine Mutter auch so zornig? Wenn ja, dann wünschte ich, du könntest mir das erklären. Wenn nämlich meine Zeit kommt, habe ich vor, das irgendwie zu vermeiden. Alte Leute rasen zu sehen, weil sie sterben müssen, ist nicht gerade ein ermutigender Anblick.«

»Meine Mutter ist nicht zornig darüber, daß sie alt ist. Aber sie mag es nicht, von oben herab behandelt zu werden. Ich versuchte dem Personal klar zu machen: ›Alt sein heißt doch noch lange nicht schwachsinnig sein.‹ Jedenfalls nicht bei meiner Mutter. Aber ich bin nicht ihr Arzt. Ich bin dort in der Rolle des Klienten. Ich habe den verantwortlichen Arzt des Heims angerufen und von Kollege zu Kollege gefragt: ›Könnte man nicht etwas am Verhalten des Personals gegenüber den Patienten ändern?‹ Er antwortete: ›Dr. Curtis, sagten Sie? Wir haben keinerlei Beschwerden über unseren Umgang mit den Bewohnern vorliegen.‹«

»Beschwerden können sie sich nicht erlauben«, sagte ich. »Sie hängen zu sehr vom Wohlwollen der anderen ab. Und natürlich muß man sie von oben herab behandeln. Die ganz Alten sind zu furchterregend, zu bedrohlich, einer wie der andere ein Memento mori, das halten wir nicht aus, also müssen wir sie zu lieben kleinen Kindern machen. Um unseretwillen. Und ich nehme noch einen Whisky.«

Er langte jemandem über die Schulter, stellte unsere beiden Gläser auf die Theke und gab dem Barmann ein Zeichen.

»Sehe ich das richtig, daß du neben deinen vielen anderen Spezialitäten Ärztin bist oder warst? Nein? Krankenschwester? Nein. Sozialarbeiterin? Nein.«

Ich schüttelte ständig den Kopf, und nicht nur zu den Fragen. »Ja, du hast ja recht. Aber weißt du, Janna, im Moment bist du für mich wie ein Rubbelbild, das man Kindern schenkt: ein leeres Blatt, ganz weiß, dann rubbelt man mit einem Bleistift darüber, und ein Bild entsteht. Mein Bild von dir ist halb ausgefüllt. Na ja, wer weiß, was wir noch herausfinden, wenn wir eine Woche zusammen verbringen.«

Wieder schreckte ich zurück. Er stellte die beiden Whiksygläser ab.

»Ich habe nachgedacht«, setzte ich an. »Wenn ein junger Mensch heiratet, bedeutet das für ihn noch nicht so viel, stimmt's? Kein Wunder, daß es ihnen leichtfällt. Ich, John, nehme dich, Mary. Ich, Mary, nehme dich, John. Und alle beide sind begierig, genommen zu werden. Mehr oder weniger jedenfalls. Aber bei Menschen in unserem Alter ist es, wie wenn zwei Kontinente zusammenprallen.«

Ganz trocken und mit jener Rauhheit in der Stimme, die mich zugleich fasziniert und mir Angst einflößt, fragte er: »Und warst *du* begierig, genommen zu werden?«

Ich sah ihm gerade ins Gesicht, wenn mir auch bewußt war, daß ich rot wurde. »Ich weiß, warum du das fragst, und du hast recht. Aber ich war schon über dreißig, als ich heiratete. Und Fred war vierzig. Wir waren keine Kinder.«

»Ich war neunzehn, als ich heiratete. Ich war begierig, genommen zu werden.«

»Und du wurdest es nicht?«

»Nein.«

»Und du bist die ganze Zeit mit derselben Frau verheiratet?«

»Fünfunddreißig Jahre etwa.«

Das empfand ich buchstäblich als einen Schlag aufs Herz. Es tat weh. Ich spürte, daß ich blaß wurde, während ich mich noch vor einem Augenblick unbehaglich heiß gefühlt hatte. Das Ganze hier – ich zusammen mit ihm, dem Mann, der fünfunddreißig Jahre mit ein und derselben Frau zusammengelebt hatte, *fünfunddreißig Jahre* – kam mir plötzlich schäbig und lächerlich vor. Und aus irgendeinem Grund hatten anscheinend die Träume sehr viel damit zu tun, die ich jede Nacht von Freddie träumte, ihre Atmosphäre, verloren, traurig, trostlos. Vorige Nacht träumte ich, wir beide, Freddie und ich, seien an einem flachen, kreideweißen Meeresufer, und die Seevögel kreischten über unseren Köpfen. Das Geschrei der kreisenden Vögel klang bis in mein Herz und weckte mich auf.

»Ich habe es dir ja gesagt«, murmelte er leise, hastig, unglücklich. »Ich habe dir ja gesagt, wir sollten die Finger davon lassen. Warum *tun* wir das nur . . . Wir sollten einfach über nichts Derartiges sprechen.«

Ich weinte.

»Ich habe zur Zeit nah am Wasser gebaut«, sagte ich. »Achte nicht darauf. Ob du es glaubst oder nicht, normalerweise weine ich nie. Wenn ich mich mal beim Weinen ertappe, ist meine erste Reaktion, meine Verdauung zu überprüfen.«

»Trink aus.« Er kippte seinen Scotch hinunter, drückte mir mein Glas in die Hand, ich trank aus, er half mir hoch, und wir traten aus dem Pub auf die Marylebone Road. Hoch über der Stadt streckte sich ein kornblumenblauer Himmel mit einigen lebhaften Wolken in Grau und Hellviolett, und alles um uns blitzte und funkelte. An einem Blumenstand kaufte er einen Armvoll gelber Rosen, und wir gingen gemeinsam bis an die Ecke.

Dort hielt er mich fest, und wir standen uns gegenüber, so daß die Blumen zwischen uns zerdrückt wurden. »Also? Wollen wir nach Paris? Edinburgh? München? Du bestimmst.«

Ich sagte: »Nächste Woche muß ich für vier Tage nach Amsterdam. Auf eine Modekonferenz.« Ich konnte ihm nicht ins Gesicht sehen, schließlich tat ich es doch. Er war ungläubig, zornig, sogar heftig. Er wich abrupt zurück, ließ meine Arme los, und die gelben Rosen fielen in die Gosse.

»Ich muß. Ich muß.«

»Es ist dein Beruf«, gab er zurück, und nun war er verstört, stammelte, als hätte man ihn hart in den Magen geschlagen. Ich hatte gewußt, daß er enttäuscht sein würde. Mir war selber elend zumute. Aber solch eine Reaktion hatte ich nicht im entferntesten erwartet.

»Richard«, flehte ich.

Ich sah ihn so deutlich wie beim ersten Mal, diesen lebhaften, energischen Mann, der in sich mehr Energie zu vereinigen scheint als fünfzig normale Menschen: Aber nun war diese ganz gegen mich gerichtet, und ich wußte, er hätte mich umbringen mögen.

Dann faßte er sich, seine Schultern nahmen die charakteristische eingezogene Haltung an, und ich fragte mich: Bin jetzt *ich* eine Last, die er auf sich nehmen und tragen muß?

»Und jetzt mußt du zurück in dein Büro«, stellte er mit ruhiger Stimme fest.

»Ja.«

Er nickte, er war mir jetzt sehr fern. Beinahe abwesend

versprach er: »Ich rufe dich an, Janna. Morgen rufe ich dich an.« Damit ging er fort, gerade als ein Sommerregen durch die Sonnenstrahlen herniederplätscherte und die Leute nach oben und um sich schauten und darüber lachten, sich gegenseitig anlachten.

Ich kam ins Büro zurück, und Jill bemerkte: »Stets war der Pfad der wahren Liebe rauh.«

Heute klingelte immerzu das Telefon, und jedesmal hoffte ich, seine Stimme zu hören, aber er war es nicht, er rief erst gegen sechs an, als ich gehen wollte. Er klang fremd, aber ich wußte, das war sozusagen Selbstbeschränkung oder -disziplin.

»Janna«, fragte er, »wann, sagtest du, kommst du aus Amsterdam zurück?«

Ich sagte es ihm, Donnerstag.

Er war einen Moment still und überlegt, dann sagte er: »Gut. Ich muß wieder hinauf nach Hull, um meiner Mutter beim Umziehen und Neueinrichten zu helfen, und um frei zu sein, wenn du zurückkommst, muß ich jetzt fahren. Also – sehe ich dich nicht mehr vor nächsten Freitag.«

Bei jedem anderen hätte ich das als einen Vergeltungsschlag betrachtet: du gehst fort – wie du mir, so ich dir; aber nicht bei Richard. Und während ich so dastand, in der einen Hand den Hörer, in der anderen meine Handtasche und die Arbeit zum Mitnachhausenehmen, so als wäre ich schon unterwegs nach Amsterdam, da wurde mir klar, daß ich wußte, wie das Gehirn dieses Mannes arbeitete, daß ich seine Gedanken Schritt für Schritt verfolgen konnte. Als er mich auf der nassen Straße mit den verstreuten Rosen stehenließ, da hatte er sich gesagt: Jetzt aber Schluß, das ist es nicht wert. Ich werde mich aus dieser Lage ein für allemal befreien. Dann hatte er den Eishauch des Verlusts gespürt und gedacht: Sei fair, es *ist* schließlich ihr Beruf. Dann, als dieser Gedanke eine Flut von Assoziationen auslöste, die mit irgend etwas in seinem Leben verbunden waren, das ihn belastet und das ich nur ahnen kann – seine Frau liebt ihn nicht? Sie bleiben wegen des Kindes zusammen (oder der Kinder? Kathleen ist vielleicht nicht das einzige?) –, da dachte er wiederum: Nein, das ist alles zuviel, ich muß ihr sagen, daß ich so nicht weitermachen kann. Aber dann entsann er sich, wie es ist, wenn wir zusammen sind, wie wir wahrhaftig die Hälften eines Ganzen sind, das zu Unrecht zerschnitten wurde, entsann sich all des Guten; und dann überlegte er sorgfältig, wie er sein Kommen und Gehen mit meiner Abreise und meiner Rückkehr in Einklang bringen könnte; und dabei hatten diese Überlegungen und Arrangements einen nur allzu vertrauten Unterton von Pflicht an sich. Schon wieder, dachte er – indes er sich ausrechnete, gut, wenn ich dieses und jenes tue, kann ich freitags zurück und bei Janna sein –, schon wieder passe ich mich an, arrangiere mich, beuge mich, *ordne mich unter.* Wenn er vielleicht dieses Letzte nicht dachte, sich nicht als jemand Besonderes fühlte, der gefangen ist und dessen Möglichkeiten eingeschränkt werden, dann dachte ich es. Was aus uns wird, wenn wir beieinander sind, muß sein Empfinden – genau wie meins – dafür geschärft haben, wie viele Kräfte in uns ruhen, die wir nicht nutzen. Nie hätte ich vor Richards Zeit geglaubt, daß durch das bloße Zusammensein mit einem einzigen anderen Menschen ganze Regionen der eigenen Person erschlossen werden können: so wie die Kinder, von denen er sprach, Bilder hervorbringen, indem sie mit einem Bleistift über das Papier rubbeln. Ihm wie mir muß unser Zusammensein eins vor Augen führen: daß wir nur mit halber Kraft leben, während rings um die kleine erleuchtete Bühne, auf der wir uns nach strengen festgelegten Mustern bewegen, der Energiestrom des Entzückens, der Freude, wogt und pulsiert, von dem wir jedoch abgeschnitten sind. Ich weiß, wenn er sich sagt: Nein, das ist es nicht wert, dann brauchte er nur daran zu denken, was geschieht, wenn wir uns treffen; ich weiß es, denn mir geht es ebenso. Manchmal denke ich: Nein, Schluß damit, die Anspannung ist mir zuviel. Aber womit ich wirklich Schluß machen möchte, das ist Freddie! Ich wache morgens nach einem Traum von Freddie auf und denke: Wenn mit Richard Schluß ist (es ist schon seltsam, ich habe nie daran gezweifelt, daß irgendwann Schluß sein muß), dann läßt mich vielleicht Freddie in Ruhe. Was meine ich nur damit? Daß Richard ein Aspekt von Freddie ist oder Freddie einer von ihm? Wenn Richard nicht mehr da ist, wird dann Freddie so freundlich sein und ins Vergessen zurücksinken?

Ist das Reue? Wenn ja, dann verstehe ich nicht, was das soll! Wenn ich bei meiner Heirat so und so war, und wenn ich unsere ganze Ehe hindurch so und so war, dann folgt daraus, daß ich für Freddie eben auch nicht anders sein konnte. Es wäre kleinmütig, jetzt zu sagen, ich hätte anders sein sollen. Und ich bin auch gar nicht überzeugt, daß ich hätte anders sein sollen. Schließlich kenne ich selbst jetzt noch nicht Freddies wirkliches Wesen. Der Freddie, von dem ich träume: hat es ihn je gegeben? Wer ist dieses höfliche Gespenst, das leicht gebeugt dasteht und mich ansieht, nicht um mich an etwas zu erinnern, sondern um ostentativ zu zeigen, daß er da ist. Er ist da, und ich sollte bei ihm sein oder zu ihm gehen, doch dann ist er auch schon nicht mehr da, oder er entfernt sich, oder ich erreiche ihn beinahe, aber nicht ganz. Wenn ich an Freddie denke, sehe oder spüre ich an ihm tatsächlich eine Selbsteinschränkung, eine Zurückhaltung. Und ich weiß, daß ich nicht das war, was er brauchte.

Aber wie viel von alldem rede ich mir ein? Richard hat einmal gefragt: Janna, denken wir uns das alles nur aus? Soll ich mich hinsetzen und mir die Ehejahre mit Freddie in Erinnerung rufen? Mich dazu zwingen? Wozu? Um am Ende zu sagen, so oder so hätte ich sein sollen? Was hätte das für einen Zweck?

Wenn Richard geht ... aber warum sage ich das ständig? Ich weiß nicht, was er hier macht, ich gehe davon aus, daß es eine Art Langzeiturlaub ist. Wer weiß, vielleicht ist seine Ehe zerbrochen; nein, das glaube ich eigentlich nicht. Warum sollten Richard und ich nicht heiraten? Oder zusammenleben? Weil das unmöglich ist. Warum ist es unmöglich? Er ist fünfunddreißig Jahre mit ein und derselben Frau verheiratet gewesen. Die nicht ich war. Und weil mir Freddie, mit dem ich zwölf Jahre verheiratet war, im Schlaf erscheint, sich hinter den Kulissen meiner Bühne aufhält, unbesänftigt. Nie träume ich von Richard ... nein, das wird mir alles zuviel. Ich verstehe es nicht, und jetzt muß ich schlafen. Es ist weit nach Mitternacht, und morgen habe ich viel zu tun. Kate schläft auf dem Sofa, immer noch am Walkman angeschlossen. Was das wohl in ihrem Gehirn anrichtet, von ihren Ohren ganz zu schweigen? Ich sehe, wie ihre Gesichtsmuskeln im Rhythmus zucken und sich bewegen.

Heute kehrte Charlie zu uns zurück. Er trug sorgsam berechnete Nörgelei zur Schau, gerade ein paar Nadelstiche, die uns daran erinnern sollten – als ob es das brauchte! –, daß Charlie auch noch anders als liebenswürdig sein kann.

Er sagte, nein, er wolle nicht mit Hannah aus der Herstellung sprechen, das könnte ich tun.

Hannah wird zu uns in die Redaktion kommen. Für mich war sie immer einfach ein nettes, hilfsbereites Mädchen gewesen, mit einer Vorliebe für bizarre Kleider, so daß man sie oft mehr als zweimal ansehen wollte. Als sie mir heute morgen gegenübersaß, mußte ich mich über meine Trägheit wundern: Ich hatte einfach nicht aufgepaßt. Daß man Hannah bemerkt, beachtet, sie anschauen muß, liegt daran, daß ihre Persönlichkeit zu gewaltig für ihre Stellung ist. Sie verlangt mehr Raum. Sie ist atemberaubend. Wie eine von Picassos monumentalen Frauen am Meer: Man sieht sie vor sich, wie sie in langen Sätzen einen Strand entlangläuft, das Haar in der lauen Brise wehend, dunkelbraune Glieder in weitausholenden Bewegungen, die Hände wie Seesterne ausgestreckt nach einem gestreiften Wasserball, der sich irgendwo auf der Höhe der Sonne befindet. Sie hat dunkle Rehaugen und schwarzglänzendes Haar. Sie kommt aus dem vielstämmigen Liverpool. De Loch. Ich frage mich, woher der Name wohl kommt.

Hannah de Loch zeigte sich nicht weiter überrascht, als ich ihr diesen fabelhaften Posten mit solchen Aufstiegsmöglichkeiten anbot, sie schien nicht einmal beeindruckt. In Ordnung, sagte sie, sie werde es gern versuchen, aber die Arbeit in der Herstellung mache ihr auch Spaß. Als ob es auf den sehr beträchtlichen Unterschied in der Bezahlung gar nicht ankäme. Ich stellte mir selbst meine heimliche Frage für solche Situationen: *Hat sie den nötigen Biß?* Dann bringt mich Hannah dazu, eine andere Frage nachzuschieben: *Und was meine ich damit?* Sie ist ein Mensch, der einen zwingt, sich selbst zu definieren.

Hannah bekommt einen Schreibtisch bei Jill und mir und wird von jetzt an mit Jill zusammenarbeiten. Ich werde wieder zu Charlie ziehen, um ihm auf die Finger zu schauen, wie Jill ganz ohne Bosheit bemerkt, sie stellt nur eine Tatsache fest.

Charlie sagt, Phyllis werde nicht nach drei Monaten zu *Lilith* zurückkehren und das Baby einem Kindermädchen überlassen. Charlie ist aufgeblüht, sein Zustand ist dem nicht unähnlich, in dem Richard und ich uns befinden, wenn wir zusammen sind. Er kann überhaupt nicht aufhören zu lächeln; die Hälfte der Zeit verbringt er am Telefon und erzählt Freunden und Bekannten von seinem Baby, von Phyllis' gesundheitlichen Hochs und Tiefs, der Milchproduktion, den unterbrochenen Nächten, auf die er sichtlich stolz ist und in denen er seinen Teil der Verantwortung übernimmt. Er klingelt von seinem Zimmer aus nach Jill, Hannah, Mark, June, mir oder einer Schreibkraft oder einem Fotografen – nach irgend jemand, der bereit ist, sein Glück mit ihm zu teilen. Und wir alle tun dies gern. Wir wissen nicht, ob es Charlie ist, der darauf besteht, daß Phyllis die Wonnen der Mutterschaft voll auskostet, oder ob es von Phyllis selbst ausgeht, denn wir haben nicht allein mit ihr gesprochen. Ein kurzer Anruf traf leider gerade mit der Fütterungszeit des Babys zusammen, und sie sagte: »Ich weiß, Janna, es ist eine Zumutung, aber ich möchte doch wenigstens ein halbes Jahr zu Hause bleiben. Schließlich will ich stillen.« Das war mir neu, aber da Charlie nicht stillen kann, muß Phyllis es tun: das sieht jeder ein.

Heute nachmittag saß ich bei Charlie und hatte so viel mit ihm zu besprechen, Entscheidungen, über die er, wenn er sie schon nicht fällt, wenigstens informiert sein sollte, und da saß er und redete über Vaterschaft.

Groß und überschwenglich, leutselig und freigebig erzählte mir diese gute Seele, unser Charlie, der Herausgeber einer exquisiten Frauenzeitschrift, die wenigstens von der Aufmachung her ganz und gar auf Glamour ausgerichtet ist: »Janna, das ist mein viertes und, so wahr mir Gott helfe, das schönste! Ich weiß, man sollte keines vorziehen, und eigentlich tue ich das auch nicht, denn jedes ist ein *Wunder*, ich kann es gar nicht fassen, wie unglaublich und wunderbar jedes Baby ist, jedes auf seine Weise. Aber gerade Caroline, sie hat so etwas . . . vielleicht liegt es an Phyllis und was ich für sie empfinde . . . nicht etwa, daß ich meine erste Frau nicht geliebt hätte, im Gegenteil, und sie ist ein prima Kerl und so, ich hoffe, daß wir immer Freunde sein werden – aber mit Phyllis ist es doch etwas anderes. Begreifst du, was ich meine, Janna? Doch, sicher, mir hat ein kleiner Vogel gesungen, ich hoffe, du nimmst es nicht übel, daß auch dir etwas Wunderbares passiert ist – *bitte*, nimm es nicht übel, ich bin so glücklich für dich. Aber es gibt so etwas wie Bestimmung, und Phyllis ist meine Bestimmung. Ich weiß, das verstehst du. Als Caroline geboren wurde – und dabei habe ich das schon dreimal miterlebt, und jedesmal war es einfach das Vollkommenste auf Erden –, als das kleine Wesen hervorkam und sie es in ein Handtuch wickelten und gleich in meine Arme legten, denn die arme Phyllis war gerade in dem Moment leider nicht bei Bewußtsein, da öffnete sie ihre Augen und sah mich an. Sie schrie nicht und war nicht verschreckt – ich kenne mich da ja aus, Caroline ist schließlich mein viertes. Und mein Herz zerschmolz. Verstehst du, was ich meine? Da war dieses kleine Dingelchen, noch ein bißchen blutig von ihrer schweren Prüfung, und sie sah mir genau ins Gesicht. Sie hat wunderbare dunkelblaue Augen. Ein tiefes, tiefes Blau. Wie die liebe Phyllis. Es war ein Augenblick des *Erkennens*. Das schwöre ich. Ich war so gerührt, daß ich kein Wort sagen konnte. Ich hatte sowieso schon die ganze Zeit geheult wie ein kleines Kind, während sie herauswollte, wegen Phyllis – weißt du, es war schlimm für sie, und von diesem verflixten Kram mit der programmierten Geburt bin ich ganz und gar nicht überzeugt, aber sie *bestehen* darauf – und dann auch, weil es mich immer so mitnimmt, auf den Augenblick der Wahrheit zu warten, wenn das Baby ganz frisch und neu in diese schnöde Welt hereinflutscht und leibhaftig da ist. Und da saß ich und heulte mir die Augen aus dem Kopf und hielt die Kleine im Arm, und ich schwöre dir, ich liebte sie von diesem Augenblick an.«

Der Tee wurde gebracht, in Wedgwood-Porzellan, das Charlie unbedingt fürs Büro anschaffen wollte. Schokoladentorte. Seit Carolines Geburt schwimmen wir bei *Lilith* in Champagner und Pralinen, ersticken unter Kuchenbergen von der Schweizer Patisserie an der Ecke. June ging den Kuchen holen und kaufte ganz spontan auch gleich Blumen für Charlie. Als sie sie hereinbrachte, war sie schüchtern, hochgestimmt, verlegen, entzückt. Charlie war entzückt. Jedermann ist entzückt. Eins weiß ich, wenn ich auch sonst nichts weiß: in allen Abteilungen von *Lilith* stehen Hochzeiten an oder zumindest bilden sich Paare. Brunftstimmung durchzieht das ganze Haus. Es herrscht eine Atmosphäre verstohlenen, sündigen Ergötzens, und alles lächelt ohne besonderen Grund. Hinter all dem steckt nicht Caroline, sondern Charlie, *Liliths* Herausgeber.

Charlie, in seinem Sessel mitten in der düsteren Eleganz des Herausgeberbüros, lauter dunkelrotes Leder und Teaktäfelung, schenkte Tee ein und schnitt Kuchen auf und lächelte und sagte: »Ich kann gar nicht verstehen, wie irgendein Mann darauf verzichten kann, von Anfang an dabei zu sein. Es ist einfach das Aufregendste, was es gibt. Ich will ja nicht behaupten, Sex wäre nicht wunderbar, aber schließlich, im Vergleich mit einem neuen Menschen, der vor deinen Augen erscheint, ›aus dem Überall in das Hier‹, – heißt es nicht irgendwo so? – na, da weiß ich eben doch, was das Zweitbeste ist. Und ich kann auch nicht verstehen, wieso die Mädels so schnell wie möglich wieder zur Arbeit wollen und den ganzen Spaß einem Kindermädchen überlassen.«

Das alles hörte ich mir an, fühlte mich gräßlich ausgeschlossen, enthielt mich der Schokoladentorte, trank aber von Charlies Orange-Pekoe-Tee, den er immer mitbringt. Mich mit meinem prosaisch-praktischen Sinn hätte das Finanzielle interessiert. Wenn Phyllis nicht arbeitet, wer soll alles bezahlen? Sie sind auf den doppelten Verdienst angewiesen, denn jeder Penny seines Gehalts geht für den Unterhalt seiner anderen Kinder weg.

Aber wie könnte ich solche schäbigen Gedanken aussprechen? Und ganz abgesehen vom Geld, was ist mit Phyllis selbst? Wenn ich an Phyllis denke, wie sie damals in der Redaktion anfing, dieses ehrgeizige, angespannte Mädchen mit den hochgesteckten Erwartungen, schlau wie eine Katze, immer auf der Lauer nach einem Vorteil – und vier (oder sind es schon fünf?) Jahre später eine Frau, die bereitwillig mit einem Baby und einem Mutterer von Mann zu Hause bleibt. Bemutterer; Mutterer – man sollte das Wort einführen. Charlie ist ein Mutterer, ein überzärtlicher Vater, verheiratet mit einer der ehrgeizigsten, cleversten, tüchtigsten Frauen, die ich je kannte. Und bei *Lilith* zirkulieren immer jede Menge clevere, tüchtige junge Frauen, oft natürlich auf dem Weg zur Ehe, wie ich in fünfunddreißig Jahren beobachtet habe. Seit ich in diesen Räumen zu arbeiten anfing. (Während ich bei *Lilith* arbeitete, war mein Richard verheiratet mit – seiner Frau.)

Aber Phyllis kann sich verändert haben. Menschen verändern sich nun mal. Ich habe mich ja auch verändert.

Wenn Charlie so daherschwatzt, was er empfindet, wenn er mitten in der Nacht hört, daß Caroline aufwacht, dann fühle ich mich beinahe in meine Träume versetzt (diese *Träume*), die mich jetzt heimsuchen. »Wir lassen sie nie schreien, Janna, das würden wir gar nicht fertigbringen. Warum sollte sie um etwas, das sie braucht, zum Beispiel saubere Windeln, schreien müssen?« Und dann geht er zu ihr, denn Phyllis soll auch ein bißchen Ruhe haben, und da liegt die Kleine in ihrem Nestchen. »Und sie lächelt mich an. Ich weiß, sie sagen, Babys lächeln in den ersten Wochen noch nicht, aber die verzapfen ja auch sonst jede Menge Blödsinn. Sie erkennt mich sofort und liegt ganz still und sieht mich aus ihren wunderbaren tiefblauen Augen an, überhaupt nicht wie Babyaugen, wirklich, Janna, sondern wie richtige Erwachsenenaugen. Ich stehe da und gucke auf sie herab und komme mir so unheimlich hoch und groß vor, ich kann gar nicht beschreiben, wie riesenhaft und furchteinflößend ich mir vorkomme, wenn ich versuche, mich aus ihrer Perspektive zu sehen, wie sie, das winzige Dingelchen, zu mir aufblickt. Und dann hebe ich sie ganz sanft auf, sie ist ja so eine kleine Prinzessin, und ich will auf keinen Fall, daß sie das Gefühl hat, man *reißt* sie hoch – man sieht ja manchmal, wie Mütter ganz kleine Kinder regelrecht grabschen, die armen Dinger wissen gar nicht, wie ihnen geschieht, sie ringen nach Luft und ums Gleichgewicht – na ja, ich hebe sie jedenfalls ganz sanft in ihrer kleinen Decke hoch und lege sie auf den Wickeltisch, und dann findet zwischen uns mitten in der Nacht dieses süße kleine intime Ritual statt. Und ich freue mich darauf. Ich verstehe nicht, wieso Leute sich beklagen, ihre Babys würden sie stören. Nicht daß sie schreit. Es ist ein

Privileg, so empfinde ich das. Ich finde es himmlisch. Und Phyllis auch, da bin ich sicher. Manchmal wetteifern wir sogar ein bißchen, wer um vier Uhr früh Caroline trockenlegen darf.«

Ich saß einfach da, und mir liefen die Tränen übers Gesicht. Ich hatte meinen Rücken den großen Fenstern zugekehrt, und so dauerte es eine Weile, bis er es merkte; denn er war völlig auf sich selbst konzentriert. Ich wollte unter einem Vorwand den Raum verlassen, aber meine Stimme gehorchte mir nicht. Dann sprang er auf und schlang seine Arme um mich: »Janna, bitte, bitte weine doch nicht, es tut mir ja so leid. Ich hatte völlig vergessen, daß du keine Kinder hast, arme, arme Janna, es tut mir so leid. Wie gräßlich von mir.«

Und damit war er an seiner Schatztruhe, und im nächsten Moment hatte ich vor mir einen Cognac und ein Päckchen Tempos, und er hatte den Arm um meine Schulter gelegt und schmeichelte mich zurück in die Normalität. »Wir sind alle so an dich gewöhnt, liebe Janna, du bist immer gutgelaunt und vernünftig und *perfekt* – und darum nutzen wir dich aus. Ja, das wird mir jetzt klar. Du bist für uns eben selbstverständlich.«

Ich wartete darauf, daß er mir befahl: »Und jetzt schnauben«, und mir ein Tempotuch an die pflichtvergessene Nase hielt. Trotzdem – reizender hätte er kaum sein können!

Wie hält Phyllis das nur aus? Ich ging zurück in unser Büro, wo Jill und Hannah fleißig bei der Arbeit waren – Jill mit ihren zweiundzwanzig Jahren leitet Hannah an, die zehn Jahre älter ist, dafür aber keine Privilegien beansprucht –, und ich hatte rote Augen, aber es war mir egal.

»Hat es dich also auch erwischt?« bemerkte Jill beiläufig. »Mich hat er gestern zum Heulen gebracht wie ein kleines Kind.«

»Mich auch«, bestätigte Hannah.

»Das hier ist ein *Büro*«, verkündete Jill, sie sprach das Wort aus wie ein schockiertes Schulmädchen, um auszuprobieren, wie es klang. »Ein *Büro*.«

»Büros sind schon komische Orte«, stimmte Hannah in ihrem freundlichen, unbeteiligten Ton zu, während sie auf ihre Art weiterarbeitete: nichts scheint zu geschehen, aber alles wird erledigt. Wohingegen Jill einen Wirbel um sich herum veranstaltet – und alles wird erledigt.

»Phyllis wird ja wohl irgendwann zurückkommen?« fragte Jill eifersüchtig.

Hannah meinte: »Vielleicht auch nicht.«

»Natürlich kommt sie zurück«, hörte ich mich protestieren, ich fühlte mich bedroht.

»Nicht, wenn er seinen Willen durchsetzt«, sagte Hannah.

Jill und ich finden, daß man vor dieser neuen Kollegin Respekt haben muß. Eine große junge Frau, dunkelhäutig mit glattem, schwarzem schulterlangem Haar und Pony. Schön ist sie, wie eine gezähmte junge Urwald-Indianerin. Sie steckt voller achtzehnkarätiger Weiblichkeit, darum kann sie auch Gefühlsangelegenheiten mit Autorität beurteilen.

»Wenn Phyllis wirklich wieder arbeiten will, muß sie sich es mühsam erkämpfen«, sagte sie.

»Aber zum Glück«, antwortete ich, »gibt es da noch ein finanzielles Problem.«

Heute fragte mich Jill: »Willst du Kate etwa vier Tage in deiner Wohnung allein lassen? Ohne Babysitter?«

»Was bleibt mir denn anderes übrig?«

Es ist schlimm, Kate allein zu lassen, aber was *bleibt* mir sonst übrig? Mrs. Penny, meine gefürchtete Nachbarin, ist von der Senilität besiegt worden und lebt im Altersheim. Welche Ironie! Gerade jetzt wäre ich froh um sie, sie könnte ich bitten: »Würden Sie wohl ein Auge auf meine Nichte haben? Sie wissen ja, wie die jungen Dinger sind.« Meinen neuen Nachbarn, den Jefferies, einem erfolgreichen, rühri-gen, energischen jungen Paar, könnte ich so nicht kommen: »Bitte, haben Sie ein Auge auf meine arme Nichte. Wissen Sie, sie ist ein bißchen realitätsfremd.« Einen Klempner hereinzulassen oder einen Zweitschlüssel aufzubewahren, darum kann ich sie bitten. »Was ist denn mit Ihrer Nichte los?« würden sie fragen. »Ach, eigentlich nichts weiter, nur daß sie ein Kind ist, auch wenn sie erwachsen aussieht. Ich habe Angst, daß sie den Wasserhahn über Nacht laufen läßt oder irgend etwas anzündet.« Das brachte mich auf eine Reihe ganz interessanter Gedanken: wen man um was bitten kann. Nur zu wenigen Leuten könnte man sagen: »Natürlich ist es lästig, aber eigentlich anomal ist sie nicht, sie hat nur nie die Eierschalen abgeworfen! Man muß sie behandeln wie ein Kind, aber mit ihr reden wie mit einer Erwachsenen, damit sie ein bißchen Selbstvertrauen entwikkelt, verstehen Sie?« Es kommt ganz darauf an, was der andere für einen Erfahrungshintergrund hat.

Wirklich Angst habe ich davor, daß Kate ihre hochbewunderten Hausbesetzer einladen wird. »Meine Tante hat nichts dagegen, bedient euch nur.« Ich glaube, manchmal geht sie nachmittags zu ihnen, und das freut mich sogar. Ich habe ihr gesagt, daß ich verreise, habe ihr diese Tage auf einem Kalender rot markiert, habe ihr gesagt, daß sie niemanden hierher einladen darf, weil ich es nicht dulden würde. Wie vorauszusehen jammerte sie: »O Tante Jane, du bist schrecklich.« Aber eigentlich schien sie erleichtert zu sein, als wäre sie froh über diesen Ukas. Daher fragte ich mich, ob ihre Hausbesetzerfreunde sie vielleicht bedrängt hatten, sie solle sie in die Wohnung ihrer reichen, reaktionären Tante lassen, und sie um eine Ausrede verlegen gewesen war. Es gibt solche und solche Hausbesetzer. Über das Haus, das sie zu ihrer zweiten Heimat gemacht hat, habe ich Erkundigungen eingezogen: Es ist ein Nest von Drogendealern und kleinen Gaunern. Einmal kam ich unerwartet vom Büro heim und fand Kate in einem Abendkleid, das ich für festliche Gelegenheiten im Schrank habe. Kate stand vor dem Spiegel, ihre oft gefärbten Waisenmädchenlocken, zur Zeit hellgrün, waren hochgebürstet wie strubblige grüne Flammen, ihr Gesicht war auf Dracula geschminkt. Ich hatte den Eindruck, sie sieht sich als Gangsterliebchen.

Auch eine Karriere, nehme ich an.

Ein größeres Problem als Kate ist die arme alte Annie. Wie üblich schaue ich zwei-, dreimal wöchentlich bei ihr vorbei und setze mich zu ihr. Immer schon spät, so gegen sieben, bevor ich nach Hause gehe. Aber am Wochenende war ich jetzt sowohl Samstag als auch Sonntag da. Wegen der Sparmaßnahmen bekommen alte Leute keine Haushaltshilfen mehr am Wochenende, es sei denn, sie sind zum Beispiel verkrüppelt. Annies großartige Haushaltshilfe Bridget ist aus irgendeinem Grund woanders eingeteilt worden. Die neue, Maureen, ist eine falsche Schlange, aber wer ahnt das, wenn er sie kennenlernt? Sie wirkt auf den ersten Blick so vertrauenswürdig: das ist Absicht. Sie arbeitet schon jahrelang als Haushaltshilfe. Eine große, fröhliche Frau, Mitte Dreißig, kurzer schwarzer Lockenkopf, ein dralles Babygesicht und dralle kleine weiße Hände mit hellrosa Nägeln, die umherflitzen wie kleine weiße Ratten.

Sie kommt nur auf ein paar Minuten anstatt für die Zeit, die ihr bezahlt wird, manchmal kommt sie auch gar nicht, sie vergißt, was Annie braucht, aber sie posiert immer als vielbeschäftigt (was stimmt), gutherzig, überarbeitet (was stimmt), auf das Wohl ihrer Schützlinge bedacht. Sie hat sich viel Mühe gegeben, um sich mit Vera, ihrer Vorgesetzten, gut zu stellen, und diese hält große Stücke auf sie. Und wenn Not am Mann ist, ist sie da, arbeitet wie ein Pferd und denkt an alles.

Und außerdem ist sie eine Diebin, sie bedient sich an Annies Rente. Ich weiß, was in Annies Börse sein sollte, ich halte ein Auge darauf. Diese Maureen aus Belfast bestimmt eigenmächtig, was an Annie ausgezahlt und was ausgegeben wird. Sie nämlich holt die Rente ab und bezahlt Strom und Gas und Miete. Sie erklärt dem Sozialamt, daß Annie einen Zuschuß für dieses oder jenes braucht. Ich schätze, pro Woche wandern etwa zehn Pfund von Annies Portemonnaie in Maureens, und da sie außer Annie noch vier, fünf andere Leute betreut, läppert sich da einiges zusammen.

Maureen, ganz Liebenswürdigkeit und eifriges Umherflattern zwischen den netten kleinen Pausen, wenn wir – sie und ich und Annie – uns auf eine Tasse Tee zusammensetzen, grüßt mich, als sei ich ihre und Annies beste Freundin; aber vor ein paar Monaten saß ich einmal dort, hatte Annies Nachtstuhl geleert, ihr Bett gemacht, für sie eingekauft, denn Maureen war nicht erschienen, und Annie hatte Angst, allein zu bleiben, da kam Maureen doch noch. Sie freute sich, daß ich ihre Arbeit getan hatte, sie war nämlich müde. Sie hat vier Kinder, einen Mann, der nicht ganz gesund ist, und sie arbeitet wirklich viel. Aber ich hatte Annie nach dem Geld in ihrer Handtasche gefragt, und Annie hatte das Maureen weitererzählt, und als jetzt Maureen mit dem Rücken zu mir stand und unter großem Aufwand ein Sandwich für Annie zurechtmachte, sagte sie ganz leise: »Ich habe Angst vor Ihnen.« Da war wieder diese andere Stimme, die Stimme, die wir so selten gebrauchen. Ein interessanter Moment, aus verschiedenen Gründen. Nichts lag darin von unserer üblichen Beziehung, zwei vielbeschäftigte Frauen, die sich bei einem armen alten Weiblein treffen, um ihm zu helfen, und Fürsorge und Sachkenntnis der anderen für selbstverständlich halten. Nichts, was wir sonst so zueinander sagen – Tag, Mrs. Somers – Hallo, Maureen, wie geht's? – Prima, Mrs. Somers, Ihnen auch, hoffentlich? – nichts von all diesen Floskeln hätte etwas davon ahnen lassen, was hinter Maureens geflüstertem ›Ich habe Angst vor Ihnen‹ steckte. Sie kam herein, nachdem sie sich drei, vier Tage überhaupt nicht hatte sehen lassen; ihr fiel ein, daß sie für Annie den Tee oder die Butter oder die Zigaretten vergessen hatte; sie sah, daß ich Annies Gardinen abgenommen und gewaschen hatte, oder daß ich auf einem Stuhl stand und Annies Fenster putzte, und da schaute sie schnell mal in Annies Geldbörse. Aus zwei Gründen. Zum einen, um nachzusehen, ob genug drin ist, so daß sie unbemerkt noch ein paar Pfund für sich abzweigen kann. Zum zweiten, damit Annie es bemerkt und sagt: »Janna meint, ich müßte eigentlich mehr Geld haben«, und Maureen dann widersprechen kann. Wenn sie nach Hause geht, wälzt sie wahrscheinlich rachsüchtige oder ängstliche Gedanken über diesen störenden Gast aus der Glamour-Welt der Reichen und Erfolgreichen. Als Maureen Annie neu zugeteilt wurde, trafen wir uns, da nach Annies Papieren ich die nächste Angehörige war. Sie hat sich angehört, daß ich Annie besuche, Annies Freundin bin, ›immer‹ komme und ›niemals‹ meine Zusage breche. Was ich leider doch gelegentlich tue, ebenso wie Maureen. Aber Annie sagt es wie eine Beschwörung: »Janna bricht nie ihr Wort, sie kommt immer«, so schleudert Annie streng der unbekümmert-unehrlichen Maureen entgegen.

Die Geschichte, wie ich Annie im Radiogeschäft traf und dann mit ihr heimging und ihr alles mögliche kaufte und mich seitdem immer um sie gekümmert habe, ist eine von Annies ›Grammophonplatten‹, die ich nie gehört habe, die sich aber Maureen und Vera und was weiß ich wer sonst noch sicher schon zigmal haben anhören müssen.

»Ich habe Angst vor Ihnen« – diesen leisen, kaum vernehmbaren Gast aus ihren wirklichen Gedanken über mich ignorierte ich. Ich blieb sitzen und trank meinen Tee. Was hätte ich sagen sollen? Vor mir brauchen Sie keine Angst zu haben, ich verrate nichts?

Wenn es tatsächlich unauflösliche Schwierigkeiten gibt – und mein Wesen sträubt sich, so etwas zu akzeptieren –, dann stecke ich tief drin.

Zum einen bin ich Annie nicht im gleichen Maß wie der armen alten Maudie verschworen, mit Leib und Seele.

Ich weiß, wie es ist, wenn man sich einer alten Frau gegenüber derart engagiert: Ihre Bedürfnisse sind so übermächtig, daß die eigenen dagegen nebensächlich erscheinen, das ganze Leben wird aufgefressen. Einmal habe ich das getan; ich bereue es nicht, im Gegenteil, denn ich liebte Maudie, und wenn man das Wort Liebe ausspricht, erübrigt sich alles andere. Aber ich nahm mir vor, es nicht noch einmal zuzulassen; Annie mag ich, aber ich liebe sie nicht, und ich habe mir gesagt, bis hierher und nicht weiter. Dieser kleine Privatpakt, den ich mit mir abgeschlossen habe, beinhaltet auch, daß ich mich nicht einmische, indem ich etwa Vera anrufe, um mich mit ihr zu treffen und ihr taktvoll beizubringen, daß ihre bevorzugte Haushaltshilfe sich an den armseligen Rentengeldern ihrer hilflosen Schützlinge vergreift. Das kann ich nicht, mehr gibt es darüber nicht zu sagen. Außerdem kommen mir, wenn ich bei Annie sitze und erfahre, daß Maureen schon wieder dieses oder jenes nicht getan hat, alle möglichen Gedanken, die mit ›Schwarzmarkt‹ oder ›doppelter Buchführung‹ in Zusammenhang stehen, und die ja tatsächlich die Triebfeder für die meisten Leute in aller Welt sind. Leute, die Ehrlichkeit, wie meine Eltern sie verstanden, als absolute Größe (›Du sollst *nicht* stehlen, lügen, die Reichen anzapfen, selbst wenn du in einer Elendshütte verhungerst. Es ist Unrecht‹), schon lange hinter sich gelassen haben. Weil alles so verwickelt und fehlgesteuert scheint; weil unser Geld, das Geld der Steuerzahler, so verschwendet wird und wir keinen Einfluß darauf haben.

Das denkt Maureen: Die Renten der alten Leute sind zu niedrig, von wegen! Ich weiß es besser! Wenn Miete, Strom und Gas abgezogen sind und das bißchen Essen, das sie braucht, gekauft ist, bleiben noch fünf Pfund übrig, zehn sogar in einer guten Woche. Die Somers besorgt ihr mal einen Rock, wenn sie einen braucht, und auch Unterwäsche, und wenn sie einen Pullover benötigt, sorgt dafür das Sozialamt. Die Frau von oben sagt, sie hätte ein Paar Pantoffeln, das sie nicht mehr trägt. Außerdem hat Annie Anspruch auf Kleiderzuschuß. Ich werde dafür sorgen, daß sie ihn bekommt, und dann hat meine Lorna auf ihrer Klassenfahrt nach Boulogne ein bißchen mehr Taschengeld. Und dann sind da noch die zehn Pfund im Seitenfach von Annies Handtasche. Sie wird es gar nicht merken, wenn ich sie herausziehe. Das wird die Anzahlung für unseren Urlaub. Wirklich eine Schande, wie man das Geld der Steuerzahler an diese Alten verschwendet. Nicht daß ich ihnen mißgönnte, was sie brauchen. Wenn Annie etwas brauchte, würde ich dafür sorgen, daß sie es bekommt. Und diese alte Mrs. Baker, ich muß gleich morgen mal im Büro wegen ihrem Zuschuß vorsprechen. So wie ich das sehe, hat sie noch Anspruch auf einiges mehr. Warum soll man sich eine gute Gelegenheit entgehen lassen, ein bißchen was extra für sie herauszuschinden? Die Regierung wirft es ohnehin nur zum Fenster hinaus. Wenn nur mal eine ganz gewöhnliche schwerarbeitende Frau am Ruder wäre – nein, nicht ich, das meine ich nicht, aber eine, die weiß, wie man das Geld zusammenhält, dann gäbe es nicht so viel Verschwendung. Im Büro haben sie mir gesagt, sie würden mir diesen alten Mann zuteilen, der es nicht mehr lange macht, wie hieß er noch? Richtig, Dick White. Ich werde jedenfalls aufpassen, daß er alles bekommt, worauf er Anspruch hat. Wenn ich nicht bis Ende der Woche die Anzahlung leiste, können wir dieses Jahr nicht in Urlaub fahren.

Als ich heute abend bei Annie saß und Tee trank, dachte ich, eigentlich tue ich so ziemlich das gleiche wie mein lieber Richard mit seiner Mutter. Aber ich fürchte, aus der Perspektive von Annies kleinem Zimmer, das, *wenn* es saubergemacht wurde, nett und gemütlich aussieht, aber nach Alter riecht, erscheinen Richard und ich, das, was wir sind, wie aus einer anderen Welt. Ich denke daran, wie wir London durchstreifen, von Greenwich bis Richmond, von Highgate zu den Docks, wie wir auf eine Laune hin ins Theater gehen oder fünfzehn Kilometer laufen; der Glanz, die Farbigkeit unseres Beieinanders – das alles verblaßt, wird schäbig, wird zunichte. Uns haftet etwas Billiges, Talmihaftes an, wenn ich hier sitze und Annie mit ihrer bekleckerten Bluse vor mir sehe und sie jammern und klagen höre: jenes Paar dort, Janna und Richard, die Hand in Hand in die Ferne wandern, das gutaussehende Abenteuerpaar, denn so erscheinen wir von dem engen, isolierten Zimmerchen aus, ist nichts als ein Hirngespinst, ein Spielchen von zwei verwöhnten Menschen; aber das stimmt auch nicht, dafür arbeiten wir beide zu hart; und wenn ich mich jetzt wieder in jene Frau versetze, Jane Somers, die an Richards Seite über eine Wiese in Hampstead Heath schlendert, während uns die Sonne auf den Rücken brennt (ich wähle nämlich die Erinnerung an jene wunderbare Sommerwoche, die schon so lange vergangen scheint), da empfinde ich in einem plötzlichen, überraschenden Aufwallen von Liebe und Glück die Wahrheit über das Zusammensein mit Richard. Und das läßt sich am besten und ganz einfach so ausdrücken: Es gibt nichts, was wir einander nicht sagen könnten, als trüge unsere beiden Leben, die so lange unsichtbar füreinander verlaufen sind und nun auf so seltsame Weise in diesem komischen kleinen Vorfall in der Tottenham Court Road zusammentrafen, mit sich eine reiche Fracht, die auch für uns selber unsichtbar gewesen war, wie Flüsse, deren Tiefen nichts wissen von den Balken guten Bauholzes, grünen Ästen, abgerissen in einem Hochwasser fern in den Bergen, Kisten, die wer weiß was enthalten – Seidenstoffe? Bücher? aromatische Teesorten aus Nordindien? Eine Sendung seltener Dschungelpflanzen für einen Garten in Nordeuropa? –, siebzehn hilflosen Küken auf einem tanzenden, bockenden Stück Holz, einem ertrunkenen Pferd, dem leichten, ausgedörrten Gebein eines Dinosauriers, durch Erosion von einem Hang heruntergespült. All diese Dinge, die die Flut so weit getragen hat, schwimmen in einen Seitenarm, schaukeln ein wenig und kommen inmitten von braunem Schaum auf einem weißen Sandstrand zur Ruhe, an dem die Flußwogen in normalen Zeiten ruhig und ordentlich vorbeiziehen, jede mit einer bescheidenen weißen Krone.

Heute wünschte ich mir so sehr, Richard anrufen zu können, nichts weiter, als seine Stimme zu hören und ihm sagen zu können: Nächsten Freitag sehen wir uns wieder. Nächsten Freitag, nur fünf Tage von heute, na ja, eigentlich sechs . . . Er hat meine beiden Telefonnummern, aber von ihm habe ich keine.

Wenn ich seine Nummer wüßte – wenn es nicht überhaupt ein Hotel ist, denn er sagte ja, seine eigene Wohnung sei vermietet –, wen hätte ich dann wohl am Apparat, da Richard wahrscheinlich schon nach Hull abgereist ist? Kathleen, diese düstere Erscheinung? Sollte ich zu ihr sagen, hallo, hier ist Jane Somers, du weißt schon, wir sind uns so oft *beinahe* begegnet.

Normalerweise genieße ich es, mich für diese Auslandsreisen fertigzumachen, für Modenschauen, Konferenzen oder Fototermine, die einem besonderen Ort, einem Menschen oder einem Geschäft gelten. Ich koste einfach alles aus, vom Packen meiner Kleider, an denen ich soviel Vergnügen finde, über das Einchecken am Flughafen, den Flug selbst, die schönen Hotels, zu denen ich fahre, denn inzwischen weiß ich, in welchen Hotels überall in Europa man abzusteigen hat. Wieviel Spaß mir das alles macht. Beim Schreiben erinnere ich mich, Richard gegenüber einmal geklagt zu haben, für Vergnügen sei in meinem Leben kein Platz geblieben, dazu hätte ich zu hart gearbeitet. Aber das stimmt nicht. Meine Tage sind voller Vergnügen, Wonnen, voll kleiner Genüsse, wenn ich die erstaunlichen Gesprächsfetzen auf Londons Straßen belausche, so surreal und Welten geheimer Erfahrungen enthüllend, wenn ich Menschen in Restaurants, Bussen, Läden beobachte . . . Aber heute macht es mir keinen Spaß. England verlassen heißt Richard verlassen.

Ein Tag im Leben eines realitätsfremden Mädchens.

Sie erwacht im Dunkeln, ein saures Gefühl im Magen und einen Schmerz in der Herzgegend, und es ist ihr, als würde sie von mächtigen Wellen geschüttelt und gezaust. Die Wellen sind Schall, ein pochender Rhythmus. Sie fühlt sich eingeschlossen, angegriffen, sie kämpft sich empor, will weg, fühlt einen Schmerz in den Ohren und erinnert sich: Sie reißt den Kopfhörer herunter und bleibt betäubt, verlassen in der Stille der Taubheit sitzen: ihre Ohren sausen. Wo ist sie? Sie braucht eine Weile, bis ihr klar wird, daß sie auf der Kante des Sofas sitzt, wo sie eingeschlafen ist. Ein gewaltiger Groll ergreift sie, als ihr klar wird, daß Janna sie nicht geweckt, von ihrem Apparat befreit, sie zu Bett gebracht hat. Sie denkt nicht, Janna ist dieses oder jenes, sondern der Groll, den sie verspürt, *ist* Janna, genau wie sie früher, bevor sie hierher kam, mit einem Groll lebte, der ihre Familie, ihre Eltern *war*. Jetzt, während sich ihre bitteren, rachsüchtigen Gedanken jagen, taumelt sie zum Lichtschalter und läßt den Raum zum Leben erwachen. Sie sieht sich nach Janna um; als alles leer bleibt, denkt sie, Janna ist in ihrem Zimmer. Ihr ist kalt, und sie fühlt sich steif. Sie überlegt: Soll ich ein Bad nehmen, zum Aufwärmen? Sie läßt sich ein Bad ein, sitzt dabei gedankenlos auf dem Wannenrand und schaut gebannt auf die Luftblasen unter den Wasserhähnen. Sie lächelt sogar ein bißchen wie ein kleines Kind über die hübschen Blasen. Dann verliert sie das Interesse, denn das Sitzen im heißen Wasserdampf hat sie schon belebt, und sie zieht ab in ihr Bett. Als sie sich hineinfallen läßt, erinnert sie sich, daß das Wasser noch läuft, denkt: Ach, laß es doch laufen, steht dann aber doch auf und dreht es ab, jedenfalls beinahe: Der Heißwasserhahn tröpfelt noch, als sie zum Bett zurücktaumelt und sich angezogen unter die Decke schiebt.

Sie liegt eine lange Zeit kerzengerade da, steif, wie in furchtsamer Erwartung, das Licht prallt ihr aufs Gesicht. Sie denkt, Janna wird kommen und es ausmachen; dann fällt ihr ein, daß Janna im Bett ist; dann, daß Janna überhaupt nicht hier ist, sondern in Amsterdam.

Sie richtet sich auf, Wut überkommt sie. Sie ist ganz allein in der Wohnung, verlassen. Bei diesem Gedanken legt sich etwas von ihrer Anspannung und Furcht, die mit Janna zusammenhängen, da Janna, wie Kate weiß, selten mit ihr oder irgend etwas, das sie tut, zufrieden ist. Vier Tage lang, denkt sie, wird sie sicher vor dieser ständigen Kritik sein. Sie seufzt, entspannt sich, spürt das blendende Licht auf ihren Lidern, schafft es gerade noch, aufzustehen und es auszuschalten, dann sinkt sie zurück ins Bett. Sie schläft fest bis in den Morgen, und als sie aufwacht, ist es hellichter Tag, und im Baum vor dem Fenster zwitschern die Vögel. Sie erwacht mit Vorfreude; wundert sich, worauf sie sich eigentlich freut, entsinnt sich, daß es das Alleinsein ist. Ihr unverhohlener Seufzer der Erleichterung klingt glücklich. Sie denkt: Ich werde aufstehen und mir etwas zum Frühstück machen, und ich muß mich nicht die ganze Zeit sorgen, was *sie* davon hält. Sie rekelt sich unter der Decke, kostet ihre Freiheit aus, dann steht sie auf und sieht auf der Uhr an ihrem Bett, daß es noch nicht einmal fünf ist. Das ist doch viel zu früh zum Aufstehen, sagt sie entrüstet, als habe das frühe Sommerlicht sie betrogen oder genasführt, und legt sich wieder ins Bett. Erst gegen zehn wacht sie wieder auf, und diesmal fühlt sie sich schlapp und zerschlagen. Sie schläft noch einmal ein, wacht gegen Mittag auf, bleibt noch eine Weile liegen und denkt, jetzt würde es nicht mehr lange dauern, bis Janna um sechs nach Hause kommt und ihr etwas zu essen macht.

Wieder fällt ihr ein, daß Janna ja verreist ist, und diesmal ist der Gedanke nicht angenehm. Vier Tage, denkt sie betrübt. Endlich rafft sie sich auf, will ein heißes Bad nehmen, aber weil der Heißwasserhahn stundenlang getröpfelt hat, ist der Tank leer. Das kalte Wasser verursacht ihr eine Gänsehaut, also wäscht sie sich gar nicht, sondern geht in demselben Kleid, das sie jetzt seit vier Tagen trägt, in die Küche an den Kühlschrank, wo sie Butter, Eier, Speck und verschiedene Käsesorten vorzufinden erwartet. All das ist da, wann wäre es je nicht dagewesen? Ihr Leben lang hat sie Kühlschranktüren mit der Gewißheit geöffnet, daß die Fächer voll sind. Sie prüft besorgt: Reicht es, bis Janna zurückkommt? – denn sie hat vor, die Wohnung überhaupt nicht zu verlassen, sondern hier zu bleiben, zeitlos, unbedrängt, frei. Hunger hat sie schon, aber sich etwas zu kochen ist ihr zuviel Aufwand, also ißt sie Brot mit Erdbeermarmelade und trinkt sehr starken Tee.

Dann streift sie ein bißchen umher, schaut ins Schlafzimmer hinein, wo es so sauber und ordentlich aussieht, als habe sich dort nie ein Mensch aufgehalten, das quadratische Messingbett in dichter weißer Drapierung, die Kissen exakt angeordnet. Kate bleibt eine Zeitlang stehen und schaut sich das an; sie tut es fast jeden Morgen, wenn Janna fort ist. Und zuerst empfindet sie eine Art Entsetzen: Wie kann man nur ein Zimmer so ordentlich halten, nichts, was nicht an seinem Platz ist. Daraus entspringt ein Tagtraum von ihrem eigenen Zimmer, das sie einmal haben wird, ganz anders als Jannas Zimmer in Weiß und Gelb, in hellen, leuchtenden Farben, sondern mehr wie eine dunkle, üppige Höhle, wie sie es einmal in einer Zeitschrift gesehen hat, hundert verschiedene Stoffe und Gewebe und Behänge, alles in schweren, glühenden Farben, jeder Zoll mit Stoff verkleidet, Decke, Wände, Fußboden; und das Bett ist mit dunklen, reichverzierten Kissen übersät, zwischen denen Kate thront – sie sieht sich nicht selbst darin, sondern empfindet nur ihre Gegenwart intensiv. In diesem Zimmer ist sie keineswegs allein; nie stellt sie sich darin nur einen einzigen Mann oder ein Mädchen vor, sondern eine Gruppe liebender Freunde, die sie einlädt, aber zu ihren Bedingungen: Sie ähneln zwar ihren Hausbesetzerfreunden, stehen aber, um Jannas Ausdrucksweise zu gebrauchen, obwohl immer noch frei und freigeistig, keinem spießigen Cäsar, keinem Zensor, keiner Zensur verpflichtet, nun unendlich weiter oben auf der sozialen Leiter, sind die reiche Jet-set-Jugend, heute Hongkong, morgen Buenos Aires, was kostet die Welt. In diesem Zimmer, ähnlich dem Salon eines viktorianischen Paschas, verbringt Kate einen großen Teil ihrer Zeit, während sie in Wirklichkeit Jannas Kleider anprobiert; während sie also vor dem hohen Spiegel steht, ein unausgeformtes Mädchen, das wie eine Elfjährige wirkt, in einem von Jannas Kostümen, sieht sie auf jeden Fall etwas ganz anderes vor sich, nämlich ein Wesen wie aus *Lilith* entsprungen, und ihre ungekämmten, grünen, rosa oder blauen Haarzotteln gehören einer unglaublichen Schönheit, die der Öffentlichkeit eine Grimasse schneidet.

Heute beschließt sie, nichts anzuprobieren, aber sie sieht nach, was Janna mitgenommen hat. Viel scheint nicht zu fehlen: Jannas cremefarbenes Leinenkostüm, das Kate bewundert, wie sie ein Märchenwesen, einen Filmstar vielleicht, bewundern würde, für sie auf ewig unerreichbar: Wie kann jemand das den ganzen Tag tragen und abends ohne Knitter oder Flecken wieder ablegen? (Als Kate darin einmal eine Stunde lang ihre Tagträume probte, war der Rock hinterher mit Krümeln von ihrem Schokoriegel bekleckert, und sie mußte zur Schnellreinigung an der Ecke rennen und konnte nur hoffen, Janna würde es niemals erfahren.) Was noch? Ein hellblaues Kostüm aus Crêpe de Chine. Das mag Kate nicht so, um so weniger, weil Janna so gut darin aussieht. Ganz klein fühlt sie sich vor diesem Kostüm, das neben allem anderen auch noch Reihen von winzigen Abnähern im Futter hat, wo außer Janna selbst niemand sie zu Gesicht bekommt – in Kates Augen offenbaren diese Abnäher geheime, perverse Lüste; und sie hatte ihren Hausbesetzern davon erzählt: »Wo niemand sie *sehen* kann!« hatte sie züchtig ausgerufen, war sich aber gleich darauf ein bißchen naiv vorgekommen, als Brian, der Boß dort, derb erwiderte: »Niemand außer ihrem Liebhaber.« Als Brian das sagte, wirbelten ihre Gefühle durcheinander, obwohl sie sich schämte. Sie stellte sich vor, wie Janna das verteufelte Jäckchen auszog und über eine Stuhllehne hängte, absichtlich so, daß man die vielen kleinen Abnäher sah, die von der Brust bis zum unteren Jackensaum liefen.

Janna hat außerdem eine cremefarbene Seidenbluse mitgenommen, die ganz feine braune Streifen hat, so daß sie beim Hin-und-her-Wenden wie ein Sahnebonbon schimmert. Und ein kirschrotes ärmelloses T-Shirt aus Baumwolle. Und ein hellgraues Jerseykleid. Kate ist ganz bestürzt, als sie feststellt, daß das alles ist; sie selber könnte sich unmöglich vorstellen, vier Tage zu verreisen, noch dazu zu einer so schicken Veranstaltung mit Modeexperten und Modellen (so denkt Kate sich das), ohne mehrere Koffer vollgestopft mit all ihren Habseligkeiten mitzunehmen, nur für alle Fälle. Kate sieht auch nach, was an Unterwäsche fehlt; ihr fällt ein, daß sie letzte Woche heimlich einen Schlüpfer in Rosa und Kaffeebraun weggenommen und den ganzen Tag getragen hat, sie wollte ihn zurücklegen. Wo konnte der sein? Kate zerbeißt sich die Fingernägel vor Schreck. Wohin kann sie nur den Schlüpfer gelegt haben? Janna wird sie *umbringen*. Dann fällt ihr siedendheiß ein: sie hat ihn immer noch an. Natürlich, sie ist ja nicht zum Umziehen gekommen.

Es ist ein Uhr, mitten am Tag, die Sonne strahlt vom Himmel, keine Spur mehr von Regen, als habe es in London nie geregnet und werde auch nie regnen.

Kate zieht sich einen Stuhl an Jannas Schlafzimmerfenster und schaut auf die Straße hinunter. Dort sieht sie sich selbst gehen, in Jannas cremefarbenem Kostüm. Mit lässigem Charme schreitet sie bis an die Ecke, schwingt sich aufs Trittbrett eines Busses und nimmt die bewundernden Blicke einer Gruppe junger Leute entgegen, die drinnen sitzen. Sie sehnen sich danach, so kühl-elegant wie Kate zu sein, aber wagen nicht, sie anzureden. An der Baker Street steigt sie aus und bummelt in aller Ruhe bis zur Upper Regent Street, und da sie spät dran ist, nimmt sie von dort ein Taxi zu *Lilith*, geht lächelnd durch die Büros und wird von allen begrüßt; und als sie in das Büro kommt, das sie mit Jill teilt, ruft ihre Schwester: »O Kate, da bist du ja endlich, ich habe ein Problem . . .« Kate gibt Jill gute Ratschläge, dann geht sie mit drei berühmten Fotomodellen zum Essen. Eine sagt zu ihr: »Kate, du stellst dein Licht unter den Scheffel! Du solltest Modell werden. Erst gestern hörte ich jemanden sagen: Was für ein Jammer, Kate wäre der ideale Typ für diese Kleider.« »Wer war das?« fragt Kate und hört, wie sie erwartet hat: »Mark. Mark hat von dir gesprochen.« Kate hat natürlich immer gewußt, daß Mark sie anbetet und sie nur ein Wort zu sagen brauchte . . . Jetzt aber sagt sie: »Gut, auf eine Woche oder so kann ich es ja mal probieren.« »Oh, prima«, ruft Olivia, das rothaarige Modell, »ich vereinbare gleich einen Termin für dich bei der Agentur . . .«

Dieser Tagtraum beschäftigt Kate stundenlang. Sie hat

ihn so oft geträumt, daß er wie ein Buch ist, das man an einer beliebigen Stelle aufschlagen und weiterlesen kann. So detailliert und ausgefeilt ist er, sie weiß genau, wie die jungen Leute im Bus aussehen, was sie anhaben, sie riecht die miefige Luft im Bus, sie weiß, während sie die Wigmore Street hinuntergeht, fällt ein kurzer Regenschauer und zwingt sie, sich im Eingang eines Blumengeschäftes unterzustellen, und die Verkäuferin dort, die sie so oft diese Straße hat entlanggehen sehen, drückt ihr eine rosa Rose in die Hand, und ihre Augen leuchten vor Bewunderung. Sie weiß, wie sie abends zu Jill sagen wird: »Lieb von dir, mich einzuladen, aber leider habe ich schon eine Verabredung«, und wie sie dann zur Modellagentur geht und die Agentin sagt: »Kate, oft sage ich so etwas nicht – leider nicht –, aber Sie sind einfach ein Naturtalent. Dafür geboren!«

Kate verspürt Hunger. Ihr Magen knurrt. Wieder steckt sie den Kopf in den Kühlschrank, um noch die hintersten Ecken zu inspizieren, aber das, worauf es sie gelüstet, findet sie nicht, eine große Schüssel Vanillepudding etwa oder eine Torte mit viel Sahne und Gelee. Obwohl sie eben noch darüber froh war, nicht aus dem Haus zu müssen, läuft sie jetzt auf die Straße und kauft sich im Laden an der Ecke ein Dutzend Marsriegel, sechs Riesenpackungen Kartoffelchips und ein paar Samosas. Als sie wieder vor der Wohnungstür steht, hört sie das Klingeln, beeilt sich, so sehr sie kann, aber schafft es nicht. Das Klingeln bricht ab, als sie die Hand ausstreckt. Etwa fünf Minuten lang steht sie mit klopfendem Herzen da und hofft, es würde wieder klingeln. Sie hat Angst, daß es Janna sein könnte, die sie ›kontrollieren‹ will. Noch mehr Angst hat sie, daß es einer von den Hausbesetzern war, denn sie weiß, wenn sie ihnen sagt, Janna ist verreist, kann sie es nicht verhindern, daß sie herüberkommen, sogar hier schlafen, sich einnisten. ›Es ist deine Pflicht, deinen bourgeoisen Verwandten alles abzuknöpfen, was du nur kannst‹, lautet die Parole. Aber gleichzeitig hofft sie, daß sie doch anrufen und sie fragen kann: »Darf ich zu euch kommen?« Wenn sie bei ihnen ist, wird sie zwischen wechselnden Stimmungen und Entscheidungen ständig hin und her gerissen. Sie bewundert sie, weil sie unabhängig sind, ihre eigenes Leben auf Kosten der Wohlfahrt führen, von einem Abbruchhaus ins nächste ziehen; sie bewundert ihre stolze Verachtung der Polizei; gleichzeitig hat sie Angst, denn sie will ganz gewiß nicht ins Gefängnis, und einige von ihnen waren schon drin, und zwei wurden auf Bewährung entlassen, und es war sogar schon einmal die Rede davon, sie solle mithelfen, ein Postamt in Hendon ›auszunehmen‹. Es klang, als meinten sie es nicht ernst, aber vielleicht doch. Andererseits ist sie gern bei ihnen, genießt es, einfach still in der Ecke zu sitzen, während sie sich unterhalten, Musik machen, einen Joint rauchen. Dort fühlt sie sich vollkommen glücklich, stundenlang; niemand stellt Anforderungen an sie, das ist es; keiner von ihnen ist sonderlich tüchtig (wie sie sehr gut weiß), und es gibt keine unerreichbaren Maßstäbe. Bei ihnen spürt sie nichts von dem brennenden, quälenden Schmerz irgendwo in der Magengegend oder auch im Hals, einem Brechreiz ähnlich, den sie bei Jill immer gespürt hat, solange sie zurückdenken kann.

Vielleicht war es ja Jill, die anrufen wollte. Kate streckt die Hand aus und überlegt, ob sie Jill anrufen soll: Wagt sie es? Wird sie es tun? Sie war schon ein paarmal drauf und dran, Jill anzurufen, und traute sich dann doch nicht, und darum bleibt sie jetzt zögernd stehen. Soll ich es tun? Sie tut es: Ehe sie es recht merkt, hat sie die Nummer von *Lilith* gewählt und nach Jill gefragt. »Hallo«, hört sie ihre eigene versagende Stimme.

»Ach, du bist es, Kate«, sagt Jill. »Ich wollte gerade gehen.«

»Oh.«

»Es geht auf sechs zu, weißt du das nicht?« Jills Stimme klingt wie immer tadelnd, belehrend. Kate müßte wissen, daß es sechs Uhr ist; sie müßte Orientierungspunkte in ihrem zeitlosen Tag haben, und Jill tut ihr einen Gefallen, wenn sie ihr solche liefert.

»Oh, ist es schon so spät?« wimmert Kate.

»Ist bei dir alles in Ordnung?« fragt Jill. Dann fügt sie hinzu, und Kate merkt, daß sie sich dazu überwinden muß: »Möchtest du, daß ich auf dem Heimweg vorbeischaue?«

»Nein, es ist alles in Ordnung.«

»Na prima. Paß gut auf alles auf, Kate.« Damit hängt sie ein.

Sie hätte mich wenigstens zum Abendessen einladen können, denkt Kate; dann läuft sie zu dem Haufen Zeug, den sie eingekauft hat, setzt sich in ihre Sofaecke, verstreut Chips, Schokolade und Samosas über den ganzen Kaffeetisch, stülpt sich die Kopfhörer über die Ohren und läßt sich in die Welt der Klänge aufnehmen. Jedoch nicht ohne ein kurzes Zögern, sogar Angst; sie weiß, wenn sie sich wieder losmacht, ist sie oft minutenlang taub; aber von dieser Sucht, die sie von allem Schmerzhaften und Schwierigen abschneidet, kann sie sich nicht befreien.

Also sitzt Kate da, ißt und lauscht, während draußen die Sonne scheint, dann untergeht, und schließlich ist es Nacht und Zeit fürs Bett. Gegen Mitternacht wird Kate schläfrig. Sie ist froh darum. Ziemlich übel ist ihr auch, denn sie hat jeden Krümel ihrer Einkäufe aufgegessen.

Jetzt nimmt sie ein ausgiebiges, sehr heißes Bad, sirupdick durch die verschiedenen Badesalze von Janna, die sie zusammengeschüttet hat. Sie ist beschämt und bestürzt, wie braun das Wasser wird. War sie tatsächlich so schmutzig? Aber egal, jetzt ist sie sauber. Sie wäscht sich sogar ihren zotteligen Struwwelpeterkopf. Ihre Eltern hatten ihr einmal gesagt, sie sehe aus wie Struwwelpeter; sie hatte sich das Buch aus dem Regal geholt, die Bilder angeguckt und sich gefreut: Sie wollte gern sein wie Struwwelpeter.

Sehr spät geht sie zu Bett, in einem Nachthemd von Jane, und liegt noch eine ganze Weile wach und malt sich aus, sie sei mit Jane in Amsterdam, das berühmteste Fotomodell der fünf Erdteile. »Dies ist meine Tante, Jane Somers. Richtig, sie arbeitet bei *Lilith* ... ach, Sie haben von ihr gehört?«

Wir haben Juli, nun kommen die Monate, die ich am wenigsten mag. All die Frühlingsblüten sind lange dahin; die Bäume sind voll und schwer, staubiggrün; für mich ist es das mittlere Alter eines Jahres, wo scheinbar endlos lange nichts passiert, bis auf einige tückische Andeutungen der bevorstehenden Veränderungen. Es regnet oder auch nicht, aber es ist Sommerregen, ohne die Schocks und Wonnen des Frühlingsregens, der Schnee, Eis, Hagel und warmer Schauer sein kann, alles auf einmal. All das ging mir durch den Kopf, während ich im Taxi vom Flughafen kam und London betrachtete, London, mit den Augen einer Liebenden; ich sah nicht die Schäbigkeit der Randbezirke, ich begrüßte rote Busse und Telefonzellen; und ich sah, daß genauso wie in Amsterdam die Straßen vor Touristen wimmeln, die ihren Claim an der Weltstadt abstecken wollen. Wie seltsam doch dieser Völkeraustausch ist, und dabei sind wir so daran gewöhnt, daß wir uns gar nichts mehr dabei denken. Noch vor hundert Jahren fuhren ein paar Leute in die Sommerfrische an die Küste, und die Wohlhabenden besuchten die Teile vom ›Kontinent‹, die gerade modern waren. Daß man alles mögliche ›gesehen haben muß‹, das gibt es erst seit einigen Jahren. In Amsterdam saß ich im Coffee-room des Hotels und wartete auf den Aufruf zur Konferenz, und am Nebentisch saßen junge Leute, die miteinander Bekanntschaft schlossen. Einer sagte: »Ich habe den Grand Canyon gesehen. Das war spitze.« Der andere: »Ja, da muß ich auch noch hin; nächstes Jahr vielleicht.« Mit einer Spur schlechtem Gewissen, so als sei etwas unbedingt Notwendiges zu lange hinausgeschoben worden. Was da ist, muß man auch sehen – *mitnehmen*; auch ich habe Amsterdam *mitgenommen*, denn abends spazierte ich mit voller Absicht an den Grachten entlang und aß, wo man gegessen haben mußte; es wäre unmöglich gewesen, einfach im Hotel zu essen und die Grachten zu ignorieren.

Ich habe konzentriert gearbeitet, zum einen für die Konferenz, die ein voller Erfolg war, zum anderen, um alles *mitzunehmen*. Und die ganze Zeit hämmerte es hinten in meinem Schädel: Richard, Richard; eine Sorge, die sich zum Fieber steigerte. Neben der Sehnsucht, zurück und bei ihm zu sein, habe ich mich auch gefragt: Aber was, wenn das Ganze tatsächlich ein Hirngespinst ist? – und in solchen Momenten kommt es mir vor, als atmete ich schale, ranzige Luft, ich komme mir selber rührend dumm vor. Und er, die Vorstellung von ihm, hat etwas Lächerliches.

Das waren meine Gedanken, als ich nach London hereinkam. Zuerst fuhr ich in die Redaktion. Hannah und Jill arbeiteten fleißig und in perfekter Harmonie zusammen; Jill war sogar ein bißchen irritiert: »Aber Janna, was willst du denn heute schon hier. Morgen, hast du doch gesagt!« Die prächtige junge Wilde war belustigt über familiäre

Zwiste im Büro und goß ihrer Art entsprechend Öl über die Wogen, indem sie besänftigend behauptete, sie jedenfalls sei froh, mich zu sehen, weil ein kleines Problem aufgetaucht sei. Offenbar gehört Hannah einer Gruppierung innerhalb der Frauenbewegung an, in der sich Phyllis früher engagiert hat. Sie haben Phyllis unter Beobachtung gehalten: Von ihrem Standpunkt aus ist sie eine Verräterin, schon deshalb, weil sie geheiratet hat, und dann auch noch Charlie, der gar nichts anderes sein kann als ein Chauvischwein. Es ist schon komisch, dieses Wort zu hören wie eine politische Etikettierung, wie: ein Sozialdemokrat, ein Linksabweichler, ein Rechtsextremist. Als Hannah sagte: »Er ist ein Chauvischwein«, lag in dem Wort nichts mehr von der humoristischen oder satirischen Spitze wie früher; sie denkt schon lange nicht mehr an die Bedeutung der Worte, es sind nur noch Wörter.

Hin und wieder haben Frauen aus der Gruppe, befeuert von schwesterlichem Mitgefühl, Phyllis besucht, die sie aus ihrer Opferrolle befreien wollten.

»Wie denn?« fragte ich Hannah, ganz ohne provokatorische Absicht.

Wir saßen in unserem Büro: Hannah, an ›meinem‹ Tisch, den ich ihr ja ohnehin abtrete, da ich wieder zu Charlie ziehen muß. Jill wie üblich kaum sichtbar hinter Stapeln von Arbeit. Ich saß taktvoll am Rand, Hut auf dem Kopf, Koffer neben mir – eine Besucherin.

Hannah trug über weiten Türkenhosen eine lange gestreifte Bluse mit schwarzem Gürtel. Ihr prachtvolles schwarzes Haar schwang herum, als sie sich mir zuwendete. Für ihre Frauengruppe bin ich natürlich eine Reaktionärin, eine Frau, die sich in der Männerwelt durchgesetzt hat und keinen Pfifferling für ihre unterdrückten Mitschwestern gibt. Ich glaube schon lange nicht mehr, daß irgend jemand wirklich so empfindet, aber was sie empfinden, müssen sie auch aussprechen: wie ›Chauvischwein‹. Hannah musterte mich und erklärte: »Haben wir alles durchdiskutiert. Wir haben beschlossen, wenn Phyllis die Nase voll hat, kann sie zu den Schwestern in die Kommune ziehen.«

Jill warf mir einen Blick zu: *Nicht.* Ich wollte gar nichts Zynisches sagen. Obwohl mich eine wohlvertraute Lachlust überfiel, weil mir das so unpassend und aberwitzig vorkam, fragte ich ganz brav: »Das ist doch wohl kaum zu erwarten?«

Hannah gab ernsthaft zur Antwort: »Früher, bevor sie schwanger wurde, hat Phyllis mit dem Gedanken gespielt – Charlie zu verlassen.«

Ein Weilchen sagten wir nichts, tauschten dafür Blicke, die beredt ausdrückten, wie es wohl sein muß, mit Charlie, diesem perfekten Ehemann, verheiratet zu sein.

»Also wirklich«, sagte ich, »ich bin platt.«

»Warum?« Hannah wollte es tatsächlich wissen.

Ich hätte das Thema gern beendet, weil es den Firmenfrieden gefährdete, aber wenn Hannah etwas ausdiskutieren möchte, läßt sie davon nicht leicht ab. Jetzt sah ich ihr gerade ins Gesicht und antwortete: »Aus folgendem Grund: Phyllis ist eine hochintelligente junge Frau, eine der klügsten, die ich je kennengelernt habe.« Hannah nickte und wartete auf die Schlußfolgerung. »Sie hat mit Charlie lange zusammengearbeitet, sie hat ihn genau kennengelernt, und dann erst stimmte sie zu, ihn zu heiraten.«

»Ich glaube, das hat nichts damit zu tun«, behauptete Hannah. »Wie will man Bescheid wissen, wenn man noch nicht verheiratet war?«

»Du warst es?«

»Freilich. Lange genug . . .«

Ich sagte: »Dich, Hannah, brauche ich nur anzusehen und weiß, du warst die Stärkere, du hast dir einen Problemfall aufgeladen, und er war dir nicht gewachsen.«

Ich hatte nur geraten, aber sie lächelte mir wohlwollend zu und nickte: »Genau. Ich sollte wahrscheinlich überhaupt nicht heiraten oder mich mit Männern einlassen. Mit Frauen kann ich es besser.«

Das war wie immer ein Schock: für die Nerven, aber nicht für den Verstand. Einmal ausgesprochen, war es offensichtlich, schon deshalb, weil Hannah jene behagliche Mütterlichkeit ausstrahlt, die Lesbierinnen manchmal an sich haben.

Ich sagte: »Aber Phyllis ist eine Frau für einen Mann.«

»Ja, da stimme ich dir bei«, sagte Hannah. »Wenn nicht Charlie, dann ein anderer.« Darin fand ich nichts Abschätziges, obwohl ich darauf gefaßt war; es war nichts weiter als eine sachliche Feststellung. »Damit habe ich mich auch in meiner Gruppe zum Außenseiter gemacht – zur Außenseiterin«, korrigierte sie sich mit einem Lächeln. »Ich sagte, Schwestern, ihr begeht einen Fehler. Phyllis wird sich für keine von uns entscheiden. Du weißt ja, sie ist sehr attraktiv«, erklärte sie. »Mehr als eins der Mädchen war in sie verliebt. Ich nicht, nicht mein Typ. Aber ich mag sie, auch wenn ich finde, sie verhält sich dumm.«

Jill warf ein, rasch und böse: »Wieso dumm, wenn es das ist, was sie will?« Daran erkannte ich, daß Jill von Hannah unter Beschuß genommen worden war wegen Mark. Und ich fragte mich eigentlich, was sie gegen ihn haben können: Mark ist doch *der* moderne partnerschaftliche Mann, findet es selbstverständlich, daß die Hausarbeit gerecht aufgeteilt wird und daß jeder die gleiche Verantwortung trägt. Aber das Verbrechen ist, ein Mann zu sein.

Und dann erzählte mir Jill mit schockiertem Lachen –

aber echtem Lachen, nicht dem aufgesetzt-entrüsteten Gehabe des blutjungen Mädchens, das sie oft noch ist: »Sie sind zu Charlie gegangen und haben ihn beschuldigt, er beute Phyllis aus, er nähme ihr Gehalt, um seine andere Frau abzufinden.«

Ich sagte: »Sie hat es doch so gewollt.«

»Ganz egal«, fuhr Jill fort, »*ich* finde es schrecklich. Sie riefen Charlie an und wollten zu ihm kommen, er sagte, er habe nichts mit ihnen zu besprechen, sie verfolgten ihn auf der Straße und sprangen zu ihm in ein Taxi, das er genommen hatte, um ihnen zu entwischen, und sie schrien ihn an, er sei ein verfluchter Ausbeuter.«

»Und was hat Charlie getan?«

»*Sie* behaupten, er habe ihnen mit der Polizei gedroht.«

»Stimmt das?« fragte ich Hannah; es schien mir wenig glaubhaft.

Sie sah mich nachdenklich an; sie wußte, daß ich es nicht glaubte. »Ich weiß es nicht.« Damit warf sie ihr schimmerndes schwarzes Haar zurück, griff nach einer Zigarette, gab uns zu verstehen, daß sie genug hatte, und bemerkte noch: »Ich finde auch, es klingt ein bißchen übertrieben, aber sie machten sich Sorgen um Phyllis.«

»Sie hat es so gewollt«, wiederholte ich, und noch einmal wies Hannah das zurück, diesmal mit einem Kopfschütteln, während sie lange Züge aus ihrer Zigarette nahm. Nur wenn Hannah raucht, hat man den Eindruck, sie brauche das, sie stehe unter Streß.

»Ich weiß von alldem nichts«, sagte ich. »Aber erfahren müßte ich es von Phyllis, denn Charlie wird es mir bestimmt nicht erzählen.« Und dabei entstand vor meinen Augen das Bild des verbindlichen Charlie, eingeschlossen in einem fahrenden Taxi mit zwei kreischenden Schwestern, und ich mußte lachen, obwohl das angesichts der ängstlichen verteidigungsbereiten Jill völlig unpassend war. Ich lachte und lachte, während Jill, wütend über mich, auf die Schreibmaschine einhämmerte; und Hannah stand felsenfest auf ihren beiden stämmigen braunen Beinen, rauchte und schaute aus dem Fenster.

Als ich aufgehört hatte, gab sie ihr Urteil ab: »Phyllis findet das nicht komisch. Charlie findet es nicht komisch. Die Mädchen, die sich Charlie vorgenommen haben, finden es auch nicht komisch.«

»Selber schuld sind sie dann alle«, schloß ich. »Und jetzt muß ich heim. Hast du von Kate gehört?« fragte ich Jill.

»Sie hat jeden Tag angerufen; und ich *habe* ihr angeboten, vorbeizukommen, Janna.« Und dann noch entschuldigend: »Ich glaube, es waren Leute dort: sie fragte, wann du wiederkommst, und jemand sagte ihr vor, was sie fragen sollte.«

»Ich verstehe.«

»Na hoffentlich«, meinte Jill tugendsam.

Hannah sagte: »Einmal habe ich mit ihr gesprochen. Ich habe sie eingeladen, uns zu besuchen.«

Diese plötzliche neue Perspektive war zuviel für mich, ich konnte nichts sagen als »Tschüs, bis morgen.«

Natürlich kam ich besorgt nach Hause, ohne recht zu wissen, was ich fürchtete. Kate hockte in ihrer Sofaecke und hing am Walkman. Als ich hereinkam, strahlte ihr Gesicht rührend auf, und sie zog sich unaufgefordert den Kopfhörer von den Ohren. Sie stand auf und kam unsicher auf mich zu. Ich umarmte sie, zum ersten Mal; und in meinen Armen spürte ich den Babyspeck eines Kindes.

»Ach, Tante Jane«, schniefte Kate, »es ist mir so lange vorgekommen.«

Über ihre Schulter hinweg schaute ich mich um und wußte sofort, daß hier Leute übernachtet hatten. Die gelben Sessel waren beschmiert und hatten Brandflecken von Zigaretten. Es roch nach Marihuana. Unter dem Sessel stand ein Teller mit Zigarettenkippen und einer Brotrinde. Ich spürte, wie Kate sich versteifte, als sie merkte, daß ich sah ... »Schon gut, Kate«, beruhigte ich, und sie brach in Tränen der Erleichterung aus. Unter Tränen lächelnd trat sie zurück und ließ sich in ihren Winkel fallen, die gespreizten Beine in den schwarzen Hosen wie zwei dicke schwarze Hündchen. Sie trug einen weißen Angorapullover – meinen. Sie steckte sich die Kabel in die Ohren und lächelte mir dankbar zu, während sie in ihre laute Welt versank.

Und nun sitze ich hier, es ist ein Uhr morgens. Kate ist zu Bett gegangen. Ich habe Mrs. Brown angerufen und ihr eine hohe Prämie angeboten, wenn sie morgen saubermacht. Meine Kleider, einschließlich derer, die die arme Kate getragen hat, liegen für die Reinigung bereit. Ich will in mein quadratisches weißes Bett steigen; das Heute habe ich hinter mir, und morgen ist Freitag, und Richard wird anrufen ...

Richard hat nicht angerufen. Den ganzen Tag habe ich geschuftet wie ein Neger. Ich sagte zu Jill: »Ich schufte wie ein Neger«, und sie protestierte: »Janna, so etwas darfst du nicht sagen.« Ich fragte: »Warum nicht? Die Schwarzen in der ganzen Welt klagen doch darüber, daß sie für alle anderen die Drecksarbeit machen müssen, und das stimmt ja auch. Warum soll man also nicht sagen, man schuftet wie ein Neger? Das ist keine Diskriminierung, nur ein Vergleich.«

»Also, wenn du das nicht verstehst!«

»Ich verstehe es ja, aber hier hört es keiner außer dir.«

Charlie ist mit unserem Haupt-Anzeigenkunden zum

Essen. Als er fortging, beobachtete ich, wie er die neuesten Fotos von Phyllis und Caroline in die Tasche steckte. Er sah, daß ich es bemerkt hatte, und lachte verschwörerisch.

Hannah ist mit der Gruppe ›Frauen in Führungspositionen‹ zum Essen gegangen. Ich habe ihr angekündigt, daß sie lernen muß, so etwas zu übernehmen, ›wenigstens für ein paar Monate‹ – wegen Richard; dabei habe ich eigentlich vor, mich soweit wie möglich aus allem zurückzuziehen. Aber das habe ich schon ein paarmal behauptet.

Nun sitze ich hier und schaue in einen völlig klaren dunklen Himmel, keine Wolke weit und breit; eine schmale gelbe Mondsichel und ein paar deutlich hervortretende Sterne. Unten im Dunkel maunzt eine Katze um Liebe. Ich. Alles, was ich will, ist bei ihm sein, bei ihm. Das ist alles.

Das Wochenende, das ich mit Richard verbringen wollte, verbrachte ich allein. Gestern, Samstag morgen, weckte ich Kate, erzählte ihr, ich wolle einkaufen gehen, wahrscheinlich ein Kleid kaufen, auswärts essen. Ob sie nicht mitkommen wolle? Es war heiß, Londons Straßen quollen über vor müßiger Heiterkeit, die mit der Sonne kommt. Ich stand an Kates Bett und blickte auf sie hinab; als sie schlaftrunken aufsah, fiel mir Charlie ein und wie erdrükkend groß er sich fühlt, wenn er sich über das Bettchen seiner Tochter beugt. Wie oft sehe ich mich mit Kates Augen, wenn ich bei ihr bin: selbstbewußt, sorglos, groß, erschrekkend. Um weniger so zu wirken, setzte ich mich auf die Bettkante. Sie lag vollständig angezogen auf dem Bettzeug. Sie roch säuerlich. Ich hatte sie eingeladen, diesen Tag mit mir zu teilen, weil ich das Gefühl hatte, die spontane Umarmung bei meiner Rückkehr aus Amsterdam sei der Beginn einer neuen Phase gewesen. Der Zuneigung?

Der Schwesterlichkeit! Aber ihr teigiges unausgeformtes Gesichtchen blieb verhärtet und mißtrauisch. Nach einer Weile fragte sie: »Und wo ist *er*?« Das überraschte mich, sie hatte mich noch nie derartig zur Rede gestellt. In mir kam ein wütender Beschützerinstinkt für mich und Richard hoch, und ich sagte: »Kate, das geht dich nichts an.« Ich stand auf, bestürzt über meinen eigenen Zorn. Am Fenster blieb ich stehen und schaute hinaus, ohne wirklich etwas zu sehen, denn mein Sinn war auf Kate gerichtet, die den Kopf gewendet hatte und mir ein hartes, triumphierendes kleines Lächeln hinterherschickte. Mehr als alles andere erschreckte mich die – völlig verspätete – Erkenntnis, was Kates Frage bedeutete: sie hatte die ganze Zeit gedacht oder vielmehr gefühlt, ich hätte alles andere für sie aufgeben sollen, als sie in mein Leben trat; oder aber ich hätte sie mitnehmen sollen, wenn ich mich mit Richard traf. Natürlich hatte sie so empfunden, sie war ja nichts weiter als ein kleines Mädchen. Wahrscheinlich war das ihr intensivstes Gefühl über ihr Hiersein, über mich.

Endlich sagte ich: »Kate, wir könnten uns so einen lustigen Tag machen, wenn du nur willst. Nur an dir liegt es. Ich bade jetzt und gehe in etwa einer halben Stunde . . .«

Ich tat dieses und jenes, aber sie kam nicht aus ihrem Zimmer. Als ich kurz hineinblickte, lag sie immer noch verdreht da und starrte das Stück Himmel in ihrem Fenster an, als sähe sie so etwas zum ersten Mal: etwas Fremdes, Feindseliges.

Sie hatte sich nicht gerührt, und ich wollte gehen. Ich rief beim Friseur wegen eines Termins an, und da sah ich sie in der Tür stehen, das Gesicht von Mißtrauen verkniffen. Nach dem, was sie gehört hatte, war ich mit einem Unbekannten namens Anton zu irgendwelchen Vergnügungen verabredet. Ich erklärte: »Das war mein Friseur.«

Kalt, zornig, daß ich mich diesem – Eindringling, denn als solchen empfand ich sie in dem Moment, gegenüber rechtfertigen mußte. Sie glaubte mir nicht. Ihr Daumen fuhr in den Mund, sie stand unentschlossen da, dann merkte ich, wie ihr ganzes Wesen sich auf eine Absicht oder eine Idee konzentrierte. Mir warf sie noch einen Blick zu: Das kannst du deiner Großmutter erzählen!, dann ging sie rasch in die Küche, um sich etwas zum Frühstück zu machen.

»Kommst du nun mit oder nicht?« rief ich.

Keine Antwort.

Ich ging zum Einkaufen fort und kam eine Stunde später mit Lebensmitteln beladen zurück. Kate war nicht da. Nachdem ich alles eingeräumt hatte, zog ich wieder los und schlenderte einfach durch die Straßen, um die Geschäftigkeit des Samstagvormittags zu genießen. Die meisten Leute kenne ich vom Sehen, sie mich auch; wir lächeln, nicken uns zu, tauschen Bemerkungen über das Wetter aus, unsere Stimmen sind freundlich und satt von der heißen Sonne, der Güte des Sommers. Am Obst- und Gemüsestand kaufte ich mir einen Apfel, um ihn im Gehen zu essen. An dem Stand bildet sich immer eine Schlange, weil der Witz und die Schlagfertigkeit des Verkäufers die Leute anzieht. Vor mir stand ein hübsches schwarzes Mädchen, das Haar zu tausend winzigen Zöpfchen geflochten, jedes mit einer blauen Perle am Ende. Sie trug einen frechen roten Minirock mit lauter gelben Mondgesichtern und ein weißes T-Shirt. Ihre dünnen schwarzen Arme waren überladen mit Armbändern aus Messing, Kupfer, Glasperlen, und an ihren Ohren hingen Gebinde mit roten Perlen, ähnlich wie Kirschen, hinab bis auf die Schultern. Als nun dieses Schätzchen lachend dem Obstverkäufer gegenüberstand, verschränkte der die Arme, zog die Augenbrauen hoch und warf ihr vor: »Marylyn, du hast meinen Stand ausgeraubt.«

»Hab ich nicht!« gab sie mit gespielter Entrüstung zurück und schaukelte mit ihren Kirschen-Ohrringen.

»Jeden Tag frage ich mich: Was stellt diese Marylyn wohl als nächstes an? Aber heute hast du dich selbst übertroffen. Also, was kann ich für dich tun?«

»Was anderes als gestern jedenfalls. Die Erdbeeren unten waren ganz matschig.«

»Deswegen habe ich sie ja auch zum halben Preis verkauft. Ich wollte dir nur was Gutes tun.«

»Sie können mir noch was Besseres tun, wenn Sie mir einen anderen Korb Erdbeeren geben, umsonst.«

Die beiden sprechen ein schnelles, keckes Cockney-Englisch und beobachten die Lippen des anderen, um sofort herausgeben zu können. Die Leute hinter mir hörten mit Vergnügen und Anteilnahme zu. Eine Frau sagte: »Ja, ja, bei Bennys Erdbeeren muß man schon aufpassen. Die sind nicht immer, was sie scheinen.«

Er kniff die Augen zu wie im Schmerz und schüttelte ganz langsam den Kopf. »Ich wäre dir sehr verbunden, Marylyn, wenn du keine Gerüchte über meine Erdbeeren in die Welt setzen würdest. Nun hör sich das einer an!« Und an die Wartenden gerichtet: »Für zehn Pence den Korb habe ich die Erdbeeren verkauft, zum Marmeladekochen. Zum halben Selbstkostenpreis. Und da beschwert man sich noch.«

»Also, meine waren köstlich«, sagte ein altes Weiblein, gegen die Gefahren des Tages dick in Schals und Wolljacke eingemummelt. »Ich habe sie zum Tee gegessen.« Sie stand nicht in der Schlange, sondern demütig abseits und sah sich ein paar Bananen an, die als nicht mehr verkäuflich beiseite gelegt waren.

Er sagte: »Dann versuchen Sie heute mal Bananen mit Sahne«, tat ein paar von den Bananen in eine Tüte und reichte sie ihr augenzwinkernd.

Sie öffnete ihre Hand, um ihm zu zeigen, daß sie Kleingeld darin hatte, aber er winkte ab. Im Gehen stopfte sie die Bananen in ihre Tasche und sah zufrieden mit sich aus.

»Und jetzt zu dir, Marylyn, du hast mir noch nicht deine Wünsche kundgetan.«

»Kundgetan«, ließ das Gör auf der Zunge zergehen, »ich tue die ganze Zeit nichts als kund.« Dabei streckte sie die Hand nach einer Pyramide kandierter Äpfel aus. Nahm aber keinen, denn sie wußte, wie es weitergehen würde. Er verzog das Gesicht qualvoll, unentschlossen, musterte die Pyramide, wählte einen Apfel aus, hielt ihn am Stiel gegen das Licht und drehte den Kopf, um ihn aus jedem Blickwinkel zu betrachten. Dann stieß er einen dramatischen Seufzer aus, legte den Apfel zurück und nahm einen anderen. Sie kicherte mit vorgehaltener Hand. Er hielt den zweiten Apfel nach unten, pflasterwärts, und examinierte ihn erst mit einem Auge, während er das andere zukniff, dann mit dem anderen. Wieder seufzte er: »Nicht gut genug.« Er warf ihn verächtlich zurück und suchte einen dritten aus. Diesen führte er dicht ans Gesicht und blinzelte ihn an, wendete ihn unter angestrengtem Stirnrunzeln rasch hin und her. Langsam, immer noch stirnrunzelnd, streckte er dann den Arm aus, gönnte sich ein Nicken und präsentierte den kandierten Apfel, säuberlich mit Daumen und Zeigefinger am Stiel gehalten, dem schwarzen Mädchen, das einen Hofknicks vollführte und sogleich begann, die braune Glasur mit einer erstaunlich langen, weichen, roten Zunge abzulecken.

»Und jetzt, Madame, zu Ihren Ohren.« Vom Kirschenhaufen suchte er ein zusammengewachsenes Paar aus und hielt es dem Mädchen hin. Sie neigte den Kopf, immer noch an ihrem Apfel leckend. Feierlich nahm er ihr auf der ihm zugewandten Seite das dicke Bündel Miniaturkirschen ab und hängte das Paar leuchtendroter echter Kirschen über das Ohr. Dann hielt sie ihm die andere Seite hin. »Du verlangst dein Pfund Fleisch, Verzeihung, ich meine Kirschen«, und er hängte zwei rote Kirschen an die andere Seite. Die beiden abgenommenen roten Perlenohrringe baumelten noch an seinem Finger, er betrachtete sie nachdenklich. Dann hängte er sie ans Ende der Stange, die das Sonnensegel über seinem Obststapel festhielt.

»Die bewahre ich für dich auf bis zum nächsten Mal«, versprach er, und lachend ging das Mädchen.

Mir verkaufte er meinen Apfel und bemerkte nur, wenn er heute immer nur ein Stück verkaufe, werde er bald pleite sein.

Damit war ich glimpflicher davongekommen, als ich erwartet hatte, und das, obwohl sein Blick auf mich hart gewesen war und nicht so nachsichtig wie bei Marylyn. Leicht hätte er mich vor der ganzen Schlange bloßstellen können, durch eine Bemerkung ausziehen bis aufs Fleisch, ja, durch einen Tonfall, selbst durch eine untertänige Geste, mit der er mir den Apfel reicht. Ist alles schon vorgekommen, wenn er gerade ein Opfer brauchte. Ich hatte mich, elegant gekleidet, dort angestellt, der Ausbund verschwenderischen Wohllebens, und plötzlich waren Schlagfertigkeit, Wohlwollen und Freundlichkeit verschwunden, wie ausgeschaltet, und da stand ich, entlarvt, die Feindin; er ließ nur einen harten, kalten Blick über mich gleiten, seine Hand – wahrscheinlich von ›Haus am Eaton Place‹ abgeguckt – wie ein Silbertablett ausgestreckt mit der Tüte Tomaten: ›Die beste Sorte?‹ Und so abrupt wie sein Gesicht wandelten sich die Gesichter der Leute in der Schlange: voll verstohlener, schadenfroher Bosheit. Der Feind: die Reichen. England. Da gibt es so eine Ader, ein Lager, ein Reservoir des Sadismus, kalt und erwartungsvoll. Da spielt ein Gemüsehändler mit allen Raffinessen einen Gemüsehändler, und für diese Schau stellen sich die Leute an, auch wenn sie nur einen Kopf Salat oder einen kandierten Apfel haben wollen. Ich habe für die Schau herhalten müssen. Wenn ich gelegentlich allein am Stand war, haben wir auch Freundlichkeiten ausgetauscht, wie zwei gute Bürger dieser liebenswerten Stadt. Wenn jedoch eine Schlange wartet und ich mich anstelle, weiß ich nie, ob ich nicht heute das Opfer werde.

Ich ging weiter zur Underground, wurde weich wie der Straßenbelag, aber vor Wohlbehagen. Das Gefühl, wünschte ich mir, solle anhalten, denn Schmerz lauerte auf mich . . . wo war Richard? Ich kann mich nicht erinnern, wann ich je in meinem Leben so hilflos darauf gewartet hätte, daß ein Telefon läutet.

Ich schlenderte langsam hinunter zum Bahnsteig. Im Waggon waren ein paar französische Studenten, einige ältere Amerikaner, eine Gruppe von jungen Deutschen, zwei oder drei Russen der Mittelklasse, wahrscheinlich aus der Handelsdelegation in Highgate (lauter Spione, wie ich mich mit angenehmem Schauder erinnerte), drei Inder und zwei äußerst stattliche Negerinnen aus Nigeria, die aussahen wie Segelschiffe. Ich glaube, ich war die einzige Eingeborene. So fantasieanregend, abwechslungsreich und interessant war die Fahrt zur Haltestelle Baker Street, daß sich meine Laune zusehends besserte; ich trat auf die Straße hinaus, geriet in einen Schwarm Schulkinder, die zum Planetarium wollten, überquerte die Straße und schlug den Weg zur Marylebone High Street ein, wo ich in Monicas Laden ein halbes Dutzend Sonnenkleider anprobierte, von denen ich keins zu kaufen beabsichtigte. Das ist ein Spielchen, bei dem Monica selbst meine Komplizin ist, denn sie weiß nur zu gut, daß Frauen mittleren Alters – ich will *nicht* sagen ältere Frauen – gern einen Ausflug in die Vergangenheit machen. Ein paar andere Kundinnen, elegante Französinnen, überließ sie einer Verkäuferin und kam mit mir in die Umkleidekabine, wo gerade genug Platz für sie ist, um mit verschränkten Armen an der Wand zu lehnen. Monica sieht französisch-elegant aus, trägt strenges schwarzes Haar und adrette kleine Kostüme, aber wenn niemand im Laden ist, wirft sie das alles – wie ich – ab, und wir vereinigen uns in einer Orgie der Rückblenden, sie tänzelt in sparsamen Rüschen à la *Jeune Fille* auf und ab, während ich meine frühen Zwanziger erstehen lasse mit Fantasiegewändern, ähnlich wie Jill und Hannah sie heute tragen, und dann trete ich aus der Kabine wie ein Seeräuber oder ein Beefeater. Vor Monicas Spiegelwand paradieren die zwei Damen mittleren Alters, bis sie unter Lachanfällen auf das graue Samtsofa sinken und sich von der Verkäuferin mit Kaffee kurieren lassen und einem nachsichtigen Lächeln, aus dem sie jede Spur von Ungeduld oder Kritik verbannt hat.

Als ich heute in dem rückenfreien weißen Pikeekleid mit Nackenträger dastand, wußte Monica sogleich, daß ich es ohne weiteres hätte kaufen mögen; denn da im Spiegel sah ich eine nicht *zu* füllige, nicht zu selbstsichere attraktive Frau mit einem Hauch von Jugend um sich, wie sie zögernd, bittend den weißen Pikeestreifen über ihrer Brust befühlte und sich die unordentlichen blonden Haarsträhnen hinter die Ohren strich. Monica sagte leise: »Liebe Janna, *nein*«, und ich zog das Kleid aus und gab es ihr. Sie ging mit ihrem Armvoll Sonnenkleider hinaus, und ich blieb ganz ernüchtert stehen und wartete darauf, daß die

Depression, die ich so fürchtete, über mich hereinbrach. Aber Monica kam mit einer wunderschönen seidigweichen Bluse in Taubengrau zurück und zog sie mir über den Kopf und gab beruhigende, beinah gurrende Laute von sich, als ich sah, wie sie mir stand.

Unter dem Bezahlen und Einpacken kam der Kaffee: Monica und ich tranken ihn, während wir beobachteten, wie die beiden Französinnen in den Kostümen, die sie vielleicht kaufen würden, auf und ab wandelten. Ihre vollkommene, angespannte, stille Konzentration, kaum ein Wort; man hätte meinen können, sie atmeten nicht einmal, indes sie sich drehten, in die eine Richtung gingen, dem Spiegel ihren Rücken präsentierten, dann die Seite, dann die Front, dann langsam zurückschritten, wie Modelle. Erst die eine, während die andere mit einem leisen Ausruf oder einer geflüsterten Bemerkung zusah; dann wurde die erste zur Kritikerin. Ein beiges und ein weißes Leinenkostüm; beide teuer und, wie man hätte annehmen können, perfekt; aber beide wurden abgelehnt, denn keines war ganz und gar und bis aufs i-Tüpfelchen das Richtige, und Monica stand ein paar Minuten lang mit den beiden Expertinnen zusammen und stimmte ihnen lächelnd bei, es sei ihr volles Recht, mit ihrer Suche fortzufahren, denn schließlich komme es bei allem in der Welt aufs Detail an.

Das beige Kostüm und das weiße befanden sich in den Händen der Verkäuferin, um weggehängt zu werden, als ein paar amerikanische Mädchen eintraten, die Sonnenkleider suchten. Mit genau denen, die ich eben abgelehnt hatte, verschwanden sie in den Umkleideräumen. Monica und ich tauschten ein kleines ironisches Lächeln aus, und dann trat ich wieder auf die Straße. Es war blendend heller Mittag, und ich traute meinen Augen nicht, als ich auf der anderen Straßenseite Kate stehen und zu mir herüberstarren sah. Sie sah zugleich wütend und schuldbewußt aus; ich rannte über die Straße zu ihr, wußte, daß Autos hupen würden, was sie auch taten, weil sie wegen dieser Verrückten bremsen mußten.

»Kate, ist etwas passiert?«

»Nein.«

»Gut, wenn du mit mir kommen wolltest – um so besser. Wollen wir etwas essen gehen?«

»Oh ... nein ... eigentlich nicht. Ich bin auf dem Weg zu den Hausbesetzern.«

»Den *Hausbesetzern*!« rief ich aus. Denn diese wohnen in Chalk Farm, die andere Richtung.

»Dir gehört die Straße doch nicht allein«, stieß sie hervor, hörte dann, wie lächerlich das klang, wurde rot, sagte: »Egal, ich bin spät dran, Tante Jane!« Und ging in Richtung Oxford Street davon.

Das versetzte meinen schon bei Monica angeknacksten Lebensgeistern einen Tiefschlag. Müde schob ich mich weiter, mir war heiß, ich wußte, daß diese ganze Sache mit Kate etwas Böses bedeutete, für sie oder für mich; ich wußte, daß ich mich die ganze Zeit gegen die Erkenntnis gewehrt hatte, wie desorientiert und verloren sie ist; ich wußte, daß ich ihretwegen etwas unternehmen müßte, aber nicht, was ... In diesem Zustand kam ich an einem kleinen Restaurant vorbei, wo ich einmal mit Richard gewesen war. Ich ging hinein, wurde von dem deutschen Inhaber wiedererkannt, bekam ein Tischchen am Fenster und eine große Platte sehr appetitlicher Hors d'Oeuvres, als Hauptgericht serviert; konnte sie jedoch nicht aufessen, denn auf meiner Zunge schmeckte alles schal und schlaff vor Hitze, aber das lag an mir, nicht am Restaurant. Ich ging bald wieder, schaute beim Friseur herein, um meinen Termin abzusagen, und als ich nach Hause kam, hatte ich alle meine Vitalität verloren.

Die Wohnung ohne Kate bot eine Gelegenheit zum Saubermachen – eine Aufgabe, vor der ich mich für gewöhnlich nicht drücke; und es war nötig, obwohl Mrs. Brown einiges getan hatte, bevor sie aufgab.

Ich nahm die gelben Leinenbezüge mit den Brandflekken von den Sesseln ab und dachte, ich muß mir neue anfertigen lassen. Ohne Bezüge ist die Farbe der Sessel ein weiches Rostrot, beinahe Kirschrot; früher liebte ich sie und deckte sie nur dann ab, wenn es sein mußte. Ich setzte mich auf das Sofa, aber nicht in die schmuddelige Kuhle, die Kate gehört, und starrte die Sessel an und dachte daran, daß Freddie und ich uns in ihnen gegenübergesessen hatten, und damit brach ein solches heulendes Elend über mich herein, daß ich einfach zu Bett ging. Es war drei Uhr nachmittags. Ich kann mich nicht entsinnen, je so etwas getan zu haben. Ich weinte und schlief ein, und beim Aufwachen blickte ich in ein Rechteck voll Abendstimmung: später, sanfter, trügerischer Sonnenschein, ziehende Schäfchenwolken.

Ich machte Abendessen für mich und Kate, wartete eine ganze Weile, aber sie kam nicht. Besorgnis. Immer wieder betete ich mir die Lügenlitanei vor: Sie ist schließlich neunzehn, sie ist erwachsen . . . und dabei überlegte ich, ob ich die Polizei anrufen sollte.

Das tat ich schließlich doch nicht; ich badete, kümmerte mich um meine Kleidung und ging zu Bett, um mich in den Schlaf zu lesen. Was mir nicht vor vier Uhr gelang, als schon wieder ein neuer heißer Sommertag am Himmel aufstieg. Ich weiß nicht, was ich träumte, aber es war ein sehr trauriger Traum; und schon früh stand ich auf und ging in den Regent's Park, und dort verbrachte ich den

Tag allein, spazierte durch Rosen und nochmals Rosen und saß in der Nähe der Fontänen bei den hohen Pappeln.

Kate kam vor einer Stunde nach Hause, sie sah schrecklich aus. Sie hatte Marihuana geraucht, sie war trübäugig und abwesend und gab keine Antwort auf meine Frage, wie sie das Wochenende verbracht habe. Als ich hier hereinkam, um zu Bett zu gehen, nahm sie die Dinger von den Ohren und fragte: »Gehst du morgen zur Arbeit?«

»Aber selbstverständlich gehe ich morgen zur Arbeit!«

Das alles geht über meine Begriffe; Kate geht über meine Begriffe. Da sitzt sie nun und zappelt zu ihrer Musik, und ich gehe schlafen.

Heute war ich den ganzen Vormittag mit June im Archiv, um für einen Artikel über Mode in den sechziger Jahren alte Nummern von *Lilith* herauszusuchen. Es bedarf keiner Erwähnung, daß das für sie eine historische Epoche ist, ähnlich wie für mich die Edwardische Ära; aber es eröffnet einem schon eine gewisse Perspektive, wenn über das eigene Gestern eine junge Erwachsene gleichgültig bemerkt: »Die waren wohl ziemlich blöd damals.« Auf meinen Blick hin erläuterte sie: »Ich meine, die hatten damals kein soziales Gewissen. Spare in der Zeit, dann hast du in der Not.« Diese Anhäufung von Ungereimtheiten in zwei Sätzen lähmte mir die Zunge, und ich verfolgte die Sache nicht weiter. Ich mag das Archiv – ein großer Name für eine frühere Vorratskammer (vermutlich), auf vier mal vier Meter zusammengepreßte Zeitdokumentation, bis unter die Decke in Regale gepackt. Wir mußten die Türen zum Schreibsaal offen lassen. Zehn Stenotypistinnen; und mit einem Auge hatte ich meinen Spaß an dem munteren Leben dort, mit dem anderen begutachtete ich unsere Arbeit von vor fünfzehn, zwanzig Jahren. Die Dinge wandeln sich, und man merkt gar nicht, wie sehr. Wir haben mehrmals hintereinander die Entscheidung getroffen, *Lilith* nicht zu ändern; genauer gesagt, uns nicht an die schwereren Zeiten anzupassen, mit der Begründung, daß die Menschen Glamour brauchen. Jedenfalls sind *Liliths* Titelbilder wilder, surrealistischer geworden, mit Mädchen, die tropischen Vögeln oder Insekten ähneln.

Rein aus Neugier fragte ich June, ob sie gern in den Redaktionsstab befördert werden möchte, und sie sagte nein, ihr gefalle es dort, wo sie sei. Und außerdem sei sie ja verlobt und werde nächsten Mai heiraten und uns verlassen. »Das wird traurig, das gute alte Zimmer aufzugeben«, seufzte sie und meinte den Schreibsaal.

Als ich nach oben zurückkam, sagte Jill, Richard habe angerufen. Ja, natürlich habe sie ihm angeboten, mich zu holen, aber er habe gesagt, er werde wieder anrufen. Ich wußte, ich war weiß wie die Wand geworden; ich spürte, wie kalt die Haut auf meinem Gesicht lag. Hannah kennt keine Hemmungen aus falschem Takt; und ich war dankbar, daß sie mir einen Stuhl unterschob, sich hinter mich stellte und mir Nacken und Schultern zu massieren begann. »Schon gut, schon gut«, sagte sie, »arme Janna.« Ich spürte die Wärme ihres großen Busens, und ihre Hände waren stark und stetig. Ein gewisser Schock war das für mich, die pulsierende Wärme dieser jungen Aztekenfrau. Schließlich berühre ich fast nie jemanden. Die arme alte Annie höchstens mal, wenn sie krank ist oder jemanden braucht, der ihr aus ihrem Stuhl hochhilft. Ich ließ den Kopf zurücksinken und wurde in ihre reiche Mütterlichkeit aufgenommen.

Das Telefon klingelte; es war Richard, und ich riß Jill den Hörer aus der Hand. Ich kam mir mehr als albern vor, wie ein Teenager mit dem ersten Freund. Ich bemerkte noch die Ruhe, mit der Hannah ihre Hände auf meine Schultern legte und sie drückte, bevor sie zurück an ihren Schreibtisch ging.

»Richard!«

»Janna, da bist du ja.«

Mit seiner Stimme kamen Gewißheit und Sicherheit zurück – die wir besitzen, obwohl ich nicht sagen könnte, worüber –, meine Anspannung fiel von mir ab, und ich war wieder ich selbst.

»Ich hatte versprochen, anzurufen, aber dann dachte ich, ich warte lieber, bis ich zurück bin, und dann kam etwas dazwischen . . .«

»Wo bist du?«

»In Boston.«

Und da stürzte auf mich jener Augenblick der Zukunft herein, wenn ich hören würde: Boston – oder Tasmanien oder Grönland – und wissen würde, es ist für immer, und ich konnte nichts sagen.

»Janna!«

Ich bekam kein Wort heraus.

»Janna, bist du noch dran?«

Ich krächzte: »Ja.«

»Morgen geht meine Maschine zurück. Janna, es war ein Notfall.«

Ich krächzte: »Wann sehe ich dich?«

»Mittwoch, zur Mittagspause. Am Square.«

»Ich bin da.«

»Janna, ich könnte dir nicht vorschwindeln, ich wollte, du wärst hier, aber ich wünschte, ich wäre dort.«

»Ich auch.«

Ich blieb sitzen und erholte mich, während Hannah mir den Hörer aus der Hand nahm und auf die Gabel legte und mir eine Tasse Kaffee vorsetzte.

Jill tippte, als müsse sie ihr verletztes Schamgefühl niederhämmern: sie schämte sich für mich, war rot geworden und hatte die Lippen zusammengekniffen. Ich spürte ein starkes Verlangen, sie in den Arm zu nehmen und zu warnen – aber mit welchen Worten? Keine Worte! Sich mitzuteilen wie Hannah, Wellen der Kommunikation aus – dem Solarplexus? war es das?

Hannah stand mit dem Rücken zum Aktenschrank, ihre Kaffeetasse in der Hand, schätzte mich und meinen Zustand ein und was von ihr verlangt würde. Heute trug sie ein Kleid aus derber blauer Baumwolle, lose fallend, weil es an dem Nachmittag so heiß war und die Sonne hereinschien. Ihre Arme waren bloß und braun, ihre kräftigen Beine braun und bloß. Alles an ihr ist so gesund, herzhaft und richtig. Ich könnte schwören, sie brauchte sich nur irgendwo in einen Raum zu stellen, und gehorsam müßte das Leben seine Wellen um sie herum fließen lassen, und jedermanns Gesicht in dem Raum wäre ihr zugewandt. ›Schon gut, schon gut‹, würde sie sagen, zum Leben.

Plötzlich ertappte ich mich bei dem Gedanken: Wie wäre es wohl, mit Hannah ins Bett zu gehen?

Wenn es überhaupt Generationsklüfte gibt, dann ist dies eine. Vor der Frauenbewegung habe ich nur Lesbierinnen getroffen, die unübersehbar voller unterdrückter Gefühle steckten, absichtlich auf Perversität zu beharren schienen, ihr schweres Los spazierenführten und – wenigstens in meinem Fall (zweimal) – Verführungsversuche machten, die etwas Theaterhaftes an sich hatten, als spielten sie Verführung nach einem Drehbuch und nicht nach den Geboten ihrer Natur.

Mir kam der Gedanke, wenn ich jetzt, in diesem Moment, zu Hannah sagte: »Ich habe mich gefragt, wie es wohl wäre, mit dir ins Bett zu gehen«, würde sie antworten: »Du solltest es bei Gelegenheit mal ausprobieren«, und ich hörte den unausgesprochenen Zusatz: Könnte dir nicht schaden.

Daraufhin mußte ich lachen: Ich prustete los, Hannah fing geschickt meine Tasse und Untertasse auf, und ich saß hilflos kichernd da.

Heutzutage diskutieren die Mädchen darüber wie über ein Kleid und ob sie es anprobieren sollen oder nicht. Jill erzählte einmal von einem Streit mit Mark: »Ich sagte zu ihm: Mark, du gehst mir auf den Wecker. Ich werde mit einer Frau zusammenziehen. Die sind nicht so anspruchsvoll.«

»Und was hat Mark darauf gesagt?« fragte ich.

»Er sagte: Woher willst du das wissen, du hast es doch noch nie probiert. Ich: Vielleicht wird es langsam Zeit. Er: Na ja, dann laß es mich wissen, wenn du mal eine Abwechslung brauchst. Ich: Du glaubst wohl, du bist der Größte? Er: Du bist nah dran.« Worauf sie ihn als vulgär und fies und unerträglich eingebildet bezeichnet hatte. Ein paar Minuten später behauptete sie, es mache ihr Spaß, mit Mark zu streiten: dies mit dem Hauch Genugtuung, der so charakteristisch für sie ist.

Ich sagte zu Hannah: »Vielen Dank«, was ich von Herzen meinte, und dann, ich müsse gehen, um ein Auge auf Charlie zu haben.

In seinem großen kühlen Raum saß Charlie am Ende des Tisches und rauchte eine Gauloise. Drei hohe Fenster ließen den Sommer herein, auf der Fensterbank sonnten sich zwei Tauben. Charlies Gesicht war leicht gerötet, so als habe er beim Lunch zuviel getrunken. Ich erklärte ihm, wir hätten Probleme, die zu diskutieren seien. Entscheidungen, die getroffen werden müßten. Strategien, die es festzulegen gelte. Er gab gutmütig zurück, er setze volles Vertrauen in mein Urteil.

Wie so ziemlich jeden zweiten Tag hielt ich ihm vor: »Charlie, die Welt ist zwar voll von Leuten, denen es nicht im Traum einfiele, richtige Arbeit zu tun, aber die meisten arbeiten wenigstens zum Schein.«

»Warum sollte ich, Janna? Ich stelle immer wieder fest, daß alles bestens für mich läuft. Es sind genug Leute da, die nichts Schöneres kennen als Arbeit und die sie gut machen.«

»Tu wenigstens so.« Ich gab ihm den Stapel *Lilith*-Ausgaben aus den sechziger Jahren, und er blätterte darin mit Wohlgefallen, sogar mit Stolz, als sei er für das alles verantwortlich gewesen.

Ich machte mit meiner Arbeit weiter. Einige Zeit verstrich. Dann gähnte er, stand auf, sammelte die Zeitschriften zusammen und brachte mir den Stapel. »Wenn ich jetzt nicht gehe, verpasse ich Carolines Sechs-Uhr-Fütterung«, verkündete er.

Von der Tür her warf er mir ein Lächeln zu, in dem kombiniert waren: Entschlossenheit, genau das zu tun, was er will; ein leises, eher amüsiertes Schuldgefühl; eine augenzwinkernde Komplizenschaft, über die ich lachen mußte, selbst wenn sie mich ärgerte. Damit entschwand er. Ich hörte noch seine Stimme und die Jills und Hannahs. Gelächter. Dann klapperten zwei Schreibmaschinen gleichzeitig los.

Als ich heimkam, wußte ich sofort, daß jemand hiergewesen war; und jetzt verstand ich Kates Frage, ob ich zur Arbeit gehen würde. Die beiden kirschroten Sessel waren mit Asche und Krümeln übersät. In der Küche stellte ich fest, daß der Kühlschrank total geleert worden war, sogar Milch und Butter waren weg. Sie hatten den Käse, den ich aus Holland mitgebracht hatte, für ihre Sandwiches genommen, das Steak aufgegessen, das ich fürs Abendessen zum Auftauen herausgelegt hatte, den ganzen Bols ausgetrunken, eine große Torte verputzt. Die Spüle quoll über von Tellern und Gläsern. Drei Leute waren dagewesen.

Ich wußte nicht, was ich machen sollte. Kate konnte auftrumpfen, wie sie es wahrscheinlich vorhatte: »Heißt das etwa, ich darf meine Freunde nicht hereinlassen?« Und was hätte es für einen Zweck, wenn ich darauf sagte: »Du weißt sehr wohl, daß sie hier eindringen und sich häuslich niederlassen, ist ein Akt bewußter Herausforderung oder Aggression, so etwas wie ein Überfall auf fremdes Territorium.«

Ich war stinkwütend. Dann wurde mir kalt, ich war mutlos. Lange hielt ich mich in der Küche auf und wusch ab. Dann lief ich schnell mit einer Tasche hinunter zu den Läden und kaufte alles, was wir brauchten, noch einmal ein. Die Sachen brachte ich heim, räumte sie ein, machte überall Ordnung; dabei ging ich ein und aus, ständig an Kate vorbei, weil ich nicht wußte, was ich zu ihr sagen sollte. Sie saß, die Ohren verdeckelt, in der Sofaecke und starrte dumpf vor sich hin.

Als schließlich alles erledigt, war, ging ich zu ihr, pflückte ihr die Dinger aus den Ohren und brüllte, denn ich wußte, sie war fast taub: »Kate, wenn das noch einmal vorkommt, fliegst du hier raus.« Dann steckte ich ihr die Kabel wieder in die Ohren, ohne abzuwarten, was sie zu sagen hatte. Auf ihrem Gesicht las ich jedoch Genugtuung, so etwas wie mürrischen Triumph. Ich weiß nicht warum; weil ich ein Machtwort gesprochen hatte und sie nun allen dort erklären konnte, ihre gemeine Tante habe ihr verboten, ihre Freunde einzulassen? Braucht sie mich, um die Regeln festzulegen?

Ich hatte keine Ahnung. Beim Gedanken, sie könnte wirklich ausziehen, überkommt mich das kalte Grauen. Weil ich dann Schwester Georgie anrufen und ihr sagen müßte, daß ihre Tochter sich unter die Gestrandeten, das Gesindel von London gemischt hat? Ich habe von meiner Schwester kein Wort gehört. Das sieht ihr so gar nicht ähnlich und verstößt dermaßen gegen die ausgesprochenen und unausgesprochenen Gesetze unseres Familienlebens (wenn man es so nennen kann), daß es mir vorkommt, als gäbe der Boden unter meinen Füßen nach, sooft ich daran denke. Was immer man über meine Schwester und ihresgleichen sagen mag, sie verleugnen im allgemeinen nicht ihre Verantwortung.

Ich fragte Jill: »Weiß du, daß ich sehr lange nichts mehr von deiner Mutter gehört habe?«

»Ich höre öfter von ihr«, gab sie gelassen zurück.

»Was sagt sie über Kate?«

»Sie hofft, mit Kate ist alles in Ordnung.«

»Das ist doch Wahnwitz!«

»Was soll sie sonst sagen?«

»Sie weiß doch, daß Kate eine Katastrophe ist und daß bei ihr nichts ›in Ordnung‹ sein kann.«

»Jane«, setzte Jill an, legte ihre Arbeit beiseite und wandte mir ihre volle Aufmerksamkeit zu. »Wieso kannst du das nicht verstehen? *Siehst* du das denn nicht? Meine Eltern wissen nicht, was sie mit erfolglosen Menschen anfangen sollen.«

»Aber sie stecken doch voller guter Werke, helfen hier und trösten dort.«

»Sicher, aber das ist eben für die anderen – die Alten, Drogensüchtigen, gefährdeten Jugendlichen.«

»Wenn Kate keine gefährdete Jugendliche ist, was ist sie dann?«

»Sicher, aber sie ist eine von *uns*, verstehst du nicht? Sie ist nicht *da draußen*. Meine Eltern können ihr nicht Almosen oder liebevolle Fürsorge spendieren und dann sagen, nun mach's gut und geh hübsch wieder nach Hause. *Sie entspricht nicht den Maßstäben*. Ihren Maßstäben. Sie ist die Ursache, daß sie sich wie Versager vorkommen, und das können sie nicht zulassen.«

»Dann sag mir doch mal, was, glaubst du, haben sie mit Kate vor? Soll sie auf immer und ewig bei mir herumgammeln? Schon gut, sag nichts, ich habe es mir selber eingebrockt. Aber was denken sie, wie es weitergehen soll?«

»Sie denken nicht. Sie sagen sich, Kate sei eben ein Spätentwickler oder irgend so etwas.«

»Na ja, vielleicht ist sie das ja.«

Schweigen, von meiner Seite.

Dann: »Hannah meint, Kate sollte in ihre Wohngemeinschaft ziehen.«

Ich sah Hannah an.

Sie sagte: »Bei dir zu wohnen, ist überhaupt das Schlimmste, was ihr passieren kann.«

»Bist du sicher?«

»Deinen Maßstäben kann sie unmöglich entsprechen, ebensowenig wie denen ihrer Eltern.«

»Du selber, Hannah, bist doch wohl kaum auf irgendeinem Gebiet ein Muster an Unfähigkeit!«

»Nein«, bestätigte Hannah, »ich nicht. Aber wir sind zehn Frauen, und einige davon sind wie Kate. Menschen, die Zeit brauchen.«

»Ich werde sie nicht hinauswerfen.«

»Natürlich darfst du sie nicht hinauswerfen«, sagte Hannah entschieden, »aber sie wird von selber gehen, oder?«

»Meinst du?«

»Du liebst sie nicht«, stellte Hannah ohne Kritik fest.

»Ich glaube, auf eine trübselige, hoffnungslose Weise habe ich sie gern. Sie schafft es, daß ich mir unzulänglich vorkomme. Es ist wie ein Hineingleiten in einen Nebel.«

»Da hast du es«, sagte Jill. »Und wer würde nicht so empfinden?« Dies war eine schnippische kleine Herausforderung an Hannah, die aber nur lächelte, sie wußte es besser.

Doch jetzt habe ich Kate gedroht, ich würde sie hinauswerfen – wenn.

Liebe! Liebe! Liebe!

Ich liebe Jill, aber Kate liebe ich nicht. Ich liebe Richard. Ich gewinne Hannah mehr und mehr lieb. Ich empfinde Charlie gegenüber warme, freundschaftliche Gefühle. Ich hege Zuneigung für Mark. Ich mag Phyllis sehr gern, obwohl ich sie anfangs ablehnte. Ich liebte Joyce – ja, sie liebte ich, ohne jeden Zweifel. Aber was ist davon geblieben? Und Freddie? Nein, Freddie habe ich nicht geliebt. Mein Herz tut weh heute nacht, es schmerzt. Morgen sehe ich Richard, da sollte mein Herz eigentlich hüpfen wie ein Spatz.

Heute morgen war ich froh darum, im großen Büro zu arbeiten und nicht bei den beiden scharfäugigen Frauen, Hannah und Jill. Charlie und ich diskutierten den Artikel über die sechziger Jahre, jenes ferne Zeitalter, während er mich mit hundert netten kleinen Reminiszenzen amüsierte. Dazwischen war ich aufgeregt wie ein Backfisch bei dem Gedanken an Richard. Aber heute bedeutete die Erwartung, ihn zu sehen, nicht wie sonst einen jähen Temperaturanstieg mit der Gewißheit, wenn wir uns träfen, würden Ruhe und Glück einkehren: nein, ich war angespannt und ruhelos; in einer Verfassung, die man keineswegs als glücklich bezeichnen könnte. Liebe! Eine Qual. Heute morgen war ich in genau der entgegengesetzten Stimmung wie letzte Nacht, als ich den bitteren kleinen Absatz niederschrieb: Ich dachte, wenn ich Freddie nicht geliebt habe: um so besser. Wenn Liebe Leiden und einen Haufen unnützer Gefühle bedeutet, was soll's .... Und hat Freddie gelitten? Oh, das ist es, was ich nicht aushalten kann, es kommt näher, bedrängt mich: das ist es, was ich wirklich nicht ertragen kann.

Ich ging schon früh zum Soho Square. Es war schwül und stickig. Der Himmel sah dunstig und verschlossen aus. Ich wollte mich noch ein bißchen allein in Ruhe hinsetzen und die Anspannung abklingen lassen. Aber als ich auf den Square kam, sah ich Richard einsam am Ende einer Bank sitzen. Er hatte mich noch nicht erwartet. Ich sah vor mir einen Mann in mittleren Jahren, offensichtlich müde, der einigen Tauben zusah, wie sie in einem Blumenbeet herumpickten. Als ich mich neben ihn setzte, schaute er auf wie zu einer unwillkommenen Fremden, dann strahlte er, und sein ganzer Körper schien sich mit Energie zu laden, als er sich umdrehte und mich in die Arme nahm. So saßen wir einen Augenblick, dann hörte ich ihn seufzen, und wir lösten uns voneinander.

»Zwei Wochen«, sagte er, beinahe anklagend.

»Zwei Wochen«, beklagte ich mich.

»Wie war es in Amsterdam?«

»Wie immer.« Ich wollte nicht über etwas reden, was für mich einfach Pflicht ist; ich wollte etwas über Amerika, über Boston hören. Ich fragte: »Und wie war es in Amerika?«

Er veränderte seine Beinhaltung, ein bißchen von seiner Selbstsicherheit verlor er, und er sagte: »Ich mußte hinfahren. Gut, ich sehe schon, ich werde dir davon erzählen müssen. Aber laß uns erst einmal in ein Pub gehen und uns gegen das Schicksal wappnen.«

Gemeinsam standen wir auf und verließen den Square, und ich hörte mich ängstlich fragen: »Was ist ein Schicksal? Mußt du wieder fort?«

»Noch nicht.«

Das half mir wenig; als wir zu *unserem* Pub unterwegs waren, dachte ich sogar: Wenn es sowieso zu Ende geht, was also soll das Ganze; denn zwei Wochen ohne Richard hatten in mir einen Mangel angestaut, der damals, als wir uns so oft sahen, tröpfchenweise gelindert wurde, aber jetzt konnte nichts, was er sagte oder tat, den quälenden Schmerz vertreiben. Dort im lastenden dunstigen Sonnenschein, in der schwülen Hitze, schien es mir, als sei der Schmerz, der Mangel, angewachsen über Richards Möglichkeiten hinweg. Alles, was ich wollte, war Befreiung von dieser Last, diesem Schmerz.

Unser Platz war frei, und wir quetschten uns an den niedrigen Tisch, so daß uns die lärmenden Mittagsgäste überragten.

»Was für ein Schicksal?« fragte ich, kaum daß ich saß.

Er gab dieses Schnauben von sich, das besagt: jemand hat sich erwartungsgemäß verhalten; lieb vielleicht, aber allzu vorhersagbar; und ich sagte: »Plötzlich kann ich es nicht mehr ertragen. Aber *was* eigentlich? Wenn ich nur wüßte . . .«

»Ich verstehe vollkommen.« Er langte von der Theke zwei doppelte Scotch, die der Barkeeper auf ein Nicken und ein ›Das Übliche‹ hin eingeschenkt hatte, und reichte mir meinen. »Trink aus.«

»Ich will es wissen.«

»Ja. Erst aber Amsterdam. Das will ich wissen. Sicher, ich habe immer nein, nein, nein gesagt, tun wir's *nicht*, aber jetzt muß ich immer mehr über dein Leben nachdenken. Und ich bin eifersüchtig.«

»Ich bin so eifersüchtig, daß . . . und ich war noch nie, noch nie eifersüchtig . . .« Meine Stimme erstarb; denn damit sagte ich, und das wußte ich, daß ich noch nie geliebt hatte. Ganz leise, ohne ihn anzusehen, mit glühendem Gesicht, sagte ich: »Ich glaube nicht, daß ich schon einmal so geliebt habe . . .« Ich spürte seinen scharfen Blick direkt an meinem Gesicht, er verlangte, daß ich aufsah, aber ich konnte nicht. Ich hatte Angst davor, was auf seinem Gesicht stehen mochte. Ein Schmerz, das wußte ich, und nicht meinetwegen. Oh, wie rasch die Gedanken zwischen uns hin und her fliegen; wir denken dieselben Gedanken.

»Amsterdam. Was machst du auf diesen – Ausflügen?«

»Das sind keine Ausflüge. Ich arbeite, sehr intensiv sogar. Nun gut. Ich wohne immer in demselben Hotel. Eines der hohen alten Häuser an einer Gracht. Wenn möglich, geben sie mir ein Zimmer im obersten Stock, das mag ich am liebsten. Man sieht auf die Bäume und das Wasser und die vorüberfahrenden Boote. Einmal, im Winter, liefen die Leute dort Schlittschuh wie auf einem Bild von Breughel. Früh um sieben bringt man mir Kaffee und Brot und Marmelade. Ich will mich auf keinen Fall hetzen lassen. Ich lasse mir Zeit. Dann gehe ich zu Fuß dahin, wo ich hin muß. Diesmal war es ein anderes Hotel, wo oft Konferenzen stattfinden. Und anschließend esse ich mit irgend jemandem – ich kenne natürlich eine Menge Kollegen aus der Branche.«

»Natürlich.«

»Und dann gehe ich normalerweise zu Fuß zurück, denn in Amsterdam laufe ich gern, und ich gehe ins Bett und lese.«

Er sah mich spöttisch an. Wir hielten unsere Gläser in der Hand und tranken, um auszutrinken und neu zu bestellen. Die Wärme von dem Drink und die laute, fröhliche Menge trugen dazu bei, daß ich mich wohler fühlte, und Richard stellte fest: »Das ist schon besser.« Und er nahm unsere beiden leeren Gläser und stellte sie zum Nachfüllen auf die Theke.

»Ich weiß, ich bin ein Hinterwäldler, aber was tust du eigentlich den ganzen Tag?«

»Diesmal habe ich mir Berichte und Reden angehört. Aus der ganzen Welt. Mode – Stand der Mode – Krise der Mode – es gibt immer eine Krise in der Mode . . .«

»Es gibt immer eine Krise in allem, wußtest du das noch nicht?«

Wir lachten. Es war so leicht, zu lachen; wir sahen einander an, und unsere Augen wollten nichts anderes sehen; er holte unsere beiden Gläser herunter, und auf einmal entschloß ich mich: »Ich rufe an und sage, ich komme heute nachmittag nicht – wenn du frei bist?«

»Ich bin frei.«

Ich wies Hannah an, sie solle Charlie, der noch im Haus war, sagen, ich nähme mir den Nachmittag frei und dieses und jenes sei zu erledigen. Von ihm.

Wieder an unserem Tisch, ließ ich mich auf den Stuhl gleiten wie in ein Glück ohne Ende, denn der ganze Nachmittag lag vor uns, und er wiederholte: »Du frühstückst, gehst zu Fuß zu dem anderen Hotel und hörst dir Reden an. Den ganzen Tag?«

»Ja. Ich hielt auch eine Rede. Vor Leuten aus Südamerika und Kanada und den Staaten. Aus allen europäischen Ländern. Aus der Sowjetunion. Von überallher. Du weißt ja – Mode – Big Business.«

»Wovon handelte deine Rede?«

»Es war ein Bericht. Ich sprach über die Situation der gehobenen Frauenzeitschriften in England.«

»Vier Tage lang hast du dir Reden angehört?«

»Wir haben uns auch in Gruppen aufgeteilt – Ausschüsse und Unterausschüsse. Um Aspekte zu diskutieren. Aspekte vor allem der Depression.«

»O ja, die Depression.«

»Das ist zur Zeit das eigentliche Thema aller Konferenzen, wo auch immer.«

Er fragte: »Werden wir denn zugeben, daß eine Depression existiert?«

Ich sagte: »Es ist nicht die Depression allein. Beim letzten Mal kam erst die Depression und dann Krieg.«

»Ja.«

»Ja.«

Ich trank ihm zu und wußte, mein Lächeln wirkte angestrengt. Das seine war freudlos.

»Tu es *nicht*«, warnte ich.

»Nein. Aber jetzt sollte ich dir doch erzählen, was ich in Amerika zu suchen hatte? – In Ordnung? Gut. Wir bekamen einen dringenden Anruf. Wir haben einen Sohn mit Down-Syndrom. Mongolismus. John. Wir haben ihn nicht in ein Heim oder dergleichen gesteckt. Das wollten wir nicht. Aber als wir diesen April beide wegfuhren, haben wir ihn nicht mitgenommen. Das wäre unmöglich gewesen. Er braucht jemanden, der die ganze Zeit bei ihm ist. In Washington haben wir eine Frau, die bei uns wohnt. Eine Kubanerin. Sie gehört praktisch zur Familie. Aber sie hatte selber eine Familienkrise durchzumachen, ihre Mutter, und wir glaubten schon, es gebe niemanden, dem man ihn überlassen könne. Nicht jeder wird fertig mit – den Untüchtigen.«

»Wie alt ist er?«

»Nach Jahren sechzehn. Zwei Jahre jünger als Kathleen. Aber in Wirklichkeit etwa vier oder fünf. Er ist sehr liebenswürdig – das sind sie alle, mußt du wissen. Wir haben nie daran gedacht, ihn fortzugeben. Wir hätten zu viel versäumt. Manchmal glaube ich, er ist von uns fünfen der einzige glückliche Mensch.«

Indem ich zuhörte, versuchte ich den Rahmen seiner Erzählung mit Details, immer noch mehr Details, auszufüllen. Das Haus, darin Richard; Kathleen, die älteste Tochter; das schwachsinnige Kind, um das sich gezwungenermaßen alles drehte; Richards Frau, die unbekannte Größe; die kräftige, vernünftige Südländerin ... er hatte fünf gesagt.

»Fünf?« fragte ich. »Mit der Kubanerin?«

»Nein. Mit Maria sechs. Unser Sohn Matthew ist ein äußerst strebsamer, fleißiger junger Mann. Schlägt meiner Frau nach«, schob er noch ein, mit einem Blick auf mich: Irgendwann mußt du es doch verkraften. »Ja. Aber Matthew ist keineswegs so was wie ein Sonnenschein. Er arbeitet und spielt gleichermaßen zielbewußt. Kathleen dagegen stand immer im Schatten – von John. Sie war zwei Jahre alt, als er geboren wurde, und aus irgendeinem Grund fühlt sie sich mit ihm verbunden. Matthew nie, er fand sich damit ab, ging seiner Wege, nabelte sich schon früh von uns ab. Aber Kathleen liebte John, sie liebt ihn, sie leidet für ihn, sie schämt sich für ihn, wenn Besuch kommt, und da ist dieser glückliche Idiot, eine Art deformierter Zwerg, aber immer lachend und zufrieden wie ein Hündchen, verstehst du – aber wenn jemand zum ersten Mal zu uns kommt, muß er immer erst ins Bild gesetzt werden und sich daran gewöhnen. Die Vermittlerin ist stets Kathleen. Ich glaube, tief innen geht sie daran kaputt. Es muß für sie eine ständige Qual bedeuten, glaube ich. Sylvia und ich ...« Wieder dieser kleine abschätzende, ja diagnostizierende Blick: Sie muß es verkraften, kann sie das jetzt?

Und er legte seine Hand über die meine und drückte sie und seufzte, und seine Miene ähnelte der einer Mutter oder Krankenschwester, die ein Kind zwingen muß, eine Medizin zu schlucken, und davon selbst so mitgenommen wird, daß die Erleichterung, wenn es sie endlich geschluckt hat, sich auf ihrem Gesicht widerspiegelt. »O Janna«, seufzte er, sprach aber weiter: »Ich und Sylvia haben oft genug darüber gesprochen, das kannst du dir ja vorstellen. Ständig sorgten wir dafür, daß Kathleen rauskam, zu Freunden, in Feriencamps – diese Lager, wo junge Amerikaner den Sommer verbringen können, weißt du, prima Sache, so etwas solltet ihr hier haben . . .«

Mir natürlich fiel das *ihr* auf, doch er merkte nichts. »Es nützte nichts. Wir konnten Kathleen den ganzen Sommer lang in ein Camp schicken, aber alle paar Tage rief sie an: Was macht John? Nein, wer die wirkliche Bürde mit John auf sich genommen hat, das ist Kathleen.«

»Nicht Maria?«

»Nein. Nicht emotionell. Durchaus richtig so. Sie hat keine eigenen Kinder. Unverheiratet. Sie ist von Natur aus ein fröhlicher, fleißiger Mensch.« Ich lächelte in mich hinein, weil das so nach Arztnotizen klang. ›Soundso ist ein fröhlicher, fleißiger Mensch mit vielen Interessen, und die Prognose ist gut.‹ »Kathleen liebt John. Doch, wirklich. Und er liebt sie. Weder ich noch Sylvia haben wegen John gelitten. Wir arbeiten beide sehr viel. Und wir beide finden – obwohl das nicht nachzuvollziehen ist –, daß es erfrischend ist, zu John nach Hause zu kommen. Diese Fröhlichkeit, die solche Menschen ausstrahlen.«

»Ich habe davon gelesen.«

»Es stimmt. Ganz außerordentlich. Eine Art Übermut, der sich nicht unterdrücken läßt.«

Ich saß stumm da, niedergeschlagen, ich fühlte all die

Jahre, Richard und Sylvia, drei Kinder, das Haus, die fröhliche, fleißige Frau aus Kuba ... zweifellos auch Hunde, Katzen und Goldhamster. Es war zuviel für mich. Über dreißig Jahre, hatte er gesagt.

»Wie alt ist Matthew?«

»Zweiundzwanzig. Auf die Frage habe ich schon gewartet. Nein, wir haben nicht gleich Kinder bekommen, erst als wir über dreißig waren. Wir waren beide neunzehn, als wir heirateten. Kinder. Das sollte gesetzlich verboten werden.«

»Warum? Ihr seid doch immer noch beisammen?«

»Ja – nein, das ist es nicht. Es tut mir nicht leid ...« Wieder legte er seine Hand über meine, kippte den Whisky hinunter, bedeutete mir, ich solle ebenfalls austrinken. Das tat ich, und er stellte die beiden leeren Gläser zurück auf die Theke.

»Ich werde noch betrunken.«

»Gut. Wie sonst wollen wir das durchstehen?«

»Warum seid ihr so lange ohne Kinder geblieben?«

»Wir waren beide zu beschäftigt. Zehn Jahre haben wir abgewartet. Gearbeitet. Gearbeitet. Ist das nicht genug für heute?«

»Doch, sicher, mehr als genug. Ich glaube, ich kann nicht ...« Ich schüttelte den Kopf. Ich war bis zum Hals voll mit diesen ›über dreißig Jahren‹ zusammengepferchten, vollgestopften Familienlebens, seiner Intensität, seiner *Organisation* – zwei berufstätige Eltern (was machte Sylvia wohl?), ein ehrgeiziger, intelligenter älterer Sohn, Kathleen, die Seele überschattet von dem unentwegt lustigen, glücklichen mongoloiden Jungen, der nie erwachsen werden würde.

»Nur noch eins, dann reicht es für heute. Was war das für eine Krise, wegen der du zurück mußtest?«

»John hat es noch nie erlebt, daß nicht wenigstens ein Familienmitglied um ihn war, und Maria ist bei uns, seit er fünf wurde. Plötzlich waren wir alle fort bis auf Matthew, aber der studiert und ist nur morgens und abends da, und er hat zu John ohnehin eine eher freundschaftlich-distanzierte Beziehung. Und wir hatten Marias Schwester im Haus. An sie ist John nicht gewöhnt. Darum wurde er krank. Das ist der eigentliche Grund, daß er krank wurde, obwohl es eine Lungenentzündung ist. War. Er hat sie überstanden.«

Das alles mußte ich verdauen: Fragen tauchten auf. Ich beschloß, keine davon zu stellen.

»Ich finde, wir sollten etwas essen gehen«, schlug ich vor.

»Gute Idee.«

Wir spazierten hinüber zu Wheeler. Aber unser beider Leben, das wirkliche Leben, die Struktur und das Muster und die Last – die Last, die *Last* –, waren jetzt da, lagen zwischen uns. Sind noch da. Danach gingen wir wie zwei Kinder ins Kino und sahen – aber was spielt das für eine Rolle? Wir hielten uns bei den Händen. Er sagte, gegen sieben müsse er nach Hause. Vor dem Pub, wo wir noch einen Abschiedsschluck tranken, stand Kathleen mit dem Rücken zu uns und starrte über die Straße. Sie ist ein hübsches Mädchen; aber sie wirkt schwerfällig und langsam wegen ihres abwesenden Gesichtsausdrucks.

Ich hatte das Gefühl, wir sollten ganz normal an sie herantreten, so daß sie und ich uns kennenlernen könnten; und ich glaube, genau das hatte Richard auch vor. Aber als er nur ein klein wenig zögerte, überquerte sie die Straße und ging schnurstracks fort. Ein schwerer, blinder Gang.

»Hat sie sich wegen Johns Krankheit aufgeregt? Wollte sie nicht mit?«

»Wir haben ihr nichts davon gesagt. Das klingt sicher seltsam. Aber es war schwer genug, sie zu überreden, hier auf die Universität zu gehen. Sie wollte nicht von ihm fort. Das war ein Kampf – über Monate hinweg. Jahre scheinen es jetzt. Wir wollten, daß sie von ihm loskommt, verstehst du?«

Er hatte mich untergehakt, und an dem Druck seines Arms gegen den meinen spürte ich, wie sehr er sich wünschte, ich solle verstehen.

»Ja, ich verstehe.«

»Gut.«

»Wenn sie herausbekommt, daß er so krank war und sie nichts davon erfahren hat, würde sie euch verzeihen?«

»Ah. Ja!« Er blieb stehen, wandte sich um, ergriff meine Arme und lächelte mir voll ins Gesicht. »Ja. Ja. Das war mein Standpunkt. Aber Sylvia ... Wir haben das diskutiert, mir kommt es vor, als hätten wir, seit wir hier sind, über nichts anderes gesprochen, Sylvia sagte, wir *haben* sie von ihm wegbekommen, der Durchbruch ist geschafft.«

Dieses Wir, Wir, Wir, Wir! Jedesmal sagte er zu mir: Du Eindringling; du *Niemand.* Und ›wir haben über nichts anderes gesprochen‹ – mich selbst sah ich ganz weit weg am Rande, jemanden, mit dem man sich trifft, wenn man gerade Zeit hat, eine nette Abwechslung außerhalb des wirklichen Lebens.

Er sagte: »So ist das nicht, Janna«, er drückte meine Arme und wiegte mich sanft. Sein Gesicht, nah an meinem, war eindringlich und besorgt.

Ich schüttelte den Kopf, sprechen konnte ich nicht. Er

legte den Arm um mich, und ernst gingen wir die Old Compton Street entlang. Sein Arm, seine starke Wärme, sagten mir: Nichts hat sich geändert.

An der Ecke schlug er vor: »Ich hatte gehofft, wir könnten uns morgen abend treffen?«

Ich stammelte: »Ich hätte gar nicht die Charakterstärke, nein zu sagen!«

»Im Pub?«

Ich nickte und ging halbblind und halberstickt die Charing Cross Road weiter.

Als ich bei *Lilith* war, hatte ich mich gefangen. Wie ich es manchmal tue, blieb ich stehen und sah mir die alten, äußerlich unveränderten Häuser an und fragte mich, was die Leute, die dort früher gewohnt hatten – sagen wir, vor dem Ersten Weltkrieg – wohl von uns denken würden, von *Lilith*, die sich über zwei Häuser breitmacht, die Mauern eingerissen hat und Wälle und Grenzen beseitigt, wo früher Familien durch dicke Ziegel- und Gipsschichten höchstens einmal einen Laut voneinander hörten. Ich dachte daran, wie diese Häuser früher eingeteilt waren, die Familie im Erdgeschoß, ersten und zweiten Stock, die Dienstboten im Kellergeschoß und ganz oben; und als ich an die Dienstboten dachte, die über dieselben Treppen ein und aus gingen wie jetzt die Schreibkräfte und Sekretärinnen, schien die Zeit durchlässig zu werden, denn dort auf der Straße stand eine Dienstmagd, ein Küchenmädchen vielleicht in einem schweren, langen Rock, einer geblümten Bluse und einer Kopfbedeckung, die aus der Entfernung wie eine Haube aussah. Rasch ging ich auf diesen Gast aus der Vergangenheit zu und sah, es war Kate, die demütig auf der Straße stand und hinaufstarrte, wo ihre glückliche Schwester arbeitete. Ihre rosa und grünen Haarsträhnen hatten wie eine Haube ausgesehen. »Kate«, sprach ich sie an, und sie fuhr zusammen, wandte sich um, rief aus: »Oh, du bist also doch weggegangen . . .«, da stockte sie, und ihr Gesicht nahm ein häßliches Rot an. Das kam für mich so unerwartet, daß ich zuerst gar nicht hörte, was sie gesagt hatte. Noch dazu erfaßte mich eine solche Woge von Mitleid für das arme Würstchen. Selber von Emotionen ganz durchtränkt, gerüttelt und geschüttelt, kaum Herrin meiner selbst, traf mich etwas an Kate genau, peng, ins Herz, und ich hätte sie am liebsten in den Arm genommen wie ein trostbedürftiges kleines Kind oder vielleicht auch die Sentimentalversion eines gehetzten, geprügelten Küchenmädchens aus der Zeit vor dem Ersten Weltkrieg. Dann drang nachträglich zu mir durch, was sie gesagt hatte; und ich starrte sie an und sie mich. Auf einmal begriff ich alles. *Kate verfolgt mich.* Verfolgt Richard und mich. Genau wie Kathleen. Wie oft? Wie lange schon? Wohin? Ich weiß es nicht und habe keine Lust, darüber nachzudenken.

Aber dieses Mädchen war zu *Lilith* gegangen, um sich an meine Fersen zu heften, wenn ich zum Rendezvous mit meinem teuflischen Liebhaber gehen würde – nur daß ich schon früher fortgegangen war –, denn sie hatte gewußt, daß er zurück war; aus meinem Verhalten? Hatte sie mich am Telefon belauscht? Ich konnte mich nicht erinnern, ob sie dagewesen war oder nicht.

Sie merkte, daß ich begriffen hatte, und ihr Blick war hart, frech, triumphierend. Jetzt wollte ich sie nicht mehr umarmen, viel lieber hätte ich sie geschlagen, fest geschlagen. Und ich stieg die Treppe empor in den Empfangsraum, wo einst Ladys und Gentlemen den Stubenmädchen ihre Karte ausgehändigt und Mäntel und Hüte abgelegt hatten, von dort zum dritten Stock, und ich hoffte nur, Charlie würde nicht da sein. Ich brauchte eine Atempause.

Ich litt unter einem schlimmeren Panikanfall, als ich je erlebt habe. Ich fühlte mich in der Falle. So ähnlich war es mir ergangen, als Maudie mich zu ihrer Gefangenen machte, nicht durch Worte, sondern durch ihre Bedürftigkeit. Bei der armen Annie habe ich manchmal auch so etwas empfunden. Aber dieses Kind lebt bei mir, in meinem Leben; und ich weiß nicht, wie ich sie loswerden kann. Die Vorstellung, daß sie Richard und mich verfolgt . . . Aber wieso haben wir sie nie bemerkt? Weil wir nicht nach ihr ausgeschaut haben! Richard hat ein- oder zweimal gewußt, daß Kathleen da war, auch wenn ich sie nicht gesehen hatte; später hat er es mir dann erzählt, nicht an Ort und Stelle.

Ich saß allein an dem langen Tisch, ringsherum vor den Fenstern die feuchteschweren Mittsommerbäume, und dachte: Nein, das alles ist zuviel. Ich kann Richard nicht wiedersehen. Bei ihm zu sein ist so leicht und selbstverständlich, als seien wir beide dafür geboren. Aber beide schleppen wir Schlammspuren von unseren Lebensumständen hinter uns her, und wir können uns nicht einmal treffen, ohne bespitzelt oder observiert zu werden. Und trotzdem wußte ich genau, daß ich morgen im Pub sein würde. Wer würde wohl sonst noch da sein?

Kate war nicht daheim, als ich heute abend nach Haus kam. Erst gegen elf kam sie und sagte, sie sei bei den Hausbesetzern gewesen. Sie hatte mächtige Angst und spielte sich auf diese und jene Weise auf, um mutig zu erscheinen; sie erwartete, ich würde sagen: Und jetzt raus mit dir. Als ich ihr gute Nacht wünschte, schwammen ihre Augen in Tränen, und sie kam zu mir und umarmte mich. Eine traurige kleine Umarmung. Ich fühle mich so unzulänglich, wenn ich dieses arme Kind in den Armen halte, diese Neunzehnjährige, die ein rundliches, furchtsames Kind ist, ich weiß nicht, was ich sagen oder tun soll. Sie braucht – alles!

Richard rief vor dem Mittagessen an. Charlie war schon fort. Ich war allein. Während ich arbeitete, hörte ich Jill und Hannah im heiteren Außenbüro. Und wünschte, ich könnte dort sein statt in dem großen, öden Herausgebersaal. Ich weiß nicht warum, aber irgendwie war das immer schon ein lebloser Raum. Das Büro dagegen, wo ich so lange mit Joyce gearbeitet habe, dann mit Phyllis, dann allzu kurz mit Jill, hat immer vor Leben gekribbelt. Mir kam der Gedanke, daß dieser Umzug in Charlies Arbeitsraum die eigentliche Trennung von Jill bedeutet hatte, die jetzt natürlich für ihren ›Bekannten‹ und für Hannah mehr Aufmerksamkeit übrig hatte als für ihre Tante. Meine Stimmung war auf einem Tiefpunkt, und dadurch, daß ich an Richard dachte, wurde sie auch nicht besser. Genau da rief er an, seine Stimme klang gehetzt, er fragte, ob ich ein Auto hätte; ich sagte, früher schon, aber ich hätte es verkauft, weil ich es so wenig benutzte. Das Problem sei, sagte Richard, wir sollten uns lieber nicht im Pub treffen, aber wenn wir irgendwie weg könnten, aufs Land vielleicht, er könne das jetzt nicht erklären, aber ... Ich sagte, er brauche nichts zu erklären.

Wir verabredeten schließlich: Punkt halb sechs sollte er mich mit einem Taxi abholen, wir würden zur Baker Street fahren und von dort mit der Underground nach Wimbledon, wo er einmal ein nettes Restaurant entdeckt hatte. So geschah es. Als ich an Jill und Hannah vorbeiging, warf ich einen verstohlenen Blick hinunter auf die Straße, um mich zu überzeugen, daß Kate nicht da war, oder Kathleen. Keine von beiden sah ich. Ich war mir meiner Heimlichtuerei bewußt und auch, daß Hannah und Jill über mich herziehen würden, kaum daß ich aus der Tür war. Wie primitiv wir doch sind: indem ich jenen Raum verlassen, *ihnen* die Vertrautheit gelassen hatte, wurde ich zu einer der *anderen*, und man redete ganz anders über mich, als wenn ich noch mit ihnen in demselben Raum gearbeitet hätte.

Richards Taxi hielt vor der Tür, gerade als ich hinauskam, und ich schlüpfte hinein.

»Ist die Luft rein?« keuchte ich.

»Soweit ich sehe, ja.«

Wir umarmten uns. An unseren Umarmungen ist ein seltsamer Geruch. Freundschaft, ja, die vor allem, und sofort eine Vertrautheit, jedesmal aufs neue, als wären wir nie getrennt gewesen. Der warme, verstehende Hautkontakt, seine Hand auf meinem sommerbloßen Unterarm, meine an seinem Nacken. Leidenschaft, o ja, auch die ist da, lauernd, in ihren Anfängen, wie ein sich um uns erstreckendes Land, das ein mysteriöses Gesetz uns zu betreten verbietet. Bis hierher und nicht weiter, steht auf unseren unsichtbaren Gesetzestafeln, also könnten wir in den Armen des anderen ruhen und Hitze und Verheißung spüren; aber wir dürfen uns nicht das Gesicht zuwenden und uns küssen. Wenn unsere Lippen sich träfen, o mein Gott, was wäre das für eine Verkündigung! Aber – und darauf kommt es an – in dem Moment würde etwas sterben. Was? Wissen wir das? Ich nicht. Mein Gott, aus was für einer Welt habe ich mich ausgesperrt! Ich fühle seinen Atem auf meiner Wange, und gleich ertönt eine Warnglocke: Paß auf, selbst wenn ich noch so gern das Gesicht drehen möchte, daß zum ersten Mal mein Mund an der gleichen Stelle wie der seine wäre. O nein. Nein, nein, nein.

Wir lösten uns voneinander und sahen uns *nicht* an, es ist schon erstaunlich, wie sorgsam wir es vermeiden, wenn wir uns aus diesen gefährlichen, trübseligen Umarmungen freimachen, uns in die Augen zu sehen, und er sagte: »Entschuldige das Geheimagenten-Getue. Aber es ist etwas geschehen.«

Das sagte er mit einem langen, versonnenen, nach innen gerichteten Blick: sozusagen auf all die Dinge gerichtet, die sich ereignen können. Aber immer nur zum Schlechteren, habe ich das Gefühl.

Und mit ihm fühlte ich, daß mein Leben ebenso wie seines für uns etwas Schlimmes bereithalten könnte, das nicht auf einmal explodieren, sondern sich langsam anschleichen würde. Es schon bereithält: Als wir langsam die Tottenham Court Road entlangfuhren, musterte ich die Bürgersteige, ob da nicht etwa Kate stand, das Gesicht zur Fahrbahn, um in jedes Taxi spähen und mich dingfest machen zu können.

»Am besten erzählst du es mir«, sagte ich.

»Matthew, du weißt schon, unser Ältester, hat Kathleen wissen lassen, daß John krank war. Nein, nein, nicht aus Bosheit oder Rachsucht oder dergleichen. Es war – Gedankenlosigkeit. Er hat sich von John schon seit langem gefühlsmäßig gelöst. Als wir – oder eigentlich Sylvia – ihm schrieben, er solle Kathleen nichts sagen, hat er es nicht richtig aufgenommen. Er hat Kathleen eine Postkarte geschickt mit dem PS: John ist außer Gefahr. Er hat nicht überlegt.«

»Also kann Kathleen euch nicht verzeihen.«

»Aber was kann sie uns nicht verzeihen? Natürlich als erstes, daß wir John überhaupt als Mongoloiden in die Welt gesetzt haben.«

»Nicht gerade rational.«

»Aber liebe Janna, was ist schon rational?«

Das schien mir doch schon ganz schön über die Toleranzschwelle und in – wohin? – vorzustoßen. Richard und Sylvia, diese beiden ausgesprochen rationalen, vernünftigen Menschen, reagierten offenbar ganz und gar unverhältnismäßig, wenn es um Kathleen ging. Daß eine gesunde Achtzehnjährige ihren gutaussehenden Vater und seine verruchte Geliebte wochenlang verfolgt und sich nicht einmal bemüht, es heimlich zu tun, sondern ganz offen auf Straßen und an Flußufern herumsteht, wenn auch mit diesem schweren, grübelnden, abwesenden Gesichtsausdruck – das gehört doch sicher nicht zum normalen Verhaltensrepertoire der Heranwachsenden, selbst wenn man auch von ihnen das Schlimmste erwartet. Kurz, ich glaubte, Kathleen sei mehr als nur ein bißchen verrückt. Und Richard und Sylvia weigerten sich, das einzusehen: genau wie meine ach so liebevolle Schwester Georgie und ihr Mann sich weigerten, zur Kenntnis zu nehmen, daß Kate reif für die Klapsmühle ist. Oder nicht weit davon.

»Hat sie nicht verkündet, sie wolle zurück zu John? Bei ihm bleiben?«

»Wir haben sie gebeten, es nicht zu tun. Aber ich glaube nicht, daß sie es überhaupt könnte. Verstehst du, sie muß ja hierbleiben und aufpassen, daß ihr Vater nicht zu . . .«

»Richard!« rief ich. »Sieh dich um! Es ist ein so prachtvoller Abend. Laß uns nicht über diese gräßlichen Kinder sprechen . . .« Ich bemerkte seinen halb ärgerlichen, halb zustimmenden Blick, hörte sein kurzes Lachen, sah sein fragendes Gesicht. »Richtig, jetzt ist uns nicht nur eins auf der Spur. Eins von meinen ist auch noch da. Nein, ich werde dir jetzt *nicht* von ihr erzählen. Um Himmels willen, laß uns diesen Abend genießen . . .« Und unterbrach mich, bevor ich aussprechen konnte, vielleicht ist es der letzte. Aber er hörte es, selbst wenn ich es nicht aussprach, und seine Finger schlossen sich fester um meine Hand.

An der Baker Street entwischten wir aus dem Taxi, warfen beide verstohlene Blicke über die Schulter, rannten in die Station, und im Waggon musterten wir ganz bewußt die Gesichter aller Mitfahrenden und Einsteigenden. Aber wir blieben allein, und unsere Stimmung hob sich, und bei der Ankunft in Wimbledon waren wir imstande, die arme Kathleen, die arme Kate zu vergessen.

Eine Weile wanderten wir durch Wimbledons belaubte Alleen, heiß, lastend und würzig duftend, betrachteten die wundervollen Rosen, dann gingen wir in unser Restaurant, das Tische in einem Hintergarten aufgestellt hatte, wo sich an einem kleinen Teich mit Schwertlilien die Vögel niederlassen, um zu baden und zu trinken.

Und so wurde es ein herrlicher Abend. Es *war* ein herrlicher Abend. Ja. Aber es gab eine Belastung, eine Anspannung, direkt hinter dieser Freude, die wir aneinander hatten. Mehr als einmal, wenn unsere Augen sich trafen, gaben wir es voreinander zu, mit einer kleinen Grimasse oder einem Lächeln. Und als wir uns in den Tunnels der Baker Street Station verabschiedeten, sagte er: »Jetzt muß ich mich eilen. Matthew will anrufen. Um Mitternacht. Dann ist es dort sieben. Um sieben kommt er vom College heim. Matthew achtet auf einen sehr regelmäßigen Lebenswandel. Man kann sich in jeder Hinsicht auf ihn verlassen.« Wir wechselten ein Lächeln und einen Seufzer: zensiert von uns beiden.

»Wenn du frei bist, Janna, glaubst du, wir könnten es riskieren, uns morgen in unserem Pub zu treffen?«

»Versuchen können wir es. Was haben wir schon für eine Alternative?«

»Wir können nicht jede Mittagspause nach Wimbledon oder Hampton Court hinausfahren . . .«

Als ich heimkam, blieb ich in der Tür stehen und sah

mein wunderschönes Zimmer heute und *damals.* Zwei schäbige kirschrote Sesselchen vom Sperrmüll. Ein hübscher rotleinener Stuhl. Ein graues Sofa, verdreckt und verknittert. Auf dem Fußboden ein Haufen schmuddeliger Kleidungsstücke. Mein Teppich wies Flecken auf. Die Wände waren verschmiert. Auf dem Sofa saß Kate, ihren Blick verängstigt auf mich gerichtet. Sie hing nicht am Walkman. Ich wußte, ihre Hausbesetzerfreunde waren aufgekreuzt, und sie hatte sie nicht einlassen wollen; mußte sie aber doch hereinlassen; und sie machten mit voller Absicht so viel Dreck wie möglich, so sehr sie auch weinte und flehte. Jetzt zitterte sie buchstäblich vor Angst, ich würde sie an die Luft setzen. Daß ich damit gedroht hatte, war das Dümmste, was ich je getan habe. Ich ging in die Küche. Sie hatten alles leergefressen und die Reste auf dem Küchentisch hinterlassen. Ich wußte, sie hatten sich mit Absicht so tolpatschig und unappetitlich aufgeführt, wie sie nur konnten. Eine Flasche Milch war verschüttet worden, und auf dem braunen Holz des Tisches schwammen ein oder zwei Krusten und viele Krümel in einer weißen Lache.

Ich ging zurück ins Wohnzimmer und wußte nicht, was ich zu Kate sagen sollte. Sie hatte ja überhaupt nicht die Kraft, diesen Leuten etwas zu verweigern; es spielte keine Rolle, was ich sagte oder womit ich drohte.

Mir wurde das Ungeheuerliche an Kate bewußt. Das Unerbittliche an ihr. Daß man nicht an ihr vorbeikonnte, sie meiden, ignorieren konnte; ebensowenig wie mit ihr fertig werden.

Ganz spontan griff ich zum Telefon: Ich wollte mit meiner Schwester reden. Kaum war ich dort, stand auch schon Kate vor mir, geduckt und bebend, Finger im Mund.

»Wen willst du anrufen?« fragte sie flehentlich.

»Ich will mit deiner Mutter sprechen.«

»O bitte, bitte, bitte«, winselte sie und wand sich, »o bitte . . .«

»Setz dich hin«, fauchte ich sie an, auf einmal wütend. »Setz dich hin. *Sie ist meine Schwester.* Nun sei schon still und setz dich.«

Natürlich rührte sie sich nicht vom Fleck, sondern blieb stehen und sah mir starren Blicks beim Wählen zu. Meine Schwester war nicht da, zweifellos tat sie gerade irgendwelche guten Werke an Armen und Bedürftigen.

Und was hatte ich ihr eigentlich sagen wollen? Vielleicht: Wie konnte so was wie Kate bloß zustande kommen?

Wie konnte es zu Kathleen kommen?

Bevor ich heute früh ging, weckte ich Kate, die inmitten der üblichen Sauerei aus Chips- und Schokoladenkrümeln schlafend auf dem Sofa lag: »Kate, ich will heute nicht verfolgt werden. Hast du mich verstanden?«

Sie starrte mich ausdruckslos an. Dann erinnerte sie sich und nickte, ein eifriges Nicken. Als hätte ich sie etwa gebeten: Vergiß nicht zu lüften, oder erledige den Abwasch.

Kaum hatte ich das gesagt, kam ich mir auch schon albern vor. Das war so ähnlich, wie ihr zu sagen, sie dürfe ihre Freunde nicht hereinlassen. Wie ihr zu sagen: Da sie alles aufgegessen haben, solltest du einkaufen gehen, wenn du heute abend etwas zu essen haben willst.

Kathleen stand vor dem Pub. Ich ging direkt auf sie zu und sprach sie an: »Kathleen . . .« Sie richtete ihre Schlafwandleraugen auf mich. Ein sehr hübsches Mädchen ist diese Kathleen eigentlich, große, leicht hervorstehende haselnußbraune Augen voller Leuchtkraft, gesunder, blühender Teint, volle naturrote Lippen. Sie scheint für Aktivität und Leistung geschaffen, aber etwas an ihr straft diesen Eindruck Lügen. Sie erkannte mich nicht gleich. Eine Weile brauchte sie, bis sie diese Erscheinung meiner verhaßten Person – denn das muß ich für sie ja wohl sein –, die da vor ihr auftauchte und sagte: »Kathleen . . . komm herein und trink etwas mit uns«, mit ihren zweifellos abenteuerlichen Vorstellungen zur Deckung gebracht hatte. Halb lächelte sie gegen ihren Willen, als sei dies eine ganz normale Einladung; dann verfinsterte sich ihr Gesicht, und mit ihrem schweren, langsamen Gang, so als trüge sie unsichtbare Ketten, schritt sie davon.

Ich betrat das Pub, und Richard saß schon an unserem Tisch. Der Barkeeper, ein Ire, bedachte mich mit zwei völlig verschiedenen Blicken: der eine galt der guten Kundin, die oft zur Mittagspause herkommt, der offensichtlich betuchten Frau aus der Modewelt. Denn natürlich hat er alles über uns beide herausgefunden. Der andere ist ein schnelles, hartes Fixieren obenhin aus seinen blauen Connemara-Augen und gilt dieser Frau mittleren Alters, die in einer für ihre Jahre unziemlichen Beziehung zu diesem Arzt steht, der seinerseits herumreist, um in anderen Ländern zu arbeiten wie ein Ire. Der Vergleich stammt von ihm. Mein Whisky wartete schon auf meinem Platz, und ich setzte mich und sagte: »Ich habe Kathleen aufgefordert, zu uns hereinzukommen.«

»Ich auch.«

»Der Vorschlag schien ihr nicht zuzusagen.«

»Nein.«

Ich sah mich im Pub um, unserem Pub, unserer gemütlichen Höhle mit braunen Wandtäfelungen, roten Vorhängen, Messingschienen; und das alles kam mir heute ein bißchen flitterhaft und abgewetzt vor, und die Gäste, diese lustigen Mittagsgäste, lauter vergnügte nette Leute, erschienen mir wie Menschen, die gute Miene zum bösen Spiel machen, denen die Sorge nicht fremd ist. Die Türen auf die heiße, staubige Straße standen offen, der Verkehrslärm war zu laut. Kurz, die Realität rückte uns zu dicht auf den Leib; und ich schlug vor. »Vielleicht sollten wir woanders hingehen.«

Und Richard sagte: »Nein, wir sollten durchhalten.«

»Glaubst du, Kathleen wird uns noch weiter verfolgen? Jetzt, wo ihre beiden Welten sich getroffen haben. Jetzt, wo wir sie eingeladen haben.«

»Vorerst nicht. Heute fährt sie zu ihrer Großmutter. Meine Mutter ist nicht glücklich in dem neuen Altersheim, das ich ihr ausgesucht habe. Nein – sie will nicht wieder umziehen. Am Telefon sagte sie, sie hätte eingesehen, daß sie selbst sich nicht leiden kann und das Heim nichts damit zu tun hat.«

»Aha, Kathleen möchte also, daß ihre Großmutter bei euch in Amerika lebt? Und macht euch zum Vorwurf, daß ihr das nicht wollt?«

»Wie könnten wir? Maria hat mit John genug zu tun. Sie könnte sich nicht auch noch um eine alte Frau kümmern, die ständige Pflege braucht.« Wieder zeigte sich diese Unbekannte, Sylvia, und nach einem Weilchen fügte Richard hinzu: »Meine Frau ist überragend auf ihrem Gebiet. Weit mehr als ich. Wenn einer den Beruf aufgeben müßte, um meine Mutter zu versorgen, dann sollte das aller Logik nach ich sein.«

»Wie lange bleibt Kathleen weg?«

Mit leiser, erschöpfter, gequälter Stimme sagte er: »Lange hoffentlich. Sie macht uns das Leben zur Hölle. Wie kommt es nur, daß sie uns an allem die Schuld geben? Es an uns auslassen? Uns strafen? Haben wir das auch so gemacht? Ich nicht, glaube ich. Ich kann mich nicht daran erinnern. Ich bin von zu Hause weggezogen, als ich noch keine zwanzig war. Wie war es bei dir?«

»Ich suchte mir eine eigene Wohnung und fuhr nur manchmal, wenn es nicht anders ging, aus Pflichtgefühl nach Hause.« Nach einer Pause fühlte ich mich jedoch gedrängt, hinzuzufügen: »Aber das war natürlich nicht das Ende vom Lied. Vorsichtig ausgedrückt.«

»Tja, Janna, ich werde mir wohl pflichtbewußt das alles von dir erzählen lassen. Und du auch – über meine Irrungen und Wirrungen. Aber jetzt bin ich erst einmal froh, denn mir ist einiges erspart geblieben. Ich hatte schon Angst, ich müßte wieder in den Norden und meiner armen Mutter noch ein anderes Heim suchen. Damit wären von unserer gemeinsamen Zeit noch mal zwei Wochen verloren gewesen.«

Ich schwieg und dachte daran, wie es damals mit uns beiden gewesen war, in der ersten Zeit, wie ich sie jetzt schon bei mir nenne, im April, als wir uns kennenlernten; beieinander zu sein, war Freiheit in einem magischen Kreis, wo das gewöhnliche Leben nicht war ...

Er sagte: »Ich sehe schon. Diesen Blick kenne ich bei Frauen nur allzu gut. Deine Gedanken laufen in sehr praktischen Bahnen. Und bald werden die Wörter *sollen* und *müssen* laut werden.«

»Meiner Erfahrung nach ist das so.«

»Hat das etwas mit deinen Spezialkenntnissen über die Alten zu tun?«

Ich bat um noch einen Drink. Patrick, der Barmann, schob mit geübter Geste die beiden Gläser, eins mit Eis und eins ohne, an die Kante der Theke; und einen Moment lang blieb er stehen und schaute über die Köpfe seiner Gäste hinweg in das grelle Sonnenlicht auf der Straße. Er ist ein waschechter Ire, keck und schlagfertig und nutzt seine Beredsamkeit weidlich aus, und die Leute haben das natürlich gern und ermutigen ihn zu noch wilderen Sprüchen und amüsieren sich darüber, wie wir Engländer uns eben darüber amüsieren, was uns mangelt, sie jedoch so reichlich haben; aber heute wirkte er eher hager und düster und hatte Schweißperlen auf der Stirn: Ich sah einen besorgten Mann. Bis zu diesem Morgen hätte ich es abgelehnt, in diesem charmanten Zeugen unserer Begegnungen einen Mann zu sehen, der die Bürde eines ganz gewöhnlichen Lebens trägt, aber jetzt mußte ich es wahrnehmen. Was für ein Jammer, daß die Türen des Pubs offenstanden, Hitze hin, Hitze her.

Ich erzählte Richard von Maudie. Schwierig war das, weil ich mir dieser kantigen alten Frau noch so stark bewußt war, und was für eine Beziehung sie und ich zueinander hatten, und wie ich sie – wieder dieses Wort – geliebt hatte; und trotzdem schienen die Worte, die ich gebrauchen mußte, so läppisch, sie drückten gar nichts aus. Ich erzählte, wie ich diese alte Frau kennengelernt hatte, sie war hilfsbedürftig, ich bot ihr Hilfe an, geriet tiefer hinein, als ich vorgehabt hatte, und war schließlich so etwas Ähnliches wie eine Tochter für sie, lange Zeit – jahrelang. Dann war sie gestorben. Und wie das zu meiner Freundschaft mit Eliza Bates und Annie geführt hatte und wie ich die alte Annie immer noch zwei- bis dreimal wöchentlich sehe; es ist so sehr zu einem Bestandteil meines Lebens geworden, daß ein Besuch bei Annie auf ein, zwei Stunden für mich wie das Einkaufen oder die Pflege meiner Kleider ist. Ich komme zu ihr, treffe sie niedergeschlagen und zänkisch an; und wie ein Schwamm sauge ich allmählich all ihre Beschwerden auf, bis sie ganz lebhaft und freundlich ist, und dann gehe ich wieder, schüttele mich draußen einmal kräftig, und die Niedergeschlagenheit zerstiebt in alle Winde.

Natürlich beobachtete ich dabei sein Gesicht, ich mußte ja wissen, wie er das aufnahm, diese Überspanntheit, wie Jill es hartnäckig nennt; oder schlimmer noch, ein Anzeichen irgendeiner gräßlichen Altersperversion, herannahende Senilität oder so etwas. Er gab keinen Kommentar ab, bis ich ausgesprochen hatte, und sein Gesicht trug jenen neutralen Ausdruck, den ich für mich die Arztmiene nenne.

»Und warum das alles?« fragte er ruhig.

»Das kam so. Als meine Mutter starb, war ich nutzlos. Konnte überhaupt nicht helfen.«

Unerwartet lachte er. »Und das hieltest du nicht aus, dich da untüchtig zu fühlen? Du fandest, du müßtest dich bewähren – auch da?«

Ich fuhr fort, wenn es auch schwerfiel. »Es kam noch das mit meinem Mann dazu. Er ist zuerst gestorben. An Krebs. Ich wollte nichts davon wissen. Habe mich einfach von allem abgeschottet. Heute kann ich den Gedanken nicht ertragen ...« Doch weiter kam ich nicht: Ich bekam meine Stimme schließlich wieder in den Griff und sagte: »Nicht lange danach war es meine Mutter. Krebs. Ich kann wohl sagen, ein bißchen besser als bei meinem Mann habe ich mich benommen. Zumindest schämte ich mich, wie scheußlich ich mich bei Freddie verhalten hatte, also gab ich mir nun Mühe. Na ja, ein bißchen jedenfalls. Aber es ging nicht. Ich wußte nicht, was man machen muß.«

»Aha«, kommentierte er, als ich verstummte und hoffte, er könne sich den Rest selbst zusammenreimen.

»Das ist alles«, sagte ich.

»Hast du Angst vor Krebs?« fragte er unerwartet.

»Nein. Ich sehe einfach nicht ein, warum Krebs schlimmer sein soll als irgend etwas anderes. Ich weiß, das ist ein unerhörter Gedanke.«

»Ich bin ganz deiner Meinung.«

»Und auch vor dem Sterben habe ich keine Angst. Und das ist so unerhört, daß man es kaum auszusprechen wagt. Es glaubt einem ja auch niemand.«

»Es ist zweierlei, ob man an einem warmen Julitag dasitzt und sich sagt, eines Tages werde ich sterben – oder ob man tatsächlich stirbt.«

»Das weiß ich«, sagte ich. Ich war enttäuscht. Von ihm. Aber mit der nächsten Bemerkung machte er es wieder gut: »Auch hier bin ich deiner Meinung. Aber ich habe ja auch viel davon gesehen. Vom Sterben, meine ich.«

Ich sagte: »Ich habe gelernt, den Mund zu halten. Wenn man behauptet, man habe keine Angst vor dem Tod, vor dem Sterben, reagieren die Leute, als sage man etwas Unanständiges. Und nicht nur da. Mir kommt es vor, als seien all die Dinge, die ich wirklich denke, wirklich glaube – unaussprechbar. Zum Beispiel, daß ich gern allein lebe. Das ist auch so etwas ...« Aber als ich das aussprach, kam meine Stimme ins Schwanken, weil es mich durchzuckte: wenn ich mit Richard zusammenleben könnte, würde ich das Alleinsein vielleicht nicht mehr vorziehen. Und dann dachte ich, das Zusammensein mit jemandem könnte gerade deshalb angenehm sein, weil es nicht durch den Alltag von Tisch und Bett und Streit um schmutzige Sesselschonbezüge strapaziert wird.

»Ich kann mir überhaupt nicht vorstellen, wie es ist, allein zu leben«, sagte er. »Direkt von zu Hause bin ich in ein gemeinsames Zimmer mit Sylvia gezogen, und das war's. Ich glaube, dich bewundere ich. Ich weiß nicht einmal, ob ich das auch fertigbrächte.«

Das Wort *bewundern* war ein kaltes Wort, klang für mich jedenfalls so.

Ich sehnte mich verzweifelt danach, zu weinen, die

Decke über den Kopf zu ziehen, das Grelle auszusperren, das Licht, den Lärm – die Realität.

Er bemerkte es und schlug vor: »Vielleicht sollten wir es doch woanders versuchen. Komm, laß uns gehen.«

Draußen stand Kathleen. Richard und ich traten zu ihr. Er fragte freundlich: »Kathleen, verpaßt du nicht deinen Zug?«

»Der fährt erst um acht.«

»Ach so.«

Da standen wir, wir drei. Sollten wir alle zusammen in ein anderes Pub gehen? Und wieder löste Kathleen das Problem, indem sie sich abwandte und ging, als habe sie keine andere Wahl, als würde sie von einer inneren (oder äußeren) Macht dazu gezwungen. Es hatte etwas Blind-Mechanisches: Sie ging über die Straße und merkte gar nicht, daß ein Auto hupte und kreischend bremsen mußte.

Ich sagte: »Richard, das kann doch nicht *normal* sein, so verhält sich doch kein gesunder Mensch!«

Richard gab zurück: »Aber liebe Janna, das ist auch nicht verrückter als so manches andere!«

Ich fragte: »Meinst du etwa uns, dich und mich?«

»Nein, das meinte ich nicht. Obwohl das wohl auch zutreffen würde.«

»Ich finde, es ist verrückt – sie, meine ich, Kathleen. Und du und Sylvia, ihr seid wie meine Schwester und ihr Mann. Da ist dieses Unglückswurm Kate, und sie tun einfach, als wäre mit ihr nichts weiter los.«

Das nahm Richard schon ernst; hätte er allerdings solchen siedenden Kummer, solchen Zorn empfunden wie ich, dann hätte er mich angeschrien, oder wenigstens scharf erwidert. So sagte er: »Das also denkst du wirklich? Die ganze Zeit schon? Aber was können wir denn tun, Janna?« Dieses *Wir* bezog ich zuerst auf ihn und mich –

dann wurde mir klar, mit *wir* meinte er sich und Sylvia. Ich schüttelte den Kopf, mir waren die Tränen zu nahe. Er drehte mich zu sich um, faßte mich bei den Armen und hielt mich mit den Händen an den Ellenbogen fest, während er mir ins Gesicht sah.

»Janna«, sagte er, »was können wir denn tun?« Und diesmal meinte er sich und mich, Richard und Janna.

Ich schüttelte den Kopf: »Ich weiß nicht.«

»Möchtest du, daß wir etwas essen gehen? Wollen wir ein bißchen spazierengehen?«

Ich schüttelte den Kopf. Die enge Straße lang kam ein hupendes Taxi gezockelt. Erstickt, gebrochen, brachte ich heraus: »Ruf mich an, Richard, du mußt mich anrufen, denk dran, ich habe deine Nummer nicht.« Das klang wie eine wilde Anklage, ein Vorwurf unter Liebenden, und ich stieg ins Taxi ein und brach endlich in Tränen aus. Sein besorgtes, müdes Gesicht steht mir jetzt noch vor Augen.

Ich hatte großen Hunger und vergessen, etwas zu essen mitzubringen: Kate natürlich hat niemals Hunger, weil sie dauernd Chips und Schokoriegel frißt. Wir haben außer Trockenmilch buchstäblich nichts im Haus. Ich mache mir heiße Schokolade, ein Getränk zum Trösten, und gehe zu Bett und denke wie ein junges Mädchen: Wird er morgen auch ganz bestimmt anrufen?

Er hat angerufen, aber ich war beim Lunch der ›Frauen in Führungspositionen‹. Er hinterließ eine Nachricht, er werde wieder anrufen. Aber nicht, wann.

Heute abend rief ich meine Schwester an, und sie fragte: »Wie geht es Kate?«

»Kate geht es wie immer.« (Sie war bei ihren Hausbesetzern, oder vielleicht versuchte sie auch, mich zu beschatten, darum konnte ich frei sprechen.)

Ich erwartete von Georgie irgendeine vernünftige Äußerung, aber sie sagte nur: »Es ist sehr nett, daß du Kate bei dir wohnen läßt, Jane.«

Ich wußte nicht recht, was ich sagen sollte. »Georgie«, brachte ich schließlich heraus und wußte schon, daß es nutzlos sein würde, »mit Kate stimmt doch offensichtlich irgend etwas ganz und gar nicht.«

»Nein!« Das kam schnell, beleidigt, defensiv. »Sie ist völlig in Ordnung. Ihr Problem war immer nur Jill. Kate hat ständig im Schatten von Jill gestanden, aber jetzt wird sie zu sich selbst finden, du wirst schon sehen.«

»Aha«, sagte ich, ausdruckslos wie Richard. »Dann ist ja alles prima.«

Aber ich legte nicht auf. Ich konnte nicht. Ich wartete immer noch darauf, daß Georgie etwas sagen würde, irgend etwas, das kein Schwachsinn war. Ich spürte, daß sie es unmöglich im Ernst so meinen konnte. Und dann kam tatsächlich *die andere Stimme*, und ich fragte mich, ob ich von meiner Schwester Georgie überhaupt schon einmal etwas Ähnliches gehört hatte. Sie sagte: »Warum solltest du Kate nicht aufnehmen? Warum nicht? Was könnte das für dich schon für ein Problem bedeuten? Dir fällt doch immer alles so leicht, bei allem hast du Erfolg, alles fliegt dir zu, so war es doch immer.« Ihre Stimme war leise und verhuscht, fast gleichgültig, als wollte sie die Verantwortung für diese Gedanken, für Georgies Gedanken, von sich weisen, die sie mir in diesem Ton zublies oder zuhauchte, dann aber offenbar sofort wieder vergaß, denn sie fügte ganz normal hinzu: »Ich muß mich eilen, Jane, Toms Schokolade steht auf der Heizplatte. Bei uns ist nämlich jetzt Schlafenszeit.«

Den ganzen Nachmittag war ich unterwegs, um Randy

Sykes, den singenden Fußballspieler, zu interviewen; es heißt, er sei sehr attraktiv, wenn er auch auf mich nicht so wirkte; ein richtiger Teufelskerl, der Inbegriff des wilden Lebens für Frauen aus besseren Kreisen, die sich gern als Karrierefrauen verstehen und heimlich von ihm träumen. Und als ich ins Büro zurückkam, sagte man mir, Richard habe angerufen und hinterlassen, er werde mich um sechs abholen, vor meiner Wohnung, nicht im Büro. Es war schon halb sechs. Hannah und Jill sahen mir kommentarlos zu, wie ich meine Sachen zusammenraffte und dann Hals über Kopf zur Underground rannte. Ich schaffte es – gerade eben. Unter der Platane an der Ecke wartete ein dunkelblauer Volvo. Oben am Fenster sah ich Kates Gesicht als ängstlichen weißen Fleck. Ich flüchtete mich in das Auto, und da war er.

Wir fuhren noch weiter hinaus als St. Albans, suchten uns ein Pub und verbrachten dort den Abend. Wir diskutierten weder seine Probleme noch die meinen noch die Lage der Welt oder Englands. Tabu! Gerade bin ich nach Hause gekommen, nach Mitternacht, und Kate ist nicht da. Ich bin zu glücklich, um mir Sorgen zu machen.

Richard hat sich auf vierzehn Tage das Auto eines Kollegen ausleihen können. Wir haben vor, das so weit wie möglich auszunutzen.

Heute früh fand ich Kate schlafend auf dem Sofa, schmuddelig, mürrisch.

Ich eröffnete ihr, ich würde in nächster Zeit abends nicht da sein, und schlug ihr vor, zu ihren Hausbesetzerfreunden zu gehen. Das empörte sie: Von mir wurde wohl eher erwartet, daß ich sie und ihre Hausbesetzer hasse, und vielleicht sogar, daß ich sie selbst hinauswerfen oder die Polizei auf die Leute hetzen sollte, ich weiß es nicht, und es kümmert mich auch nicht.

Außerdem habe ich die Nachbarin der alten Annie angerufen und Bescheid gesagt, daß ich für vierzehn Tage in Urlaub fahre. Wenn wir – ich, die Haushaltshilfe oder die Nachbarin von oben – mal in Urlaub oder auch nur auf ein Wochenende wegfahren, durchleidet Annie alle Ängste eines Kindes, das mit gutem Grund befürchtet, Vater oder Mutter könnten auf immer verschwinden. Annie zwei Wochen lang im Stich zu lassen, das beunruhigt mich mehr als der Gedanke an Kate. Annie hat nichts, niemanden, keine Hoffnung. Kate hat eine Zukunft. Was für eine, darüber denke ich lieber nicht nach; doch zwischen uns herrscht nun eine gewisse Härte, die uns beiden bewußt ist. Ich habe den Bruch nicht vollzogen, nicht den Schlüssel umgedreht, wie man es macht, wenn man etwas nicht mehr aushält; ich schiebe sie auch nicht innerlich von mir weg, damit sie dann etwa den Befehl: Geh fort! spüren könnte. Im Gegenteil, diese innere Härte gleicht mehr einem Akzeptieren. Ich kann sie nicht ändern und auch nicht viel für sie tun; aber ich werde sie nicht vor die Tür setzen. Es hat wenig Sinn, an meinem armen Wohnzimmer, das aussieht wie ein Schweinestall, etwas zu machen. Es kann so bleiben, wie es ist – bis sie *freiwillig* auszieht.

»Meine Mutter hätte das gar nicht gern, wenn sie wüßte, daß ich bei Hausbesetzern verkehre«, behauptete Kate tugendsam und betont, während sie schniefte wie ein kleines Kind und ihr die Tränen hochkamen.

»Besonders gern sehe ich das auch nicht«, gab ich vergnügt zurück. »Aber ich hatte bisher nicht den Eindruck, das würde dich abhalten. Und mich zu beschatten wäre Zeitverschwendung, denn wir werden nicht in London sein.«

»Wo wirst du denn sein?« – als ob sie erwartete, ich würde ihr alles ganz genau erzählen.

Was für eine herrliche Zeit wir verlebt haben. Drei Wochen, nicht zwei. Einlullende Wärme, alles und jeder bewegte sich langsam und war heiter, wie immer in England, wenn es mal richtig heiß wird. Jeden Nachmittag um sechs holte Richard mich ab, und wir fuhren in eins der Dörfchen in Essex oder Hertfordshire, jeden Tag in ein anderes, und kamen erst gegen zwölf oder eins zurück. In dieser Zeit war alles andere außer unserem Zusammensein nur Hintergrundgeräusch. Das Büro – schön, ich war dort, ich tat, was ich tun mußte, und Charlie, Hannah und Jill akzeptierten meinen Zustand. Wunderbar ist das, wie Menschen zusammenarbeiten, wenn sie gut arbeiten, wie sie Zugeständnisse machen, hier etwas nachgeben, dort einen kleinen Anspruch anmelden, fast wie eine veränderliche allumfließende Amöbe. Charlie, der mehr arbeiten mußte als sonst, sagte nur: »Schön, Janna, daß du endlich mal so wild entschlossen bist, dich zu amüsieren.« Jill sagte bloß: »Mark meint, du mit deinem Freund siehst zufriedener aus als ich mit meinem.« Hannah sagte gar nichts, aber ihr Lächeln drückte wohlüberlegte Billigung aus.

Das ist jetzt aber vorüber; und zwar – das weiß ich –, weil Sylvia von irgendwoher zurückgekommen ist, denn als ich ihm anbot, ein Auto zu mieten, hat Richard den Kopf geschüttelt. Ihr Name ist nicht gefallen; auch nicht Kathleens, die bei ihrer Großmutter in Hull war; auch nicht Kates; auch nicht Johns oder Matthews. All das war weit fort auf der anderen Seite des Berges, hinter einem Schutzschirm aus Laub und blühenden Büschen und Rosen. Sommer. Praktisch jeden Abend haben wir in Gartenlokalen gesessen. Erstaunlich, wie viele Wirtschaften einen

Garten haben, auch wenn er nur klein ist, ein paar Holztische am Rande eines Wäscheplatzes; Rosenduft. Es war sehr trocken. Stundenlang saßen wir so im langhindämmernden Zwielicht und beobachteten, wie das Licht aus dem Garten verschwand und sich nach oben in weiße Wolkenbänke verflüchtigte oder von blendender Straßenbeleuchtung verschluckt wurde. Wenn wir zurückfuhren, jede Nacht auf einer anderen kleinen Landstraße, dann hielten wir schon mal auf einem Hügel und beobachteten, wie ein gelbes Feld aufblitzte, wenn Autoscheinwerfer darüber hinwegglitten, als schnitte ein Messer Scheibe nach Scheibe ab, regelmäßige Lichteffekte mit weicher schwarzer Leere dazwischen; oder wir stiegen aus und schlichen uns ein paar Schritte in den Wald, behutsam, um das Leben nicht zu stören, das ganz dicht neben dem vorüberrauschenden Verkehr seinen Lauf nimmt. Wir haben ein, zwei Stunden lang unter schweigenden Bäumen auf einem Stamm gesessen, uns bei den Händen gehalten, kaum geatmet, gelauscht. Es war das erstemal, daß ich in meinem stadtverwachsenen, straßenliebenden Leben so etwas getan habe. Und in den drei Wochen habe ich mehr kleine Lokale, Cafés und Restaurants kennengelernt als sonst in Jahren, seltsam originelle und fantastische Orte, betrieben von Leuten mit Talent und Geschick. Nichts hindert mich, so etwas wieder zu tun: Wenn ich heute, von diesem Gipfelpunkt aus, einem Sonntagabend nach dieser köstlichen Zeit, mein Alltagsleben betrachte, kommt es mir so schal vor, und ich denke, *eines Tages* – das heißt, wenn Richard fort ist – werde ich ein Auto mieten oder ausleihen, Jill oder Hannah oder sonst jemanden einladen und ohne festes Ziel einfach losfahren, wie ich es mit Richard tat. Und natürlich werde ich das nicht tun. Denn nur Richard hat es möglich gemacht; Richard und ich: wir beide zusammen wie zwei verschränkte Hände, und offenbar brauchen wir im Abendlicht dieses Sommers nur in irgendein Dorf zu fahren, und sofort kommen wir in eine Bar oder in ein Restaurant oder ein Gartenlokal, so voll von eigenartigem Charme, daß wir erstaunt sind, warum nicht die ganze Welt davon weiß.

Heute abend sagte Richard, er werde eine Woche nicht in London sein, er müsse Verwandte besuchen. Ich gehe davon aus, daß er Sylvia meint.

Jetzt ist es schon August.

Statt mich in den blauen Volvo zu flüchten wie bisher, gehe ich jetzt jeden Abend als erstes zu Annie. Oh, was für eine Misere! Annie hat in ihrem großen Sessel, den ich ihr einmal von einem Räumungsverkauf mitgebracht habe, Wurzeln geschlagen. Früher war es ein prächtiger Sessel, bezogen mit karmesinrotem Brokat und mit hohen Rükken- und Seitenlehnen, tief und behaglich, ein Schutz gegen Zugluft. Manchmal mache ich mir im stillen Vorwürfe, ich hätte ihn Annie niemals mitbringen dürfen, da er ihr Leben auffrißt.

So verläuft ihr Tag. Sie erwacht früh, um sechs oder sieben, und steht gleich auf, denn im Bett liegenzubleiben, das ist nichts für sie. Auf ihr Gehgestell gestützt, kämpft sie sich zum Nachtstuhl durch. Dann kehrt sie zum Bett zurück, wo auf dem Fußende ihre Sachen liegen. Ihr Unterhemd hat sie noch an, und so zieht sie nun darüber, ungeschickt und wütend über die Tücke des Objekts, ein Männerhemd aus weißer Baumwolle in der größten Übergröße, sonst gibt es nichts, was ihr bequem paßt; dann einen Rock mit Gummizug, den ich ihr genäht habe, und eine Baumwolljacke, in die sie trotz der Übergröße kaum hineinpaßt. Sie balanciert zum Sessel, wo eine Thermosflasche mit Tee steht. Einen Glühstab des elektrischen Ofens schaltet sie an, Sommer wie Winter, damit es nicht ganz so einsam ist. »Nicht so schön wie eine Katze«, sagt Annie. Ihr Kater wurde vor einem Jahr überfahren, und sie sitzt allein da und weint um ihn.

Sie stellt das Radio an und sucht Sender auf Sender nach dem ab, was sie hören möchte, nämlich Schlager, die nicht jünger sind als etwa zwanzig Jahre. Gibt es die nicht, hört sie sich Nachrichten an oder die Sprüche der Discjockeys zwischen den Aufnahmen, die sie nicht interessieren. »Komische Musik«, sagt sie dazu, »wie das Geheul von Verrückten.« Sie trinkt den Tee in der Thermosflasche aus. Wer immer zu ihr kommt, ich, die Haushaltshilfe, die Pflegerinnen, die sie waschen, die Schwester, die Puls und Atmung kontrolliert und ihr ihre Pillen gibt, alle halten wir ihr vor, sie sei durchaus imstande, in die Küche zu gehen und sich selber Tee zu kochen. Lange hat sie das auch getan, hat ihre Thermosflasche gefüllt und sie, an ihrem Gestell festgehakt, zurückgebracht. Aber jetzt will sie nicht mehr. Sie will auch nicht aufs Klo gehen, sondern besteht auf dem Nachtstuhl: Sie behauptet, zum Bad sei es ein zu weiter Weg. »Man muß so weit laufen«, nämlich zum Bad oder zur Küche, »nicht wie bei mir zu Hause.«

Denn eigentlich wohnt Annie nicht in dieser hübschen kleinen Zweizimmerwohnung, wohin ›sie‹ sie zwangsweise verpflanzt haben. Zu Hause ist Annie im obersten Stock eines Hauses unten an der Straße, in zwei großen luftigen Räumen, wo sie vierzig Jahre lang gewohnt hatte und aus denen sie nie ausziehen wollte. »Aber hier gibt es kein Bad«, hielt eine Sozialarbeiterin nach der anderen ihr vor und war schockiert, daß Annie sich daraus nichts machte. »Ich habe noch nie irgendwo gewohnt, wo es ein Bad gab«, entgegnete sie. »Man kann sich auch so sauberhalten.« »Aber es ist zugig.« »Kälte macht mir nichts aus.« »Aber das Haus ist so *alt.*« Und jede dieser jungen Frauen hat sich in den beiden schönen, aber heruntergekommenen Räumen umgesehen und sich vorgestellt, wie sie aussehen würden, wenn sie renoviert wären. Wie sie jetzt tatsächlich aussehen, denn ich war da und habe mir die Wohnung angeschaut. Von dem einen großen Raum hat man einen Teil abgetrennt, um ein Bad zu installieren, und jetzt ist er nur noch ein Schatten seiner selbst. Symmetrie und richtige Proportionen sind verloren. Nur gut, daß Annie das nie sehen wird.

In Annies neuer Wohnung wird das zweite Zimmer, das hintere, nie benutzt – jedenfalls nicht von ihr. Sie verbringt ihr Leben nur im Vorderzimmer, wo der Nachtstuhl am Fußende des Bettes steht. Und wenn einmal die Woche die Pflegerin hereinkommt, um sie zu waschen, und sie anfleht, ins Bad zu gehen und eine schöne warme Dusche zu nehmen, sagt Annie, das werde sie tun, eines Tages. Die Pflegerin holt eine Schüssel und wäscht Annie so, nackt vor dem Ofen stehend.

Ihre Kleider liegen übereinander auf der Rücklehne ihres Staatssessels, und sie sucht sich heraus, was sie braucht. Zum Essen setzt sie sich ans Fenster. Aber in ihrer Fantasie wohnt sie immer noch in ihrem Zuhause, wo in Wirklichkeit jetzt eine alleinstehende Mutter mit zwei kleinen Kindern lebt und über die vielen Treppen stöhnt.

Wenn Annie den Tee in ihrer Thermosflasche ausgetrunken hat, wartet sie auf die Frau von oben, die auf dem Weg zur Arbeit vorbeischaut und ihr noch eine Tasse Tee bringt. Ein kurzes lebhaftes Schwätzchen, und die Frau ruft schon wieder: »Ich muß weg, Annie, ich bin spät dran«, und in der Hoffnung, sie aufzuhalten, ruft Annie ihr hinterher: »Wie geht es Ihnen eigentlich, haben Sie etwas von Ihrem Neffen gehört?« Aber Mrs. Mount eilt davon, und Annie bleibt verlassen und ärgerlich zurück und trinkt von ihrem Tee in kleinen Schlückchen, damit er länger vorhält.

»Und jetzt bin ich den ganzen Tag allein«, jammert sie, dann setzt sie sich an den Frühstückstisch und ißt und ißt, um sich die Zeit zu vertreiben. In das Zimmer der dicken alten Dame schleppen die Haushaltshilfen genug, um eine Familie zu ernähren. Und Annie ißt alles auf, aus Langeweile. Dann sitzt sie am Fenster, die Vorhänge sind zurückgezogen, sie wirft den Spatzen, an denen sie viel Spaß hat, ein paar Krumen hin und verdreht sich den Hals, ob wohl die Nachbarskatze auf dem Mäuerchen sitzt und ob sie sie hereinlocken kann. Halbverborgen sitzt sie hinter ihren gelben Vorhängen und schaut zu, schaut zu, schaut immer nur zu, wie die Menschen auf dem Weg zur Arbeit vorbeigehen. Eine jedoch kommt zur Haustür herein und läuft zu ihr hoch: Annie hört, wie die Außentür zuschlägt und dann die Wohnungstür nach innen auffliegt. Es ist die lebhafte kleine Schwester, die ihr die Pillen verabreicht. Die irgendwo im Hinterzimmer versteckt sind. Einmal hat sich Annie sogar dort hineinbemüht, um danach zu suchen. In der Absicht, sie alle wegzuwerfen. Sie haßt die Pillen. Unablässig murrt sie, danach fühle sie sich komisch und durcheinander, gar nicht sie selbst, sie wolle sie nicht. Aber ›sie‹ zwingen sie, die Pillen zu nehmen. Die kleine Schwester beugt sich über sie, blanke schwarze Augen, rote Wangen und lustige schwarze Locken. »Nun kommen Sie schon, Annie, schlucken Sie diese beiden.« »Ich will nicht.« »Aber der Doktor sagt, Sie müssen.« »Wofür sollen die gut sein?« »Für Ihr Herz.« »Aber was ist denn mit meinem Herzen?« »Aber Liebes, Sie wissen doch, was der Doktor sagt, gilt. Wenn er sagt, es ist Ihr Herz, dann ist es auch Ihr Herz.« Denn die Schwestern sind oft nicht damit einverstanden, daß ihre armen alten Schützlinge ganze Hände voll Pillen schlucken müssen. Annie nimmt insgesamt sechs Pillen, zwei fürs Herz, zwei für die Nieren und zwei gegen die Nebenwirkungen der anderen vier. Und gerade wenn Annie einlädt: »Nun setzen Sie sich mal und ruhen Sie Ihre Füße aus und trinken Sie eine Tasse Tee«, dann muß die nette Schwester schon wieder weg: »Ein andermal, Annie, heute geht es wirklich nicht, ich muß noch für jemand anderen die Arbeit mitmachen, zusätzlich zu meiner eigenen.« Krach, krach, fliegen die beiden Türen zu, und Annie sieht das Mädchen davoneilen und noch einmal winken, ehe sie hinter der Hecke verschwindet. Annie rülpst, sie ist wütend, aber still, sie weiß, daß es zwecklos ist. Ehe sie jeden Tag die Schwester hereinschickten, um dafür zu sorgen, daß Annie die Pillen nimmt, hat sie sie ins Klo geworfen oder ganz unten in ihre Handtasche oder in eine Schublade gestopft, aber immer haben sie in ihren persönlichen Sachen herumgeschnüffelt und es herausgefunden. Die einzige, die niemals fragt: Warum hast du deine Pillen fortgeworfen?, ist Janna, und Annie weiß, was Janna von all diesen Pillen hält. Ich bin schließlich nicht blöd, ich kann in Jannas Gesicht lesen, und ich kann in allen ihren Gesichtern lesen, sie denken, ich bin schwachsinnig und beinah schon tot und begraben, und das bin ich nicht.

Neben Annies Sessel steht eine Uhr, und sie bemüht sich, nicht daraufzusehen. Es ist erst neun Uhr früh, und es kommt ihr vor, als sei sie schon stundenlang auf. Sie findet etwas Schokolade und knabbert daran herum: Von den Pillen hat sie einen schlechten Geschmack im Mund. Jetzt wird sie schläfrig, aber sie hat Angst, einzuschlafen, denn eins fürchtet sie: nachts wachzuliegen und nachzudenken. Über ihr Leben; über das, was aus ihr geworden ist. Sie zieht sich hinüber zum Nachtstuhl und erleichtert sich. Legt sofort den Deckel auf, geht zurück in ihren Sessel und ist am Eindösen, als sich eine andere Pflegerin über sie beugt, die sie nicht kennt. Um Annie zu waschen, sagt sie. »Ich will nicht gewaschen werden«, grummelt Annie. »Sie müssen aber gewaschen werden«, entgegnet die Pflegerin. »Sie haben ein Badezimmer, so steht es jedenfalls auf meiner Karte.« »Ich werde hier in diesem Zimmer gewaschen«, verkündet Annie. Kampfeslust durchflutet sie. »Wenn Sie mich waschen wollen, müssen Sie schon eine Schüssel hier hereinbringen.« Durchaus gewöhnt an die Schrullen der Alten, steht die Pflegerin da, die Hände in die Hüften gestemmt, als würge sie einen Hals. Sie und Annie tauschen lange trotzige Blicke. Die Pflegerin sieht ein, daß diese halsstarrige Greisin wohl kaum nachgeben wird. Mit einem ärgerlichen Grummeln, fast wie Annies, verschwindet sie in der Küche und setzt den Kessel auf. Es gibt einen Boiler, aber der wird nur zu besonderen Gelegenheiten eingeschaltet. Wie Annie immer sagt: Ich hatte noch nie fließendes heißes Wasser, warum also jetzt? Der Kessel ist heiß, die Schüssel mit warmem Wasser wird hereingetragen und auf Annies Eßtisch auf einer Unterlage von Zeitungspapier abgestellt; und Annie zieht sich nackt aus, Winter oder Sommer. Denn sie spürt wirklich keine Kälte. Durch die Jahre in mangelhaft oder ungleichmäßig beheizten Räumen ist sie abgehärtet, und während wir, ihre Fürsorger – und Wärter – bibbernd in Mantel und Pullover dastehen, mag Annie in ihrer Baumwolljacke durchaus den Wunsch äußern, einen Heizstab abzuschalten, es sei zu heiß. Die Pflegerin wäscht Annie geschickt, aber ohne Zärtlichkeit für dieses weiße, dralle, empfindliche Fleisch. Annie in ihrer Nacktheit ist ansehnlich gerade wegen ihres Fetts, bei ihr hängt nichts schlaff herunter, sie besteht aus gemütlichen Wülsten und Kurven. »Und wo sind Ihre sauberen Sachen?« will die Pflegerin wissen. Sie ist ärgerlich, sie hat kein Wort gesprochen und der armen Annie das Schwätzchen vorenthalten, nach dem sie sich gesehnt hatte. Annie behauptet: »Ich kann mich alleine anziehen«, obwohl auf ihrer Karte steht, sie könne es nicht. Mit Hilfe ihres Gestells schwingt sie sich nackt hinüber zu ihrem Sessel und zieht ein reichlich muffiges Unterhemd und eine Unterhose von zweifelhafter Sauberkeit an. Die Pflegerin zuckt mit den Schultern, hebt die abgelegten Kleidungsstücke auf, nimmt die Waschschüssel und das Handtuch fort und deponiert alles an der Tür zum Nebenzimmer, das ist Sache der Haushaltshilfe. »Wiedersehen, ich muß weiter«, sagt sie, noch ehe Annie sie einladen kann, sich auf eine Tasse Tee hinzusetzen.

Kaum kann Annie glauben, daß es erst zehn Uhr ist. Jetzt fühlt sie sich nicht mehr schläfrig. Sie lechzt nach Tee. Aber nach all der Anstrengung ist sie erschöpft und rührt sich nicht vom Fleck. Sie hört Radio. Sie wartet auf die Haushaltshilfe; Janna, weiß sie, kommt morgens nie oder jedenfalls nur, wenn Annie krank ist. Also könnte sie morgens kommen, wenn sie wollte. Aber auch die Haushaltshilfe kommt nicht. Jetzt ist Annie schlaff vor Selbstmitleid und Einsamkeit. Wie würde denen das wohl gefallen, den ganzen Tag allein herumzusitzen ohne etwas, worauf man sich freuen kann?

Sie schiebt sich ans Fenster zurück, aber es gibt nichts mehr zu sehen. Um diese Vormittagsstunde ist alles bei der Arbeit, nur ein paar alte Leute schlurfen die Straße entlang. An der Nachbarin mit ihren vier kleinen Kindern hat Annie einiges Interesse, aber heute ist niemand in Sicht. Die Katze auch nicht. Ein zottiger brauner Hund, der Annie manchmal anbettelt, schnuppert an den Brotkrumen für die Spatzen, und Annie keift ihn wütend an: »Drecksköter!« Der Hund verzieht sich. »Nichts wollte er für die armen Spatzen übriglassen«, schnüffelt Annie und weint ein bißchen. Und Angst hat sie, denn ihr Herz kommt ihr komisch vor. Wie häufig in letzter Zeit. »Früher hatte ich überhaupt kein Herz«, murrt Annie, und es ist ihr, als seien ›sie‹ auch daran schuld.

Jetzt wartet sie auf das Essen auf Rädern. Auch eine Abwechslung. Sie hofft nur, daß das Essen und die Haushaltshilfe nicht zur gleichen Zeit kommen, sonst könnte sie keine von beiden richtig genießen. Sie möchte ihre Zerstreuungen gern eine nach der anderen. Tee! Sie schlurft in die Küche, kocht sich Tee und trinkt ihn mit dem Gesicht zur Wand an einem Tischchen, das ›sie‹ dort hingestellt haben, damit sie da essen kann, wenn es ihr zum großen Tisch im Nebenzimmer zu weit ist. Wie würde es ihnen wohl gefallen, mit dem Gesicht dicht an einer häßlichen weißen Wand zu sitzen? Sie trinkt zwei Tassen Tee und zieht sich dann in ihren Ohrensessel zurück. Es ist zwölf Uhr. *Der halbe Tag ist vorbei, immerhin etwas.* Sie ruht sich aus, kommt wieder zu Atem, geht auf den Nachtstuhl und setzt sich dann an den Tisch. Die junge Dame mit dem Essen auf Rädern klopft ans Fenster. Annie macht auf, ohne viel Hoffnung, daß sie auf ein Schwätzchen hereinkommen würde. Danach sehnt Annie sich. Diese Mädchen machen so einen lebendigen, freundlichen Eindruck. »Hallo, Annie, Tagchen, wie geht's? Aber wir müssen weiter.« Und weg sind sie. Sicher, das ist ein Ehrenamt, umsonst tun sie das, sagen sie; trotzdem wäre es nett. Auf dem Fensterbrett stehen übereinander die beiden kleinen länglichen Alubehälter. Annie öffnet behutsam den ersten, und ihr wird schlecht vor Enttäuschung. Es ist Mittwoch, das hatte sie vergessen: Mittwochs gibt es immer diese riesige schwammige Pastete, nichts als durchgeweichte Kruste und höchstens ein Löffel voll Hackfleisch zweifelhafter Herkunft darin. Sie verabscheut Kohl. Sie haßt Mohrrüben. Einen Happen vom Hackfleisch probiert sie mit vor Ekel verzogenem Gesicht. Nein, das kann man nicht essen. Sie stochert im Nachtisch herum. Biskuit mit Vanillecreme. »An so einem heißen Tag könnte man doch annehmen, sie würden uns ein bißchen Salat geben«, murrt sie. Und ißt Weißbrot- und Zwiebackschnitten mit Marmelade, eine nach der anderen, bis sie satt ist.

Sie läßt sich in ihrem Sessel nieder und schläft wie eine Tote. Als sie aufwacht, beugt sich Maureen über sie: »Annie ... Annie ... schlafen Sie?« Aus grundlosen dunklen Tiefen des Schlafs taucht sie auf und murmelt: »Mein Mund, mein Mund, ganz trocken ...« »Der Kessel ist schon aufgesetzt«, sagt Maureen und flitzt geschäftig umher. Weil Maureen sich so beeilt und weil sie gleich den Kessel aufgesetzt hat, weiß Annie schon, sie kann nicht einmal auf ein Viertel der Zeit, die sie eigentlich bleiben sollte, mit dem Vergnügen ihrer Gesellschaft rechnen. »Und dafür wird sie auch noch bezahlt«, so etwas murmelt Annie jeden Tag, wenn Maureen davonläuft und sagt, sie müsse sich beeilen, weil ... was immer ihre Ausrede für diesen Tag ist. Annie freut sich sehr, Maureen zu sehen, aber sie kann nicht aus ihrer Haut. In einem bösen, schmutzigen Schwall ergießt sich der Groll des langen Tages und der langen Nacht. Annie sagt, sie habe dieses Leben satt. Alles satt, euch alle. Sie wünsche manchmal, sie könne irgendwo anders hinziehen. Am besten in ein Häuschen irgendwo. Oder zu ihrer Schwester ... Während Annie herumkeift und jammert, hat Maureen das Bett gemacht und den Nachtstuhl geleert. In Null Komma nichts hat Annie eine Tasse Tee vor sich, und die Thermosflasche ist wieder gefüllt. Maureen sitzt auf dem Stühlchen am Ofen und hat selbst eine Tasse in der Hand. Auf dem Knie hat sie ein Sandwich in Haftfolie. Am liebsten mag Annie, wenn die Haushaltshilfe oder sonst jemand sich die Zeit nimmt, ihr bei einer Tasse Tee Gesellschaft zu leisten, aber ihre böse Zunge kann sie nicht im Zaum halten und sieht es Maureen schon am Gesicht an, daß diese es ihr heimzahlen wird. Und das tut sie. Maureen trinkt ihren Tee in einem Zug aus, schüttelt die Krümel von ihrem Schoß hinters Ofengitter und steht auf. Sie hält Annie vor, an ihrer Einsamkeit sei einzig und allein sie selber schuld. Sie könnte zum Mittagessen-Treff gehen, aber sie will nicht. Sie könnte eine ›Besucherin‹ haben, die zu ihr kommt und sich mit ihr unterhält, aber sie will nicht. Sie könnte sogar auf Gemeindekosten in Urlaub fahren, aber sie will nicht. »Warum sollte ich mit all diesen alten Leuten herumfahren?« kreischt Annie. »Und sie würden mich todsicher mit den Krüppeln zusammenstecken, weiß ich doch, mir kann man doch nichts erzählen.« Triumphierend faßt sie Maureen ins Auge. Diese seufzt und beschließt, sich fortan keine Mühe mehr zu geben. Schweigen. Maureen packt ihre Einkaufstasche aus: Schokoladenriegel, pfundweise Bonbons, Zigaretten, mehrere Laibe geschnittenes Weißbrot, etwas Schinken, ein paar Tomaten. »Und Sie essen sich noch um den Verstand«, warnt sie, »wo tun Sie das nur alles hin?« »Das Mittagessen konnte ich nicht hinunterbekommen«, jammert Annie. Maureen inspiziert die Lieferung vom Essen auf Rädern und sieht ein, daß das nicht gerade appetitanregend ist. Trotzdem denkt sie, während sie es in den Mülleimer kippt: Und so viele Menschen verhungern, usw. Kaum eine halbe Stunde ist sie dagewesen, und schon verkündet sie, jetzt müsse sie gehen. Sie hat nichts ausgefegt oder saubergemacht und überhaupt nicht viel getan. Das macht Annie wenig aus; ihr macht es etwas aus, daß Maureen weggeht. Und sie geht. Sie sagt noch: »Bis morgen so gegen drei.« Aus Annies Handtasche hat sie ein paar Banknoten für die Sachen mitgenommen, um die Annie gebeten hat: Bonbons, Zigaretten, Pralinen, ein bißchen Obst, ein Stück Huhn, etwas, was man *essen* kann.

Annie denkt: Da müßte doch eigentlich noch mehr Geld sein! Ich hatte so viele Scheine. Aber was soll's, sie würden bloß behaupten, ich hätte mich getäuscht.

Es ist halb zwei. Annie ist entsetzt, daß noch der ganze lange Nachmittag vor ihr liegt. Sie kann den Gedanken nicht ertragen. Jeden Tag um diese Zeit denkt sie daran, sich umzubringen. Aber wie? Selbstmord ist für Annie etwas Vages, Abstraktes: Sie denkt nicht an irgendeine konkrete Handlung, wie etwa all ihre Pillen auf einmal zu schlucken, sondern an etwas Dramatisches wie im Fernsehen. Sie sieht Vera und Janna und Mrs. Mount und Maureen um ihren Leichnam stehen und klagen: Wie konnte sie uns das nur antun? Der lange, lange Nachmittag schleppt sich weiter. Sie sitzt am Fenster. Sie sieht ein Weilchen fern: aber von dem, was da gezeigt wird, versteht sie von Mal zu Mal weniger. Sie ißt Brot und Marmelade und Kuchen und Zwieback und Schokolade. Sie trinkt all ihren Tee aus. Sie stellt das Radio an. Alles nur kurz und fahrig, bei nichts bleibt sie länger. Punkt fünf sitzt sie wieder am Fenster, um die Leute zu beobachten, wie sie von der Arbeit heimkommen. Bald darauf kommt Mrs. Mount herein und sagt guten Abend. Sie habe es eilig, sagt sie, nimmt ihre leere Tasse mit und verschwindet. Annie kann nur noch auf ihre Schritte hören, wie sie die Treppe hinaufsteigt.

Plötzlich geht im Flur das Licht an, die Tür wird geöffnet: Es ist Janna. Wie schick sie aussieht, denkt Annie voller Bewunderung: nicht für Janna, sondern für ihre Kleider. Sie sieht aus wie jemand auf einem Illustriertenfoto, weiß Annie. Sie weiß auch aus hundert kleinen Anzeichen, daß Janna nicht lange bleiben wird. Sie ist entschlossen, sie nicht durch ihre scharfe Zunge zu vertreiben. Janna mustert Annie ebenso, wie Annie Janna mustert: Wie geht es ihr, in welcher Stimmung ist sie, was habe ich von ihr zu erwarten? Aber heute stimmt alles. Janna hat eine kleine Flasche Scotch mitgebracht und schenkt für sie beide großzügig ein. Sie hat Annie auch ein paar Freesien und eine einzelne Rose mit etwas Frauenhaarfarn mitgebracht. Obwohl es draußen noch hell ist, bittet Annie Janna, die Vorhänge zuzuziehen. Hier drinnen herrscht eine kameradschaftliche, festliche Atmosphäre. Beide trinken ihren Scotch, Annie raucht und hört sich an, wie Janna in Essex oder sonstwo herumgefahren ist. Mit irgendeinem Freund. Janna sagt nichts weiter über ihn. Annie war nie in Essex und weiß nicht einmal, wo es liegt, also unterbricht sie Jannas Erzählung und will selber von den Hunderennen berichten, zu denen sie mit ihrem Mann gegangen ist. Sie weiß, daß sie Janna die Geschichte schon oft erzählt hat, aber sie hat auch das Gefühl, das mache nichts, da Janna immer so nett zuhört.

»Und immer hat er für mich Aal bestellt, denn er wußte, wie gern ich den mochte. Er mochte keinen. Herrlichen geschmorten Aal mit grüner Sauce und Quetschkartoffeln. Zum Trinken spendierte er mir weißen Portwein, und er trank Stout. Oh, wie hat mich mein Mann verwöhnt. Wir beide gingen jedes Wochenende hin, und er gab mir auch immer genug Geld, um ein bißchen zu wetten.«

Janna wirft ein: »Aber damals haben Sie doch gearbeitet?«

Annie haßt solche direkten Fragen, durch die sie sich festgenagelt fühlt und die bei ihr den Verdacht erregen, Janna glaube ihr nicht. »Sicher, aber ich hatte nie Geld. Ich gab alles für Kleider aus. Oh, so hübsch habe ich damals ausgesehen. Wie sollte mir da noch Geld zum Wetten bleiben? Und einmal habe ich gewonnen. Fünf Pfund habe ich gewonnen. Das war eine Menge Geld! Er fragte: Willst du mir den Einsatz nicht wiedergeben? Von wegen, sagte ich. Ich kaufte mir in der Oxford Street ein Mantelkleid davon, das ich mir schon ausgeguckt hatte. Schwarzes Tuch mit großem Pelzkragen. Ich sah zum Anbeißen aus, sagte er. O ja, mein Mann war schon gut zu mir.« Dabei schnieft Annie ein bißchen, aber in ihrer Miene liegt noch etwas anderes – was mag das sein? Manchmal gebraucht Annie jene andere Stimme, die ungebeten kommt und sich durch die Kruste des Alltagslebens Bahn bricht: »Als ich heiratete, wußte ich nicht, was ich tat. Ich war doch ans West End gewöhnt, nicht wahr? Und wie ich mich da auskannte . . . und er wollte überhaupt nie ausgehen.«

Schon minutenlang, bevor Janna tatsächlich aufsteht, weiß Annie, daß sie jetzt gehen will. Janna sagt: »Ich muß jetzt nach Hause, Annie.« Sie erhebt sich und legt Annie noch eine Schachtel Zigaretten hin, die sie ihr gekauft hat. Sie lächelt, bleibt an der Tür stehen und verspricht: »Wenn ich irgend kann, komme ich morgen vorbei.« Annie weiß, sie fühlt sich schuldig. Drei Wochen lang war sie überhaupt nicht da.

Jetzt geht es Annie besser. Der Tag ist um, es ist Abend. Sie hat wieder einen dieser gräßlichen, sich endlos hinziehenden Tage überstanden. Zum Abendessen macht sie sich ein Schinkenbrot mit dick gestrichener, köstlich salziger Butter und Tomaten. Sie trinkt noch etwas von dem Scotch, den Janna mitgebracht hat.

Als gegen halb zehn die Frau von der Nachbarschaftshilfe kommt, sitzt Annie vor dem Fernseher und mag sich nicht stören lassen. Es läuft ein Film mit Vivien Leigh aus der Zeit, als man vom Filmemachen noch etwas verstand. Lucie, die Nachbarin, die drei Häuser weiter wohnt, sieht nach, ob die Thermosflasche voll, jedes Fenster geschlossen und Annie halbwegs guter Laune ist. Ein Weilchen setzt sie sich dazu und schaut sich den Rest des Films mit an. Und dann wendet sich Annie angeregt ihr zu und möchte, daß sie bleibt. Aber Lucie muß zurück zu ihrem Mann und ihren drei Kindern. Vergnügt sagt sie gute Nacht und ist fort. Es ist zehn Uhr. Annie sieht noch etwas fern, hört etwas Radio. Eins tut sie grundsätzlich niemals, nämlich auch nur eine Minute vor Mitternacht zu Bett gehen. Selbst so bleibt sie noch eine Weile wach, als sie in ihrer Unterwäsche schließlich im Bett liegt. Das Scheinwerferlicht eines Autos streicht über die Decke, und sie denkt: Wie seltsam, daß das Licht hier heraufkommt – denn in ihrer Vorstellung ist sie noch in ihrem alten Zuhause, ganz oben, wo man nichts vorm Fenster hat als den Himmel. »Nein, dann bin ich ja wohl hier, nicht dort«, murmelt sie und versinkt in schwarzen Schlaf.

Ich habe den Eindruck, als ginge es mit Annie rapide abwärts. »Abbau« nennen das die geriatrischen Spezialisten. Äußerliche Zeichen gibt es: daß jeden Tag eine Schwester kommen muß, um ihr ihre Pillen zu verabreichen, das ist erst seit zirka einem Monat so. Doch sie hat etwas Rastloses, Zorniges an sich, etwas Gequältes. Sie fantasiert wie eine Verzweifelte. Eine Schwester hat sie noch, genauso alt wie sie, von Arthritis verkrüppelt und an den Rollstuhl gefesselt, die Geißel ihrer drei Kinder, die sie abwechselnd besuchen. Schon seit Jahren hat die Schwester alle Brükken zu Annie abgebrochen, als diese mit siebzig Jahren gegen ihren Willen aus ihrem Job als Kellnerin in der Nähe der Oxford Street entlassen und pensioniert wurde und daraufhin völlig abglitt. Annies Mann war schon lange tot, ihr Leben und ihre Interessen hatten in ihrer Arbeit gelegen. Ohne ihre Arbeit blieb nichts mehr. Annie verfiel dem Trunk, sie wurde zu einer schmutzigen alten Vettel, die auf der Straße herumstrolchte, bis die Pubs öffneten. Ihre Schwester verbot ihr die Tür. Nicht die geringste Aussicht, daß dieselbe Schwester Annie jetzt gestatten würde, bei ihr zu wohnen; die Nichten und der Neffe würden sich bedanken, zwei Bürden statt der einen, die sie schon haben, auf sich zu nehmen. All das weiß Annie ganz bestimmt in einem Teil ihres Bewußtseins. Oder hat es gewußt. Jetzt hat sie beschlossen, es nicht zu wissen: denn ›sie‹, sogar Janna, haben angefangen, über Altersheime zu sprechen. Dort hätte sie Gesellschaft und wäre nicht den ganzen Tag allein, behaupten ›sie‹. ›Sie‹ schlagen vor, sie solle nur für eine Woche zur Probe in so einem Heim wohnen, und wenn es ihr nicht gefalle, könne sie wieder nach Hause zurück. Wie ein Fliegenschwarm brummen sie mit schlechten Nachrichten ein und aus, und Annie kann ihnen nicht entkommen. Aber da drüben in der Seven Sisters Road wohnt ihre Schwester, und dort wird sie hinziehen und wohnen und ... Wo ist die Adresse, Janna muß für mich schreiben.

An diese Schwester muß ich zirka zwanzig unterschiedliche Briefe geschrieben haben, höflich informierend: »Ihrer Schwester Annie geht es gut, und sie sendet beste Grüße an die ganze Familie«; hilfesuchende Briefe, von Annie diktiert: »Wie geht es dir, Lil? Ich sitze hier und denke an all die schönen Tage, die wir zusammen hatten. Von dir ist kein Brief angekommen. Hat meine Weihnachtskarte dich erreicht?« Ich schicke Weihnachtskarten, Osterkarten, Ansichtskarten von meinen Reisen für *Lilith* mit Amsterdams Grachten oder der schönen blauen Donau oder Straßencafés in Paris, und auf nicht einen einzigen dieser flehentlichen Grüße kam je eine Antwort.

Ich sage zu Annie: »Ich habe erst vor zwei Wochen geschrieben, wissen Sie das nicht mehr?«

»Zwei Wochen, nein, das waren keine zwei Wochen«, widerspricht sie. »Wie können das zwei Wochen gewesen sein?«

Ich bin still; denn ihr Protest richtet sich eigentlich gegen die Zeit, die Betrügerin, die ihr das Leben unter den Füßen weggezogen hat.

»Egal, holen Sie mir nur mein Schreibpapier, und dann sage ich Ihnen, was Sie schreiben sollen.«

Liebe Lil, wie geht es dir? Mir geht es nicht mehr so gut ...

Mühsam unterschreibt sie, ihr *Annie* sieht aus wie der erste Versuch eines ganz kleinen Kindes.

Wie früher bei Maudie und Eliza sitze ich da und blicke auf eine alte Frau, von der ich weiß, wenn sie in einer Familie oder auch nur mit einem anderen Menschen zusammen wohnen würde, könnte sie noch zehn oder sogar zwanzig Jahre leben. So jedoch wird sie von ihrer unaufgebrauchten Lebenskraft zerfressen, die sie im Rhythmus ihrer einsamen, verbitterten Gedanken durchpulst: »Zu hohen Blutdruck soll ich haben, behaupten sie«, murmelt Annie mit hochrotem Gesicht, sie fühlt, wie ihr Blut pocht und pulsiert. »Zu hoher Blutdruck, ach was!«

Annie wird, das weiß ich, an Wut sterben, ebenso wie Maudie und Eliza. Und diese Wut nährt sich tagtäglich von uns, von ›ihnen‹, die mit lächelndem Lügengesicht ein und aus eilen; Gesichter guter Freundinnen, die ihr Behälter mit Essen bringen, sie waschen, ihr den Fußboden fegen, ihr eine Tasse Tee machen, die sie jetzt aber –

und darauf kommt es an – aufgeben wollen, anfangen, von einem Heim zu reden. »Ein Heim! Ich habe doch ein Heim«, murrt Annie und seufzt; sie meint die schönen Zimmer, aus denen man sie mit lauter lächelnden freundlichen Mienen vertrieben hat, obwohl sie tausendmal beteuerte, sie wolle nicht weg, brauche kein Bad, kein heißes Wasser.

»Alles Lügen«, höre ich Annie murmeln, als ich ihr vorschlage, doch einmal den Mittagessen-Treff auszuprobieren.

»Aber Sie waren doch noch nie dort, Annie.«

»Ich kenne die Leute nicht. Wer ist das überhaupt?«

»Wenn Sie erst einmal dort sind, lernen Sie sie schon kennen.«

Annie, diese fette kleine Frau, die mir nicht einmal bis zur Schulter reicht, bleibt regungslos sitzen, geblümte Röcke um sich ausgebreitet, das breite rote Gesicht ärgerlich nach unten auf den schmutzigen Teppich gerichtet, der mit Zigarettenasche, Essensresten und Staub bedeckt ist. Heute morgen sagte die Haushaltshilfe, sie habe ihn gestern erst saubergemacht und werde das nicht schon wieder tun.

Als sie ihre kleinen blauen Augen auf mich richtet, steht in ihnen nichts als Ablehnung. Und ich weiß, mein Blick auf sie ist auch nicht gerade geduldig.

Ich denke über den geschlossenen Kreislauf nach, in dem sich Annies Leben und Denken bewegt. Sie *will nicht* einen Schritt aus ihrer Lethargie hinaustun, will den Kreis nicht durchbrechen. Täte sie das einmal – so stellen wir, ihre Quälgeister, uns das gern vor –, dann fände sie beim Mittagessen-Treff oder bei einem Busausflug oder einem Bazar schon jemanden, vielleicht sogar mehrere Leute, die sie mögen und sie besuchen kommen würden. Denn Annie ist durchaus liebenswürdig, wenn sie guter Laune ist. Und durch diese eine Freundin würde sie andere kennenlernen. Annie könnte in die Gemeinschaft der alten Damen des Viertels einbezogen werden, die ihr Leben fröhlich und tapfer meistern, die schwatzen und Besuche machen, auf kleine Ausflüge mitkommen und beieinander ein und aus gehen.

Denken Sie an Eliza Bates, rufen wir alle, was hat die nicht alles unternommen!

»Aber sie ist tot«, trumpft Annie auf, mit jenem wissenden Nicken, das besagt: Jetzt hab ich euch.

»Aber als sie noch lebte. Sie hat bis kurz vor ihrem Tod immer alles mögliche vorgehabt.«

»Wie könnte ich denn mit meinem Gestell?«

»Andere Leute sind auch behindert und kommen trotzdem herum.«

Annie ist in die Ecke getrieben und murmelt, sie werde es versuchen, wenn das Wetter mal schön sei. Das sagt sie seit einer Woche jeden Tag, und jeden Tag brennt die Sonne mit ihren beharrlichen, drückenden Spätsommerstrahlen herunter. Ein kleiner Schritt aus ihrem sich immer wiederholenden Kreislauf, und Annie würde ...

Aber die Entscheidung ist schon vor Jahren gefallen, als Annie beschloß, ein Gehgestell zu benutzen, obwohl ›sie‹ alle behaupteten, sie könne sehr gut ohne Gestell gehen.

»Eines Tages, wenn schönes Wetter ist ...«, hat Annie damals gemurmelt.

Was für eine gräßliche Warnung Annie doch für mich ist; ich sitze ihr gegenüber und höre mir zum hundertsten Mal an, daß sie ein rosa Kleid mit blauen Punkten anhatte, als sie an jenem Abend mit ihrer Schwester zusammen ausging; daß sie ihrem Mann zum Schweinekotelett Apfelsauce gekocht hat, obwohl sie sich wunderte, wie er das herunterbekam; daß sie nach dem Tod ihres Mannes – er starb an Krebs, verursacht durch ein Schrapnell aus dem Ersten Weltkrieg in der Lunge – eine Entschädigung bekam und sich dafür einen schwarzen Kaninchenmantel mit Seidenknöpfen und eine Fuchsstola kaufte; letztere liegt immer noch als zerzaustes, muffig riechendes Bündel in einer Schublade. Der Fuchs hat blanke Knopfaugen, die plötzlich aufleuchten, wenn eine Hand einen Schal oder Strumpf beiseiteschiebt. »Was haben Sie mit meinem rosa Chiffonschal gemacht?« »Ich weiß nicht mehr, Annie, ich werde mal nachsehen.«

All das höre ich mir an und denke darüber nach und setze eine freundlich lächelnde Miene auf und sage mir dabei, so will ich nicht werden, auf keinen Fall. Ich will nicht vor Wut sterben und auch nicht wie ein dreckiges altes Huhn in einem dreckigen Zimmer umhertaumeln und mich an hundert Gegenständen stoßen, die mir wie Feinde im Weg stehen. Auf Annie hämmern und schlagen *Gegenstände* ein und fressen ihr Leben weg. Sie ist eingeschlossen von Gegenständen. Der Flur zur Küche ist so lang und glitschig. Sie stellt ein Glas ab und kann es nicht wiederfinden, weil es sich in böser Absicht versteckt hat. Ihre Brillengläser hat sie zerbrochen und die Brille weggetan, denn sie kann es nicht vertragen, wenn Janna oder Maureen herumnörgeln, sie solle sich neue beschaffen. An den Griffen des Gehgestells rutschen ihre Hände ab, weil irgendwie Butter darangekommen ist. Ihre Finger sind dick und schwerfällig geworden und lassen Gegenstände fallen. Wenn sie sich zum Essen an den Tisch setzt, sucht sie eine halbe Stunde lang nach der Ketchupflasche und findet sie dann genau neben ihrem Teller, wohin sie gelaufen sein muß. Manchmal fühlt sie sich wie ein Tier, das in einer schmutzigen Ecke kauert und sich nicht hinauswagt aus

Angst, die *Gegenstände* würden sie überfallen; oder auch als hätte sie irgendeine mysteriöse Krankheit, über die sie sogar Vermutungen anstellt – ob das wohl eine Art Grippe ist? –, mit dem Hauptsymptom, daß *Gegenstände* sich ihr gegenüber feindselig verhalten. Vielleicht habe ich so etwas wie Paralyse, hieß das nicht so? Nennt man das nicht so, wenn man sich nicht bewegen kann, wie man will?

Ich selber, wenn ich dasitze und Annie zuschaue, wie sie mit Gegenständen herumfummelt, die ihr wegrutschen und hinunterfallen, reibe unwillkürlich die Hände aneinander, bewege dabei meine Finger und verschränke sie im Schoß.

Als ich am ersten Abend, nachdem ich Annie besucht hatte, von der Arbeit heimkam, hockte Kate in ihrer Sofaecke, hielt ihren kleinen Apparat in den Armen, hatte die Kabel in den Ohren und starrte mir entgegen.

Ich beugte mich hinunter und brüllte: »Willst du Abendbrot?«

Sie guckte groß und nahm dann langsam die Kopfhörer ab.

»Gehst du nicht aus?« fragte sie kläglich.

»Nein. Hilfst du mir die Sachen einräumen?«

Langsam stand sie auf und folgte mir in die Küche. Ich hatte richtig eingekauft, ich wollte Speisekammer und Kühlschrank wieder auffüllen. Als ich ein Päckchen Schinkenscheiben hinlegte, grabschte Kate gierig danach und stopfte alles in sich hinein. Sie schien gar nicht zu merken, was sie da tat.

In Null Komma nichts war ein halbes Pfund Schinken verschwunden. Sie wischte sich mit ihren schmuddeligen Speckfingern über den Mund und rülpste. »Ich muß wohl Hunger gehabt haben«, brachte sie hervor, als ihr klar wurde, was sie getan hatte.

Dann lief sie rot an. Vor Zorn auf mich, vermutlich. Ich deutete auf einen Haufen Pakete und forderte sie auf: »Räumst du die bitte in den Schrank?« Eine Weile wendete sie sie nur hin und her, interessiert an den Packungen, ihrer Aufmachung, dann fing sie an, sie wahllos in irgendein Fach zu stopfen. Bald gab sie auf und sah lieber mir zu.

»Werden wir zusammen essen?«

»Was möchtest du denn?«

»Ach, ich weiß nicht . . . irgendwas.«

»Gut, setz dich hin.«

Sie ließ sich auf einen Stuhl fallen und begann sich bald unruhig umzusehen: Sie vermißte ihren Musikapparat.

»Nein, Kate, jetzt wollen wir essen.«

Ich richtete eine Platte mit verschiedenen Käsesorten und Pasteten her, machte einen Salat, arrangierte einen Obstkorb, setzte mich nieder. Kate weilte nicht mehr bei mir. Ihre Augen blickten stumpf und abwesend.

»Warst du bei den Hausbesetzern?«

Keine Antwort.

»Kate, warst du die ganzen drei Wochen hier? Oder bei den Hausbesetzern? Waren sie hier?«

»Ja, ich glaube schon. Irgendwann mal.«

Mehr als einmal müssen sie hiergewesen sein, denke ich, aber es ist kein wirklicher Schaden entstanden, nur der allgemeine Eindruck von Schmutz und Verwohntheit hat sich verstärkt.

Aber ich wollte nicht weiter fragen, sonst hätte sie gelogen. Kaum daß diese Mahzeit beendet war, die mit Richard so ein Genuß gewesen wäre und mit Kate nur ein achtloses Magenfüllen bedeutete, stand sie auf, ging ins Wohnzimmer zurück und griff als erstes nach ihrem Apparat, als sie sich aufs Sofa plumpsen ließ. Ich hielt sie zurück. »Kate!«

»Was –?«

»Kate, ich will nicht, daß du dich gleich wieder an den verdammten Apparat anschließt. Ich will mit dir reden.«

Auf einmal bekam sie einen Wutanfall wie ein kleines Kind und zeterte los: »Was hackst du immer auf mir herum, warum kannst du mich nicht in Ruhe lassen!«

Ich zuckte die Achseln und ließ sie in Ruhe.

Das war der erste Abend.

Am nächsten Abend erwartete sie mich hellwach: Sie hatte sich die Sache überlegt, eingesehen, daß sie sich falsch verhalten hatte; und wollte es nicht wieder tun. Das ermutigt mich an ihr: sehr oft lebt sie doch in derselben Welt wie normale Menschen.

Ich hatte mir eine Menge Arbeit mitgebracht, denn während meiner drei Wochen in Arkadien hatte sich natürlich einiges angehäuft. Aber ich legte alles beiseite, gab mir mit dem Abendessen Mühe und deckte den Tisch schön. Mit hoffnungsvollem Lächeln flatterte Kate um mich herum und wartete auf eine Chance, so zu sein, wie ich sie gerne sähe.

Ich stöberte und suchte nach Worten, die passen oder nicht passen mochten, wagte mich mit Bemerkungen vor, die eifrig erwartet wurden, dann aber doch zwischen uns in Schweigen erstarben, weniger aus Verlegenheit als aus Hoffnungslosigkeit; ich lächelte ihr zu und drängte sie, zu essen. Aber sie hatte keinen Hunger: Aus dem Schrank fehlten ein paar Packungen Kekse.

Ratlos befand ich nach dem Essen, jetzt könnte ich eigentlich auch arbeiten, aber als wir ins Wohnzimmer gingen, fragte sie schüchtern und ängstlich: »Willst du die Schonbezüge nicht wieder auf die Sessel tun?«

»Die haben doch Zigarettenlöcher.«

Unruhige, ausweichende Bewegungen des ganzen Körpers – sie wollte eine Schuld abstreiten. »Aber besorgst du dir keine neuen?«

»Setz dich, Kate.«

Sie setzte sich mir gegenüber auf das dreckige Sofa mitten in ihre Müllkippe aus Krümeln und Einwickelpapieren und schmutzigen Papiertaschentüchern.

Widerwillig setzte ich mich auf einen Sessel, auf den Marmelade gekleckert und dann abgekratzt worden war.

Sie sah so kläglich und bemitleidenswert aus; aber ich wußte nicht, was ich sagen sollte. Ich merkte, es war ihr wichtig, von mir zu hören: Ja, ich werde das Zimmer wieder herrichten lassen. Daran hatte sie die ganze Zeit gedacht.

Vielleicht hätte ich sagen sollen: Aber Kate, was für einen Zweck hat es denn, das Zimmer herrichten zu lassen, wenn du es mit deinen Freunden doch wieder ruinierst! Aber das konnte ich nicht sagen. Konnte nicht sagen: *Wenn du fort bist*, dann . . . Aber genau das hörte sie heraus, als sie mich wildäugig anstarrte.

Ich sagte: »Ich bringe schon alles in Ordnung, Kate. Mach dir keine Sorgen.« Das hieß: Keine Sorge, ich werde dich nicht hinauswerfen.

Mrs. Brown hat mir inzwischen endgültig gekündigt. Kates Dreck will sie nicht wegräumen, und dabei bleibt es.

Jeden Abend, wenn ich Kate dort allein lasse, um mein Bad zu nehmen und mich in mein Schlafzimmer zurückzuziehen (von dem Richard behauptet, ich sei nicht drin!), versinke ich in Mutlosigkeit wegen Kate, fasse dann wilde Entschlüsse. Ich lasse vernünftige Argumente ihr gegenüber Revue passieren, male mir Diskussionen aus.

»Kate, willst du eigentlich immer so weitermachen?«

»Du hast recht, Jane, ich sehe es ein . . .«

»So geht das nicht, Kate. Es bringt nichts, wenn du Woche um Woche hier herumlungerst! Nein, wir müssen für dich einen regelrechten Plan aufstellen. Wie war das, du wolltest doch mal Spanisch studieren? Was hast du mit den Büchern gemacht?«

»Ich werde sie hervorsuchen, Janna. Ich werde jeden Tag wenigstens ein paar Stunden lernen.«

Aber wenn ich mich, mit solchen Dialogen als Gedankenvorlage, mit Kate an den Abendbrottisch setze, verflüchtigen sie sich einfach. Auf Kate waren diese Worte nie anwendbar; die Worte für sie kann ich mir nicht im entferntesten vorstellen, kann sie nicht in meinem Wortschatz finden. Irgendwo tief im Innern muß ich aber wohl überzeugt sein, daß Worte existieren, die Kate erreichen können. Ich muß sie nur finden!

Heute fragte Kate wieder nach den Sesselbezügen. Sie sind zu einem Symbol geworden. Ich brachte die mißhandelten gelben Dinger in den Laden unten an der Straße und gab den Auftrag, sie noch einmal anzufertigen. »In gelbem Leinen?«

»In gelbem Leinen.«

Verrückt. Ich kann sie nicht auf die Sessel ziehen! Ich kann sie aber auch nicht *nicht* aufziehen, denn das wäre für Kate wie ein Schlag ins Gesicht.

Heute, als ich an Jill und Hannah vorbeikam, fragte Jill: »Hat Kate dir eigentlich erzählt, daß ich letzte Woche bei dir in der Wohnung war?«

»Nein. Hat sie dich gebeten, zu kommen?«

»Als du fort warst, um dich deinem Liebesleben zu widmen – entschuldige, Jane –, da hat sie mich jeden Abend zwei- bis dreimal angerufen.«

»Also, dafür werde ich mich nicht entschuldigen«, sagte ich und wußte, daß beide, Jill und Hannah, mich scharf beobachteten, ob ich irgendwelche Symptome zeigte.

»Hat das jemand von dir verlangt? Aber an dem einen Abend hörte sie sich reichlich komisch an, und da kam ich rüber. Ich habe die Wohnung gesehen.«

»Aha.«

»Also, Jane!«

»Was hast du beschlossen?«

»Nun hab dich mal nicht so. Nein, also wir – Mark und ich, meine ich – wollten dich fragen, ob du vielleicht mal Lust hättest, bei uns zu Abend zu essen.«

»Um über Kate zu reden?«

»Du hast doch unsere Wohnung noch gar nicht gesehen, oder?«

»Wohnungen«, sagte ich, »kann man ganz leicht wieder herrichten, auch wenn sie heruntergekommen sind.«

»Menschen aber nicht.«

»Ich will doch hoffen, das bezieht sich auf Kate und nicht auf mich, denn ich habe nicht vor, mich für irgend etwas zu entschuldigen.«

Ich war ziemlich verärgert; als ich aber zu den Annehmlichkeiten von Charlies und meinem Büro davonschritt, rief mir Jill nach: »O Jane, natürlich meine ich nicht dich, ich meine Kate.«

Richard hat angerufen. Nach einer Woche. Seine Stimme klang weit weg, und er war weit weg. Irgendwo in der Gegend von Dundee.

Er sagte: »Jane, wir haben anscheinend Unmengen von Verwandten, und alle wollen sie besucht sein.«

Ich sagte: »Richard, wenn du nicht hier bist, scheinst du ganz aus der Welt verschwunden zu sein.«

Er sagte: »Komisch ist das mit Verwandten. Ich glaube

nicht, daß ich an meine in fünf Jahren auch nur einen Gedanken verschwendet habe. Auf einmal rufen die Familienbande. Ich bin jetzt bei meinem Vetter William und seiner Familie.«

»Und danach?«

»O Janna. Es tut mir so leid.«

»Wie sieht es da aus, wo du bist?« Denn ich erinnerte mich an damals mit Joyce, als sie aus *Lilith* ausgeschieden war und wir uns übers Telefon unterhielten, sie irgendwo in Wales und später in New York; Freundschaft am Ende einer langen, verebbenden Schallwelle.

»Vom Fenster aus sehe ich einen anheimelnden kleinen See, auf dem drei Touristen Ruderboot fahren; einen ginsterbewachsenen Hang und einen Garten, in dem Betty, die Frau meines Vetters, gerade Astern pflückt.«

»Ich bin jedenfalls hier«, versprach ich.

Abendessen mit Jill und Mark in Kentish Town.

Es ist ein riesengroßes Zimmer im ersten Stock eines viktorianischen Hauses, daneben ein winziges Bad mit Klo. Die Wohnung ist nach Marks Anweisungen umgebaut worden. Als ich vor so vielen Jahren meine erste Wohnung mit einem anderen Mädchen teilte, gab es noch die konventionelle Einteilung: winziges Schlafzimmer, kleines Wohnzimmer, und daß wir beide in der Küche aßen, war schon eine Kampfansage an unsere Eltern, denn das tat man damals nicht. Aber Jill und Mark leben in diesem einen Zimmer, für die Nacht legen sie Matten aus, die tagsüber zusammengerollt in Schränken verstaut liegen, sie essen an einem großen Tisch, um den sich die Sitzlandschaft gruppiert, dicht bei der Küche, in welcher die supermodernsten Geräte versammelt sind: kaum erkannte ich diese scharlachroten Schreine und stählernen Oberflächen als Herd, Grill, Kühlschrank usw. Jill und Mark und Hannah und ich saßen in niedrigen Leinenstühlen und sahen auf Verandafenster ohne Vorhänge, aber mit aufgeklappten altmodischen hölzernen Läden, scharlachrot gestrichen, und einer raffiniert gewellten scharlachroten Jalousie, halb geöffnet, so daß man einen Kirchturm und darunter ein schmuckloses Gärtchen erkennen konnte, das sich ein Ausrufezeichen leistete: eine Matte purpurner Clematis am Zaun. Draußen auf der Straße liebkoste ein junger Schwarzer in knallgelbem Trainingsanzug einen dunkelblauen Mercedes mit einem Riesenschwamm, der über das ganze Auto üppigen weißen Schaum versprühte und ebenso über drei Kinder – weiß, männlich, hingerissen –, die an diesem Liebesritual teilhaben wollten, aber durch immer neue Schaumangriffe vertrieben werden mußten. Wieder und wieder preschten sie vor, berührten das Auto und schrien dem schwarzen Aufpasser etwas zu, der seinerseits zurückschrie, aber doch in aller Form, wie es sich für das Spiel gehörte, und dann rannten sie wieder davon und lachten sich eins. Aus den Ohren des jungen Schwarzen führten Kabel, über die ihm Musik ins Hirn übertragen wurde, die den Rhythmus seines Lächelns und seines kreisenden, wischenden, polierenden Arms bestimmte. In der anderen Hand hielt er den Transistor. Das späte Sonnenlicht verließ diese Szene, während wir an diversen appetitanregenden alkoholischen Mixgetränken nippten, und zog sich auf den Kirchturm zurück, der in sanftem Goldbraun erglühte.

Mark verteilte Teller mit Brot und Oliven und Tomatensalat auf dem Tisch, während Jill den nächsten Gang vorbereitete. Strikte Arbeitsteilung. »Aber ich habe das Ragout gekocht, also bist du mit dem Gemüse dran, Mark.« »Aber ich habe den Pudding gemacht.« »Und ich den Pudding am Sonntag.« »Schon gut.«

Jill trägt Jeans und einen fantastischen Harlekinpullover, und ihr Haar hat sie gerade heute frisch purpurn gefärbt, dieselbe Farbe wie die Clematis, jetzt im Zwielicht ein dunkler Tintenklecks; sie hat es zu kurzen vibrierenden Flammen hochgebürstet. Sie sieht aus wie ein Kakadu. Mark trägt Jeans und ein himmelblaues Sweatshirt mit der Aufschrift: Funky III, Montezuma! Nachzufragen, was das bedeutet, hieße sich als fantasielos bloßzustellen. Hannah, die Erdmutter, trägt einen weiten, langen dunkelgrünen Rock und ein engsitzendes gelbes Top, das ihre starken braunen Arme freiläßt und den Ansatz des üppigen braunen Busens zeigt, über dem eine Navajo-Halskette aus Türkisen baumelt. Massiv sieht sie aus. Ein bißchen abseits von uns dreien sitzt sie zurückgelehnt in ihrem Sessel, beide Arme nach hinten geschlungen, so daß man die gesunden schwarzen Haarbüschel in ihren Achselhöhlen sieht. Überflüssig zu erwähnen, daß sie keinen BH trägt. Ihr Aztekengesicht, stolze, schöne Linien, überblickt alles und behält sich ein Urteil vor.

Der Mittelpunkt dieser Szene, die Sonne, der wir alle uns zuwenden, ist Jill. Warum? Ich habe mich oft gefragt, was diesen oder jenen Menschen bei einer bestimmten Gelegenheit zum Angelpunkt einer Gruppe macht. Beim Reden verfolgen wir sie mit den Augen: Sie scheint nur aus schnellen, feinen, akkuraten kleinen Bewegungen zu bestehen, und ihr Gesicht konzentriert sich auf das, was ihre Hände tun. Mark geht zu ihr, zum Topfgucken, während sie das Ragout umrührt, aber eigentlich, um ihr nahe zu sein. Ich sehe, wie sich angesichts dieser Nähe ihr Körper strafft, Mark nicht gerade zurückweist, aber zu verstehen gibt: Später! Und als er dann einen Kuß auf ihren Nacken haucht, blickt sie rasch und ärgerlich auf und zwingt sich zu einem Lächeln. Er legt ihr seinen starken Arm um die

Schultern. Wie ein Bittender wirkt er, aber keineswegs demütig. O nein: Jill braucht sich nicht einzubilden ... Ihre Schultern schütteln den liebenden Arm ab, aber sie tut einen Schritt zur Seite und holt das Salz, als hätte sie den Arm gar nicht bemerkt. Mark bleibt ruhig stehen und sieht zu, wie seine Liebste sich willkürlich seiner Reichweite entzieht, und dann wirft sie ihren Papageienkopf hoch und schenkt ihm ein keckes kleines Lächeln, ein Versprechen auf Besseres, aber zur rechten Zeit; und damit geht sie an ihm vorbei und nimmt Platz. Er hält seine Arme im Zaum, die sich so gern um sie legen wollen. Aber sie gibt kein Zeichen, belädt nur ihren Teller mit Tomatensalat, und er setzt sich polternd hin und wirft dabei etwas um: ein Ausbruch von Frustration, der mich zu einem raschen Blick auf Hannah veranlaßt. Aus irgendeinem Grund möchte ich nicht, daß diese geübte Beobachterin sieht, was ich sehe, aber natürlich sieht sie es doch; und ich möchte auch keinen einvernehmlichen Blick mit ihr tauschen, und das würde geschehen, wenn wir uns ansähen.

An der Wand mir gegenüber hängt ein großer Spiegel, gerettet aus irgendeiner Kneipe, die – bedauerlicherweise – modernisiert wurde. Eingravierte Art-deco-Lilien, silbern und golden und schwarz, schmiegen sich in die Arme eines Mädchens, Jill nicht unähnlich, wie sie damals zu mir kam, zerbrechlich und unsicher und mit langem fließendem Haar. Als Spiegelbild sehe ich mich selbst zurückgelehnt in dem Leinensessel, und über die Breite des ganzen Zimmers hinweg und mit dem rotgerahmten Fenster voller Abendschein hinter sich scheint diese Frau in nebelviolettem Kleid und mit weichen silbrigen Haarsträhnen eher zu den Lilien und dem dahinschwebenden Mädchen zu gehören.

Mir tut das Herz weh.

Wir essen unseren köstlichen Salat, loben das Olivenöl und das griechische Brot; in Kentish Town bekommt man die fantastischsten Lebensmittel aus Zypern und überhaupt dem Mittelmeerraum. Wir machen lobende Bemerkungen über dieses und jenes. Und dabei weiß ich, daß Jill unter Dampf steht, der sich in einem ganzen Leben verdichtet hat: Sie will, daß ich endlich Kate so sehe wie sie selbst. Aber der Tagesordnungspunkt Kate ist noch der geringste: Ich beobachte Jill und Mark, dicht beieinander in ihren niedrigen Sesseln, und wie er sie ansieht. Hungrig. Und tiefer: Ärger, Augen, die genau anzeigen, was in ihm vorgeht. Später am Abend wird Jill gestatten, daß irgendein Schalter umgelegt wird, und dann wird sie – was? Ich habe Mühe, mir dieses Mädchen leidenschaftlich vorzustellen. Man braucht Mark nur anzuschauen und weiß, daß er sich auf kein frigides Mädchen einlassen würde; aber wie kann beim Umlegen eines Schalters diese Tüchtige, Lebhafte zur Liebenden werden? Zur Geliebten?

Während Jill – denn sie ist dran – Lammragout und grüne Bohnen serviert, sage ich zu mir, und es ist wie ein Gebet, ein Flehen: Jill, tu das nicht; tu das nicht, Jill. Bitte, *tu das nicht.*

Als wir mit dem Ragout beinahe fertig sind, rückt sie mit der Sprache raus. Sie verheddert sich ein wenig und enthüllt so, daß sie sich in Gedanken lange und ernsthaft wunderbare, intelligente Dialoge ausgemalt hat, genau wie ich es mit Kate mache. »Jane, wegen Kate, ich finde wirklich –«

»Nun laß die arme Frau doch in Ruhe aufessen«, sagt Mark, und die Art, wie er den Rotwein in seinem Glas kreisen läßt und hineinblinzelt, zeigt, daß er um Jills willen verlegen ist oder sich zumindest nicht ganz wohl in seiner Haut fühlt. Und alle sind wir verlegen und müssen uns beherrschen, denn ihre Stimme zittert, und wir wissen, daß wir Jills Vergangenheit sehen, wie sie hier in dem dämmrigen großen Zimmer Gestalt annimmt, als sie sagt: »Jane, hör zu, du wirst doch einsehen, daß mit Kate etwas geschehen muß? Deine *Wohnung*. Deine wunderschöne *Wohnung* – sie sieht aus wie eine Müllhalde. Als ich sie sah, war mir zum Weinen. Ich verstehe dich *überhaupt* nicht, Jane.« Und in ihrer Stimme zittern Tränen. Mark steht auf und schaltet eine seltsame Beleuchtung ein, wie Lichterketten in einem sommerlichen Garten, aber an einer Fassung hängend. Die Dämmerung bleibt draußen. Mark schließt die scharlachrote Jalousie. Mark – denn er ist dran – räumt die Teller ab, und Jill bleibt sitzen und sieht mich kläglich an, in diesem Moment ähnelt sie fast ein wenig dem Häufchen Elend, der hoffnungslosen Kate.

Jetzt blicke ich Hannah offen an, denn ich will wissen, was sie denkt; und sie lächelt und nickt mir kameradschaftlich zu, als wollte sie sagen: Mach dir nichts draus!

»Willst du so weitermachen, Jane?«

»Natürlich nicht«, sage ich endlich. »Irgend etwas wird geschehen.«

»Was zum Beispiel? Wußtest du, daß diese Hausbesetzer es sich bei dir gemütlich gemacht haben?«

»Es war mir nicht entgangen.«

»Aber was wirst du *unternehmen*?« Mark verlangt jetzt zu erfahren, was ich *unternehmen* will; aus seinem Ton wird deutlich, daß er ganz genau wüßte, was er an meiner Stelle unternehmen würde. Mit Hausbesetzern würde er kurzen Prozeß machen, wenn sie jemals in diesen Tempel der modernen Wohnkultur vordringen sollten.

Mark ist ein Revolutionär. Natürlich. Mir ist nur nicht ganz klar, welche Spielart. Wir haben gelegentlich über seine ›Linie‹ gesprochen; aber mir kommt sie eher wie ein abstraktes Muster vor, in dem sich eine Prämisse aus der anderen entfaltet, eine sehr angenehme, entspannende Gedankenübung, aber ohne viel Bezug zum Leben.

Ich frage: »Machst du dir solche Sorgen um meine Sesselbezüge, Genosse Mark? Sag ehrlich, würdest du die Polizei holen?«

Die Polizei darf er aus Überzeugung nicht einschalten, bis sie auf seiner Seite steht – und insgeheim glaube ich, das könnte schon bald der Fall sein –, also ist er erst einmal um eine Antwort verlegen; dann jedoch behauptet er, er würde sie eigenhändig hinausbefördern. Dazu brauche er keine Polizei.

Revolutionäre, so habe ich oft beobachtet, sind die penibelsten Juristen; um ihn herauszufordern, erkläre ich, ich hätte Angst, mit dem Gesetz in Konflikt zu geraten: denn das gewaltsame Hinauswerfen von Besetzern aus der eigenen Wohnung sei doch sicher Körperverletzung?

»*Sie* verletzen fremde Rechte«, hält Jill mir wütend entgegen. »Sie beschädigen fremdes Eigentum.«

Ich sehe Mark an: Gewalt gegen Eigentum mag er eigentlich nicht verdammen, aber er sagt knapp: »Du solltest dir das nicht gefallen lassen, Jane. Wenn du willst, gehe ich mal in das Haus und rede ein Wörtchen mit ihnen.«

»Über meine kaputten Sesselbezüge?« frage ich.

Nun schaut Mark beleidigt drein; und Jill springt auf, um den Pudding zu holen. Vor unseren Augen erscheint ein Sommerpudding, triefend von köstlichem rotem und schwarzem Saft, und unsere Verstimmung löst sich in Ausrufen der Bewunderung und Strömen dicker Sahne auf.

Und erstaunlicherweise war damit Schluß von Kate, und dabei war ich sicher, daß sich Jill tagelang mit dem Thema herumgequält hat.

Über den Resten des Puddings blieben wir sitzen. Tranken noch etwas Rotwein. Tranken Brandy. Tranken Kaffee. Jill, die mit dem Abwasch dran war, gestattete Mark, ihr zu helfen. Hannah und ich blieben sitzen, und zwischen uns flossen Ströme guter Gefühle hin und her.

Leise sagte sie: »Jane, wenn du mit Kate nicht fertig wirst, laß es mich doch einmal versuchen, ja?«

Ich entgegnete: »Ich glaube, um sie steht es schlimmer, als du dir vorstellst.«

»Trotzdem . . . ich habe sie ja gesehen. Manchmal stand sie vor *Lilith* auf der Straße herum. Es ist nicht schlimmer als bei vielen anderen.«

»Wenn es tatsächlich so viele sind, dann sehe ich schwarz. Für uns alle, meine ich.«

Hannah lächelte verstehend, dann lachte sie kurz auf. Sehr leise sagte sie: »Es ist doch so, daß Menschen wie Jill und dir die Tüchtigkeit nicht geschenkt wird, ihr müßt sie euch hart erkämpfen, und deshalb müßt ihr übertreiben. Und ihr könnt nicht verstehen, warum uns andere das so einschüchtert.« Sie sah zu Mark hin, der ganz dicht bei Jill stand; er spülte, und sie trocknete ab. Ihr ganzer Körper sagte: Nicht jetzt.

Ich lachte. Sie lachte.

»Worüber lacht ihr?« fragte Jill, rasch und mißtrauisch.

»Eigentlich lache ich gar nicht«, antwortete ich wahrheitsgemäß.

Und heute nacht sitze ich hier, nachdem ich darauf bestanden habe, daß Kate sich ein Bad einlaufen läßt und dann auch tatsächlich hineinsteigt, und ich denke daran, wie Hannah mich angesehen hat, Jane, die Tüchtige, Kompetente, die immer alles im Griff hat, und ganz beiläufig, als gäbe es darüber keine zwei Meinungen, festgestellt hat, von Natur aus sei ich gar nicht tüchtig. Heute nacht starre ich zurück auf meine Vergangenheit, weiter,

weiter, immer weiter zurück – aber *wer* war es, wer war eine so starke Persönlichkeit, daß ich mich nach ihr ausrichten mußte? Ich gäbe alles darum, jetzt meine Mutter hier zu haben und sie fragen zu können: Wie war ich wirklich als junges Mädchen, bevor ich nach London zog und die Erfolgreiche der Familie wurde? War ich womöglich wie Kate? Und schon beim Niederschreiben weiß ich, meine Mutter würde verwirrt oder sogar verärgert gucken und sagen: »Was meinst du damit? Ich weiß nur, daß du und Georgina euch die ganze Zeit gestritten habt.«

Der halbe August ist vorbei. Der Monat, den ich am wenigsten mag, schleppt sich dahin. Es regnet ziemlich viel, heftig und gleichmäßig. London birst vor Menschen aus aller Herren Länder, in der Underground oder im Bus suche ich nach einem heimatlichen Gesicht. Ich genieße jedes Jahr aufs neue dieses Fest der Völker, dieses Babel, selbst wenn ich der Jahreszeit gegenüber meine Sinne verschließe und auf die frischen Freuden des Septembers warte. Aber dieses Jahr klammere ich mich an jeden Tag und wünsche, er würde langsamer vergehen, er würde bleiben. Richard hat mir immer noch nicht gesagt, wann er fort muß, und ich will es auch nicht wissen – aber der Herbst kommt. Er hat schon seit einer Woche nicht mehr angerufen.

Meine Abende verbringe ich mit Kate und ringe um ihre Seele: wenn Hannah das kann, warum nicht ich? Aber die Götter würden lachen, lachen wahrscheinlich auch über den Anblick von Kate und mir, wie wir uns am Küchentisch gegenübersitzen; oder links und rechts von meinem niedrigen Glastisch im Wohnzimmer, während Kate wider Willen auf ihren Walkman verzichtet und ich mich abmühe, sie ins normale Leben zu führen. Was immer ich aus meinem Gedankenrepertoire hervorhebe und ihr anbiete, es stirbt in der Leere zwischen uns. Manchmal hört sie es buchstäblich nicht, davon bin ich überzeugt, selbst wenn ihr Gesicht, um mich zu besänftigen, in einem geistesabwesenden Lächeln erstarrt ist. Wahrscheinlich ist sie dann immer noch mitten in ihrem Lärmmeer, auch wenn sie nicht am Walkman hängt. Oder ich sehe, daß Worte bei ihr ankommen und daß sie eins nach dem anderen zu überdenken scheint. Sie lächelt höflich, aber verwirrt. Warum sagt Jane das? fragt sie sich, indes ich mich frage: Was hat es für einen Zweck?

Warum will Jane wissen, was ich damals gemacht habe, als ich noch zur Schule ging? Sie wird mürrisch, und ich streiche das Thema für die Zukunft. Warum erzählt Jane von irgendwelchen Flamingos in irgendeinem Park? Warum beschreibt Jane, wie es in Amsterdam aussieht?

Und warum tue ich es eigentlich?

Unter normalen Menschen, denke ich dann, wird fast alles ohne Worte abgetan; mit Jill oder dem freundlichen Charlie kann ich den ganzen Tag arbeiten, ohne daß viel mehr gesagt wird als: Ich mache das über Wein, aber du mußt dann übers Essen schreiben; ich mache das Interview mit X, aber du mußt zu dem und dem Lunch gehen. Alles andere ergibt sich selbstverständlich, da beide wissen, was getan werden muß.

Gut also, soll zwischen Kate und mir das freundschaftliche Schweigen herrschen, in dem man sich versteht: Aber kaum höre ich auf zu reden, langt sie nach ihren Kopfhörern.

Trotzdem versuche ich es weiter und ermüde sie, und mich auch.

Zu Bett gehe ich erschöpft. Und träume, träume, ach, was ich alles träume.

Außerdem besuche ich jeden Tag nach Feierabend auf eine Stunde die alte Annie. Daß ich jetzt endgültig ihre nächste Angehörige bin, geht schon daraus hervor, wie sie, kaum daß ich hereinkomme, auf mich einschimpft. Maureen hat von Annie erfahren, daß ich zur Zeit jeden Abend komme, und gibt sich deshalb gar keine Mühe mehr, bringt nur ein paar Lebensmittel, schaut mal kurz vorbei und ist dann gleich wieder weg: »Ich muß doch meine Jüngste von der Schule abholen, es wird höchste Zeit.«

»Aber mir ihr Buch zum Unterschreiben hinzuhalten, dazu hat sie noch Zeit«, keift Annie.

Ich sage: »Dann unterschreiben Sie doch nicht.«

»Irgendwann werde ich das auch nicht mehr tun«, kreischt sie.

»Das ist doch der Zweck des Buches: Wenn sie ihre Arbeit nicht getan hat, können Sie sagen, nein, ich unterschreibe nicht.«

»Ihre Arbeit? Gerade fünf Minuten war sie heute früh hier, aber kassieren tut sie.«

»Dann unterschreiben Sie nicht.«

So drehen wir uns im Kreis, und die sinnlosen Diskussionen können mühelos eine halbe Stunde dauern. Annies Bedürfnis ist es, zu reden und zu schreien, etwas von der Energie loszuwerden, die in ihr tobt. Mich erschöpft es. Erschöpft komme ich nach Hause und zu Kate.

Richard hat angerufen. Er ist in Somerset. Bei der Familie seines Schwagers. Er sagte: »Nächste Woche bin ich zurück. Bist du dann noch da, Janna?«

Die Angst, die darin schwang, versöhnt mich; trotzdem rief ich: »Das sind dann drei Wochen, die du weg warst.«

»Ich weiß.«

Richard rief an. Ich lag schon im Bett. Seine Stimme klang

in meinem Ohr, als ich in meinem weichen weißen kühlen Bett lag, allein. Seine Stimme geht mir durch und durch, verursacht mir Herzklopfen, entzückt mich: eine Möchtegern-Autorin von Kitschromanen darf sich ja wohl so ausdrücken.

Er fragte: »Liegst du schon im Bett?«

»Ja, du auch?«

»Ja, in einem alten Himmelbett in einer kleinen Dachkammer ganz oben in einem alten Herrenhaus. England ist schon ein sehr seltsames Land, Janna. Ihr seid hier alle so daran gewöhnt, ihr seht es gar nicht mehr. Eine Schatztruhe ist es. Man fährt ins letzte Kuhdorf – entschuldige, ich bin wohl mehr Amerikaner, als ich dachte. Man hält vor irgendeinem Tor, und da steht ein Haus wie aus dem Bilderbuch. Vollgestopft bis unters Dach mit Kostbarkeiten, die für die Besitzer gar nichts Besonderes sind. Allein hier in diesem Zimmer steht Kram herum, der in Amerika Tausende einbringen würde.«

»Es stimmt nicht, daß es für die Besitzer nichts Besonderes ist. Ihr sollt nur diesen Eindruck bekommen.«

»Meinst du? Ich war wohl zu lange fort. Janna, hier oben, heute abend, komme ich mir vor wie im Märchen. Jeden Moment kann die Tür aufgehen und herein kommst du . . . Janna?«

»Ich bin noch dran. Ich höre.«

»Warum können wir beide nicht miteinander ins Bett gehen? Wo wir doch offensichtlich dafür und für nichts anderes bestimmt sind? Bist du noch dran?«

»Ja.«

»Ist es Eitelkeit, Janna?«

»Meinst du, meine Eitelkeit?«

»Glaubst du denn, ich wäre nicht eitel, Janna?«

»Hast du immer noch das kleine Foto?«

»Na, was glaubst du denn?«

»Hast du es jetzt?«

»Ja. Es steht an der Lampe.«

»Gespenster«, sagte ich. »Gespenster sind schuld, daß wir uns nicht lieben können.«

»Janna, ich habe in den letzten Wochen viel nachgedacht. Niemals, niemals in meinem Leben habe ich zu irgend jemandem so gestanden wie jetzt zu dir. Habe ich dir das schon einmal gesagt?«

»Nein.«

»Ich habe das Gefühl, dir braucht man nichts zu sagen.«

»Ich weiß.«

»Gute Nacht.«

»Gute Nacht.«

Und ob in meinem Zimmer Gespenster umgingen! Geschlafen habe ich natürlich nicht.

Geweint habe ich. Geschnieft und geschluchzt und ganze Tränenfluten getrocknet. Ich habe mich bei dem Gedanken ertappt: Wenn Richard weggeht, wird dieser furchtbare Schmerz verschwinden.

Richard rief an.

Er fragte: »Bist du allein?«

Ich war verblüfft. Ich fragte: »Aber Richard, wie sollte ich denn nicht allein sein?«

Er sagte: »Na ja, in Wirklichkeit weiß ich doch gar nichts über dich.«

»Aber sicher«, erwiderte ich, indes ich etwas zerplatzen fühlte wie eine Seifenblase: meine Vorstellung von ihm, meine Vorstellung von seiner Vorstellung von mir . . .

»Hast du nie ein Verhältnis, Janna?«

»Nein, nie.«

»Hatte ich auch nicht von dir erwartet. Aber als ich

heute abend hier oben lag, dachte ich, warum soll das eigentlich so selbstverständlich sein?«

»Bist du dort oben allein?«

»Ja.«

»Hast du denn manchmal ein Verhältnis?«

»Ein- oder zweimal. Mit voller Absicht, wenn du verstehst, was ich meine.«

»Du meinst, du hattest das Gefühl, du solltest ein Verhältnis haben?«

»Genauso. Nicht zur Nachahmung empfohlen.«

Ich sagte: »Ich habe nur mit einem Mann geschlafen. Freddie.«

Schweigen. Dann fügte ich, erschrocken über mich selbst, hinzu: »Was rede ich da. In Wirklichkeit habe ich mich nach seinem Tod in ziemlich vielen Betten herumgetrieben.«

»Warum auch nicht.«

»Aber das zählt nicht.«

»Natürlich nicht«, stimmte er mir sofort zu. »Ich sehe völlig ein, daß du eine Ein-Mann-Frau bist.«

»Machst du dich lustig?«

»Nein, ganz gewiß nicht.«

»Vielleicht ist unser Problem, daß wir beide monogam sind?«

»Ach, wie gern wär ich monogam mit dir.« Da summte er dann im Blues-Rhythmus à la Billie Holliday. »A-ach wie ge-ern wär ich mo-o-noga-am mit di-i-r.«

Heute wurden meine neuen Sesselbezüge geliefert. Ich hatte wohl vorgehabt, sie wegzupacken, bis . . . Aber Kate hatte das Paket schon geöffnet und wartete nur auf mein Wort, um sie aufzuziehen. Wir taten es gemeinsam, sie an dem einen Stuhl und ich an dem anderen. Zwei elegante

Armsesselchen, hellgelb mit zartbraun gestreiften Kissen. In Kates Augen standen Tränen – der Dankbarkeit. Sie warf sich in meine Arme. Ich drückte sie fest an mich und dachte dabei, ich habe so viel Energie in mir, ob ich ihr nicht etwas davon abgeben kann? Sie klammerte sich krampfhaft an mich und schniefte. Schließlich lösten wir uns voneinander und freuten uns an den hübschen Sesseln. Wir setzten uns gegenüber. Damit war das, was Kate zu dieser kleinen Zeremonie getrieben hatte, erschöpft, und immer noch lächelnd verkroch sie sich in ihre Sofaecke und schloß sich selig an ihren Walkman an.

Etwas Furchtbares, *Furchtbares* – ich kann es überhaupt nicht fassen. Vorhin, gegen acht Uhr abends, klingelte das Telefon. Richard. Richards *Stimme.*

Augenblicklich zerschmolz mein Herz, meine Sinne schwanden mir etc. pp.

»Richard«, sagte ich.

»Nicht Richard. Hier spricht Matthew. Matthew Curtis.«

Ich brachte buchstäblich kein Wort heraus. Ein solcher Schock ... und meine Gedanken strebten fieberhaft in alle Richtungen, um zu begreifen. Tausenderlei auf einmal.

»Ist dort Mrs. Somers? Janna Somers?«

»Ja.«

»Ist mein Vater da?«

»Nein, er ist nicht hier.«

Schweigen. Ich konnte es nicht brechen.

»Er ist also nicht da?« *Richards* Stimme, doch forsch und betont unbefangen. Jetzt natürlich hörte ich den amerikanischen Akzent ganz deutlich heraus; vorher nicht, denn alles, was ich vorher gehört hatte, war *Richard.*

Wellen von Licht und Dunkel brachen über mich herein, und ich glaubte ohnmächtig zu werden.

»Danke dann. Entschuldigen Sie die Störung.«

Eine Weile saß ich noch auf der Bettkante und versuchte, mich zu fassen. Schließlich sagte ich Kate, ich würde mich nicht wohl fühlen, und legte mich hin.

Das Telefon. Richards Stimme. In mir drehte sich alles, und ich klammerte mich an den Gedanken: Matthews Stimme klingt amerikanisch.

»Janna?«

»Ja, ich bin dran«, sagte ich, etwas matt.

»Was ist los? Stimmt etwas nicht?«

»Dein Matthew hat mich vorhin angerufen. Er wollte wissen, ob du hier bist.«

»Was ...« Mir fiel auf, daß ich meinen Liebsten noch nie wütend erlebt habe. Die Luft knisterte vor Wut. »*Dich* hat er angerufen? Jane, es tut mir leid. Was kann ich sonst sagen?«

»Wußtest du, daß er in London ist?«

»Sylvia hat mir heute gesagt, daß er kommen wollte. Auf einen Monat. *Jane?*«

»Ist schon in Ordnung.«

So ging es noch eine Weile hin und her, und dann verabschiedeten wir uns, und uns war ganz elend vor Schuldbewußtsein und natürlich vor Sorge.

Kathleen muß Matthew angerufen und ihm erzählt haben, ihr Vater entziehe sich der Verantwortung und ich sei der Grund.

Heute geschah folgendes. Ich rief im Büro an, um zu sagen, daß ich mich nicht wohl fühle. Das kommt sonst nie vor. Charlie sagte, in Ordnung, aber Caroline gehe es nicht gut und er müsse frühzeitig heim, um Phyllis und das Baby zum Arzt zu bringen. Jill rief an und sagte, sie hoffe, Kate werde für mich sorgen. Hannah rief an, weil sie meine Arbeit übernehmen mußte und einige Informationen brauchte. Sie meinte, ich solle mir über eine Verstärkung der Redaktion Gedanken machen, denn Phyllis hatte angekündigt, sie werde mindestens noch ein Jahr fortbleiben. »Länger, wenn du mich fragst«, kommentierte Hannah. Ich sagte, daß ich mich zu scheußlich fühlte, um mir über *Lilith* Gedanken zu machen, und sie müßten eben zusehen, wie sie fertig würden.

Ich zwang mich, zu baden und mich anzuziehen. Wie die alte Annie habe ich es nie ertragen können, im Bett herumzuliegen. (Vielleicht früher doch? Aber daran erinnere ich mich nicht.)

Die Türklingel. Der Milchmann, dachte ich. Nein, vier junge Leute, auf den ersten Blick als die Hausbesetzer zu erkennen. Ein junger Mann, drei Mädchen. Es war zehn Uhr morgens, und ich wußte, sie hatten vorgehabt, den Tag auf meine Kosten zu verleben.

Ich sagte: »Kate schläft noch.«

Der junge Mann, Brian, ein Rudelführer mit einer Ausstrahlung von Verantwortung, ja Würde. Er improvisierte: »Wenn es Ihnen nichts ausmacht, würde ich gern mit Ihnen über Kate sprechen, Janna.«

(Janna!)

Ich ergriff die, wie ich glaubte, günstige Gelegenheit beim Schopf (was sich als richtig herausstellte) und lud sie ein: »Bitte, kommen Sie doch herein«, und ich hielt die Tür auf und setzte ein Gastgeberinnenlächeln auf, während sie sich hereindrängten. Dann schloß ich die Tür und forderte sie höflich auf, Platz zu nehmen. Noch nie war ich so dankbar für den Rückhalt, den zivilisierte Umgangsformen bieten. Mit dieser Sicherheit fragte ich, ob sie gern Tee oder Kaffee hätten, und wartete ab, bis sie es sich gemütlich gemacht hatten. Die neuen gelben Bezüge bedachten sie mit harten, feindseligen Blicken, und sie sahen sich an. Zwei ließen sich auf dem schmutzigen grauen Sofa in Kates Dreck nieder, zwei gegenüber. Ich ging in die Küche, um den Kessel aufzusetzen.

Ich konnte mich kaum auf den Beinen halten. Nicht wegen ihnen. Die Sache mit Matthew, die hat mich ins Herz getroffen, wo auch immer das Herz bei mir sitzt. Davon bin ich so krank, daß ich überhaupt nicht mehr ich selbst bin. Um diese vier machte ich mir weiter keine Sorgen, diese Vorreiter der Heerscharen der Zukunft – so nämlich kamen sie mir vor, als sie hier mit jener Selbstsicherheit auftraten, die daher rührt, daß man sich unwiderruflich im Recht weiß. Ich wußte, daß jeder einzelne von ihnen – auch Brian – ein netter, anständiger, normaler junger Mensch war (Anfang Zwanzig, Brian vielleicht schon auf die Dreißig zugehend) und daß ich jeden einzelnen verstehen und mögen könnte, wenn wir miteinander allein wären. Ich wußte aber auch, daß sie zu viert eine verschworene Gruppe oder ein Rudel bildeten, daß alles, was ich sagte, von der Gruppe beurteilt werden würde, und daß Brian ihr Anführer war. Ich wußte, jeder einzelne beherrschte den Jargon von Revolution und Frauenbewegung voll und ganz, und Brian als der Rädelsführer hielt ihr Geschick in Händen, selbst wenn er – ganz ohne Zweifel – äußerst zartfühlend über die Rechte der Frauen denkt. Das wußte ich. Was ich fühlte, als ich meine hübschen Teller und Tassen aufstellte, war nichts weiter als eine ungeheure Müdigkeit.

Ich trug das Tablett hinein, beladen mit duftendem Kaffee und einem großen Obstkuchen aus dem Naturkostladen, den ich für Kate gekauft hatte, weil ich hoffte, so äße sie wenigstens hin und wieder einmal etwas Richtiges.

Ich setzte mich und bat eins der Mädchen, den Kaffee einzuschenken, da ich mich nicht wohl fühle. Ich wollte sie beobachten. Es gab ein bißchen Theater mit dem Kaffee und ein paar Witzeleien über den Kuchen – »wahnsinnig gesund« – und Riesenschnitten für alle. Sie trugen Jeans und irgendeine Art von T-Shirt. Die Mädchen sahen unglaublich zerzaust aus. Die Mode schreibt zur Zeit ja wohl vor, daß ein Modell drei Stunden braucht, um sich so zurechtzumachen, als hätte sie drei Wochen mit Lungenentzündung im Bett gelegen und noch keine Zeit gehabt, sich die Haare zu kämmen – und es ist praktisch unmöglich, genau dieses unordentliche Aussehen auch nur fünf Minuten aufrechtzuerhalten, ohne daß die Friseure ständig nachkämmen –, also wollten diese Mädchen mithalten, und um ihre hübschen Gesichter standen Rattenschwänze und Zotteln und zerfetzte Haarbüschel ab, und Brian, ein eher flotter, gepflegter junger Mann, erschien als der Eigentümer eines Harems von Freaks.

Aber all das – die Szene, Brian der Politkommissar, die Mädchen – erschien mir meilenweit entfernt.

Brian verzehrte manierlich seinen Kuchen, die Kaffeetasse hatte er auf der Sessellehne abgestellt, und er sagte: »Janna, ich möchte gerne wissen, ob Sie je ernsthaft über Kates Probleme nachgedacht haben?«

Vier Paar Augen waren auf mich gerichtet, alle mit dem gleichen Ausdruck sichtlich unterdrückter Mißbilligung.

»Offenbar nicht«, sagte ich. Und wartete ab.

Sie sahen einander stirnrunzelnd an.

»Janna, sie *braucht* Hilfe.«

»Aber bekommt sie die denn nicht – von Ihnen?«

Brian, der alles andere sein mag, dumm aber nicht, sagte: »Nicht doch, Janna, wir wollen eine ernsthafte Diskussion.«

Ich sagte: »Meinen Sie nicht, Sie sollten sie wecken? Ich jedenfalls finde es nicht richtig, hinter ihrem Rücken über sie zu reden.«

Darauf entstand eine gewisse Verwirrung. Offenbar hatte ich eine ihrer Regeln getroffen. »Es stimmt schon, das wäre richtig«, gab Brian zu, indem er die drei Mädchen mit Blicken bei der Stange hielt, »aber ich – wir finden, die Lage ist zu ernst.«

»Was schlagen Sie vor?«

»Sie sollte nicht den ganzen Tag allein sein«, stieß eins der Mädchen hervor, wild und anklagend.

»Manchmal ist sie vom frühen Morgen bis spät in die Nacht allein«, fügte eine andere hinzu.

»Ja, das stimmt.«

Ich reagierte nicht so, wie sie es erwartet hatten; diese Konfrontation hatten sich wahrscheinlich vier verschiedene Hirne ausgemalt, aber Regie führte Brian. Was ich sagen würde, hatten sie sich ganz anders vorgestellt.

»Und wenn sie zu uns ziehen würde, hätte sie Gesellschaft«, schlug das dritte Mädchen vor.

»O ja, ich weiß schon, was Leute wie Sie von Hausbesetzern halten«, sagte das wilde Mädchen, das mich jetzt richtig haßte und mir zwischen zwei Schlucken wütende, anklagende Blicke zuschleuderte.

»Zufällig habe ich einmal für *Lilith* einen langen Artikel über Hausbesetzergemeinschaften geschrieben und darin festgestellt, daß einige davon sehr gut und nützlich sind. Sie selbst sehen sich vielleicht gern als verfolgte Minderheit, aber dafür kann ich nichts.«

»Moment mal eben«, gebot Brian, offensichtlich gewöhnt an die Rolle des Diskussionsleiters. Wenn man dies eine Diskussion nennen konnte. »All das hilft niemandem weiter und Kate schon gar nicht.« Damit sah er mich fragend an und erteilte mir mit einem kleinen Kopfnicken das Wort.

Ich sagte: »Ja, warum zieht denn Kate nicht zu Ihnen? Ich habe nie auch nur ein Wort dagegen gesagt. Ich habe noch nicht einmal Kritik geübt. Obwohl ich, wie Sie vielleicht zugeben werden, allen Grund dazu gehabt hätte . . .« Damit deutete ich den Zustand meines Wohnzimmers an. Sie runzelten die Stirn, wandten sich ab, blickten auf die beiden gelben Sessel, die, wenn auch unschuldig, immer mehr zu Symbolen für einen unanständig sybaritischen Zustand werden, so daß die bloße Betrachtung, ja selbst ein kurzer Blick darauf, in ihnen die moralische Mißbilligung nährt.

»Ja, also, bleiben wir bei der Sache«, wies Brian mich kalt zurecht und hielt wiederum mit einem Blick seine Mädchen im Zaum. »Sie behaupten also, Sie hätten Kate niemals daran gehindert, zu uns zu kommen?«

»Nein, niemals.«

»*Uns* hat sie aber etwas ganz anderes erzählt.«

Ich sagte gar nichts mehr. Plötzlich hatte ich sie alle gründlich satt. Ich stand auf und bemerkte dabei, daß ich mich auf die Sessellehne stützen mußte. Die Kaffeetassen stellte ich aufs Tablett, ganz egal, ob sie leer oder noch halbvoll waren. Teller voller Krümel schob ich übereinander. Die ganze Ladung hob ich hoch und brachte sie in die Küche. Als ich zurückkam, hielten sie eine Konferenz im Stehen.

»Vielleicht haben wir einen Fehler gemacht«, sagte das wilde Mädchen, aber es klang nicht so, als glaubte sie es wirklich.

Brian sagte: »Wenn hier ein Mißverständnis vorliegt, dann ...«

»Nun hören Sie mal zu«, sagte ich. »Kate ist beinahe zwanzig. Sie ist auf eigenen Wunsch hierhergekommen. Hat sich selbst eingeladen. Sie kann gehen, wann immer sie Lust hat. Zwar muß ich zugeben, ich sähe es lieber, wenn sie zu Menschen mit besseren Manieren zöge, aber das ist in Ihren Augen ja bestimmt ein erzreaktionärer Gedanke.« Und damit war meine Energie erschöpft, und ich hörte mich in ganz anderem Ton, mit der Stimme meiner wirklichen Empfindung, sagen: »Nun gehen Sie schon, ich habe das alles so satt. Ich werde Kate sagen, daß Sie hiergewesen sind und daß Sie möchten, sie soll zu Ihnen ziehen. Aber jetzt gehen Sie.«

Sie verließen die Wohnung schweigend, jeder für sich. Damit meine ich, ohne ihr Gemeinschaftsgefühl mit dutzenderlei kleinen Blicken zu zementieren, mit fast unmerklichen Zeichen ihrer Solidarität, mit Gesten hin und her, einer Wendung und einem Blick des Einverständnisses, oder der simultanen, wie einstudierten Bewegung, mit der zwei nach einem Stück Kuchen greifen.

An der Tür übernahm Brian noch einmal das Kommando, um die Besprechung zu beenden: »Janna, wir alle finden, es war gut, daß wir mit Ihnen geredet haben. Wir sehen jetzt viel klarer.«

»Freut mich zu hören«, sagte ich. »Für mich ist immer noch alles schleierhaft.« Und machte die Tür zu.

Als Kate aufwachte, erzählte ich ihr, daß sie dagewesen waren, und sofort reagierte sie mit Panik. »Was haben sie gesagt, was haben sie gesagt?« Denn sie weiß, daß ich weiß, daß sie ihren Freunden gesagt hat, ihre böse Tante habe ihr verboten, sie zu besuchen, geschweige denn zu ihnen zu ziehen.

»Nun mach dir mal keine Sorgen, Kate«, sagte ich. »Sie haben mir übrigens ganz gut gefallen.«

»Ja, wirklich?« strahlte sie, hocherfreut und getröstet. »Ich wußte, du würdest sie mögen, wenn du sie erst kennenlernst.«

Aber ich bin sicher, hierher kommen sie nicht wieder.

Meine gelben Sessel sind in Sicherheit.

Heute habe ich Richard getroffen. Er rief mich im Büro an und fragte, ob ich in einer halben Stunde unten sein könnte. Das war ich. Ein Taxi. Wir fielen einander in die Arme und hielten uns fest. Dem Taxifahrer sagten wir, nach Knightsbridge. »Um dich zu treffen, mußte ich Sylvia anlügen. Ich mußte einen Vorwand finden, damit ich einen Zug später fahren konnte als sie. Matthew wollte uns abholen, und ich bin sicher, er hatte vor, mir zu folgen.« Seine Stimme klang verzweifelt, zornig, ungläubig. »Janna, wie sind wir nur in diese Situation geraten?«

Dicht beieinander, ohne ein Wort, saßen wir da und sogen einander ein, die Augen geschlossen, Wange an hungriger Wange.

Als das Taxi uns in Knightsbridge abgesetzt hatte, liefen wir, bis wir ein Pub fanden, und stürzten hinein.

Das Pub war voll, proppenvoll, mit Londontouristen. Unheimlich farbig und köstlich, und unsere Lebensgeister stiegen durch den Alkohol auf leeren Magen, denn mit Essen konnten wir uns nicht aufhalten. Als das Pub schloß, fuhren wir heim. Wir haben uns ein System von Treffpunkten ausgearbeitet, auf Datum, Stunde und Minute genau, wo wir uns mit etwas Glück begegnen können, ohne das Telefon benutzen zu müssen.

Eine Unterredung mit Kate.

»Ich war heute bei den Hausbesetzern.« Eine Pause. Sie sah trübselig drein.

»Sie sind böse auf mich, Janna.«

»Mach dir nichts draus . . .«

Schniefen, schlucken.

»Kate, hast du eigentlich mal Hannah kennengelernt? Du weißt schon, das Mädchen, das zusammen mit Jill im Büro arbeitet?«

Ihr Gesicht erstarrte; in ihren Augen nun Argwohn.

»Kennst du sie, Kate? Magst du sie leiden?«

Kate wurde zur entrüsteten Tugend, sie ahmte ihre Mutter nach, genau wie Jill.

»Das ist doch eine Lesbe.«

»Ich finde sie sehr nett.«

»Jill sagt, sie lebt in einer Kommune.«

»So ähnlich wie die Hausbesetzer.«

Plötzlich warf sie sich herum wie ein Fisch an der Angel und starrte mich wild und anklagend an: »Warum willst du, daß ich dahin gehe? Warum willst du mich loswerden?«

»Will ich doch gar nicht. Ich dachte nur, du würdest Hannah mögen.«

Dann: »Gehst du weg?«

»Wohin?«

»Willst du heiraten? Wegziehen?«

»Nein, Kate, das habe ich nicht vor.«

Sie ist nicht beruhigt, ihr Gesicht ist angespannt und voller Angst.

Schon tut es mir um die Hausbesetzer leid: Da hatte sie wenigstens noch eine andere Zuflucht außer mir.

Mir kam heute der Gedanke: Damals, als Richard und ich unsere drei gemeinsamen Wochen genossen, dachten wir, es würde noch öfter so sein. Aber vielleicht war das schon der Gipfel, war das bereits alles gewesen.

Ich traf Richard in Holborn und schaute mich über die Schulter nach Kate um, nach Kathleen – nach Matthew? Ich kam mir albern und gedemütigt vor. Ihm ging es ebenso. Wir gingen in ein Pub, setzten uns in einen Winkel außer Sichtweite der Türen und lächelten einander an, bedrückt.

»Welcher Preis für Liebe?« sagte er, und das Wort setzte er ganz präzise ein.

»Der kann ganz schön hoch sein«, meinte ich, und um ihn aufzuheitern, erzählte ich ihm von Phyllis, dem ehrgeizigen, vieltalentierten Mädchen, das gefühlt hatte, sie *sollte* eigentlich heiraten – warum sonst hätte sie es getan? – und so an einen der geborenen Ehemänner, geborenen Väter dieser Welt geriet; und in der Ehe merkte sie, daß ihre Arbeit nicht mehr ihr und ihrem Weiterkommen diente, sondern dem Unterhalt für die erste Frau und die drei Söhne ihres Mannes. Als sie schwanger wurde, dachte sie an Abtreibung, weil das Baby ihr wie eine Bedrohung erschien; ihr Mann war sprachlos, empört. Als das Baby geboren war, drehte sich die Welt um das Kind. Wir nehmen an – aber man kommt ja nicht um die Schutzschranke Charlie herum –, sie selber würde gern wieder arbeiten, schon deshalb, weil sich inzwischen die Schulden ansammeln. Da jedoch rief Charlie seine reiche Mutter und seine beiden reichen Väter, den leiblichen und den Stiefvater, auf den Plan. Zu einer Familienkonferenz um das Baby. Sie werden eine tüchtige Summe ausspucken, damit Phyllis zu Hause bleiben und ihrem Baby eine gute Mutter sein kann, und das ganze drei Jahre lang.

So amüsant hatten Jill, Hannah und ich diese Geschichte gefunden, aber jetzt kam sie nicht an, denn die übermütige Fröhlichkeit des Büros hatte die Heimlichtuerei und Richards und mein Unbehagen auf der Fahrt hierher nicht überstanden. Ich erzählte trotzdem weiter und beobachtete Richards Gesicht, ob er nicht wenigstens eine Schlußfolgerung ableiten würde, über das Leben oder den Sex. Oder sogar die Liebe. Endlich lächelte er ein wenig, aber mit einem Seufzen. Er wirkte niedergeschlagen.

In diesem grell erleuchteten Pub – denn dies war ein modernes Lokal, ganz unähnlich ›unserem‹ Pub in Soho – sah er müde und ausgelaugt aus, selbst wenn er von seinen Tagen (und wohl auch Nächten) auf dem Land wohlgenährt und braungebrannt war. Er trug einen hellen Leinenanzug. Sommer. Aber auf einmal schien es gar nicht mehr Sommer zu sein, der helle Anzug wirkte schäbig und verwaschen, und der Regen auf den Fensterscheiben war kein Sommerregen.

Wie unter Zwang sprach ich weiter. »Und noch eine Geschichte. Hannah – du erinnerst dich, ich habe dir von ihr erzählt.«

»Die Vorkämpferin für die Frauenrechte«, sagte er.

»So kann man es ausdrücken.«

»Ich dachte, so hätte sie es ausgedrückt.«

»Aber sie ist keine . . . keine Fanatikerin. Heute hat sie uns folgendes erzählt: Eins der Mädchen aus ihrer Wohngemeinschaft hat geheiratet und ein Baby bekommen. Vor der Geburt kam sie ständig zu Besuch, um ihren Schwestern zu erzählen, wie sie sie und das frühere Leben vermisse und wie es ihr davor graue, ihren Job aufgeben zu müssen –«

»Ihr Mann, vermute ich, hat in keiner Beziehung etwas beigesteuert«, warf er distanziert ein.

Richard ist nie monoton, er kann sarkastisch, sardonisch, geistreich, ärgerlich, ironisch sein. Feindselig war er noch nie gewesen.

Ich verstummte. Was uns dreien so komisch vorgekommen war, erschien mir jetzt als eine dumme kleine Geschichte.

»Erzähl schon weiter.«

»Als das Baby auf der Welt war, besuchten sie alle Schwestern, und sie strahlte vor Glück.«

»Drüsenbedingt«, bemerkte er.

»Sicherlich. Aber als sie zu Besuch kamen, um sie in ihrer Gefangenschaft zu trösten, denn so hatten sie sich das vorgestellt, fanden sie eine rundum glückliche Mutter vor. Sie luden sie ein, in der alten Wohnung vorbeizuschauen, aber sie kam nicht. Sie rief auch nicht an. Es gab Beratungen und Pläne für eine Befreiungsaktion. Sie malten sich aus, wie sie unter dem Joch der Mutterschaft und Ehe und Häuslichkeit ächzen müsse. Ein paarmal standen sie vor ihrer Tür, aber auf ihr Klopfen machte niemand auf, auch wenn sie sicher waren, daß sie zu Hause war. So ging das ein paar Wochen. Sie lauerten auch dem Mann auf, der für sie natürlich der Feind war, und er behandelte sie entsprechend, sagte nichts als ja und nein.

Aber sie wollten ihre bedrängte Schwester nicht im Stich lassen. Eines Tages begegneten sie ihr mit dem Baby im Park, wo sie sich in einem Liegestuhl aalte, las und Coca-Cola trank. Sie fuhr hoch wie das verkörperte Schuldbewußtsein und verhielt sich, als habe sie ein Verbrechen begangen. Aber langsam wurde Hannah klar, daß sie nichts zu verbergen hatte als ihre Zufriedenheit.«

»Aha, wieder Hannah.«

»Ja. Hannah merkte, daß das Mädchen nichts anderes wollte als sie loswerden. Schließlich gestand sie, daß sie noch nie im Leben glücklicher gewesen sei. Sie habe arbeiten müssen, seit sie sechzehn war, und daß sie jetzt mit voller Billigung aller Welt nichts anderes zu tun habe, als ein Baby zu versorgen, in Parks herumzusitzen, mit Fremden zu schwatzen und mit anderen Mamas zu klatschen, sei in ihren Augen einfach das Himmelreich. Ihr Leben sei reine Seligkeit. Sie wisse schon, daß die Schwestern das kaum verstehen würden, also müsse Hannah ihr eben verzeihen, aber würde sie bitte weggehen. Den anderen könne sie von ihr aus erzählen, was immer sie wolle. Sie halte sie alle für verrückt.«

Richard hockte zusammengesunken da, eine Bürde auf den Schultern, und umschlang sein Glas. Er hat sehr schöne Hände. Wenn ich sie ansehe, klopft mir das Herz. Und so weiter. Aber die Hände meines Liebsten hielten jenes Glas sehr fest umklammert.

»Daß Hannah die Geschichte erzählt hat, ging gegen sie selbst, gegen die Kommune«, betonte ich.

»Ach, ich weiß nicht«, sagte er endlich. »Komm, verschwinden wir und gehen wir ein bißchen spazieren. Wenn du meinst, das sei möglich, ohne daß uns irgendwelche besessenen Niemandskinder in den Weg laufen.«

Im Regen spazierten wir durch die Straßen von Holborn.

Ich ging zu unserem zweiten Treffpunkt am Shepherd Market, aber er kam nicht. Ich wartete eine Stunde, dann ging ich.

Wieder im Büro, erfuhr ich von Jill, daß er angerufen hatte und es später noch mal versuchen würde. Er rief aber erst an, als ich gerade gehen wollte.

Kathleen hatte einen Selbstmordversuch unternommen. Nichts Ernstgemeintes, mehr ein sogenannter Hilfeschrei.

Er will versuchen, übermorgen zum Treffpunkt zu kommen.

Als ich den Hörer auflegte, starrten Jill und Hannah

mich schweigend an. Ich muß wohl erschüttert ausgesehen haben.

Ich sagte: »Könnt ihr mir erklären, warum ein Mädchen, das immer von allem das Beste bekommt, das tadellose Eltern hat, so einen Hilferuf inszeniert?«

In dem einstudierten Ton, der verrät, daß man sich auf etwas geistig vorbereitet hat, fragte Hannah: »Hast du schon einmal daran gedacht, daß Kate es auch probieren könnte, Janna?«

Das versetzte mir einen solchen Schock, daß ich mich setzen mußte. »Nein, darauf wäre ich nie gekommen.«

Sie sahen mich betont *nicht* an und auch nicht einander: Hier mußte ein Groschen fallen: bei mir.

Ich sagte: »Kate ist doch so weit von der Realität entfernt.«

»Meinst du damit«, fragte Jill, »daß man einen Sinn für Realität haben muß, um Selbstmord zu begehen?«

Ich überlegte. »Ja. Sicher, das muß ich meinen. Kate begreift doch ihre eigene Lage nicht im entferntesten.«

Ein kurzes, prustendes Lachen: Jill. Und Hannahs sonorer, königlicher Kommentar über die Unzulänglichkeiten der anderen.

»Arme Janna«, sagte Jill.

»Ich meine«, beharrte ich, »diese Bezeichnung trifft doch wohl eher auf Kate zu.«

»Nein«, urteilte Hannah, »das stimmt nicht.«

Jill: »Hast du nicht gewußt, daß Kate schon einen Selbstmordversuch hinter sich hat? Eigentlich eher ein dummes kleines Melodrama.«

»Wie kann ich das wissen, wenn es mir niemand sagt?«

»Niemand hat es dir gesagt, weil es für meine klugen Eltern einfach nie geschehen ist.«

»Aber du wußtest es und hast mir nichts davon gesagt, Jill.«

»Ich sage dir doch die ganze Zeit, wie verrückt es ist, Kate bei dir zu behalten.«

»Was hat sie getan?«

»Zwölf von Mutters Schlaftabletten genommen, als sie wußte, sie würde eine halbe Stunde später gefunden werden.«

»Trotzdem«, sagte Hannah.

»Offenbar erfüllt das die Kriterien für einen Hilfeschrei, wenn nicht sogar für einen Selbstmordversuch?« Ich war wütend.

»Irgendwann«, sagte Jill, »wirst du um ein Uhr nachts heimkommen und eine sterbende Kate vorfinden.«

Und Hannah: »Jetzt, da sie nicht mehr zu den Hausbesetzern geht, halte ich sie für besonders gefährdet.«

Ich fragte: »Wieso soll jetzt eigentlich ich an allem schuld sein? Kate ist nicht meine Tochter. Gott sei Dank.«

»Du hast schließlich die Verantwortung für sie übernommen, oder nicht?« zischte Jill, gereizt und anklagend.

»Und du, ihre Schwester, willst sie noch nicht einmal zum Essen bei dir haben«, gab ich zurück.

Hannah, die Friedensstifterin, verkündete das Urteil: »Soweit ich sehe, ist keine von euch beiden schuld.«

»Vielen Dank«, sagte ich.

»Vielen Dank«, sagte Jill.

Richard rief an, er könne es morgen nicht schaffen: also wieder Holborn.

Heute abend bin ich das alles leid – mal zu wünschen, ich wäre bei ihm, mal zu wünschen, ich wäre nicht bei ihm –, weil es so schmerzt. Ich habe mich sogar schon bei dem Gedanken ertappt: Wenn das Liebe ist, *die* Liebe, und ich sie verpaßt habe, dann kann ich nur froh sein.

Jetzt aber gehe ich schlafen und werde wahrscheinlich von Freddie träumen.

Kate war nicht da, als ich nach Hause kam. Aufregung, Sorge! Beinahe hätte ich die Polizei angerufen. Um zwölf, gerade als ich zu Bett gehen wollte, kam sie mit einer Alkoholfahne hereingeflattert. Das ist eine häßliche neue Wendung.

»Wo bist du gewesen?« wollte ich wissen und brach damit meine eigenen Regeln.

»Ach, irgendwo . . .«, lächelte sie abwesend und griff nach ihrem Transistor.

Ich war bei Annie. Eine Misere der Hoffnungslosigkeit. »Wo haben Sie meine blauen Schuhe gelassen?« kreischte sie mir gleich entgegen. »Die blauen Schuhe mit den Silberschnallen?« Es stellte sich heraus, daß sie diese Schuhe vor zwanzig Jahren besessen hatte. Jetzt trägt sie nur noch Pantoffeln.

Sie wütete weiter und weiter, bis ich mich mit ihren Gefühlen dermaßen identifizierte, daß es mir war, als ich in der Tür stand und mein eigenes Wohnzimmer sah, total dreckig und bekleckert, Kate zusammengerollt auf dem Sofa schlafend, als würde mir alles weggenommen; vor allem die Entscheidung über mein eigenes Leben. Und zum erstenmal bedrängt mich die Frage, was das eigentlich bedeutet, dieses Bedürfnis, eine absolut ordentliche Umgebung zu haben, Stühle so und nicht anders zueinanderstehend, Kissen in genau so einem Winkel, damit mein Zuhause immer in Ordnung ist, wenn ich heimkomme. In meinem Schlafzimmer stimmt noch alles – aber ich bin ›nicht darin‹!

Ich empfinde wie Annie: daß mir die Dinge durch die Finger gleiten, daß ich sie nicht fassen kann.

An dem Abend habe ich lange überlegt, ob ich nicht meine Schwester anrufen und ihr sagen sollte: Genug! Du hast die Verantwortung für sie. Aber ich kann nicht. *Was würde aus ihr werden?* Heute morgen erwachte ich in einem Abgrund der Traurigkeit. Als ich die Augen öffnete und das frische Weiß und Gelb meines Zimmers und den Sonnenschein draußen sah, kam es mir vor, als erblickte ich das alles von einem dunklen, trüben Ort aus. Natürlich hatte ich geträumt. Eine Umarmung voller Zärtlichkeit und Verlangen. *»Ich liebe dich«*, das klang mir noch im Ohr. Aber wer hatte gesagt: »Ich liebe dich«?

Ich lag wach und dachte gegen meinen Willen an Freddie. Übertrieben ist das, so von einer toten Ehe besessen zu sein. Tot. Das ist das richtige Wort. Nur was tot ist, kann einem so nachgehen, kann so quälen. Ich fragte mich, ob Freddie gesagt hatte: »Ich liebe dich.« Wahrscheinlich sind doch diese – sicher unentbehrlichen – Worte gefallen, als wir uns entschlossen zu heiraten? »Ich liebe dich, Janna«, hatte er gesagt; und ich hatte geantwortet: »Ich liebe dich, Freddie.« Kann das sein? Ich glaube es einfach nicht. Aber ich weiß es nicht mehr. Sehr gut erinnere ich mich jedoch daran, wie rasch und problemlos unsere Sinne aufeinander reagierten, wie sich unsere Körper verstanden. »Ich liebe dich!« Hat mir Freddie das zugeflüstert, wenn wir hinterher einschliefen? Nein. Und ich muß mich fragen, ob ich überhaupt jemals »Ich liebe dich« zu Freddie gesagt habe. Das wäre mir wahrscheinlich wie eine Kapitulation erschienen, eine Schwäche.

Aber als ich da auf meinen (natürlich) blütenweißen

Kissen aufgestützt lag und zuschaute, wie die gelben Vorhänge sich leicht bewegten, so daß die Ränder des Sonnenvierecks auf dem Teppich verschwammen, traumgleich und einschläfernd, kam mir plötzlich zu Bewußtsein, daß Richard nie gesagt hatte: »Ich liebe dich.« Natürlich, davon habe ich geträumt. Und die Traurigkeit des Traums zog mich hinab, und ich hätte mir die Augen ausweinen mögen... und zur gleichen Zeit dachte mein Verstand kühl und intelligent: Richard und ich haben es nicht nötig, einander Liebeserklärungen zu machen, wir brauchen nur beisammen zu sein, um zu fühlen, daß wir Teil des anderen sind, dieselben Gedanken denken. Es wäre sogar etwas Falsches daran, etwas Verordnetes.

Und doch sind sie verordnet. Genau wie Hochzeiten. In diesem Moment hämmern Millionen Mädchen auf ihre Schreibmaschine ein oder addieren Zahlen auf ihrem Rechner und träumen dabei – nicht von Frauenbewegung und Emanzipation –, sondern von Liebeserklärungen und Hochzeitskleidern; und wir wissen von unseren Reportern, daß der Hochzeitstag immer noch der Gipfel dieser kindlichen Träume ist. Warum? Nicht zuletzt durch die Bemühungen *Liliths* und ihrer Schwestern.

Mit den Armen hinter dem Kopf lag ich im Bett, wie eine Gefangene, die sich ergibt, das merke ich jetzt erst, und ich versuchte mir ganz wahrheitsgetreu eine wirkliche Umarmung von Richard und sein *Ich liebe dich* vorzustellen. Einem Teil von mir war – *ist* – das ganz einfach unbehaglich. Weil es so unnatürlich ist. Gleichzeitig sehnten meine Sinne sich genau danach und nach nichts anderem: Ich liebe dich, ich liebe dich. Ich liebe dich – was für ein Unsinn, wie ein Zauberwort oder eine

Droge, fieberentfachende Worte, die auszusprechen der Zunge wohltut, aber der Verstand grübelt dabei: Liebe? *Was* für eine Liebe? Liebe zu *wem*?

Unter welchen Umständen könnte ›Ich liebe dich‹ zwischen uns etwas Natürliches werden, so natürlich wie ein Blickaustausch, mit dem wir uns einen gemeinsamen Gedanken oder Impuls eingestehen? Im Bett? Könnte schon sein. Aber nein, unbedingtes *Nein.* Mit Richard will ich nicht den horizontalen Handschlag tauschen. Einer der Männer, mit denen ich nach Freddies Tod schlief, hat es einmal so ausgedrückt, als wir noch eine Tasse Kaffee tranken, bevor er zu seiner Frau heimfuhr: »Der horizontale Handschlag, darauf läuft es hinaus.« Damit faßte er zusammen, was wir beide über unser Spielchen empfanden. Gar nichts. Spaß hat es gemacht – aber sonst nichts. Nichts dabei. Und der entscheidende Punkt: Es war nicht gefährlich. Fast hätte ich gesagt: – *wie richtiger Sex.* Aber so ein Gedanke ist natürlich unmöglich für Frauen aus der Ära nach Freud und nach Johnson und Masters.

Eine Szene: Joyce hatte mit ihrer älteren Schwester zu Mittag gegessen, die auf dem Land lebte und zum Einkaufsbummel bei Harrods nach London gekommen war. Joyce kam gedankenschwer zurück; sie bemerkte, ihre Schwester sei glücklich verheiratet. Zu der Zeit begann es Joyce gerade zu dämmern, wie unglücklich ihre eigene Ehe war.

Mit voller Absicht, mein Gesicht auf meine Reaktion hin beobachtend, erzählte mir Joyce, diese Schwester, damals noch unglücklich verheiratet, habe während des Krieges einen Mann kennengelernt, dessen Freundin zu Beginn der Bombenangriffe ums Leben gekommen war. Vier Jahre arbeiteten die beiden im selben Büro. Kriegstätigkeit. Sie liebten einander und sagten sich das, aber sie schliefen nicht miteinander, denn Worte wie Verrat und Loyalität, Treue und Betrug waren gebräuchlich und wurden beherzigt. Manchmal fuhr er sie nach Hause, und sie hielten sich im Dunkeln bei der Hand. Sich zu küssen wagten sie kaum: Küsse waren gefährlich. Nach Kriegsende ließ sie sich scheiden, und die beiden heirateten und schliefen endlich miteinander. Joyce sagte, *sie* habe gesagt, es sei es wert gewesen, zu warten.

»Das war endlich mal ein Paar, das dem Sex den gebührenden Respekt gezollt hat«, sagte ich zu Joyce, meine Worte wählend, und ihr Gesicht drückte aus, ja, genauso ist es, und da kam Phyllis mit einigen Papieren ins Büro. Sie sah so jung und tüchtig und patent aus; und Joyce und ich sahen uns an und dachten dasselbe, und Joyce forderte sie auf: »Setz dich mal kurz hin, Phyllis. Ich habe mit meiner Schwester zu Mittag gegessen und – ja, ich möchte dir etwas erzählen. Ein kleines Experiment, wenn du willst. Wegen der Generationskluft . . .«

Phyllis setzte sich, bereit, ihr Gesicht erwartungsvoll mit einem aufmerksamen, kritischen Lächeln. Und Joyce erzählte Phyllis die Geschichte. Beide, Joyce und ich, beobachteten wir, was in Phyllis vorging und sich auf dem intelligenten, hübschen Gesicht widerspiegelte. Zuerst, ganz deutlich, ein Aufflackern von Neid, sofort abgelöst durch ein kleines Lächeln, erst ungläubig und dann herablassend. Als lausche sie einem Bericht über Gebräuche irgendeines primitiven Volksstamms. Endlich fragte sie: »Aber wozu das Ganze? Das war doch dumm.«

Sie sah Joyce fragend an und dann mich. Joyce war zu der Zeit noch nicht in die Wonnen des horizontalen Handschlags eingeführt worden, sie hatte nie mit jemand anderem geschlafen als mit ihrem Mann. Joyce sprach aus vollkommener Identifikation mit dem keuschen Paar heraus. Ich selbst hatte teil an beiden Welten, denn bis zu Freddies Tod hatte ich nie mit einem anderen geschlafen. Danach war mein Los einige Zeitlang der horizontale Handschlag, bis ich genug davon hatte.

Sanft, aus ihrer noch intakten Gewißheit heraus, sagte Joyce: »Phyllis, du wirst eben glauben müssen, daß manche Menschen so sind.«

Phyllis wirkte in die Enge getrieben. Sie protestierte: »Wieso glaubst du denn deiner Schwester? Wahrscheinlich haben die beiden es bei jeder Gelegenheit miteinander getrieben und es nur nicht zugegeben.«

»Nein«, sagte Joyce. Phyllis lächelte, sie wußte es besser.

Sie sah mich an. Ich wiederholte, ganz keß, wie ich fand: »Das war endlich mal ein Paar, das dem Sex den gebührenden Respekt gezollt hat.«

»Wieso soll ihm *Respekt gebühren?*« brauste Phyllis auf und erhob sich zum Gehen.

»Gefährlich«, sagte ich. Bedeutsam. Bedrohlich. Schicksalhaft. Beladen mit Risiken, Schwangerschaft, Krankheit, Hörigkeit. Das große Würfelspiel mit dem Unbekannten. Ekstase und so weiter.

»Blödsinn«, behauptete Phyllis. »So etwas ist einfach *unmöglich* in unserer Zeit nach Freud und nach Johnson und Masters.«

Als Joyce und ich allein waren, sahen wir uns an und lachten. Und lachten.

Nachdem ich mich endlich aufgerafft hatte, schlich ich mich aus der Wohnung, Kate schlief noch. Ganz bewußt suchte ich Trost, Auftrieb, etwas zum Päppeln, so was wie die Stärkungsmittel, die wir als Kinder bekamen. »Du siehst etwas blaß aus, nimm ein Stärkungsmittel.« Aber in den Straßen sah ich nichts als Schmutz, und der schwere

Spätaugusthimmel lag über der Stadt wie ein Zinndeckel über einer altmodischen Servierplatte. In der Baker Street Station stand ganz allein ein unverschämt hübsches Mädchen, ganz in züchtige Rüschen und geblümten Musselin gekleidet wie ein Milchmädchen bei Laura Ashley, vor sich hielt sie einen mächtigen Bildband, betitelt *Die Frösche und Kröten Englands*, und den hielt sie ständig in einem bestimmten Winkel, als wollte sie einen Lichtstrahl ausnutzen, der ihr über die Schulter fiel, bis der Zug einfuhr, worauf sie das Buch wegklappte, in einem Spitzenridikül verstaute und den Waggon bestieg.

Normalerweise hätte mich das aufgeheitert, aber meine Laune blieb nach wie vor trübselig und niedergeschlagen. Ich trödelte auf meinem Weg zu Richard. Jedenfalls hoffte ich, daß wir uns treffen würden; er könnte ja verhindert sein wie ich so oft, und er auch. Mir ging durch den Kopf: Als wir uns *damals* trafen – als wäre das vor einigen Jahren gewesen und nicht erst vor vier Monaten –, da geschah es immer in diesem übermütigen, beinahe rücksichtslosen, skrupellosen Freudentaumel, der uns emporhob und über alle Schwierigkeiten hinwegtrug. Und jetzt... mein Schritt war schleppend und meine Gedanken gefangen in der traurigen Sehnsucht des Traums.

Das Café war in der Wigmore Street. Ich hatte es vorgeschlagen und mich erst später daran erinnert, daß Freddie und ich uns hier manchmal getroffen hatten, aber ich dachte: Na und? Ich setzte mich drinnen in eine Ecke, nicht auf die Straße, und bestellte einen Kaffee für den Fall, daß Richard nicht käme. Ich dachte an Richard, an Freddie, als gegen das Licht jemand auftauchte, den ich im ersten Moment für Freddie hielt. Einen Augenblick lang war da nur Panik, ein entschiedenes NEIN, als er sich zu mir herunterbeugte; dann dachte ich: Es ist Richard, natürlich, sie sehen sich ja ähnlich, und ich sagte schon: »Richard . . .«, und da sah ich ihn verwandelt, jung, lächelnd, heiter, aber umgeben von einer Unaufrichtigkeit, ja Bosheit, wie wenn in einem Traum jemand, den man gut kennt und mag, als Bösewicht auftritt. All das dauerte ein paar Sekunden, einen Moment, in dem ich nicht ganz bei mir war; und während mein Herz noch hämmerte und mein Puls pochte, sah ich, das war gar nicht Richard, sondern ein junger Mann, der ihm ähnelte. Er stand mit einer Hand auf der leuchtend marineblau gestrichenen Stuhllehne da und lächelte mich an, höflich, aber verbindlich.

Mein Verstand war hinter meinen Sinneseindrücken weit zurückgeblieben, und als er sagte: »Ich bin Matthew, darf ich Platz nehmen?«, da dauerte es ein paar Sekunden, bis ich begriff; denn ich starrte hilflos meinen Richard an, der durch ein Wunder als junger Mann vor mir stand. Die Stimme jedoch, Richards Stimme, war amerikanisch; amerikanisch die penibel gepflegte Kleidung; und die Höflichkeit nicht von heimischer Art.

Er setzte sich; denn ich hatte nicht gesprochen, ihn nur angestarrt, von Anfang an in seinem Netz gefangen.

»Janna«, sagte er mit Richards und nicht Richards Stimme, »ich wollte Sie gern kennenlernen.«

Durch diese dreiste Frechheit erhielt seine diskrete amerikanische Höflichkeit etwas Vulgäres; und jetzt schwieg ich aus einem anderen Grund weiter. Ich hatte begriffen. Er hatte seines Vaters Notizzettel mit unseren Treffpunkten gefunden; Richard konnte nicht kommen, wahrscheinlich hatte sein Sohn dafür gesorgt; und dieser unverschämte Überfall war nicht nur von ihm geplant, sondern auch von Kathleen. Ich schaute sogar an ihm vorbei aus dem Fenster, ob die vertraute schwerfällige Aufpasserin vielleicht dort stand und ihren Bruder beobachtete, wie sie es bei ihrem Vater machen mußte. Jetzt war ich entschlossen, passiv zu bleiben und es auszusitzen, schon weil ich meinen Sinnen nicht trauen konnte – von meinem Verstand ganz zu schweigen. Ich war innerlich total zerrissen, denn dieser hier, mein junger Liebster Richard, faszinierte mich, und ich konnte die Augen nicht von seinem Gesicht abwenden.

Aber in seinen Augen lag Triumph, in seiner Stimme auch, und er beugte sich sozusagen besitzergreifend zu mir hinüber und sagte: »Das verstehen Sie doch sicherlich. Natürlich wollte ich die neue Freundin meines Vaters kennenlernen.«

Dem Liebsten gegenüberzusitzen, wie so oft in den letzten Monaten, genau dieselben Augen, Hände, bloße braune Unterarme, blondes Wikingerhaar, alles, alles gleich, aber Blendwerk: hinter den Augen saß ein Betrüger, so empfand ich es. So war es! Und immer noch spürte ich in mir den kurzen Augenblick, mehr war es nicht, als dieser Mann dunkel gegen das schwere Licht der Straße erschienen war und ich gedacht hatte: Freddie.

»Und nun bin ich also hier, Janna«, sagte er; das meiste, was er gesagt hatte, war nicht bis zu mir durchgedrungen. »Und hoffe auf Vergebung.«

Noch immer hatte ich nichts gesagt. Jetzt schwieg er, keineswegs verlegen – das brauchte ich mir nicht einzubilden! –, sondern die Chance nutzend, mich von Kopf bis Fuß zu mustern. Er blieb ganz ruhig, die braunen, gesunden, blanken Arme verschränkt, wie ein gepflegter Bukanier in seinem blauen geknöpften Buschhemd: in diesem Aufzug sah er aus wie ein junger Arzt aus einem jener amerikanischen Kriegsfilme, wo die Helden immer kaltblütig und witzereißend in Hubschrauber steigen, um sich in unglaubliche Gefahren zu stürzen. Aber vor mir saß kein

Held. Hätte ich nicht schon von seinem Vater gewußt, daß dieser hier sich von den Leiden und den Problemen mit seinem Bruder John, dem glücklichen Idioten, einfach abgekoppelt hatte, hätte ich doch gespürt, daß dieser junge Mann ganz auf sich gerichtet und so säuberlich in Abteilungen geordnet war wie eine Walnuß. Mich taxierte er unverhohlen nach meinen Qualitäten als Frau, und das wollte er auch ganz deutlich machen. Er wollte, daß ich mir vorstellte, er lecke sich die Lippen. Natürlich sollte ich nicht erraten, was er wirklich dachte; aber er legte eine genaue Aufstellung über Soll und Haben an. Für mein Haar gab er mir Pluspunkte, es war so geschickt getönt, daß die Farbe bei einem jungen Mädchen natürlich erschienen wäre. Er hatte meine Hände bemerkt, die jedes Jahr meines Alters offenbarten; er hatte die Fältchen um meine Augen registriert.

Nach all dem lehnte er sich zurück, signalisierte mit einer wohlabgemessenen Geste der Kellnerin und sagte: »Kann ich bitte einen Kaffee haben?« Zu mir beugte er sich leicht vor, ganz verbindliches Lächeln, und fragte: »Und für Sie, Janna?«

»Danke, nein«, sagte ich. Und griff nach meiner Handtasche, ich wollte gehen.

Sein Tonfall veränderte sich, er setzte die Miene eines Mannes auf, der gezwungen ist, mit jemand Unvernünftigem zu verhandeln, er sagte: »Janna, ich hatte mir ernsthaft erhofft, wir könnten miteinander auskommen. Nein? Was meinen Sie?«

Das war vernichtend, diese tödliche Vulgarität, entsprungen aus der Selbstzufriedenheit, die sein ganzes Wesen zu durchdringen schien und ihm aus Augen und Stimme sprach. Richards Sohn setzte Richard in meinen Augen herab! Bewußt zwang ich mir das Bild des wirklichen Richard vor Augen, diesen ungezwungen selbstbewußten, angegrauten Löwen von einem Mann, der aus ganz anderem Holz geschnitzt war, als Schutz für mich und Schirm vor diesem Angriff.

»Matthew«, sagte ich, »ich habe Ihnen nur eines zu sagen. Obwohl ich jetzt, da ich Sie getroffen habe, mir kaum vorstellen kann, daß Sie das begreifen werden. Folgendes: Meine Freundschaft mit Ihrem Vater hat nicht das geringste mit Ihnen zu tun. Ebensowenig wie mit Ihrer Schwester. Das ist alles, was ich zu sagen habe.« Damit wollte ich aufstehen, aber seine Hand schoß vor und hielt mich am Handgelenk fest. Ich wollte mich nicht auf einen Ringkampf mit ihm einlassen, also blieb ich auf der Stuhlkante sitzen. Mir wurde bewußt, daß jetzt die Leute aufmerksam geworden waren. Ein Pärchen, wahrscheinlich Franzosen, beobachtete uns diskret und boshaft, ihre Mienen, angeregt und lüstern, drückten aus, daß sie alles durchschauten: und uns, Matthew und mich, sah ich in diesen Mienen reflektiert: Sohn und die immer noch attraktive Geliebte des Vaters kurz vor ... Die Kellnerin stellte Matthew eine Tasse schwarzen Kaffee hin, warf uns einen Blick zu und zog sich dann schleunigst zurück. Kamera ab!

»Aber nun warten Sie doch einen Moment«, sagte Matthew, immer noch mein Handgelenk festhaltend, während er in seiner Brusttasche herumsuchte und mit einem Lächeln, das Anerkennung für seine Mühe erflehte, sogar erwartete, das kleine Foto hervorzog, das ich Richard geschenkt hatte. Da lag es auf dem fröhlich-roten Tischtuch, das Gespenst meiner selbst. Aber ich sah, es war nicht das Original. Dieser junge Mann hatte seinem Vater das Foto gestohlen, um es kopieren zu lassen, dann hatte er es – vermutlich – zurückgelegt.

»Das habe ich Tag und Nacht bei mir«, behauptete Matthew; er spielte seine Rolle, wie er es geplant hatte: Ich wußte, er sagte kein Wort, das nicht einstudiert war.

Er sah mich an, er beugte sich vor, seine heiße Hand drückte vertraulich mein Gelenk, seine blauen Augen forschten in meinem Gesicht; ich sah ihn an und verabscheute ihn, wie ich selten jemanden im Leben verabscheut habe.

Dann sagte er, was für ihn der Höhepunkt dieser Inszenierung war: »Ich liebe Sie, Janna. Ich habe das Gefühl, ich liebe Sie schon, so lange ich lebe.«

Diese Worte durchfuhren mich wie Stromschläge. Jetzt stand ich auf, schüttelte seine Hand ab. Griff meine Handtasche, meinen Schal. Ich ging hinaus, vorbei an dem französischen Paar, das ob dieser leckeren Perversität ganz verträumte Augen bekommen hatte.

Ich erinnere mich nicht, wie ich auf die Straße und bis zur Baker Street kam. Ich war verstört und fieberheiß und wünschte mir nur, irgendwo allein zu sein, wo es kühl und dunkel war. Kate schlief noch. Ich mußte einen Moment lang an Jills ›Eines Tages wirst du eine sterbende Kate vorfinden‹ denken und beugte mich über sie, um sicherzugehen, daß alles in Ordnung war. Sie atmete regelmäßig. Neben ihr stand ein Becher, rostrot vom Wein des Vorabends.

Ich ging in mein Zimmer, zog die Vorhänge vor, warf mir eine Decke über, legte mich ins Bett und weinte.

Es war nämlich so: Ich hatte mich verliebt.

Das war vor ... vor Tagen. Was für ein Grauen, was für eine Demütigung. Dieser reichlich unangenehme junge Mann hat einen Knopf gedrückt, einen Mechanismus ausgelöst, auf jeden Fall den Finger auf etwas Unbekanntes in mir gelegt, das auf genau diese und keine anderen Worte programmiert war: und Knall auf Fall verliebe ich mich. Ich bin vergiftet. Ich bin im Griff eines krankhaft süßen Fiebers. Ich bin besessen.

Richard rief an und fragte, warum ich heute nicht im Pub am Shepherd Market gewesen sei. Ich hatte es vergessen und doch nicht vergessen. Ich war in jener Verfassung, in der man hofft, ein Problem werde weggehen, wenn man es nur ignoriert.

Um die Zeit, als ich mit ihm verabredet war, hatte ich wie wild bei Charlie im Büro gearbeitet, um an sonst nichts denken zu müssen.

Ich sagte zu Richard: »Es tut mir sehr leid. Ich konnte einfach nicht.« Ich hörte meine Stimme, kalt, aber gequält.

Richard fragte: »Janna, ist etwas? Ich meine, etwas Schlimmeres als üblich?«

»Nein«, sagte ich. Mir fiel auf, daß ich bis jetzt Richard immer alles gesagt habe, meine Gedanken nie zu zensieren brauchte.

Ich hörte ihn fragen: »Willst du mich nicht mehr sehen, ist es das?«

Ich höre mich selbst ausrufen: »O Richard, sag nicht so etwas, bitte nicht.«

Er schwieg. Denn dies war ein Ton, den wir uns nie gestattet hatten.

»Janna . . . wann können wir uns denn treffen?«

Ich kann mich nicht mit ihm treffen, während ich in diesem Zustand bin. Wie könnte ich? Es ist einfach ekelhaft, alles.

Mir geht auf, daß ich, wäre ich fünfundzwanzig statt fünfundfünfzig, diesen kleinen Fiesling heiraten würde, aufgrund meiner *Gefühle*, und wenn sie nicht gestorben sind . . .

Heute kam Phyllis ins Büro und brachte Caroline mit. Sie sah kühl aus, ein wenig belustigt, sehr hübsch, sehr zufrieden mit sich. Wehmütig auch. Man braucht uns nicht zu sagen, daß ihr *Lilith* fehlt. Charlie: stolz, väterlich, gegenüber der kleinen Caroline und gegenüber Phyllis.

Dutzende von Leuten, anscheinend das ganze Haus, wimmelten herum, bewunderten Caroline, brachten kleine Geschenke, eine Blume, ein Spielzeug. Charlie ließ Sekt kommen, in der ganzen Abteilung prickelte und schäumte es, und wir hatten alle einen Schwips.

Phyllis war einen Augenblick lang mit mir im Büro allein, als Charlie Caroline für eine erneute Bewunderungs-Orgie fortgetragen hatte.

Sie sah mich an und sagte ganz leise, für den Fall, daß Charlie nebenan war und mithören konnte: »Janna, ich frage mich oft, wie du über mich denkst und über alles, was geschehen ist.«

Ich sah sie an, diese Phyllis, die einst so scharfsinnig und entschieden gewesen war, nun rundlich von der Mutterschaft und der vielen Milch, die sie für Klein-Caroline herumschleppen mußte, und ich sagte: »Im Moment denke ich über absolut niemanden nach außer über mich.«

Meine Stimme zitterte ein bißchen. Ich spürte ein dummes Drängen, ihr alles zu erzählen. Ich mußte es loswerden. Dann jedoch dachte ich: Niemand unter vierzig kann das verstehen! Wenn nicht noch älter . . . Sie sah mich an. Ich sah sie an. Sie sagte in aufgesetzt munterem Ton: »Liebe bewegt die Welt.«

Heute rief Richard an und verkündete, er habe es geschafft, sich ›eine Woche lang von den Familienbanden freizumachen‹.

»Ich glaube, ich könnte tatsächlich mit dir irgendwohin fahren, ohne verfolgt zu werden. Wie sieht es aus, Janna?« Er schien zuversichtlich, daß ich ja sagen würde. Mit Recht: Ich hätte alles stehen und liegen lassen, Kate ihrem Schicksal überlassen, meinen Job aufgegeben, alles, um bei ihm zu sein. Denn dies ist unsere letzte Chance, das weiß ich.

Aber ich sagte: »Richard, du mußt mir glauben, ich kann einfach nicht. Nicht, daß ich dich nicht will . . .« Ich hatte sagen wollen, nicht, daß ich nicht will . . . aber es war mir so herausgerutscht.

»Du kannst wirklich nicht?« fragte er zurück, und seine Stimme klang schwach vor Enttäuschung.

»Ich *kann* nicht.«

Zehn Tage ist es her, daß ich Matthew getroffen habe. Wir haben September. Die Luft ist frisch, nicht mehr drükkend. Der Sonnenschein brennt angenehm im Gesicht und prickelt auf den Armen.

Ich glaube, ich komme darüber hinweg. Es ist nur eine Art Anfall. Gürtelrose. Masern. Windpocken. Eine Unpäßlichkeit, für die es eine exakte Benennung gibt. Verliebt in einen Mann, den man zutiefst verabscheut, soundso viele Tag lang. Inzwischen rase und glühe ich und wache nachts auf, sitzend, mit ausgestreckten Armen, brennenden Brüsten, nach *ihm.* Wem? Ihm. *Wem?*

Richard rief an: Wenn wir schon nicht für eine Woche wegfahren könnten, ob wir uns nicht wenigstens mittags treffen können? Ich würde es nicht ertragen, ihm in diesem Zustand zu begegnen. Ich sagte, vor nächster Woche könne ich ihn nicht sehen. Plötzlich sagte er: »Janna, weißt du, daß ich bald weggehe? Für immer, meine ich. Zurück in die Staaten.«

»Ja, das dachte ich mir schon.«

Ich sehe die herrlichen Septembertage vorbeifliegen, indes mein Fieber abklingt, und ich sehne mich nach Richard, aber ich kann nicht mit ihm zusammen sein. Nicht, daß ich mich schäme, es ist eher so, als ob man bei einer Geschmacklosigkeit ertappt wird. Aber das Schlimme, das Schlimmste von allem ist, ich kann es ihm nicht erzählen.

Um zwei Uhr früh ging das Telefon. Noch im Halbschlaf weiß ich, selbst wenn das Geräusch mich täuschen will, daß es Matthew ist. Zorn stachelt mich wach, Adrenalin rast, ich setze mich auf.

Jede Silbe abgemessen, berechnet. »Janna, ich habe an Sie gedacht. Ich hatte das Gefühl, ich müßte Sie anrufen. Nehmen Sie mir das übel?«

Das *Nehmen Sie mir das übel* verschloß mir den Mund: Darauf war es angelegt.

Ich starrte die dunkle Wand mit dem Rechteck voller illuminierter Wolken an. Ich hörte Kate in der Küche rumoren.

»Ich denke die ganze Zeit an Sie, Janna. Glauben Sie bitte nicht, ich machte meinem Vater einen Vorwurf. Ich verstehe ihn vollkommen! Ich –«

Ich warf den Hörer auf die Gabel und nahm ihn sofort wieder ab.

Ich ging in die Küche. Kate saß da und aß gierig und mechanisch Kekse mit beiden Händen, die eine stopfte einen Keks in den Mund, die andere legte den nächsten bereit.

Ich wußte, wie sinnlos es wäre, etwa zu sagen: Kate, warum ißt du nicht etwas Vernünftiges? Ich blieb ein Weilchen und merkte, wie mein Zorn auf Matthew in Sorge um Kate überging.

»Geht es dir gut, Kate?« fragte ich plötzlich, so wie man einen Freund fragt, bei dem man eine wirkliche Notlage wahrnimmt und wirklich meint: *Hier bin ich.*

Sie lächelte mild mit ausdruckslosen Augen, ein braves kleines Mädchen mit einer Schwäche für Kekse.

Ich begab mich mit einer Tasse Tee ins Bett zurück, blieb bis jetzt, bis zum Morgen, wach und stellte folgende Liste auf:

Ich hasse Matthew mit reinem, kaltem, ja leidenschaftslosem Haß. Ich bin in ihn verliebt, aber darüber komme ich hinweg. Ich bin krank vor Sorge um Kate und dabei hilflos. Wenn ich an Jill denke, ist mir, als wollte ich sie in die Arme nehmen und sie beschützen – vor sich selbst. Hannah bewundere ich und verlasse mich auf sie. Wenn ich an Charlie denke, finde ich überraschenderweise ein liebevolles Lächeln auf meinem Gesicht. Phyllis: über sie möchte ich weinen. An Schwester Georgie gestatte ich mir nicht allzuoft zu denken, denn das erfüllt mich sofort mit ungläubigem Zorn. An Mark denke ich gern: da ist Güte und Kraft. Ich liebe Richard. Punkt. Ich träume von Freddie.

Richard rief heute an, seine Stimme war kalt vor Zorn. »Janna, sag mir, hast du Matthew getroffen?«

»Ja, er war in dem Café, wo ich dich treffen wollte. Er war da, nicht du.«

»Warum hast du mir nichts gesagt?«

»Anscheinend war es richtig so, dir braucht man nichts zu sagen.«

»Es ist absolut unverzeihlich, entsetzlich . . . Es tut mir leid, Janna. Was sonst kann ich sagen?«

Als heute Richard anrief, sagte ich, als wäre nichts geschehen, denn so empfand ich es: »Gut, treffen wir uns, wo?«

Ein Schweigen von ihm. »In Ordnung, Janna, ich verlange keine Erklärung! Ich habe kein Recht darauf! Darauf pochst du aber auch ein bißchen sehr – so empfinde ich es jedenfalls. Wo also?«

»Glaubst du, wir könnten uns ohne unser Gefolge am Soho Square treffen?«

»Versuchen wir's.«

Ich habe mich mit Richard am Soho Square getroffen.

Nach Verfolgern habe ich nicht ausgeschaut: Sie waren mir egal. Kathleen scheint diese Aufgabe ohnehin Matthew übertragen zu haben.

Blauer Septemberhimmel, nostalgisch in seiner Wärme. Prickelnde Luft. Als ich mich der Bank näherte, auf der mein Liebster saß, wirbelte ein gelbes Blatt zu Boden.

Wir setzten uns auf Abstand und lächelten uns gezwungen an. Es sind beinahe drei Wochen verstrichen. Er sah müde und ausgelaugt aus.

»Es tut mir leid wegen Matthew«, sagte er; aber ich merkte, er wußte nicht einmal die Hälfte.

»Du kannst nichts dafür.«

Betont sagte er: »Ich habe Matthew niemals gemocht.«

»Aber du hast immer deine Pflicht an ihm erfüllt.«

»Ja. Ich nehme an, auf ihn habe ich die Gefühle projiziert, die ich mir Sylvia gegenüber nicht eingestehen konnte.«

Angesichts dieser Aufforderung zum Reden geriet ich erst einmal aus dem Fahrwasser. »Ich möchte nicht, daß du glaubst, ich hätte nicht bei dir sein wollen, Richard ...« Das klang falsch, so etwas haben wir nie zueinander gesagt.

»Aber du hattest Wichtigeres zu tun«, stellte er fest.

Ich bekam keinen Ton heraus.

»In mancher Beziehung, Janna, bist du so sehr etwas, was ich nur zu genau kenne . . .«

Ein paar Tauben nickten erwartungsvoll umher. Wir hatten nichts für sie, und so flatterten sie zu einer anderen Bank, wo zwei Büromädchen sie mit Sandwichbrocken fütterten.

»Ja, ich weiß. Eine Karrierefrau. Gut, erzähl mir davon; wenn du weg bist, das weiß ich, werde ich mich mit all den Dingen herumquälen, die wir nicht ausgesprochen haben und für die wir keine Zeit hatten.«

»Ich fliege doch nicht zum Mond!«

»Viel Unterschied macht das nicht. Intime Gespräche am Telefon? ›Ich wünschte, du wärst hier.‹ Ich finde, du solltest mir alles erzählen.«

»Gut, aber ich frage mich, ob du irgend etwas davon verstehen kannst. Warum solltest du? Dein ganzes Leben zeigt . . . Also, wo soll ich anfangen?«

»Sie liebt dich nicht?«

»O nein, all die angemessenen Gefühle sind da. Im richtigen Ausmaß. Hier, das habe ich vergessen.« Er zog flink zwei schwammige, in Cellophan eingewickelte Sandwiches hervor, und als er seins auspackte, war schon wieder eine Taube da und wartete zu unseren Füßen.

»Wir waren beide neunzehn. In Cambridge. Sie hatte darum kämpfen müssen. Ihre Eltern wollten es nicht. Ein Mädchen eben. Es waren noch drei begabte Brüder da. Sie war auch begabt, aber ein Mädchen. Sie sträubten sich, sie sollte nicht nach Cambridge, sie sagten, sie würde ja doch heiraten, das übliche. Sie bekam kein Stipendium. Aber ich wußte, sie war gut, wirklich gut. Dieses Besondere, das sie hatte – hat. Diese absolute Zielbewußtheit. Den geraden

Weg zu nehmen – ihr Ziel kannte sie damals noch nicht. Sie hatte es schwer. Das Geld reichte nicht hin und nicht her, da die Eltern das Studium für vier Kinder finanzieren mußten. Wir schlossen uns eng aneinander und halfen uns gegenseitig bei der Arbeit, und ich half ihr mit Geld aus. Ich selber bin von Natur aus kein verschwenderischer Mensch. Und dann zogen wir zusammen; das schien das Vernünftigste.«

»Allzu vernünftig?« fragte ich, denn etwas blieb da noch unausgesprochen.

»Nein. Das ist es nicht.«

Eine Taube, in deren perlenglänzendem Gefieder kleine Regenbogen schillerten, landete zwischen uns auf der Bank und pickte an Richards Sandwich. Wir sahen ihr zu.

»Ich habe sie geliebt«, sagte er. »Vom ersten Moment an habe ich sie geliebt. In einer Vorlesung. Sie saß da und sah nichts und niemanden außer dem Dozenten. Ich sah nur sie. Ich wollte sie kennenlernen. Von mir ging alles aus. Ich suchte das Zimmer für uns, ich zahlte die Miete, ich sorgte dafür, daß wir zu essen hatten – alles tat ich. Sie – ließ es sich gefallen. Nahm das alles entgegen. Nicht, daß sie mich ausnutzen wollte, Janna, verstehst du? Es war einfach da. Ich war da. Es war das, was sie brauchte. Also nahm sie es an, erwartete es. Verstehst du?«

Was ich sehr wohl verstand: Er wollte nicht, daß ich über Sylvia schlecht dachte. Ich konnte wahrheitsgemäß antworten, daß ich verstand.

»Wir beide arbeiteten sehr hart. Ich, weil ich mußte. Ich war nie ein Genie gewesen. Sie, weil sie eins war. Nach der halben Studienzeit starb ihr Vater. Das Geld reichte nur noch zum Abschluß für die drei Brüder. Ihre Mutter erwartete, daß sie nach Hause käme, und wenn ich nicht gewesen wäre, hätte sie das auch getan. Ich wußte, es wäre eine Schande, wenn sie ihr Talent nicht nutzte. Von meinen Eltern konnte ich kein Geld verlangen, die hatten selber kaum genug. Ich verdiente das Studiengeld für sie. Wenn man heute von den schwindelnden Höhen des American Way of Life zurückblickt, waren das natürlich winzige Beträge, ganz kleine Fische. Aber damals –«

»Was hast du gemacht?«

»Was habe ich nicht gemacht? Heute kann ich kaum mehr glauben, wie ich diese zwei Jahre lang geschuftet habe. Ich habe den Leibsklaven für meinen Professor gespielt. Er war ziemlich bekannt. Habe Korrektur gelesen, recherchiert, sogar einige seiner Veröffentlichungen geschrieben. Er wußte, daß ich Geld brauchte, und verschaffte mir solche Arbeit auch von anderen. Ich arbeitete normalerweise bis vier Uhr morgens. Am Wochenende arbeitete ich in einem Café als Koch, natürlich unterbezahlt, es war Schwarzarbeit. Und wir beide hatten noch unser Studium. Alles, was wir taten, war arbeiten.«

»Miteinander geschlafen habt ihr nicht?« fragte ich in voller Absicht, um die Gespenster zu bannen.

»Doch, ich glaube schon. Ja, natürlich. Aber das war kein Thema. Damals nicht einmal für mich. Ich war die ganze Zeit hundemüde. Wir hatten ein verflixt enges kleines Bett, in die Zimmerecke gequetscht. Unser Arbeitstisch nahm schon allein fast das ganze Zimmer ein. Normalerweise fielen wir um vier Uhr morgens umschlungen ins Bett und wußten von nichts mehr.«

»Und ihr habt beide ein gutes Examen gemacht?«

»Sie natürlich ein glanzvolles. Ich ein ganz gutes. Aber ihr Erfolg war der meine. So empfand ich es. Sie natürlich nicht. Dann kamen wir hierher, nach London, und in verschiedene Kliniken. Sie wußte inzwischen, daß sie Chirurgin werden wollte. Ich wollte bloß ein normaler praktischer Arzt werden. Altmodisch für die damalige Zeit. Wir hatten ein Zimmer im obersten Stock eines Hauses in Bloomsbury. Sie war am Middlesex. Ich nur an einem bescheidenen Krankenhaus. Mit dem Geld kamen wir gerade eben aus. Wir arbeiteten. Janna, wenn du dir vorstellen könntest, wie wir schufteten. Aber ich nehme an, du kennst das, ja, du kennst das.« Und er lächelte mich an, direkt, aber verzerrt und hart und wild, doch die Wildheit hatte er im Griff. In seinem Gesicht fand ich alte Bitterkeit, nun umgewandelt. Einen Moment lang schien er mir alt, ein alter Mann, der mit dürrem Lächeln sein Leben überdenkt.

»Natürlich hatte sie mich schon lange vor dem Ende der Ausbildung weit hinter sich gelassen. Ich war der Zweitbeste, und so mußte es bleiben. So lagen die Dinge. Verstehst du? Und so ging es eben weiter. Sie stieg von Erfolg zu Erfolg, wurde ständig besser. Ich war immer – da. Und inzwischen war ich natürlich nicht mehr der einzige, der wußte, was für ein außergewöhnliches Talent sie war. Immer diese tödliche Zielstrebigkeit, deren sie sich noch nicht einmal bewußt war . . . von ihr erwartete man glänzende Leistungen.«

»Und du? Du sagst nie . . .« Ich wartete auf etwas. Das eigentliche Thema, so schien es, war noch nicht zur Sprache gekommen.

»Ich? Ich liebte sie natürlich.«

»Und liebte sie dich?«

»Ich glaube nicht, daß sie je einen anderen geliebt hat.«

»Richard, all das erklärt aber nicht, warum du einen Eindruck machst wie ein zugekorkter Vulkan.«

»Nicht?« fragte er, ehrlich überrascht. »Meinst du damit . . .« Um mir ins Gesicht zu sehen, lehnte er sich so plötzlich vor, daß zwei Tauben aufflatterten und sich in die Bäume flüchteten.

»Du bist in meinen Augen einfach kein Mann, der sich vor unbefriedigtem Ehrgeiz verzehrt.«

»Ehrgeiz? Habe ich ein Wort von Ehrgeiz gesagt? Nein, da hast du recht. Mir hat das Spaß gemacht, was ich erreicht habe. Ich bin sogar froh, daß ich nicht Jahre darauf verwendet habe, mich zu spezialisieren. Der einfache Hausarzt, der ich bin, kommt wieder in Mode. Ich leite zusammen mit einer Gruppe anderer Ärzte in Boston eine neuartige, wegweisende Klinik: Medizin für den Konsumenten, mündige Patienten mit Wahlfreiheit, Präventivmedizin – all das. Hast du davon gehört? Nein, wie solltest du. Aber das setzt sich durch. Ich kann also von mir sagen, daß ich nichts zu bereuen habe. *Das ist es nicht.*« Er lehnte sich vor und legte seine warme Hand über meinen Unterarm, der auf der Rückenlehne der Bank ruhte. Ich spürte den lebhaften Schmerz, Haut auf Haut, klopfende Pulse, alles, was nie gewesen ist, und meine Augen füllten sich mit Tränen. »O ja«, sagte er leise und lächelte mir gerade ins Gesicht. »So war das, verstehst du. Mein Leben lang. Und jetzt mit dir wieder.«

Er nahm die Hand weg, richtete sich gerade auf und verschränkte die Arme.

»Sag mir, du Kitschroman-Autorin, hast du dir schon einmal die Lage eines Mannes ausgemalt, der in seine Frau hoffnungslos verliebt ist, die aber ihrerseits schon vor langer Zeit seine Rolle in ihrem Leben festgelegt hat – bis hierher und nicht weiter? Wäre das ein Romanthema?« Und er lachte.

Mir war, als hätten all die Träume, die ich in den letzten Monaten von Freddie geträumt habe, hier ein Ende gefunden, auf dieser Bank am Soho Square zur prosaischen Mittagszeit.

Ich hätte ihm wohl meine Geschichte erzählen können, von Freddie sprechen, mich bloßstellen, aber ich ließ es. Nicht aus Feigheit. Eher: Sylvia wird er es nie sagen, soll er es mir sagen.

»In den ersten paar Jahren schufteten wir natürlich nur. Aber später schien es ein bißchen Raum zu geben, um sich umzudrehen, um zu fühlen ... Da sah ich immer noch Sylvia und war noch genauso verliebt in sie wie mit neunzehn, aber als wir uns nicht mehr wie Sklaven oder Gäule abrackern mußten – oder vielmehr, als ich nicht mehr arbeiten mußte, als gäbe es nichts anderes im Leben, da arbeitete sie genauso weiter. Wenn wir Urlaub machten, dann nur, weil sie wußte, man muß sich hin und wieder entspannen, aber sie nahm Arbeit mit. Wenn wir abends ausgingen, dachte sie an das, was sie am nächsten Tag zu tun hatte. Wenn wir ins Bett stiegen, dachte sie, wir sollten es nicht übertreiben, sonst würde sie am Morgen unausgeschlafen sein. Ich nahm in ihrem Leben einen genau zugewiesenen Platz ein, so viel und nicht mehr, zu dieser Stunde und zu keiner anderen. Und – dafür hätte ich sie umbringen mögen.« Dieses Letzte kam leidenschaftslos und zwischen lächelnden Lippen hervor, aber ich wußte, er hatte es so gemeint. Oft.

»Ich liebte sie«, sagte er, und es klang ganz überrascht, wie er das sagte, wie er zurückblickte und noch einmal sah, wie sehr. »Ich betete sie an. Ich habe sie umworben. Jahrelang haben wir in streichholzschachtelgroßen Zimmern eng beieinander gelebt, haben uns also so intim gekannt wie Bruder und Schwester, aber das zählte nicht. Für mich war sie immer die Schönste, Prächtigste, *Unerreichbare* – meinst du, das war es vielleicht, Janna?« fragte er mit dieser typischen raschen Wendung zu mir hin. »Ich erinnere mich, wie ich dasaß und sie im Schlaf betrachtete und sie so begehrte, daß es weh tat. Aber ich wußte, wenn ich sie aufweckte, würde sie nach einem Weilchen lächeln, ihre Müdigkeit pflichtbewußt unterdrücken und sagen: O Richard, du willst . . .? Und im Bett hinüberrücken, um mir meinen Platz frei zu machen. Und sie würde mich anlächeln, ja, ganz lieb, und wir würden miteinander schlafen, und es wäre sehr schön, ich würde keinen Anlaß zur Klage haben. Aber niemals, *nicht einmal*, Janna, hat sie je . . . Ich habe mich immer dabei ertappt, daß ich von ihr träumte, wenn wir im selben Zimmer waren, sie natürlich arbeitete. Ich träumte davon, sie hätte ein *alter ego*, von dem sie nichts wußte und das mir gehörte, nicht ihr. Mir.«

Ein langes Schweigen. Die Mittagspause war vorbei, die Büroangestellten warfen im Fortgehen Sandwichpapier und Plastikabfälle in den Papierkorb. Eine Taube gurrte. Die Sonne schien heiß und köstlich, und es roch nach frischgemähtem Gras.

»Jahrelang habe ich mir unbewußt vorgestellt, eines Tages würde sie plötzlich verstehen und sich mir zuwenden, und *dann* – Ich erinnere mich an den Tag, als mir endgültig klar wurde, es würde nie geschehen, dieses *alter ego*, das ich erfunden hatte, dieses liebevolle, *wundervolle* Mädchen, gab es einfach nicht. Würde es nie geben.«

»Und dann?«

»Sie zog von Klinik zu Klinik, um ihre Ausbildung zu vervollkommnen. Eines Morgens wurde ihr klar, daß sie schon über dreißig war. Zeit zum Kinderkriegen, beschloß sie – das sollte man nicht zu lange aufschieben, sagte sie zu mir, Arzt zu Arzt. Also kam Matthew in London zur Welt. Es wurde sehr schwierig. Wir schufteten beide. Ich glaube, ich kann behaupten, meinen Anteil erfüllt zu haben – sogar weit mehr. Ich war mehr mit Matthew zusammen als sie. Trotzdem ist Matthew ihr Kind, so jedenfalls sehe ich ihn. Sylvias Sohn. Ich glaube, Sylvia hat erwogen, es bei dem einen Kind zu belassen. Sie weiß, daß mich ihre Kinder einiges gekostet haben, aber nicht, wieviel. Sich in andere Menschen hineinzuversetzen ist nicht ihre Stärke. Kurz bevor wir nach Amerika gingen, denn dort hatte sie genau die Stelle bekommen, die sie sich so sehr wünschte – eine Spitzenklinik, höchstes Renommee, verstehst du – sie war versessen darauf –«

»Wolltest du nach Amerika?«

»Nein. Nicht unbedingt. Mir gefällt es hier. Wie du vielleicht gemerkt haben wirst.« Und er wandte sich um und schenkte mir den wunderbaren direkten Blick unbekümmerten Vergnügens, der für unsere ersten Begegnungen so typisch gewesen war. »Aber wie konnte ich nein sagen, da doch ihr Herz so daran hing? Kurz vor unserer Abreise entschloß sie sich verrückterweise, noch ein Kind zu bekommen. Sie argumentierte, die Schwangerschaft könne hier beginnen; wären wir erst einmal drüben, würde sich etwas arrangieren lassen – und praktisch gesehen hatte sie recht. Sie verdiente Unsummen, gemessen an europäischen Maßstäben. Ich auch, aber weit geringer als sie. Wir kauften ein Haus, alles ließ sich arrangieren, wir hatten ein Hausmädchen, das bei uns wohnte. Und von da an waren Matthew und ich Fremde. Ich kenne ihn nicht. Ich weiß nur, daß er ihr nachschlägt, und wie! Und dann kam Kathleen, und ich liebte sie vom ersten Augenblick an; und da begriff ich, daß ich Matthew nie geliebt hatte. Wie seltsam: wäre das zweite Kind nicht gekommen, hätte ich nie gewußt, daß das gar keine richtige Vaterliebe war, ich hätte es dafür gehalten, dabei war es eher Pflichtbewußtsein. Aber Kathleen: als sie geboren wurde – ich war natürlich dabei – und ich das kleine Ding da zwischen Sylvias Beinen liegen sah wie eine zerquetschte Erdbeere. Das arme Würmchen. Ich hob sie hoch und fühlte ... aber du hast ja nie Kinder gehabt«, schloß er, und mir stockte der Atem vor Schmerz. Was er nicht wissen konnte und nicht wissen sollte, darum zwang ich mich zum Weiteratmen, zum Weiterleben und beobachtete, wie die Sonne in seinem Wangenflaum und seinen löwenfarbigen Locken winzige Reflexe hervorrief. Ein bräunlicher, warmer, schöner Mann ist er, mein Liebster, Richard.

»Und dann«, fuhr er nach einer langen Pause fort, »kam John. Darüber weißt du ja schon alles. Und Maria trat in unser Leben und wohnte bei uns, und das eigentliche Herz unseres Hauses ist John. Das behinderte Kind. Und oft genug habe ich mich gefragt, obwohl das möglicherweise nur eine Art Aberglauben ist, ob John vielleicht sein mußte. Verstehst du? Etwas Fröhliches, Verrücktes, schlicht und einfach Irrationales. Denn warum stecken diese Wesen so voller Liebe und Fröhlichkeit? Sie haben keinen Grund dazu. Worüber sind sie so verdammt glücklich? Aber in unserem Haushalt hatte dieses Element gefehlt. Die arme Kathleen hat eine düstere, traurige kleine Seele, ich weiß nicht warum. Wahrscheinlich hängt sie deshalb so an John, weil er etwas hat, was sie nie haben wird.«

Plötzlich schien Zorn aus ihm hervorzubrechen, ja ihm einen regelrechten Ruck zu versetzen, und er hieb mit der Faust auf die Lehne der Bank. »Ich frage mich, was würde deine emanzipierte Hannah zu all dem sagen? Anscheinend hat sie doch in deinem Leben das letzte Wort zu allem.«

Ich sagte verblüfft: »Aber Hannah ist doch erst ein paar Monate bei uns in der Abteilung.«

»Das klingt, als ob ... Nein, vergiß es, Janna. Ich vermute, bei manchen Themen hakt mein Verstand aus. Aber in Amerika ist diese Frauenbewegung etwas *Grausames* – wußtest du das? Sie haben die Grausamkeit institutionalisiert. Und jetzt komme ich hierher zurück und verliebe mich in dich, und da ist es wieder, in deinem Büro. Hannah sagt dies, und Hannah sagt das.«

»Ich finde, du bist ein bißchen unfair«, sagte ich.

»So, bin ich das? Weißt du was? Das ist mir egal! Ich bin mein Leben lang gewissenhaft und *fair* gewesen. Ich hatte ja auch die besten Lehrmeister! Jenes *gehört* sich, dieses *muß* man. Ich *sollte* Hannah und ihrer ganzen Bande gegenüber fair sein, aber ich will nicht! Mein Leben straft sie sowieso alle Lügen.«

Ich dachte an Freddie, Freddie; ich fragte mich, ob er vielleicht an meinem Bett gesessen und gehofft hatte, wenn ich diesmal aufwachte, würde ich . . .

»Warum liebst du sie eigentlich so?« fragte ich. »Das hast du noch nicht erklärt.«

»Warum? Was für eine blödsinnige Frage – nein, wohl doch nicht. Eine gute Frage. Sie war so schön, das kannst du dir nicht vorstellen! Sie selber wußte es nicht, sie hat keine Zeit für so etwas, aber sie ist die schönste . . .« Er wandte sich langsam um, und das skrupellose Freibeuterlächeln verbreitete sich über sein Gesicht; er lehnte sich zurück, um mich anzusehen, und lachte. Und ich lachte hilflos mit, so absolut verrückt war das Ganze.

Da küßte er mich auf den Mund. Zum ersten Mal.

Wir gingen hinauf zur Oxford Street.

»Hast du morgen Zeit, mich zu treffen?« fragte er.

»Wann?«

»Abends. Ab sechs bin ich frei.«

»Ja. Am Soho Square?«

»Ja.«

Um halb sechs, als ich gerade fort wollte, um mich mit Richard zu treffen, ging das Telefon. Annies gute Nachbarin. Heute morgen war Annie gestürzt. Erst nach Stunden konnte der Arzt kommen, und dann gab es noch Verzögerungen mit dem Krankenwagen. Sie, Lucie Fox, war mitgekommen, denn Annie stellte sich an, als wolle man sie umbringen, ich wisse ja, wie sie zetern könne. Aber jetzt müsse sie, Lucie Fox, nach Hause zu ihren Kindern. Die Haushaltshilfe sei heute nicht dagewesen. »Keine Ahnung, wo sie bleibt, aber ich dachte, Sie, Mrs. Somers, würden gerne Bescheid wissen, da Sie doch so mit Annie befreundet sind.«

Das hieß: Sie sind angeblich ihre Freundin, nun übernehmen Sie.

Ich sagte, ich würde nach Annie sehen. Ich rief im Krankenhaus an. Die Schwester sagte, Annie sei fürchterlich aufgeregt, schreie und tobe, und ob es keine Verwandten gebe? Wer seien die nächsten Angehörigen? Ich schätze ich, sagte ich. Schweigen. Ich sagte das, was sich *gehörte*, nämlich, daß ich gleich kommen würde.

Niemand war mehr im Büro außer Hannah, die auf ihrem Stuhl wie auf einem Pferd saß, die stämmigen braunen Beine weit gespreizt, und die Pflanzen auf dem Fensterbrett betrachtete. Sie trug ein rot und violett gestreiftes Kleid und ein violettes Stirnband und sah darin noch mehr als sonst wie Pocahontas aus. Sie fächelte sich gleichmütig mit der letzten Ausgabe von *Lilith*, der mit den durch den Herbstwald spazierenden Mädchen, früher im Jahr aufgenommen, und faßte mich ohne Kommentar ins Auge, als ich sagte, ich müsse ins Krankenhaus.

»Kate?«

»Nein. Eine alte Frau. Darum möchte ich dich um einen Gefallen bitten . . .« Ich bat sie, zum Soho Square zu gehen und Richard zu sagen, ich könne ihn nicht treffen. »Du wirst ihn sicher erkennen.«

»Ich habe ihn schon gesehen«, sagte Hannah, und ich erinnerte mich daran, wie Hälse sich verrenkten und Zungen sich in Bewegung setzten.

»Schnucklig ist er«, sagte Hannah. »Wenn meine Neigungen in die Richtung gingen, könnte er mich reizen.«

»Fragst du ihn, ob es morgen geht?«

»Mache ich.«

Auf der Station Dorothy Wordsworth saß Annie aufrecht im Bett und sah sehr mürrisch und schlecht aus.

Als sie mich erblickte, legte sie sofort los: Was sie hier solle, sie sei gegen ihren Willen hierhergebracht worden, sie wolle nach Hause, sie wolle ihre Kleider, ihr fehle nichts. Und so weiter und so weiter . . . Die anderen drei Patienten im Zimmer, alle schwer krank, versuchten die Ohren zu verschließen, aber als die Schwester hereinkam, hagelte es Beschwerden. Die Schwester blickte gequält drein: Ich wußte, sie wußte, daß nichts und niemand Annie zum Schweigen bringen würde. »Sie ist eben eine von denen, nehme ich an«, sagte sie, flüchtete und überließ Annie mir.

Ich saß bei ihr, dachte an Richard und bemühte mich, auch mal zu Wort zu kommen. Endlich konnte ich ihr erklären, sie habe sich das Bein verletzt, das wisse sie doch sicher – und so weiter und so weiter. Aber sie hatte das Bedürfnis, sich zu beklagen. Annie muß sich immer beklagen: zu Hause, im Krankenhaus, wo auch immer, ihre Rolle ist die der Nörglerin. Ich blieb drei Stunden und ließ mich von dieser bitteren alten Zunge geißeln, bis sie sich schließlich, als ich gehen wollte, beruhigte, die Augen glänzend und ein wenig irr vor Verzweiflung, und verkündete, hier würde sie wenigstens Gesellschaft haben, was sie von zu Hause nicht behaupten könne.

Im Dienstzimmer fragte ich, wie es mit Annie wohl weitergehen werde; aber es waren gerade die Nachtschwestern hereingekommen, die Annie noch nicht kannten und mich vertrösteten: Der Doktor ... wir müssen erst ... vielleicht in ein bis zwei Tagen ...

Als ich ging, hörte ich Annie kreischen: »Schwester, Schwester«, und die Schwester sagte mit gedämpfter Stimme, wie wenn man ein Kind beruhigen will: »Da ist eine Klingel, meine Liebe, eine *Klingel* ...«

»Ich will keine Klingel, ich will nach Hause.«

Als ich gerade dies hier geschrieben hatte und ins Bett wollte, ging das Telefon. Richard. Seine Stimme klang gepreßt, erstickt: vor Zorn. Mir wurde klar, daß er seit Stunden vor Wut kochte.

»Dein Ein-Frau-Stoßtrupp hat deine Botschaft übermittelt«, sagte er.

Ich schwieg und versuchte meine Gedanken von Annie und dem, was man, wenn überhaupt, für sie tun könnte, zu dieser Krise umzuleiten: Richard wollte wissen, warum ich ihn so lange nicht sehen konnte, tage-, dann wochenlang: *Es tut mir leid, ich kann nicht.* Er hatte beschlossen, nicht danach zu fragen, es nicht wissen zu wollen, aber sein Zorn sprach eine andere Sprache.

Ich war verstört. Ich konnte und ich kann Richard nicht von Matthew erzählen.

Ich sagte: »Was soll das mit Hannah? Sei doch nicht albern! Es war niemand anders da, den ich hätte schicken können, nur Hannah war noch im Büro.«

»Diese Frau!«

»Wieso denn, Richard? Was hat sie gesagt? Was hat sie getan?«

»Auf jeden Fall hat sie ihre Rolle genossen.«

»Das glaube ich nicht! Sie ist nicht ...« Ich unterbrach

mich. Ich konnte mir vorstellen, wie Hannah gelassen und freundlich verkündet hatte: »Janna kommt nicht«, und wie leicht man daraus ein unausgesprochenes: Sie hat Wichtigeres zu tun, heraushören konnte. Aber das wäre Hannah nie in den Sinn gekommen. Das ist ihr Stil, mit dem sie, egal worüber, klarstellt: So ist es, und so muß es sein! – und dabei betrachtet sie einen philosophisch-gelassen und betastet eine Kette aus gelben Perlen, die über den glatten braunen Hügel ihres Brustansatzes baumelt. Ich sagte: »Hannah ist uns gegenüber freundlich eingestellt, das hat sie schon hundertmal bewiesen. Du mußt etwas mißverstanden haben.«

»Ich habe nichts mißverstanden. Sie hat es genossen, mir mitzuteilen, daß du irgendwoanders bist.«

»Ich war bei Annie, du weißt schon, die alte Frau, von der ich dir erzählt habe. Ich mußte hin. Sie hat wirklich niemanden außer mir.«

»Ich vermute, du hast in letzter Zeit deine ganze Freizeit mit ihr verbracht statt mit mir, so daß du mich noch nicht einmal auf eine halbe Stunde treffen konntest.«

Ich dachte nach. Wenn ich nun sagen würde: »Ich habe mich in deinen widerlichen Sohn Matthew verliebt. Aber mach dir darüber weiter keine Gedanken. Ich habe das Gefühl, darauf war ich einfach programmiert, verstehst du, eine Art Indoktrination. Er brauchte nur zu sagen: Ich liebe dich, und schon war es geschehen. Ich weiß, du wirst das verstehen.«

Erstaunt darüber, wie unmöglich es war, einem Mann, den ich als Inbegriff von Vernunft und Fairneß kannte, etwas zu erklären, was für mich die läppischste Lappalie war, sagte ich: »Du hast *wochenlang* Verwandte besucht, die dir angeblich nichts bedeuten.«

»Du wolltest mir doch nicht etwa das heimzahlen?« Ich

hörte Unglauben, Entsetzen, Schmerz. Ungläubig war er, das wußte ich, ebenso wie ich es gewesen wäre, wenn ich so etwas von ihm hätte annehmen müssen; verletzt, weil ich eine so schäbige Rache verfolgen konnte, während unser Schatz an Tagen und Nächten dahinschmolz.

Ich sagte: »*Nein.* Wie kannst du glauben ...«

»Ich weiß nicht, was ich glauben soll. Du warst in London. Ich war in London. Unsere Zeit geht zu Ende. Aber du konntest dich nicht mit mir treffen. Nie. Nicht ein einziges Mal.«

Unbeholfen, beinahe stammelnd, auf jeden Fall schuldbewußt, entgegnete ich: »Wenn ich es dir erzählte ...« Und konnte nicht weitersprechen.

Schweigen. Ich hörte, wie er seufzte und den Hörer ans andere Ohr legte: Er zwang sich zur Ruhe, gebrauchte seine ungeheure Selbstbeherrschung, wollte fair sein.

Er sagte: »Was genau hat eigentlich Matthew zu dir gesagt? Lag es an Matthew? Das war es doch, oder?«

Dies war nun der Moment, wo ich alles hätte sagen können, wenn ich gewollt hätte. In der einen Hand hielt ich den Hörer, mit der anderen hielt ich meinen weißseidenen Morgenmantel am Hals zusammen, als könne er mich sehen und als zwinge unser Streit mir zur Strafe Schamhaftigkeit auf, und ganz plötzlich spürte ich um mich das Gefühl, den ›Geschmack‹ des ›Verliebtseins‹ in Matthew: Ich atmete giftig-süße Luft, zusammengesetzt aus widerwilliger Begierde und Sehnsucht nach etwas Umgreifendem und Fernem, etwas, dem ich mißtraute und das ich ablehnte. Auf der Zunge schmeckte ich süße Falschheit, und mir war schlecht.

»Was in aller Welt kann er dir nur gesagt haben, das

dich so schockiert hat, daß du nicht einmal mehr mit mir ein Sandwich auf dem Soho Square essen wolltest, und das beinahe drei Wochen lang?«

Ich sagte: »Richard, mit Matthew hat das nichts zu tun. Nicht das geringste.« Und mit kalt-zorniger, verächtlicher Stimme hörte ich mich hinzufügen: »Er ist mir zuwider. Tut mir leid, aber ich kann ihn einfach nicht ausstehen.«

Damit war die ›Wahrheit‹, so Gott uns helfe, auf immer dahin; wenn ich auch einen Moment lang Angst hatte, denn ich wußte, in meiner Stimme hatte etwas Echtes, Entblößtes gelegen, und Richard hätte es vielleicht deuten können oder wollen.

Nach einer Weile sagte er vorsichtig: »Das heißt wohl, daß ich es nie erfahren werde. Also muß es ziemlich schlimm gewesen sein. Ich hatte schon so ein Gefühl, daß es ziemlich schlimm war. Ich – und die ganze Familie – haben bereits früher zu unserem Leidwesen erfahren, daß Matthew keine Skrupel kennt, wenn er seinen Willen durchsetzen will. Er bekommt seinen Willen. Auch bei dir hat er ihn bekommen.« Mir stockte der Atem, aber er fuhr fort. »Er wollte, daß wir uns nicht mehr treffen, und das hat er erreicht. Befristet, aber für lange genug. Und jetzt, da wir bald abreisen, wird er sich nicht mehr die Mühe machen, sich etwas Neues auszudenken. Ich weiß nicht, was er gesagt hat, über mich, über Sylvia – worüber auch immer. Ich kann mir einfach nicht vorstellen, was es gewesen sein kann, aber ich hätte so gern geglaubt, du würdest es durchschauen. Aber wie solltest du, Janna?«

Ich fragte: »Können wir uns trotzdem morgen treffen?«

»Ja, ja, ich glaube schon. Ja, warum nicht?«

Vor dem Pub, wo ich mich mit Richard treffen wollte, unserem Pub, stand Kathleen, eine schlaffe, stumme Gestalt, den Rücken zum Eingang, den Blick auf den Himmel gerichtet, der nächste Woche um diese Uhrzeit schwarz sein wird: Die Uhren werden wieder zurückgestellt.

Ich ging direkt auf sie zu, legte ihr die Hand auf die Schulter und sagte: »Kathleen, komm bitte mit mir hinein.«

Ihr schüchternes, erfreutes Lächeln, in dem nichtsdestoweniger Triumph und Genugtuung lagen. Ich dachte: Das ist mit Matthew so abgesprochen. Er hat ihr befohlen, sie soll mit uns in das Pub gehen.

Richard sah, daß wir beide auf ihn zukamen, rückte zwei Stühle zurecht und bestellte beim Barmann: »Manhattan.«

Ihr Lieblingsgetränk.

Ihre Anwesenheit blockierte alles. Wir bekamen kein Gespräch in Gang. Sie schien schockiert über das Alltägliche an diesem wichtigen Ereignis. Ihre dunklen, vorquellenden, kühnen Augen – kühn, wenn sie sich nicht gerade verdüsterten, weil sie sich an die entsetzlichen Vorstellungen erinnerte, die sie sich von uns gemacht hatte – wanderten von seinem Gesicht zu meinem, von meinem zu seinem, als läge dort irgendwo ein Faktum, das sie benötigte, aber nicht greifen konnte.

Zwischen mir und Richard war der Stromkreis unterbrochen. Auch wenn wir uns während dieser gezwungenen Konversation in die Augen sahen, wurde doch nichts gesagt. Bald schon verkündete Richard, er müsse gehen, und stand auf. Kathleen auch, widerwillig. Sie erhoffte sich immer noch die schlagartige Offenbarung über das Leben oder die Liebe, oder was weiß ich.

Wir gingen zur Tür. Inzwischen war es dunkel, ein lebendiges, geselliges Dunkel, erfüllt von Menschen und Geschäftigkeit.

Richards Augen schafften es schließlich doch, mir eine Botschaft zu übermitteln: Dies ist *schrecklich* – und damit entfernte er sich, Kathleen im Schlepptau.

Konferenztag. Früher für mich der schönste Tag der Woche, an dem alles, was *Lilith* ausmachte, sich an einem Fleck konzentrierte, dem langen, förmlichen Saal, der bei dieser Gelegenheit zum Leben erwachte; und zu einer Stunde am Montagmorgen, wenn man merkte, wie alles, was sich über das Wochenende verstreut hatte, aufs neue zusammenströmte, so daß man den Pulsschlag von *Lilith* spüren konnte. Die Repräsentanten der Abteilungen, zwölf bis vierzehn; und an den Saalwänden drängte sich auf dafür aufgestellten Stühlen jeder, der eine Stunde oder zwei erübrigen konnte. Alle waren willkommen, bis hin zur kleinsten Schreibkraft. Jeder konnte Ideen beisteuern. Konferenztag war Ideentag. Es gab eine formelle Tagesordnung, die bestimmte den Rahmen. Aber was eigentlich geschah, war, daß drei Stunden lang Ideen und Energie hervorsprudelten, und alles wurde aufgeschrieben, damit nichts verlorenging. Früher tat das Phyllis . . .

Und jetzt geschieht nichts dergleichen mehr. Warum nicht? Leicht zu sagen, *wegen Charlie*, und ich weiß, in den unteren Stockwerken *Liliths* gibt man Charlie die Schuld an allem möglichen. Aber ich bin da nicht so sicher. Ich meine, es ist eher so etwas wie der *Zeitgeist*, ein Leiden, das offenbar niemand benennen kann.

Eins weiß ich: hat dieser Geist, was er auch sein möge, sich erst in einer Institution festgesetzt, dann kann man Anweisungen erteilen und Memoranden herumschicken, bis man schwarz wird, und trotzdem passiert nichts.

Montag für Montag habe ich alle daran erinnert, daß *Lilith* seit eh und je alle Mitarbeiter aufruft, neue Ideen zu entwickeln, vorzutragen und, wenn möglich, die Verantwortung für sie zu übernehmen; habe sie aufgefordert, *Lilith* als Gemeinschaftsunternehmen zu betrachten; habe gefleht, jeder, der irgend könne, solle kommen und zuhören und sich auch beteiligen. Aber nun bleiben die Stühle an den Saalwänden frei. Und wenn der Tagesordnungspunkt ›Neue Ideen‹ aufgerufen wird, schauen die Leute normalerweise einander an, ob der andere vielleicht eine Inspiration hat, malen Männchen, warten auf den nächsten Punkt.

Heute waren nur zehn Leute da: weniger als je. Vor den drei schönen hohen Fenstern strahlte der Septemberhimmel, die Bäume wimmelten von Vögeln, der Himmel war blendend blau.

Auf dem langen Tisch lag verstreut die Weihnachtsausgabe, noch in Einzelteilen. Partyzeit: Glamour. Die Titelseite: ein Paar riesengroße dunkle Augen, ein rosa Schmollmund und ein Wirbel von schwarzem Samt gegen Schneegestöber. Von den Januar- und Februar-Ausgaben haben wir vorerst nur Skribbels vor uns, obwohl Artikel und Fotos für diese Monate bereits auf unseren Schreibtischen liegen. Die Männer haben ihre Jacketts ausgezogen. Jills glatte braune Schultern heben sich gegen weiße Träger eines Kleides ab, das von einem Sonnenkleid nicht weit entfernt ist. Charlie hat einen Russenkittel aus hellem Leinen an und strahlt uns allen zu, während seine Sekretärin, die genauso mütterlich ist wie er, uns Tee anbietet. Düfte von Orange Pekoe und Spritzgebäck. Im Büro geht der Scherz um – ein gutgemeinter im Grunde –, Charlie könne keine Tasse Tee trinken, ohne ein Fest daraus zu machen. Was ich habe, ist euer, scheint sein liebenswertes Lächeln auszudrücken, während er Kekse herumreicht.

Alles läuft reibungslos und freundschaftlich ab, die Tagesordnungspunkte flutschen auf dem Öl der Gleichgültigkeit dahin: Die Entscheidungen sind bereits gefallen, die Arbeit läuft, hier setzen wir nichts mehr in Bewegung, sondern registrieren nur. Darum läuft alles so glatt. Und im Grunde so gleichgültig. Ich schaue in die Gesichter derjenigen, die lange genug bei *Lilith* sind, um sich zu entsinnen, wie unsere Konferenzen früher waren; höflich blikken sie, aber scheinen doch nur die Zeit abzusitzen, bis sie wieder an die Arbeit können. Jill weiß, daß es früher anders war und daß das gar nicht lange her ist. Hannah nicht, Mark auch nicht, sie waren damals noch nicht bei uns. Charlie ist vermutlich nie etwas Besonderes aufgefallen.

Dann kommt der Tagesordnungspunkt: Neue Sekretärinnen. Sowohl Charlies als auch meine Sekretärin wollen gehen. Unter den Bewerbungen befinden sich einige von jungen Männern. Eine Frage des Prinzips – und auf einmal erwacht der Saal zum Leben.

Henry aus der Herstellung reißt das Wort an sich. Ein Revolutionär. Todernst. Uns gegenüber jedenfalls, obwohl er sich seinen Genossen gegenüber sicher einmal ein wohlabgemessenes Lächeln gestattet. Seine Kleidung erinnert ans Militär; sein schwarzer Bürstenhaarschnitt, nicht hochmodisch, wie wenn Jill oder die anderen plötzlich beschließen, nur wenige Zentimeter stehenzulassen, sondern darauf angelegt, an Gefängnisse und Guerillas zu mahnen; auch an Terroristen, sollte mich nicht wundern.

»Ich möchte Sie alle«, sagte er, »an das Gesetz gegen Diskriminierung aufgrund des Geschlechts erinnern.«

»Ach du liebe Güte«, seufzte Charlie bestürzt, »wozu das?«

»Wie sind unsere Richtlinien in dieser Frage?« wollte Henry wissen, sah einen nach dem anderen am Tisch an, so daß unsere Augen sich mit seinen verhakten, ein Trick, den er ganz sicher aus einer Broschüre *Wie setze ich mich in einem Meeting durch* gelernt hat.

»Ich verlange, daß eine Richtlinie formuliert und darüber abgestimmt wird«, sagte Henry.

»Ich sehe nicht ein, wozu wir Richtlinien brauchen«, meinte Charlie, »wir können doch von Fall zu Fall je nach den Umständen entscheiden.«

»Ich finde schon, daß wir Richtlinien haben sollten«, sagte Hannah, und sie und Henry sahen einander an: Sie haben in der Herstellung zusammengearbeitet, und, wie es heißt, nicht immer einträchtig.

»Wie deine Richtlinie aussehen würde, weiß ich schon«, sagte Henry.

»Richtig, Diskriminierung im positiven Sinn, zugunsten der Frauen«, bestätigte Hannah. »Dies ist eine der wenigen Branchen, die Frauen offenstehen.«

»Das ist auch mein Standpunkt«, sagte ich und sah, wie Henry ansetzte, das eine oder andere Machtwort zu sprechen.

Da aber warf Jill ein, mit der besänftigenden Stimme, die sie manchmal Mark gegenüber einsetzt, wenn seine revolutionären Prinzipien bedrohlich werden und sie, ganz die Tochter ihrer Mutter, instinktiv abwiegelt: »O doch, eine gewisse Regelung sollten wir schon haben, damit wir wissen, woran wir sind.« Sie warf Mark einen Blick zu. Der aber saß zurückgelehnt in seinem Stuhl und war vollauf damit beschäftigt, auf eine hellrote Mappe mit Filzschreibern perfekte kleine Kreise zu malen, rot, blau und grün. So konzentriert war er dabei, so exakt die Kreise, so faszinierend seine raschen, geschickten Bewegungen, daß wir alle zuschauten.

»Was mich betrifft, finde ich, Prinzipien und politische Richtlinien machen nichts als Ärger«, sagte Charlie, der dieses eine Mal ernsthaft verstimmt schien. »Ich weiß, daß sie in den unteren Rängen von *Lilith* stark im Schwange sind, aber ich will davon nichts wissen.«

»Ich bin völlig der gleichen Meinung«, sagte ich, Marks Händen zuschauend, aber an Henry gewandt. »Sie wissen das ja. Sie nehmen an all diesen Meetings da unten teil.«

»Da *unten* ist gut«, sagte Henry mit dem kurzen Lachen, das besagt: Da hat man es wieder.

»Das ist eben der Geist des Hauses, wenn Sie so wollen.«

»Hier beraten wir im Salon des Hauses«, sagte Henry und lachte ein echtes Lachen, und alle anderen lachten mit.

»Was ich meine: Meiner Erfahrung nach sind politische Zusammenkünfte Brutstätten des Unfriedens. Menschen, die sich vor so einem Meeting prima verstanden haben, gehen womöglich als Feinde auseinander.«

»Oder umgekehrt«, sagte Mark, während sein Muster immer größere Dimensionen annahm.

»Dann, wenn alles in Harmonie zusammengeschmiedet ist, wird jeder andere zum Feind, der nicht am Meeting teilnimmt«, stellte ich fest.

Jill sagte: »Wirklich unglaublich, Jane. Dich kann man nicht einmal als reaktionär bezeichnen. Du bist so reaktionär, daß du eine Klasse für dich bildest.« Ich wußte, dies waren nicht eigentlich ihre Worte, sondern von Mark übernommene.

»Da rechne mich nur mit dazu«, sagte Charlie.

»So redet man über mich, ich weiß«, sagte ich. »Aber wenn ich nachdenke, muß ich mich wundern, warum. *Lilith* zahlt höhere Löhne und Gehälter als sonst ein Blatt. Die Arbeitsbedingungen sind gut, die Gewerkschaft erkennt das an. Und unter mir – unter uns –«

»Das Verdienst kannst du ruhig dir zuschreiben«, sagte Charlie leutselig, »es steht dir zu, das wissen wir alle.«

»– war es unser Prinzip, junge Leute einzustellen. Da: Durchschnittsalter bei *Lilith* muß unter dreißig liegen.«

Hier nickte Henry, aber drückte damit auch aus: Darauf kommt es nicht an.

»Reaktionär sein«, schloß ich, »ist also nicht gleichbedeutend mit reaktionär handeln, nicht einmal reden, sondern hängt mit irgendeinem abstrakten Maßstab zusammen, und den, glaube ich jedenfalls, kann nicht einmal Henry aus dem Handgelenk definieren.«

Henry gönnte sich ein verzerrtes Lächeln, das ausdrückte: Sie geht so unglaublich am Thema vorbei ... aber sie ist harmlos.

Ich sagte: »Sie fragen, ob ich einen männlichen Sekretär akzeptieren würde? Wenn das die Frage ist, dann lautet die Antwort: ja. Vorausgesetzt, er ist so tüchtig wie eine Frau. Mir ist es gleichgültig.«

»Mir nicht«, sagte Charlie. »Ich will keinen Sekretär. Ich will ein liebes sanftes Mädchen wie Mary, die mich Pechvogel leider verläßt, um sich um ihren Glückspilz von Mann zu kümmern. Sie muß meinem Selbstwertgefühl schmeicheln und mich mit emotionaler Sicherheit umgeben. Zwar lese ich ständig über solche schrecklichen männlichen Arbeitgeber, aber ich fürchte, so bin ich nun einmal.«

Sein strahlendes Lächeln, das jede Kritik im Keim erstikken sollte, verfehlte seinen Zweck: Alle jungen Männer im Raum vermieden es sogfältig, diesen ältlichen Charmeur anzusehen. Aber ihre Mienen sagten alles.

Charlie fuhr fort: »Es ist einfach so, daß ich Frauen mag. Ich finde, sie sind tausendmal angenehmer als Männer und in jeder Hinsicht besser.«

»Meine Güte, was für ein vernichtendes Urteil«, sagte Hannah, verblüfft darüber, wie total unmöglich Charlie war.

»Ich sehe weiter keine Schwierigkeiten«, sagte ich. »Ich nehme einen Sekretär und Charlie eine Sekretärin.«

Hannah fragte: »Janna, wußtest du, daß der Betriebsrat diese Frage schon seit Wochen diskutiert?«

»Na, dann ist sie ja jetzt gelöst«, sagte ich.

Henry fragte: »Ich bin ja von unten, vom Betriebsrat delegiert, was soll ich ihnen berichten?«

»Daß die Frage in der Praxis gelöst ist. Als Prinzip auf Eis gelegt.«

»Dann muß sie auf die Tagesordnung für nächsten Montag.«

»Setzen Sie sie ruhig auf die Tagesordnung«, sagte ich. »Aber eines möchte ich noch betonen. Dieser Punkt war der einzige, der überhaupt mit einigem Interesse diskutiert wurde. Und dabei macht es für *Lilith* überhaupt keinen Unterschied, ob wir Sekretärinnen oder Sekretäre haben. Das Blatt wird davon weder besser noch schlechter.«

Hier sah Henry mich kurz an: Er gab mir recht. Er nickte sogar. Aber schon war sein Blick seitwärts geglitten, zu Marks Werk.

Wir alle betrachteten das Muster, das Mark für uns hochhielt.

»Das gäbe einen ganz wunderbaren Kleiderstoff«, sagte Charlie, plötzlich lebhaft und wirklich interessiert.

»Die Konferenz ist offenbar beendet«, bemerkte ich, und da standen alle auf.

Ich ging mit Jill und Hannah in ihr Büro und ließ die anderen zurück.

»Was würdet ihr dazu sagen, wenn ich eine Woche Urlaub nähme?« fragte ich.

Ich war überrascht, mit welcher Vehemenz sich Jill zu mir umdrehte: »O Jane, nein!«

»Warum nicht?«

Ich blickte Hannah an, die Unparteiische, die Richterin, und sie fragte: »Hattest du vor, Kate alleinzulassen?«

»O *Jane*!« Durch Jills Gefühlsüberschwang erkannte ich, was ich schon längst hätte erkennen müssen, nämlich wie sehr die Sorge um Kate sie bedrückt, sie zerfrißt, ob sie Kate nun haßt oder nicht.

»Aus London kann ich nicht weg, wenn es das ist, was dich so ängstigt, Jill. Schon wegen Annie.«

»Ach *die*!«

»Ja, ich weiß, was du denkst. Aber eine Woche frei?«

»Wir haben so viel zu tun«, stöhnte Jill; und Hannah sah ich an, daß sie dasselbe dachte.

»Gut, lassen wir das«, sagte ich.

Hannah meinte: »Es ist doch sowieso viel besser für dich, wenn du zu tun hast, das lenkt dich ab.«

Ich wartete den ganzen Nachmittag auf Richards Anruf, aber es kam keiner. Um sechs fuhr ich ins Krankenhaus zu Annie. Sie saß in einem Sessel. Kaum sah sie mich, legte sie los: »Ich will nach Hause, warum hält man mich hier fest . . .«, und so ging es pausenlos weiter.

Die drei anderen Frauen im Zimmer versuchten, ihre Ohren davor zu verschließen; eine von ihnen erzählte mir, Annie rufe nachts nach der Schwester, weil sie die Klingel nicht benutzen wolle, bis man sie unter Drogen setze und so zum Schweigen bringe.

Gestern redeten sie noch so, als müsse Annie wochenlang im Krankenhaus bleiben; heute sagten sie, sie würde entlassen. Weil sie nämlich jedem um sich herum das Leben zur Hölle macht. Aber zu Hause kommt sie nicht zurecht, sie kann ja kaum gehen. Sie sagt immer nur: »Aber Sie werden ja alle kommen und nach mir sehen, genau wie immer«, denn Einsamkeit und Langeweile hat sie jetzt völlig vergessen, in ihrer Erinnerung besteht ihr Zuhause aus lauter Besuch und liebevoller Fürsorge. Ist sie erst zu Hause, wird sie behaupten: »Es war nett im Krankenhaus, ich wollte nicht fort.« Das hat sie schon früher durchgespielt. Wo immer Annie sich aufhält, nörgelt und jammert sie und erfüllt die Welt mit Griesgram.

Als ich heute abend bei ihr saß, während sie schimpfte und schimpfte, mußte ich einen richtig heftigen, gemeinen Impuls unterdrücken, sie zu schlagen oder zu schütteln, bis sie still war. Ich dachte an ihre Mutter, diese arme alte Irin, die ganz allein in einem schäbigen Zimmer in der Nähe von Holborn von ein paar Pfennigen lebte, kaum laufen konnte, bei kaltem Wetter im Bett blieb, um Kohlen zu sparen, die Mutter, an die Annie heute betrübt zurückdenkt und sagt: *Sie* hatte all dies nicht, Leute, die ihr zu essen bringen und für sie einkaufen – jener alten Frau wäre das Krankenhaus und die Fürsorge, die Annie empfängt, wie ein Wunder erschienen, so weit jenseits ihrer Möglichkeiten, daß sie nicht einmal daran hätte denken können. Sie war nie bei einem Arzt gewesen, erzählt Annie. Für so etwas hatte sie kein Geld gehabt.

Versuchshalber fragte ich Annie: »Wissen Sie, daß Ihr Bett hier hundert Pfund die Woche kosten würde, wenn Sie dafür bezahlen müßten?« Hundert sagte ich, weil das eine anschauliche Zahl ist, die sie begreifen kann.

Ihre Augen werden trüb, sie fragt: »Was meinen Sie damit?« Dann: »Ich habe doch keine hundert Pfund die Woche.«

»Wenn Sie sie hätten, müßten Sie soviel dafür zahlen.«

»Wenn ich soviel Geld hätte, wäre ich nicht hier, dann wäre ich irgendwo, wo es schön ist, oder bei meiner Schwester. Nein, ich bin es leid, ich will überhaupt nichts mehr davon wissen. Wo bleibt der Doktor? Ich will nach Hause.«

Als ich die Treppe heraufkam, hörte ich das Telefon klingeln. Bis ich drin war, hatte es aufgehört. Kate schlief auf dem Sofa, betrunken. Überall in der Wohnung stehen rostrote Gläser herum, und im Mülleimer finde ich leere Flaschen.

Einer meiner gelben Sessel weist Weinflecke auf.

In meinem Bett ist eine zerknitterte Kuhle: Kate hat darauf gelegen. Ich hasse das, ich fühle mich überfallen, beschmutzt. Zum hundertsten Mal denke ich: Was kann ich nur tun? Etwas muß es doch geben, was ich tun sollte, was ist es nur?

Heute gingen die Uhren rückwärts.

Richard holte mich vor meiner Tür ab, und wir fuhren nach Kent hinaus. Es war bedeckt und kühl, wir hatten warme Pullover an. Wir fanden ein Pub, aßen Sandwiches und tranken Guinness, und dann wanderten wir lange über Pfade und Seitenstraßen. Es war matschig, und meine Schuhe klebten voller Lehm, und wie am Anfang versuchten wir über meine albernen Absätze zu lachen, aber jetzt kam ich mir ebenso unvernünftig und eitel vor, wie ich wahrscheinlich damals Richard vorgekommen bin.

Wir waren müde und bedrückt. Wir erwähnten weder unsere Familien noch unsere sonstigen Probleme, sondern hielten uns bei den Händen und wanderten immer weiter.

Als wir aus dem Pub traten und nach Hause wollten, war Sturm aufgekommen. Von einer große Esche vor dem Pub prasselten Zweige und Blätter auf uns herab, und der Wind rüttelte und zauste die Äste. Es klang wie das Klatschen von Regen, aber es waren abgestorbene Teile des Baumes. Als wir einen Feldweg entlang durch ein Wäldchen fuhren, hagelten Baumteile aufs Wagendach, und auf der Hauptstraße schienen die Autos vor dem Wind zu flüchten. Wir reihten uns in den Autostrom ein, blieben aber auf der Kriechspur, um die gelben Stoppelfelder und den Wald dahinter ansehen zu können. Dann wurde es dämmrig, und eine nach der anderen gingen die Laternen an, während wir auf sie zufuhren. Die riesenhohen, eleganten, schlanken Masten, die das Einauge von Licht über der Straße trugen, glichen stelzbeinigen Insekten; und dann wurde die Dämmerung schwärzer, die Masten, von der Dunkelheit verschluckt, nur noch angedeutete dünne dunkle Striche gegen Dunkel, und die Lichter waren zierliche Gebilde wie kleine längliche Stücke von Melonen oder rosa Grapefruit, und sie flackerten an uns vorbei, während der Wind den Wagen anzugreifen schien, zu versuchen schien, ihn umzukippen. Dann fing es an zu regnen.

Wir fuhren durch eine schwarze Plastikwelt, in der die Lichter, rot und grün und blau, auf den schwarzglänzenden Straßen schwammen und glitzerten. Bis nach London hinein, eine geduckte, nasse Fahrt in Autoschlangen: Der schwarze Plastikglanz schien uns einzuschließen, und wenn die Lichter einmal einen Baum oder Strauch heraushoben, war er grell und unnatürlich grün.

Als wir in die Waterloo Road einbogen, bremste Richard plötzlich am Fußgängerüberweg. Die schiefen Strähnen des Regens im Scheinwerferlicht hatten die Gestalt eines Mannes fast verschleiert, der dort gestanden, den Überweg betreten hatte und dann wieder zurückgetreten war. Als er sah, daß wir hielten, wendete er sich zu uns um und hob den Arm in einer kecken Geste: ein alter, kleingewachsener Mann, ohne Kopfbedeckung, nur mit einer kurzen schwarzen Regenjacke. Die Straße überquerte er wie eine Katze, die Angst hat, sich die Pfoten naß zu machen, aber es war nicht so. Er spielte nur Fußgänger, einen, der eilig, aber vorsichtig die Straße überquert, während ein riesiges, mächtiges, respektgebietendes Automobil ihm Platz macht; und auf den Gehsteig sprang er mit einem Riesenschritt, den er nur mit Mühe schaffte, und wieder winkte er so unbekümmert, fröhlich, frech mit dem Arm, Hand nach oben, mit gespreizten Fingern eine beleidigende Geste andeutend, und verschwand im Regendunkel Richtung Blackfriars, nachdem er innerhalb von zwanzig Sekunden uns und die Mächtigen der Erde, sich selbst und seine Unterwürfigkeit verspottet hatte und, da er schon einmal dabei war, das ganze Technik-Zeitalter kommentiert hatte, und das vernichtend.

Im dunklen Auto tauschten wir rasche Blicke aus und lachten. Dann aber hielt Richard am Straßenrand an und sagte, als würde es aus ihm herausgeschüttelt, wie ein Schmerz, den man nicht zugeben kann: »O Gott, wie ich dieses Land liebe, wie ich dieses gottverdammte wunderbare Land liebe.« Sein heftiger Atem verriet, daß er weinen würde, wenn er sich nicht zusammennahm, und wirklich wandte er mir sein Gesicht zu, und ich konnte sehen, daß seine Wangen feucht schimmerten. »Warum verleugnet ihr das alles?« wollte er wütend und verstört wissen. »Warum macht ihr das? Warum laßt ihr es verkommen? Warum laßt ihr das alles vor die Hunde gehen?«

Ich sagte: »Warum verläßt du es?«, denn ich war wütend aus Hilflosigkeit, weil ich einen Moment lang sein Gefühl der Hilflosigkeit geteilt hatte.

»Ich?« fragte er. »Ich habe es niemals verlassen.« Und dann lachte er, über sich selbst. Ließ den Wagen an, und wir fuhren Richtung Aldwych.

»Ich könnte schwören«, sagte er mit nüchterner Stimme, nicht mehr der Stimme eines enttäuschten Liebenden, »hier gibt es etwas, was man nirgends sonst findet.

Die Menschen sind es«, sagte er. »Originale, Schrot und Korn. Es ist diese kleine Ader – ja, wovon? Das müßtest du mir sagen. Ich weiß nur, man trifft immer wieder darauf. Ich bin jetzt während dieser Fahrt darauf gestoßen, ich hatte es schon vergessen ... Findest du, ich spinne?«

Ich sagte: »Ich lebe hier, nicht wahr?«

Er: »Jeder, der woanders lebt, ist verrückt.«

Beim Abschied verabredeten wir uns, es nächsten Mittwoch genauso zu machen, er sollte mich nach der Arbeit hier abholen.

Ich bat: »Richard, kann ich nicht deine Nummer haben? Schließlich wissen Matthew und Kathleen von mir, und ich nehme an, sie werden es auch Sylvia erzählt haben.«

Er zögerte und wurde aus Verlegenheit schroff. »Geht nicht, ist nicht in den Klauseln unseres Kontrakts enthalten. Des ungeschriebenen Kontrakts.«

»O ja, diese ungeschriebenen Kontrakte. Die sind die schlimmsten.«

»Besonders wenn man sie mit sich selbst abschließt.«

Man hat Annie nach Hause gebracht. Die Leute von der Wohlfahrt sind empört: Annie ist nicht in der Lage, sich zu Hause zu versorgen; die Haushaltshilfe sagt, sie wird wie üblich kommen und nicht einen Handschlag mehr tun, als ihre Pflicht ist. Die Frau von der Nachbarschaftshilfe, Lucie, eine gütige Seele, meint, sie tue schon soviel, wie sie irgend könne, und das stimmt – und wie jeder weiß, geht das so weit über das hinaus, wofür sie bezahlt wird, daß man gar nicht unter diesem Gesichtspunkt darüber sprechen kann –, und Annie kämpft jeden Abend darum, daß sie noch bleibt, sie schiebt alle möglichen Krankheiten und Leiden und Krisen vor, und Lucie weiß nicht, wie lange sie das noch durchhalten kann.

Ich ging zu Annie und fand sie in ihrer Scheiße.

Gerade als ich mich ans Werk machen will, eilt Lucie herein, denn sie hat eins ihrer Kinder als Wachtposten aufgestellt, um ihr zu melden, wenn ich käme. Sie ist eine reizende hübsche Frau, die viel zuviel um die Ohren hat, und sie mag Annie. Jetzt aber ist sie außer sich vor Besorgnis. Sie und ich wissen, daß Maureen ziemlich oft einfach nicht erscheint, weil sie sich darauf verlassen kann, daß Lucie Fox ihre Arbeit miterledigt. Wir beide wissen, ›sie‹ werden Annie zu Hause lassen, solange jemand für sie sorgt, Freundin, gutherzige Haushaltshilfe, gute Nachbarin; wir wissen, das ist eine ungeheuerliche Zumutung, weil Annie wahrscheinlich für den Rest ihres Lebens inkontinent bleiben wird; wir wissen, Annie will nicht ins Heim. Gehetzt und hetzend wirtschaften wir herum, wischen auf, wechseln Unterhosen, es sind keine reinen da, wir bringen alles in Ordnung, und dann geht Lucie und verspricht Annie, wie üblich gegen neun noch einmal hereinzuschauen und ihr eine Tasse Tee zu bringen.

Annie sitzt völlig erschöpft an ihrem Tisch. Noch vor kurzer Zeit wäre es für sie eine Katastrophe gewesen, sich vollzumachen, und sie hätte es auf jede nur denkbare Weise zu verbergen versucht, etwa, indem sie den Hosenboden herausgeschnitten und dann behauptet hätte, sie wüßte absolut nicht, was mit ihrer Hose passiert sei. Jetzt aber hat sich ein gnädiger Schleier über sie gelegt, sie sagt: »Ich komme zurecht, ich habe ja schließlich den Nachtstuhl, nicht?« Dann setze ich mich hin und nehme das Unmöglich in Angriff: eine vernünftige Unterhaltung mit Annie.

So ist die Lage: Wenn sie in ein Heim ginge, würde sie sich eingewöhnen, Freundschaften schließen – natürlich ununterbrochen schimpfend –, Ruhe finden. Und wahrscheinlich noch ein paar Jahre leben. Wenn nicht, dann steht sie jetzt am Anfang jener entsetzlichen, schändlichen Bahn, die ein, zwei Jahre so weitergehen kann und die für viele das Ende bedeutet. In ihrem Zimmer umhertaumeln oder -kriechen, es zum Nachtstuhl schaffen oder auch nicht, Haufen schmutziger Unterwäsche auftürmen, denn mit solchen extremen Zuständen wird der Wäschereidienst nicht fertig, naß oder besudelt aufwachen, unfähig, sich zu säubern, warten auf die Pflegerin – aber es gehört nicht zu den Aufgaben der Pflegerin, Bettwäsche zu wechseln und Hintern abzuwaschen; wenn die unfreundliche Pflegerin fort ist, warten auf die Haushaltshilfe, die sie säubert, aber unter Protest, das sei nicht ihr Job, für derartige Arbeit sei sie nicht angestellt, oder die an dem Tag überhaupt nicht erscheint, so daß Annie immer weiter darauf warten muß, daß jemand kommt und ihr hilft; und so geht es den ganzen Tag weiter, während Annie tobt und wütet und – wieder stürzt, was ihr ein paar Tage Krankenhaus einträgt, wo man sie aber so schnell wie möglich loswerden will. Inzwischen steigt ihr Blutdruck vor Zorn und Verzweiflung, und ihr Greisinnengesicht ist manchmal scharlachrot und manchmal stumpfgrau.

Das Zimmer stinkt bereits.

Ich setze Annie auseinander, daß sie in ein Heim gehen sollte, und Annie sagt: »Sie können mich nicht zwingen!«

»Nein, das können wir nicht. Aber Sie könnten es doch einmal ausprobieren . . .«

Täte sie das aber, würde sie sich ununterbrochen beklagen und nach Hause wollen, wo sie wiederum behaupten würde: Ich weiß nicht, es war doch ganz nett dort, wenigstens hatte ich Gesellschaft. Wieder dort, würde sie sich erneut beklagen und nach Hause wollen . . .

Im Moment behauptet sie, ihr habe es im Krankenhaus

gefallen, und sie hätte nichts dagegen, wieder auf ein Weilchen dorthin zu kommen.

Ich halte ihr vor, daß sie die ganze Zeit genörgelt hat, bis sie nach Hause durfte.

Sie widerspricht: »Ist doch nicht wahr! Wie können Sie so etwas behaupten?«

Auch jetzt nörgelt sie, und ich kämpfe gegen jenen Geisteszustand an, in dem man das Wesen des Menschen nur noch in einem sieht: Wir sind Kloaken, nichts weiter, Maschinen zur Produktion von Urin und Scheiße, und das ganze Menschenleben ist eine Verschwörung, um dies zu verschleiern. Annie ist ›lebenstüchtig‹, solange sie es fertigbringt, ihre Abfallprodukte am richtigen Ort zu deponieren, schafft sie das nicht mehr, ist Schluß. Ich sehe in Annies offenstehenden Mund, dem Worte über Worte entströmen, und ich sehe die Öffnung eines Kanals, der verschlungen und ekelhaft bis zu der anderen Öffnung verläuft, ihrem After, der wahrscheinlich genauso aussieht.

Je länger ich sitzenbleibe, um so erstaunter bin ich, daß wir vor uns selber verbergen können, was wir sind: Behältnisse von mit Dreck gefüllten Eingeweiden. Und als diese Gedanken die Oberhand zu gewinnen drohen, gehe ich, während Annie hinter mir herschreit:

»Und jetzt bin ich die ganze Nacht allein.«

Ich schreie: »Lucie kommt ja noch.«

Sie schreit: »Und danach bin ich die ganze Nacht allein.«

Ich schreie: »Warum gehen Sie dann nicht in ein Heim?«

Sie schreit: »Weil ich bei meiner Schwester wohnen werde.«

Zu Hause hockte Kate übelgelaunt am Küchentisch.

Das gab mir Auftrieb: Alles ist besser als die Apathie. Sie aß mit den Fingern Silberzwiebeln aus einem großen Glas, eine nach der anderen. Ich weiß nicht warum, aber auch das erschien mir als ein gutes Zeichen, besser Essig als Zucker, und ich schlug vor: »Magst du mit mir ins Kino gehen?«

»Du willst mich ja gar nicht dabeihaben.«

Ich machte mir ein belegtes Brot und setzte mich ihr gegenüber hin.

»Ich möchte auch gern ein Brot.«

»Warum machst du dir dann keins?« Mir fiel auf, wenn sie nicht so kampflustig gewesen wäre und keine Silberzwiebeln gegessen hätte, hätte ich ihr eins angeboten. Darüber mußte ich lachen, und auf der Stelle fiel sie in sich zusammen und wurde zum mürrischen, verschreckten Kind.

»Es ist nicht schön, Leute auszulachen.«

»Habe ich auch nicht getan. Komm doch mit ins Kino, Kate.«

Eine Stunde lang ließ sie mich betteln. Gerade als wir gehen wollten, klingelte das Telefon.

»Richard, ich käme so gern, aber ich kann nicht. Ich gehe mit Kate ins Kino.«

Ich bin verblüfft. Und doch auch wieder nicht. Als Richard es aussprach, war ich wie betäubt. Jetzt denke ich: Natürlich! Darauf lief doch alles hinaus.

Sylvia und Richard haben die Probleme ihrer Sprößlinge diskutiert. Was sie offenbar häufig tun. Sie meinte, es wäre gut, ›die Lage zu entschärfen‹, indem wir uns zum Essen träfen, Richard und sie und ich mit Kathleen und Matthew. Sie sagte, sie wisse keinen anderen Weg, um all die ungesunden Emotionen auszuräumen. Richard überbrachte mir den Vorschlag, verlegen, aber doch nicht allzusehr, denn auch er hält die Idee für gut. Er sagte, wenn ich nur wüßte, wie unerträglich alles im Moment sei, wie Kathleen ihn und Sylvia quäle, dann würde ich Güte walten lassen und ja sagen.

»Was sagte Matthew dazu?« fragte ich, und er warf mir einen raschen Blick zu: vermutete er also, daß da etwas gewesen sein könnte?

»Matthew kann meinetwegen seine eigenen Wege gehen. Das tut er ohnehin. Ich habe nie die geringste Ahnung, was in ihm vorgeht. Aber Sylvia meint, es wäre gut für ihn.«

Als ich nach der Mittagspause in die Redaktion zurückkam, war Hannah allein in ihrem Büro. Ich erzählte ihr von Richards Vorschlag. »Wie empfindest du darüber?« fragte sie wie eine Psychotherapeutin.

»Ich weiß nicht, ob ich lachen oder weinen soll.«

»Kommt dir daran nicht etwas merkwürdig vor?«

»Nicht merkwürdiger als das Ganze.«

»Daß nur du dabei sein sollst – du und sie? Warum soll Jill nicht mitkommen, oder sogar Kate?«

Unsere Blicke trafen sich, und wir lachten. Zuerst eine kleine, ja verschämte Heiterkeit, dann Lachanfälle, in denen wir johlten und brüllten und uns in Stühle fallen ließen und nicht aufhören konnten.

»Ich weiß gar nicht, worüber ich lache«, sagte ich.

»Ich schon«, behauptete sie.

Es kommen Sylvia, Richard, Matthew, Kathleen. Ihre Mannschaft. Ich, Jill, Mark, Kate. Und Hannah, weil ich das Gefühl habe, in irgendeiner Hinsicht ist das ebenso Hannahs Abend wie der unsere. Als Richard von diesen Abwandlungen in Sylvias Plan erfuhr, stieß er zuerst einen kurzen überraschten Lacher aus; dann prustete er los, daß der irische Barmann uns beiden zutrank, seinen Charme über uns goß und fragte: »Na, können wir anderen nicht mitlachen?«

»Ich weiß gar nicht, was eigentlich so komisch ist«, sagte Richard.

Ich habe den Gesellschaftsraum im *Lustigen Husaren* gebucht. Und das Menü bestellt. Sylvia ließ mir durch Richard sagen, sie wolle die Kosten übernehmen, da es ihre Initiative war. Aber natürlich teilen wir.

Und so ist es dann abgelaufen.

Zuerst Kate. Als ich ihr eröffnete, sie sei zu einem Abendessen eingeladen, war sie erfreut. Sagte, sie habe nichts anzuziehen. Das kam mir wie ein großer Fortschritt vor, und ich ging mit ihr ein Kleid kaufen. Aber nachdem sie das Kleid angezogen, sich die Augen grün umrandet und die Nägel grün lackiert hatte, wollte sie im letzten Moment nicht mit. Nichts konnte sie umstimmen.

Ich ließ sie auf ihrem üblichen Sofaplatz zurück. Sie hing nicht am Walkman, sondern starrte mürrisch Löcher in die Luft. Ich wußte, daß in der Küche Wein war: Sie hatte eine Zwei-Liter-Flasche mitgebracht.

Im Taxi verfolgten mich die Gedanken an Kate, das arme neunzehnjährige Ding, das die kostbaren Jahre verrinnen ließ; an Jill, die sich gegen die Freude abschottete, weil Freude und Lust Gefahren bedeuteten; an Kathleen, die nichts Besseres zu tun hatte, als die Eskapaden ihres Vaters aus der Ferne zu verfolgen. An Matthew will ich nicht denken, und ich bereitete mich darauf vor, ihn während des bevorstehenden Essens aus meinen Gedanken auszuklammern, aber ich weiß, in seinem Körper gibt es nicht eine Zelle, die Freude begreifen könnte: Er ist voll und ganz auf die Zukunft konzentriert. Hannah: überaus tüchtig, verwurzelt in ihrem Körper, aber nur Körpern, ihrem eigenen gleich, öffnet sie die Arme.

Sie alle sah ich als Besitzer eines Schatzes, den sie gering achteten; eines wunderbaren Erbteils, von dem sie nichts wußten; obwohl reichlich Warnsignale aus den weiten Wüsteneien zu ihnen dringen, wird doch nichts, was ich oder sonst jemand sagen könnte, etwas ändern.

Noch eine Handvoll Jahre, und eines Morgens werden sie erwachen und erkennen, daß ein unüberwindbarer Schlagbaum zwischen ihnen und dem liegt, was sie hätten haben können, aber nicht bekamen, weil sie es verschmähten.

Als ich zur Greek Street kam, sah ich Richard auf dem Gehsteig. Er blickte auf und bemerkte mich. Aus dem Taxi stieg ich in seine Arme, und er drehte mein Gesicht zu sich und sagte: »Ich habe meine Rede vorbereitet!«

»Ich auch!«

»Pflücket die Rose?«

»Genau das.«

»Aber es ist zwecklos?«

»Völlig zwecklos«, sagte ich.

Und mit den Gesichtern ganz dicht beieinander lachten wir, gaben uns einen zarten Lebewohl-Kuß, legten die Wangen aneinander, spürten unsere getrennten Lebensrhythmen, getrennt durch eine Hautschicht, und stiegen hinauf ins Restaurant.

Ein behaglicher Raum mit gedämpftem Licht, ein Tisch mit neun Gedecken, und Kathleen allein. Sie war sanft und linkisch vor Freude, und als ihr Vater mich verließ und sich zu ihr setzte, wurde sie rot vor Dankbarkeit.

Dann Sylvia. Sie ist eine große, schlanke Frau, an der

nichts Überflüssiges ist. Sie hatte ein weißes Kostüm an. Ihr Haar ist dunkelblond mit weißen Strähnen, und sie hält es mit einem schwarzen Band zusammen. Gut sieht sie aus, hat regelmäßige Züge, braun und eingeölt vom Sommer. Wäre ich ihr auf der Straße begegnet, so hätte ich eine Frau von angenehmem, harmonischem Auftreten bemerkt, doch wäre mir kein überschwengliches Adjektiv in den Sinn gekommen: Sie ist nicht gutaussehend so wie Richard, nicht wunderschön, nicht bezaubernd. Und doch tut ihm um diese Frau seit einem Dritteljahrhundert das Herz weh.

Mit amerikanischer, nicht englischer Stimme sagte sie: »Matthew läßt sich entschuldigen, er wollte nicht kommen.«

Wir tauschten Begrüßungsfloskeln aus, und sie schien weiter nicht das Bedürfnis zu haben, mich unter die Lupe zu nehmen, sondern setzte sich an Kathleens andere Seite, so daß es aussah, als würde das Mädchen von ihren Eltern gestützt.

Hannah kam mit Jill und Mark.

»Wo ist Kate?« fragte Jill sofort scharf; ich sagte, daß sie nicht kommen wollte, und sah, wie Hannah erstarrte und mir einen raschen Blick zuwarf, um mehr zu erfahren.

Zwei Gedecke wurden abgeräumt, und wir sieben setzten uns wie eine Familie zu Tisch. Sylvia wirkte zerstreut, aber sobald sie merkte, daß jemand sie ansah, lächelte sie sofort: so, als wollte sie sich verteidigen. Ihre Schultern zieht sie oft ein wenig vor, ebenso wie Richard. Sie ähneln sich: ein Ehepaar: ein Gesicht spiegelt das andere wider, wie es bei Eheleuten ist, die sich zueinander hingezogen fühlten, weil sie das eigene Gesicht in dem jenes Unbekannten wiederfanden. Aber wie Richard dasaß, groß, unbekümmert, strahlend, braun – großartig ist er, oh, so großartig, voller Leben, das aus ihm hervorsprüht, aus seinen Augen, seinem Lächeln; sie dagegen ist ganz beherrscht und verhalten. Sie gibt sich immer zerstreut, als warte sie auf einen Notruf über Funk oder denke über ihre nächste Operation nach. Ihre Hände sind zu groß für sie oder erscheinen jedenfalls so: wie alles andere an ihr sind sie gepflegt und passend, aber sie sind lang, sehr kräftig und sensibel, genau wie die Hände einer prominenten, wenn schon nicht weltberühmten Chirurgin sein sollten. Und sie ist besorgt um ihre Hände; man könnte sie für eine Musikerin halten, wenn man beobachtet, wie sie sie beugt und streckt, wie ich es bei Geigern und Klavierspielern gesehen habe, mit einem schnellen, prüfenden Blick: *Sind sie in Ordnung? Bereit für die Arbeit?*

Mark und Jill saßen Seite an Seite; und Jill war verschlossen und litt, denn natürlich dachte sie an Kate. Und Mark umhüllte sie mit warmen Wellen von Trost und Liebe, und wenn er ihr die Butter reichte, war sein Herz darin.

Hannah, für sich, oder mit Absicht den Eindruck von Distanz erweckend, lehnte sich zurück und beobachtete. Sie beobachtet. Prächtig in einem scharlachroten wollenen Minikleid über einer Haremshose aus violetter Seide saß sie da und spielte mit einem untertassengroßen Türkisanhänger, ihre starken braunen Finger streichelten den Stein, als wäre er Fleisch.

Es war Kathleens Abend; das wußten wir alle und verhielten uns entsprechend. Kathleen, dieses arme, hübsche, errötende, schamhafte Mädchen mit der düsteren, traurigen kleinen Seele – durch diese Worte habe ich gelernt, sie so zu sehen, wie ich sie jetzt wohl immer sehen werde: als ein kleines, dunkles, leidenschaftlich trauriges Mädchen, ständig um etwas ringend, das sich ihr entzieht, ihre Freude verkörpert in einem schwachsinnigen Jungen.

An Kathleen richteten wir unsere Bemerkungen, unsere Fragen, wir achteten darauf, was auf ihrem Teller lag und wie sie es aß, ob es vielleicht nicht nach ihrem Geschmack war.

Und Sylvia lächelte zerstreut, und ich könnte schwören, kein einziges Mal während des Abends blickte sie mich an und dachte: Dies ist meine Rivalin, oder: Er liebt sie, oder auch nur: Meinem Mann gefällt sie, oder: Ich finde sie ganz nett.

Nein, nichts dergleichen: diese Zusammenkunft war arrangiert worden, weil es sich so gehörte, und hier waren wir alle, und natürlich benahmen wir uns musterhaft, weil wir eben zu den Menschen gehören, die sich musterhaft benehmen, und Kathleen würde davon profitieren. So dachte sie.

Der Lustige Husar servierte uns gerade einen prachtvollen Pudding, der ausgeteilt werden sollte, da wurde ich zum Telefon gerufen, und ich wußte gleich, was ich höre würde, Hannah auch, denn sie war schon halb auf den Beinen, ehe der Bote ausgesprochen hatte: »Mrs. Somers, würden Sie bitte ans Telefon kommen, es ist dringend.«

Meine Wohnungsnachbarn, die Jefferies, hatten eine halbe Stunde, nachdem sie nach Hause gekommen waren, unter ihrer Tür einen Zettel gefunden:

Bitte rufen Sie meine Tante Jane im Lustigen Husaren an, ich habe fünfzehn Schlaftabletten genommen und eine ganze Menge Wein getrunken.

Als ich zurückkam, waren Hannah und Jill und Mark schon aufgestanden und schauten mich an. Ich kochte vor Wut: das hatte man wohl auch erwartet, aber Jills Gesicht gab mir den Schock, den ich brauchte, um die angemessene Sorge zeigen zu können. Ich erzählte.

Richard stand sofort auf. Sylvia sagte: »Oh, wie unangenehm«, und aß weiter ihren Pudding, während sie Kathleen mit der Hand bedeutete, sie solle sitzenbleiben.

»Du solltest besser mitfahren, Richard«, wies sie an, »meinst du nicht?«

»Es tut mir so leid, Kathleen«, sagte ich und dachte, daß es genausogut Kathleen hätte sein können, um derentwillen wir alle von der Tafel aufstehen mußten, um ihr zu Hilfe zu eilen.

Wir hasteten nach unten und in ein Taxi und überließen Sylvia schließlich doch die Rechnung.

Ich saß neben Richard, und er hatte den Arm um mich gelegt. Marks Arm lag um Jill, die starr dasaß, das Gesicht wie ein Messer, den Mund zugekniffen.

»Sie haben sicher einen Krankenwagen geholt«, tröstete Mark.

Nein, sie hatten keinen geholt, denn die Jefferies hatten entschieden, sie könnten damit allein fertig werden. Sie hatten Kate von meinem Bett gezerrt – das sie erkoren hatte, um dort auf Rettung zu warten –, sie hatten sie zum Erbrechen gebracht, obwohl sie sich bereits erbrochen hatte, hatten ihr schwarzen Kaffee eingeflößt und führten sie nun im Wohnzimmer immer im Kreis herum. Richard sah sie sich an, meinte, sie müsse das Zeug erst genommen haben, als sie den Zettel schrieb – offenbar hatte sie damit gewartet, bis das Ehepaar nach Hause kam. Sie schien nicht in Gefahr zu sein. Mark und Jill lösten die Jefferies ab und führten Kate zwischen sich herum. Kate wirkte im großen und ganzen widerspenstig, aber doch befriedigt, daß ihre Schwester da war.

Hier waren wir also alle. Ich kochte Kaffee. Richard bemerkte, er hätte mein Zimmer nicht wiedererkannt, es sehe aus wie ein Schlachtfeld, dann küßte er mich wie ein alter Freund oder wie ein Bruder und verabschiedete sich mit dem Ratschlag, wir sollten Kate am Morgen von einem Arzt untersuchen lassen.

Etwa eine Stunde später legten wir Kate ins Bett. In ihr Bett, obwohl sie verlangte, in meinem schlafen zu dürfen.

Mark, Jill, Hannah und ich.

Hannah sagte: »Ich finde, du solltest mich Kate mitnehmen lassen zu uns.«

Noch nie habe ich ein solches Gefühl der Niederlage empfunden. Sogleich umschlang mich Hannah: Es war tröstlich, in diesen mächtigen Armen gewiegt zu werden. »Arme Janna«, sagte sie. »Aber sicherlich siehst du ein, daß du überhaupt nichts machen kannst.«

Ich schreibe in einem Schlafsack auf dem Fußboden, denn mein Bett ekelt mich an, voll von Erbrochenem und Pisse. Ich sehe immer noch Kate vor mir, wie ein Opfer ausgestreckt auf dem weißen Altar meines Bettes. Morgen früh lasse ich die Matratze abholen.

Gegen zehn weckte ich Kate: Ich war nicht ins Büro gegangen. Sie kam in die Küche, als sei überhaupt nichts geschehen. Sie setzte sich, schniefend wie ein kleines Mädchen, putzte sich die Nase mit dem Handrücken und sagte leise: »Ich habe furchtbaren Durst.«

Als sie mit Kaffee und Toast versorgt war, erklärte ich, sie müsse einsehen, daß ich solche Sachen nicht dulden könne und daß sie –

»Was für Sachen?« unterbrach sie, »was meinst du überhaupt? Ich verstehe nicht, wovon du redest.«

Also ist nichts geschehen, genausowenig wie letztes Mal, als sie zu Hause einen ›Hilferuf‹ inszenierte; aber selbst wenn ich mich jetzt durch Stillschweigen zur Komplizin machte, so redete ich doch weiter und forderte, sie müsse entweder zurück nach Hause – darauf schüttelte sie gleich heftig verneinend den Kopf – oder zunächst zu Hannah ziehen.

Sie sagte gar nichts, sie senkte nur das Gesicht und beobachtete ihre Hände, die Toast zerkrümelten.

»Warum Hannah?« fragte sie kaum hörbar.

Ich sagte: »Sie ist nett und vernünftig. Und in ihrer Wohngemeinschaft leben viele Leute.« Ich sagte nicht: Weil niemand sonst dich aufnehmen würde.

Heute hat Hannah Kate abgeholt.

Beim Abschied hat Kate mich nicht angesehen. Aber am Nachmittag hat sie mich dann angerufen und mir mit ihrer gehorsamen Kinderstimme erzählt, es gefalle ihr in der Wohngemeinschaft, und sie möge Hannah, und sie habe beschlossen, dort zu bleiben, bis sie eine eigene Wohnung fände, und dann wolle sie Modell werden.

In einem wilden Anfall von Energie fegte ich durch die Wohnung, alle Bezüge runterreißen, Teppiche gründlich saubermachen, Wände abwaschen.

Mein Bett ist wieder wie früher, eine neue Matratze, das kuschelige Weiß der Decke, ein quadratischer, kühler weißer Fleck, wo ich liegen und im Rahmen des Fensters Londons verschleierten Nachthimmel beobachten kann, violett und orange, rosa und perlweiß.

Heute aß ich mit Richard zu Mittag. Er sagte, Sylvia habe vorgeschlagen, ich könne Kathleen vielleicht unter meine Fittiche nehmen, da sie in London bleiben und studieren wolle. Wirtschaftswissenschaften und Politik.

»Wie kann man nur so etwas Dämliches studieren«, sagte ich.

»Ja, wenn man die Resultate sieht . . .«

»Hat Sylvia gesagt, was sie sich darunter vorstellt? Soll ich sie zum Essen ausführen? Übers Wochenende einladen?«

»Du mußt natürlich nicht, Janna«, sagte er, ganz besorgt um mich, aber natürlich wußte er, daß ich es tun würde. In seinen Augen stand rastlose Energie, auch er schien zerstreut, fast wie Sylvia.

Ich fragte: »Was ist geschehen? Abgesehen davon, daß ich zu Kathleens Schwester erklärt worden bin?«

Er lachte schon, aber nur ein wenig. »Wir werden nach Kanada ziehen, nach Montreal. Man hat Sylvia dort eine Stelle angeboten – die allerbeste. Sie kann sie unmöglich ablehnen.«

»Aber Richard, was wird aus dieser Klinik, die du aufgebaut hast?«

»Tja. Das muß ich eben aufgeben. Aber sieh mal, Janna, ich habe lauter Asse in der Hand, es ist dir nicht so klar, aber phönixgleich kommt der gute alte Hausarzt wieder. Um mich reißt man sich, ich bin Gold wert. Die arme Plebs muß sich die moderne Medizin, die Riesenkliniken und Spezialisten gefallen lassen, aber die Reichen können sich das Beste leisten, und sie leisten sich den guten alten Hausarzt. Mich und meinesgleichen. Darum habe ich schon mit ein paar gleichgesinnten Kollegen vereinbart, in Montreal von vorne anzufangen. Ein Glück, daß ich nicht wie Sylvia die amerikanische Staatsbürgerschaft angenommen habe.«

»Das war doch wohl eine reichlich drastische Entscheidung von ihr!«

»Sylvia ist eben so, alles oder nichts.«

Ich horchte im Geist noch einmal darauf, was er gesagt hatte, Playback, ich hörte: *von vorne anfangen,* und spürte, ich hatte alles gehört.

»Janna«, sagte er rasch, »mir macht es nichts aus, wirklich nicht.«

»Es klingt sehr hart.«

»Es ist nichts weiter als das, was Frauen schon immer tun mußten.«

Ich wußte, er sah mir meine Zweifel an; und er fragte: »Was würde denn deine Hannah dazu sagen?«

»Ich weiß nicht. Ich glaube nicht, daß sie im Moment in der Lage ist, zu irgend etwas viel zu sagen. Sie kommt mit Kate nur schwer zurecht.«

»Janna . . .?«

Ich wußte, was er hatte sagen wollen; bevor es jedoch ausgesprochen werden konnte, griff die Zensur ein. Aber ich antwortete: »Ich könnte mir nicht vorstellen, in Montreal zu leben.«

»Warum nicht?«

»Ich kann es mir nicht vorstellen, woanders als in London zu sein.«

»Das kann ich dir nicht übelnehmen.«

»Aber du tust es.«

»In Montreal muß es auch Modezeitschriften geben.«

Womit er sagen wollte: Hier hält dich nichts.

Ich sagte: »Bei *Lilith* arbeite ich seit . . . lange bevor sie *Lilith* hieß. Seit kurz nach dem Krieg.«

»Aha.«

»Also . . .«

»Ich dachte, du hättest mal gesagt, du wolltest aufhören zu arbeiten.«

»Vielleicht tue ich das ja auch.«

»Das Angebot bleibt jedenfalls bestehen, Janna.«

»Woher willst du das wissen? Vielleicht triffst du eine andere.«

»Nicht doch, wir sind wahrhaftig im Geist verheiratet gewesen.«

»Wenn schon nicht körperlich.«

»Glaubst du, wenn wir uns früher kennengelernt hätten – nein, natürlich nicht, das ist Unsinn.«

»Stimmt.«

»Du wärst wie Sylvia gewesen.«

»Stimmt.«

»Du hättest mir zugeteilt, was von *Lilith* übrigblieb?«

»Stimmt.«

»Was für ein Quatsch! Warum machen wir das eigentlich mit, Janna?« – in verwundertem Ton.

In zwei Tagen reist Richard ab. Wir hatten geplant, den gestrigen Abend miteinander zu verbringen, den letzten, den wir haben werden, aber gerade, als ich mich auf den Weg machen wollte, kam ein Anruf aus dem Krankenhaus. Annie liege im Sterben, und sie informierten mich, da es ja wohl sinnlos sei, mit ihrer Schwester Kontakt aufzunehmen. Sie hatte offenbar einen Herzanfall. Ich setzte mich zu ihr und hielt ihre Hand. Sie lag ruhig da, ein wenig aufgestützt, und schaute auf die Decke und die Vorhänge, die um das Bett herum zugezogen waren. Diese friedliche, vernünftige alte Frau ist mir eine Fremde geworden; wir haben selten genug etwas von dieser Annie erhascht, die man mögen, sogar lieben kann. Ich hätte nicht gedacht, daß sie im Sterben liegt. Außerhalb der hellen orangegelben Vorhänge war es still auf der Station: Die drei anderen Frauen sind alle schwerkrank. Vom Schwesternzimmer weiter unten am Flur kamen laute Stimmen und Gelächter. Annie fragte mit schläfriger Stimme: »Was ist das für ein Krach?«, und ich merkte, sie versuchte sich alles zu erklären: wo sie war und warum und was das Gelächter und die Stimmen bedeuteten. Ein wenig später sagte sie: »Warum sind wir hier?«, und eine Hand, die, die ich nicht hielt, streckte sie aus und versuchte, die Vorhänge zurückzuziehen.

»Das ist aber ein kleines Zimmer«, bemerkte sie.

Ich sagte: »Wir sind im Krankenhaus, Annie.«

»So?«

Etwas später fielen ihr die Augen zu. Ihr Atem ging flach und unregelmäßig. Ich dachte an Richard, der inzwischen bestimmt im Pub gewartet hatte, sich ausgerechnet hatte, daß etwas passiert war, und nach Hause gegangen war.

Annie starb kurz nach Mitternacht. Es geschah weiter nichts, als daß sie aufhörte zu atmen. Ich dachte: Das gibt es doch nicht! So viele Jahrzehnte lang hat sie geatmet und geatmet, tagein, tagaus, und plötzlich, ohne Grund, hört sie damit auf.

Als ich zurück in die leere Wohnung kam und sah, wie reinlich und ordentlich sie war, dachte ich, wie seltsam: Kate zieht weg, Annie stirbt, und auf einmal Freiheit! Jetzt könnte ich tun, was ich will. Aber Richard wird nicht hier sein, also ist es egal. Natürlich ist da noch Kathleen.

Also, Jane, das war's!

Heute war ich den ganzen Tag mit Richard zusammen. Es war gräßlich. Wir gingen und gingen; wir gingen hin und hier und kreuz und quer durch London, Stunde um Stunde; wir kehrten in Pubs ein, aber konnten nicht bleiben, es trieb uns wieder auf und davon, und wir gingen; und gingen; und manchmal blieben wir zusammen unter Bäumen stehen, von denen die Blätter zu fallen begannen, nur hier und da ein gelbes Blatt oder zwei, hübsche Vorboten und Omen. Richard streckte die Hand aus und fing eins auf und steckte es zu dem kleinen Foto von mir in seine Brusttasche. Ich hob vom Gehsteig ein leuchtendgelbes Blatt auf, klar und scharf gezeichnet wie eine Zitronenscheibe, und steckte es in meine Handtasche.

Ein Himmel von schwindelerregendem, strahlendem Blau, Enteneierblau, und kein Wölkchen in Sicht.

In der Theobald's Road fragte er: »Wie wird es mit dir und Kathleen gehen? Wie empfindest du darüber?«

»Empfinden«, sagte ich. »Ich frage mich selbst, was ich in sagen wir einem Jahr empfinden werde. Werde ich sie liebhaben? Mögen? Werde ich mich hoffnungslos und betrübt fühlen, wie bei Kate? Werde ich sie bewundern? Vielleicht werde ich sie lieben, weil sie deine Tochter ist. Ich könnte sie sogar um ihrer selbst willen lieben, warum nicht, wenn man sich vor Augen hält, was das Leben so alles an netten kleinen Überraschungen bringt. Doch, das kann ich mir schon vorstellen. Ich werde sagen: Richard? O ja, Richard. Das ist doch ihr Vater, nicht wahr?«

Kurz bevor wir zum feineren Teil der Fulham Road kamen, blieb ich vor einem Haus stehen und sagte: »Hier hat Joyce gewohnt. Dies war ihr Haus. Du weißt schon – Joyce. Meine Freundin, von der ich dir erzählt habe. So viele Jahre waren wir befreundet. Und jetzt kenne ich sie nicht mehr, es hätte alles ebensogut nie sein können!«

Als wir zum zweitenmal am Regent's Park vorbeikamen, gingen wir hinein und setzten uns auf eine Bank, die zu schaukeln und zu schlingern schien, weil wir unseren raschen Schritt jäh angehalten hatten. Der Boden unter unseren Füßen wankte, und wir blickten auf verwelkende Rosen, die in der Spätnachmittagssonne glühten und schimmerten.

In Richards Gesicht, seinen Augen, stand die kalte, helle

Qual, die ich an Joyce beobachtet hatte, als sie so unglücklich war, und ich wußte, er sah dasselbe an mir, denn ich fühlte mich von einer kalten Flamme verzehrt, die mich innerlich schaudern machte.

»Du bist eine sehr starke Frau«, stellte er fest. »Du wirst garantiert neunzig Jahre alt.«

»Im Vollbesitz meiner Kräfte?«

»Das kann ich leider nicht versprechen.«

»Und du?« fragte ich und war gespannt auf sein Verdikt, als ich mir diesen starken, gutaussehenden, diesen löwenhaften Mann ansah, dessen Schultern von seiner unsichtbaren Bürde gebeugt waren und der heute etwas Aschenes an sich hatte, als zermürbe ihn etwas innerlich.

»Ärzte haben eine geringe Lebenserwartung.«

»Vielleicht gilt das für uns alle.«

»Schon möglich, aber das Thema haben wir uns verboten«, und wir reichten uns die Hände und standen gleichzeitig auf, eine gemeinsame Bewegung, und schritten weiter, Richtung Albany Street, und weiter und weiter nach Camden Town und wieder im Kreis herum, und unsere Zeit verrann rasch, um acht mußte er zu Sylvia zurück und packen, weil sie heute nacht abreisten. An der King's Cross Station wurde es dunkel, und als wir langsam die Euston Road entlanggingen, blies uns ein leichter Wind ins Gesicht, der morgen Regen bringen wird. Die Hochhäuser waren blendend erleuchtet, und um sie herum verdichtete sich der Wind zu Luftkatarakten, und wir wurden von Wällen und Schwällen aus Wind aufrecht gehalten und stolperten umschlungen vorwärts. Am Ende der Hampstead Road blieben wir stehen und betrachteten das neue Hochhaus, lauter Spiegel, die den ganzen Tag alles reflektieren, Wolken, Himmel, Wind; Lichter, Sterne und Menschen. Heute abend spiegelten sie einen Teil des ragenden Hochhauses hinter unserem Rücken: schwarz mit regelmäßigen Reihen von Sternen auf und nieder, eine Silhouette gegen das Grau des Himmels, über den leichte weiße Wolken trieben, so daß das Spiegelgebäude sich in Himmel und einer Andeutung von Gebäude auflöste, jedoch getupft und gepunktet mit gelben Lichtern, und an einer Seite rahmten kleinere gelbe Lichtsterne einen transparenten gläsernen Aufzug ein, in dem man schattenhaft Leute ausmachen konnte, die auf und ab flitzten, auf und ab, keck und vorwitzig, wie ein bewegliches Vogelbauer.

Wir umarmten uns. Wir weinten. Wir klammerten uns aneinander, weil der Wind uns umzublasen drohte.

Dann ein Taxi, in das ich mich verkroch, heulend wie ein Schloßhund, und ich heulte auf dem ganzen Heimweg, und als ich ausstieg, meinte der Taxifahrer, es sei hoffentlich nichts allzu Schlimmes, worüber ich weine.

»Nein«, sagte ich, »eigentlich nicht.«

»So ist es recht«, sagte er, indem er wieder anfuhr, »man darf sich nicht unterkriegen lassen.«

Ich bin oben in meinem Schlafzimmer. Ich habe mich dabei erwischt, daß ich nach Kate horche.

Heute nacht erscheint es mir, als sei mein Leben nichts, überhaupt nichts, sei nie etwas gewesen, wie meine perfekten Zimmer, mein Schlafzimmer, in dem Richard behauptet, nichts von mir wiederzufinden, mich nicht sehen zu können. Ich schaue auf in den dramatischen Londoner Himmel, über den vor einer Stunde Richard zu seinem wirklichen Leben davongeflogen ist, begleitet von der Frau, mit der er über ein Dritteljahrhundert lang gelebt hat. Und ich schaue mich in diesem ruhigen, weißen, kühlen, ordentlichen Zimmer um, wo sich, wie ich weiß, alle die zahllosen kleinen Freuden und Tröstungen meiner

Einsamkeit einfinden werden, eine nach der anderen, zuerst glanzlos und unbedeutend, dann aber vertraut und geliebt.

Durch die offene Tür des Schlafzimmers kann ich in mein großes Wohnzimmer sehen. Dort steht das grauleinene Sofa, jetzt wieder makellos, und die beiden gelben Sessel. Dahinter die Fenster, über deren schwarze Scheiben die Lichter der Straße huschen und sich vermischen.

Bühne frei! Die Lichter verdämmern . . . plötzliche Stille . . . der Vorhang hebt sich . . .

HEYNE BÜCHER

Julian Barnes

"Befreiend, erweitern...wunderbar." DIE ZEIT

Eine Geschichte der Welt in 10½ Kapiteln
Ein Haffmans-Buch bei Heyne
01/8643

Flauberts Papagei
Roman
Ein Haffmans-Buch bei Heyne
01/8726

Das Stachelschwein
Roman
Ein Haffmans-Buch bei Heyne
01/8826

Vor meiner Zeit
Roman einer Eifersucht
Ein Haffmans-Buch bei Heyne
01/9085

Wilhelm Heyne Verlag
München